皇帝陛下のお気に入りは隣国の人質だそうです。ってまさかの俺のことですか？

MINORI

Ruby collection

Contents

登場人物紹介
✦アルベルト✦
実力主義の冷徹な銀狼皇帝。
多忙を極めたことで
重度の不眠症に悩んでいたが、
なぜか人質のグレイを傍に置くと
眠れるようになったことで、
興味を持つように。
✦グレイ✦
将軍である双子の妹の
代わりに捕虜として隣国に
乗り込んできた変わり者の学者。
実は前世の記憶持ちである
ことに加えて、
ある秘密を抱えており…？

✦カーティス✦
アルベルトの遠縁であり
グレイブル侯爵家当主。
皇帝の座を望む野心家。
✦ヒューバート✦
アルベルトの腹心であり、
幼馴染み。騎士団総長
であり軍部トップの
将軍職も兼任している。
✦ダグラス✦
アルベルトの片腕であり、
血の繋がりのある幼馴染み。
宰相として政務の
トップを担う。
✦琥珀✦
北の暗殺集団
一族の出身。
グレイに心酔している。
✦クレア✦
西の国の将軍。
グレイの双子の妹であり、
兄を溺愛している。

皇帝陛下のお気に入りは隣国の人質だそうです。
ってまさかの俺のことですか？

【プロローグ】

「夜伽《よとぎ》」と聞いて、何を思い浮かべますか？

大人の夜の妖《あや》しいあれやこれや。と取る方が多いのではないでしょうか。ですが、実は「夜伽」には三つの意味があり、それぞれにちがった意味があるのをご存じでしょうか？
①「一晩中寝ずにそばに付き添うこと、夜通し病人に付き添うこと、またそれをする人」
②「女が男に従って共寝すること、枕の寝床にはべること」
③「死者のそばで夜通し寝ないで守ること、通夜」
三つに共通することは「夜通し付き合うこと」です。

さて、わたくしグレイ・ブラッドフォードが通常業務で行っている「夜伽」はどれに該当するでしょうか？

「レイ。何をしている、早く来い」

東の大国バルナバーシュの銀狼王《ぎんろうおう》と名高い若き皇帝アルベルト・ミリアン・バルナバーシュが、天蓋《てんがい》付きのでっかいキングベッドに片肘《かたひじ》を突き寝ころび、もう片方の手で枕をぽんぽん叩《たた》いて招いてくる。こちらを見上げてくる美貌《びぼう》に、目が眩《くら》みそうです。

銀糸の髪に白磁の肌、瑠璃《るり》の瞳《ひとみ》を持つ、神が作りたもうた至高の彫像。

御年二十三歳になられるアルベルト様は、最近、ひとり寝が出来ないと巷《ちまた》で噂《うわさ》になっているが、そんなことにはまったく興味がないそうです。

「陛下、俺の名はグレイです」

共に過ごす短くない期間で何度言い直しても直らない名を最後の一回の気持ちで伝えて、グレイはやれやれと鼻先を超えるまでに伸びた黒い前髪をかきあげながら、ベッドサイドに歩み寄った。

「陛下って呼ぶな。アルだ」

グレイの名前を「レイ」という勝手につけた愛称呼びにするアルベルトは、自分のことも「アル」呼びにすることを強要する。ベッドから見上げてくるキツイ瑠璃色《るりいろ》の瞳に、グレイは従う他に選択肢はない。何といっても目の前のこの方は、東の大国を実力で治める、皇帝陛下その人であるのだから。

「――アル様」

「様もいらん」

これぱっかりは、そういうわけにはいきません。

なにせ、自分は先の大戦で東の大国に負けた西の国バルトサールからやってきた、戦争捕虜の「人質」なのですから。

こちらの考えを読んだのかキツイ目に眉《まゆ》まで寄せて、アルベルトはぐいっとグレイの手を引いた。

「わっと」

急に引っ張られた反動でバランスを崩しベッドに膝《ひざ》から乗り上げてしまう。もはやこれまで。

もうちょっと皇宮図書館から借りてきた本を読みたかったのだが、今日はもう無理と諦《あきら》める。

グレイは、若い皇帝の枕元にのそのそと上がり込み胡坐《あぐら》をかいた。

「アルベルト・ミリアン・バルナバーシュ皇帝陛下。今日のご所望は?」

わざとフルネーム敬称付きで呼んでやると、アルベルトが面白そうに目を細めて見上げてきた。

「昨日のは、なかなかによかった。続きを頼む」

ついっと伸ばしてきたアルベルトの右手が、グレイの前髪をつまみさらりと指を通す。

「では、相対論的量子力学の素粒子錯乱のつづきをお話しします。――基礎方程式はクライン・ゴルドン方程式で、素粒子散乱などの多粒子系高エネルギー物理を扱う際は、粒子をさらに場の概念に拡張した場の量子論が使われる。あつかう粒子の速度が光速に比べて――」

「――もう眠れそうだ」

最初の問題の答え合わせをします。

問題は、わたくしグレイ・ブラッドフォードが通常業務で行っている「夜伽」はどれに該当するでしょうか？　でしたね。

答えは、①「一晩中寝ずにそばに付き添うこと、夜通し病人に付き添うこと、またそれをする人」です。

戦争捕虜で人質の自分の現在進行形の通常業務は、対外的には「夜伽」。

詳細を解説すると「睡眠障害で自力では眠ることが出来ない皇帝陛下の閨《ねや》で、得体のしれない話を一晩中続けて、飽きさせて眠らせる」睡眠導入剤変わり、が本業となります。

さて、どうしてこんな事になったのか？

自分でも神様にお尋ねしたいところではありますが、これから事のくだりをお話ししていきたいと思います。

1：【ファーストコンタクト】

「これはどういうことだ？」

東の大国バルナバーシュの皇宮謁見の間。

若き皇帝の一声に、皇宮が誇る荘厳で壮麗な美しいホールは今、息をするのも躊躇《ちゅうちょ》するほどの緊張感に包まれ、時が止まったかのように空気が凍りついていた。

ですよね。とグレイは独《ひと》り言《ご》ちた。

凍り付く理由は痛いほどわかるが、こうするより他に解決策がなかった。

彼だけが許される国の主の座で皇帝アルベルト・ミリアン・バルナバーシュは優美に足を組み、自分へと伸びる真っ赤な絨毯《じゅうたん》の上にひとり立つ隣国から来た捕虜であり人質――グレイを睨《にら》みつけた。

赤絨毯の両サイドに並ぶ、彼の重臣達ですら震えるほどの、冷たい目だ。

「顔は、同じだが。残り全てがこちらの要求を満たしてはいない。俺は、戦場で対峙《たいじ》した西の女将軍を寄越せと、我が国に大敗した西の王に伝えたはずだが――釈明はあるか？」

傍らに立つ侍従職が持つ皇帝の大剣を手で招き、すらりと刀身を抜くなり、がきん！　と音を立て、大理石の床に突き立てる。

皇帝の怒りと苛立《いらだ》ちがその行動に見て取れる。

ええ、おっしゃる通りです。

お怒りのお気持ちも大いに理解できます。

俺と女将軍の同じところは、顔と髪色と瞳の色だけ。

白磁の肌に、癖のない綺麗《きれい》で長い黒髪と黒曜石の瞳を持つ、美しい女将軍。対して、顔は同じでもこちらの黒髪はぼさぼさの乱切りで、片方のレンズにヒビが入った眼鏡《めがね》の下の黒い瞳は寝不足で濁り切り、よれよれの風貌《ふうぼう》の金にならない学者の自分。

素材が一緒でも、生き方が違うとこんなにも見た目が変わるいい例である。

「釈明はありませんが、俺がここにいる理由はあります」

目の前に居るのは、自分の住まう西の国バルトサールを落とした東の大国バルナバーシュの皇帝。

それをわかっていても膝をつく気は全くないグレイは、直立不動の姿勢のまま、アルベルトをただ見据えた。

「我が国と休戦協定を結び属国として西の国を残す対価として、西の将軍家の跡取りであるクレア・ブラッドフォードを差し出すと西の王は協定調印書に署名をした。——女将軍には二卵性の双子の弟がいるとは報告があったが」

「一応、兄です」

「——いい度胸だ」

皇帝の臣下たちが息を飲み凍り付くのが見て取れる。

彼らの中でも皇帝の弁の途中に口を挟める者はいないのだろうが、仮令《たとえ》この場で殺されても、グレイは引く訳にはいかない。

それが西の国を亡ぼすことになっても、たった一人の大切な妹を守ることは出来る。

——東の大国と西の国とは近年長い戦いに明け暮れていた。

その長い戦いの間、身を粉にして西の国を支え続けた将軍とはいえ、クレアは、妹は女である。

剣聖と名高く、剣の腕は誰にも負けず、軍指揮だけでも歴代将軍家の中で傑出しているとしても、体力面ではどうしても男に勝つことは難しい。それでも、自分の国を守る為、自国に生きる人達を守る為に戦場に立ち続けたクレアであったが、この度の勝敗を決した国境線最後の戦いには出陣することは叶《かな》わなかった。

というか、俺が、出陣させなかった。

クレアは最後まで自分が出ると言って聞かなかったが、俺はそれを絶対に許さなかった。

こんな負け戦の敗戦処理を、クレアにはさせたくなかったし、更に彼女には長年に亘《わた》り心を交わしている想い人がいる。それを知るのは腹心の数人の兵と、俺だけだ。

自分にはクレア以上に大事な人間はいないし、想い人なんて、出来たためしもない。今まで女の幸せに背を向けて、俺が早々に放棄した将軍家跡取りという看板を背負い、更に西の国まで背負ってきたクレアには、この機会に普通の幸せを是非とも摑《つか》んで欲しかった。

兄として出来る最後の妹への餞《はなむけ》だ。

身なりを整えればぱっと見では区別がつかない位には似ている俺達だ。鎧《よろい》を付け、兜《かぶと》を被《かぶ》れば、周囲の味方は誰一人として俺達の入れ替わりには気付かない。味方ですらこうなのだ、敵陣営が気付くはずもない。

実のところ、女性特有の月の障りやクレアの負傷時等、影武者としてクレアの代わりを務めたことも多々あったので、クレアのフリは大得意である。

あの場さえ耐え凌《しの》げば、クリアを守れると思った。もし上手くいけば、西の国も。

だが、戦況は予想通り芳しくはなかった。

まさか、東の大国の銀狼王様が主軸となる第一師団を前面に展開し、最大の網を仕掛けてくるなんて、思いもよらなかった。それも、本人が先陣を切るなど――。

狙いは、西の国の要《かなめ》ともいえる、クレアだった。

戦場のカリスマと言えるクレアを奪い、こちらの軍部を掌握し、西の国を落とす。その戦術が瞬時に読めた。

そんなこと、許す気など更々ない。

自分に集中する敵兵を出来るだけこちらに寄せて、西の国の軍勢を出来るだけ回避させ、自陣に戻す。それだけを考えて、自分が囮《おとり》になることを選択し、兜を取って投げ捨てた。仮に捕まったとしても「偽物《はずれ》です！」と自害でもすればそれで終わり。クレアも、国も守ることができる。

こっちに来い！――と。

自分に全ての敵兵を集めるくらいの気合で声を上げ、剣を天に向けて掲げた。

クレアに偽装するための腰までの黒髪カツラが邪魔だ。なんて、どうでもいいことを思った瞬間、青毛の馬を駆った見るからに身分の高そうな騎士が、自分に向かい全力の襲歩で飛び出してきた。

思えば、あの時の騎士が、この深い瑠璃色の瞳を持つこの男。だった――ような気がする。

単騎で敵将に向かってくる皇帝陛下なんて、物語にしか存在しないと思っていたが、実際に存在しているとは本当に驚きである。あまりにも有りえないでしょう。

世界に轟《とどろ》く「銀狼王」というふたつ名は伊達《だて》じゃなかった。

こっちに向かって突進してくるその眼は、本当に飢えた狼《おおかみ》みたいでとターゲットロックオン！　状態で鈍く光っていて、背筋が凍るほどオソロシかったのは内緒です……。

あの時はよくぞ逃げ切れたと、自分を褒めてあげたい。戦争には、負けてしまったけれどね。

その後の無条件降伏の調印式にはクレアが出席したので、こうして間近で対面するのは初めてとなる。落ち着いて拝顔いたしますと、びっくりするくらいの美しさ。です。

皇帝陛下はこんなに綺麗な顔をしているというのに、クレアは「いけ好かない」とご立腹だった。

なんでも、自分を値踏みするような冷たい目から大層な害意を感じたらしく、「可能であればあの場で切って捨てたかった」などと相変わらずの豪気で不穏な言葉を吐き捨てていた。


一歩も引かず御尊顔を見上げ皇帝の氷の視線を受けていると、ふいにその瞳が緩んだ気がした。

「その度胸を買って、聞いてやる。お前がここにいる理由はなんだ？」

「――先の大戦での怪我《けが》が悪化し生死の境にいます。ですが、戦争捕虜として人質に出さねば、西の国は亡ぼされるとうちの馬鹿王が無理やり送ろうとしたので、俺が身代わりとしてこの東の国に参りました」

クレアが重傷なんてウソですけどね。内心で舌を出してみても、グレイの表情は全く変わらない。

「馬鹿なのか？」

「うちの王は馬鹿です」

「お前がだ」

皇帝とは言え、俺より若い男に酷《ひど》い言われようである。

これでも、頭脳は西の国でも一、二位を争うと自負しているのだが。とグレイは首を傾《かし》げた。

「頭はいい方です」

「――同じ顔ならば、それなりに女装でもするとか、自慢の頭で考えはしなかったのかと聞いている」

「無理な話です。出来ないことはしない主義です」

「どういうことだ？」

「クレアは将軍といえども女です。そして俺は男。顔が似ていて背格好が似ているとしても、男と女じゃ骨格が違う。化粧をして身なりを整え、ドレスを着てみても、なかなかの化け物が仕上がるだけなので、どうせバレて殺されるのならば、最初から素のままで対面し、斬られた方が話が早いので」

「――体験談か」

「……一回だけ試みましたが、なかなかの仕上がりで無理と判断しました」

そりゃあもう。酷かった。

顔の造りは同じでも、こんなに仕上がりが違うのかと、我ながら吃驚《びっくり》だった。鏡に映ったその姿を思い出し、げんなりと斜め下四十五度に視線を下げるグレイの耳に、「は」と小さな笑い声が聞こえた。

「逆に、見てみたいものだな」

いえいえ、お見せできるものではございません。

へらっと笑うことしか出来ず、グレイは頭をかいた。

グレイの両脇に居並ぶ重臣達は、皇帝の意を汲《く》むことが出来ず何の対応も出来ない様子に見えた。

そんな臣下に構うことなく、アルベルトは大剣を手にしたまま立ち上がり歩み寄ると、その剣先をグレイの首筋にあてた。

「妹は、西の女将軍。双子の兄であるお前は、一体何者だ？」

東の皇帝アルベルトが、西の国を残す条件としてクレアを人質に指定した理由は、戦場での一目《ひとめ》惚《ぼ》れらしい事は情報筋から聞いている。

だからこそ、クレアをここに来させるわけには行かなかった。

クレアには、大切な想い人がいる。

両親はとうに鬼籍に入っていて、クレアは自分にとり何者にも代えがたい大切で最愛の妹だ。

たった一人残った家族であるクレアには、想う人との幸せな人生を歩んでほしい。

自分は、将軍家に生まれながら、その重責を妹のクレアに任せて好き放題生きてきた。我ながら人並外れた知識欲を満たすため、気になる学問にはすべて手を付け、気になる書物はすべて取り寄せ読破し、やりたい放題に生きてきたのだ。

ここいら辺で人生の精算が必要な時期なのだろう。グレイは、辞世の句でも読むように口を開いた。

「この世界で思い残すのは、まだ見ぬ知識と書物。学者の本懐をとげぬまま、死ぬのは自らの所業によるもの――どうぞご随意に」

一気に首を落とされるとき、痛みはあるのか？　そんなことを思いながら、静かに目を閉じる。

「学者？」

「はい。未《いま》だ知らぬ知識を学び、全ての理《ことわり》を紐解《ひもと》くことが、俺の生業《なりわい》です」

「面白いヤツだ」

冷たい刃先が首筋から離れた。

「学者。どのような学問を学んでいるのだ？」

「すべてを」

「本当に面白いヤツだ」

冷たい剣の刃先がとん、とグレイの左肩に乗せられ、静かに閉じていた目を開く。すぐ目の前に見えた、深い瑠璃色《るりいろ》の瞳《ひとみ》に少々驚くと、アルベルトは大剣を、鞘《さや》に戻し顎《あご》をしゃくった。

「名は？」

「――グレイ・ブラッドフォードと申します」

近くで見ると更に凄《すご》みがます冷淡な美貌《びぼう》にグレイがひるむ。

どこをどうしたら、こんなにすべてのバランスが取れた美しい顔立ちになるのか？

研究癖が出てまじまじと見つめるグレイに、アルベルトは口角をあげ皮肉に笑んだ。

「レイ、チャンスをやる」

「グレイです」

「本当に無礼者だな」

よくも何度も俺に口答えをするものだ、と続けて、東の大国の皇帝は、グレイの予想もつかない折衷案を打ち出してきた。

「俺を眠らせてみろ。そうすれば、協定はそのままにし、お前には、皇宮の図書館を開放してやる」

東の大国の皇宮図書館！

それは、この世界の書物を一番に所蔵しているという、グレイにとっては夢の国にも等しい場所である。目の前にニンジンをぶら下げられた馬のようによだれを垂らさんばかりのグレイは、はっと我に返り頭を振った。

「眠らせるって、殺せってことですか⁉」

「無礼を通り越して、命知らずだな」

鞘に納めた大剣でグレイの頭をがん！と叩《たた》いて、アルベルトが皮肉気《シニカル》に面白そうに笑った。

「連れて行って体裁を整えさせろ。そのままでは、如何《いかん》ともしがたい」

言うに事欠いて随分な言いっぷりである。これが俺のデフォルトの姿なんですが、何がそんなに酷いとあなたは言うのでしょう？　グレイにはそこがイマイチ理解が出来なかった。

馬鹿にするを通り越した悪い意味での結構な扱いを受けてはいるが、とはいえ逆らうという選択肢はグレイには与えられてはいない。命が繋《つな》がっただけでも良しとせねばならない悲しい捕虜の身の上でございます。考えようによってはこのまま首とお別れされた方が楽だったかもしれないが、今のところは流れに身を任せるしかない。言われるがままされるがまま流れのままに、先導をする侍従さんと監視役の騎士さん達に前後を挟まれて歩く。

たかが俺ごときに、随分と厳重な警備を敷いたものだ。監視の数は、前後左右に四人だよ。

バルナバーシュ城は絢爛《けんらん》豪華というよりは、大廈《たいか》高楼《こうろう》な豪壮な建築で見学ツアーとしては最高の物件である。有事の際の防衛戦を想定してか、最早元の場所には戻れそうもない迷路のような回廊をあちらこちら眺めていたら「ここだ」と足を止めさせられた。

開かれた扉を通ると、ほんわりとした湿度を伴ったなんだか温かい部屋だった。

もしかして……。と考えたらまさかの大当たりです。

「ミア殿。皇帝陛下の御許にお出しできる位まで、なんとかこれをキレイに洗ってください」

「承知いたしました」

ミア、と呼ばれた侍女さんが丁寧に頭を下げると、それに続くように数人現れた侍女さん達が、俺を見るなり眉《まゆ》を寄せ、お仕着せの袖《そで》をぐい！　と上げて見せる。

お風呂《ふろ》の予想は出来ましたが、俺は洗濯ものではない。

強力洗浄で驚きの白さになるわけでもないので、自分で入れますと固辞はしたのだが、誰も話を聞いてくれない。まんまと着衣を剝《む》かれ（腰布はもらえた）湯船に突っ込まれ、茫然《ぼうぜん》としてる間に全身泡だらけにされて磨き上げられた。

「あら、まあ………」

「どうしましょう」

「陛下の慧眼《けいがん》は凄いですねえ」

いったい何言ってんだい？

振り返ると「きゃあ」と声が上がる。意味が分からず首を傾げ、何とはなしに鼻まで湯につかると、またも背後でさわさわと声が上がるので、もう一回振り向くと今度は「きゃあああ!!」と声が増える。

あれ？　っと思った。

侍女さん達の数が増えている気がするのは、気のせいだろうか？

そんなことを呆然《ぼうぜん》と考えているうちに、あれよあれよという間に、湯殿から引っ張り出されよくわからないうちに話が纏《まと》まってしまい、気付けば、皇帝の寝所のカウチに正座していた。


現在、皇帝陛下は入浴中である。

どうして今ここに自分が居るのか理解が追い付かず、グレイは自分が東の国に来てからの事例の整理に取り掛かった。
①戦争捕虜としてクレアが来なかったことに、皇帝が怒った。
②天下の東の大国の皇帝陛下に口答えするグレイを、皇帝陛下に何故《なぜ》か面白がられる。
③皇帝陛下に学者とばれる。
④皇帝陛下を眠らせることが出来れば、生き残るチャンスがもらえる。
⑤「④」を完遂すると、皇宮の図書館を開放してもらえる。
グレイにとり一番重要なのは「⑤」だが、「④」を完遂できなければ、「⑤」へは行けない。

更にできるか否かの期限を一ヶ月に設定された。まあ、期限を決められるのは仕方がないとは思うが、期限内に「④」を完遂しなければ、悲しいかな自分の首は体とお別れとなるらしい。

ここに連れてこられる前、何故か、自分も湯浴《ゆあ》みをさせられ、湯浴み前と後で不思議に侍女さんの対応が変わった。振り返るたびに謎に増える侍女さん達はきゃーきゃー言いながら絶好調に盛り上がり、気付けば自分は夜着を着せられていた。大変薄布の夜着であり、不可解である。

侍女さん達は何かを勘違いしているに違いない。

あんなにも美しく若い皇帝陛下が、うらびれたぼろ雑巾《ぞうきん》の様な敗戦国の二十八歳の学者に手を出すなんて、誰が考え付くというのか？

こちらとしては、どうすれば皇宮図書館に入る為に、皇帝陛下を眠らせられるか……違った……皇帝陛下にお眠りいただき、生き残れるか、が問題である。「眠らせる」イコール「殺す」ではないとの事なので、催眠術でもかけてみるか？　または、フライパン辺りで頭を殴るか？

「そもそも、どうして眠らせろ。なのか——」

「俺が今、睡眠薬で強制的にしか眠れないからだ」

いつの間に現れたのか、自分が正座するカウチの側《そば》に、皇帝陛下が湯上りの素肌にローブを羽織っただけのしどけない姿で佇《たたず》んでいた。

銀糸の髪から水滴が落ちている。水も滴るいい男とは、この人の為にある言葉ではないのだろうか。

「その薬も最近効かなくなってきてな、学者だというなら、何か手立てがないかと、賭《か》けにでただけなんだが——レイか？」

「え、はい。グ、レ、イ、です」

一応正式名を伝えてみるものの皇帝陛下は気にもされずに、侍女さんに櫛《くし》を通されてサラサラになった黒髪を指で梳《す》いた。

「化粧《ばける》の逆か、洗ったら本物が出てきたと」

「はい？」

「お前鏡見たか？　だから、そんなものを着せられたんだ。自分の顔をよく見た方がいい」

「は？」

首が折れる程に傾げるグレイに呆《あき》れて、壁際のチェストに歩いて行った皇帝陛下が、手鏡を携え戻ってきて、見ろとばかりに手鏡を渡された。

眼鏡《めがね》を侍女さんに取り上げられ、遠くはよく見えないが、手鏡であればよく見える。のだが――。

「あれ？　クレアがいる？」

鏡の中には、切れ長の黒い瞳に弓の眉、鼻筋の通った、怜悧《れいり》な美貌を持つ、グレイ自慢の美しい妹クレアの顔があった。

「……呆れた馬鹿だな。本当に賢い、い、学者なのか？」

「俺は賢いですよ」

「……それは鏡だと知っているか？」

「鏡を知らない人間がいるわけないでしょう」

「ならば、どうして映っているものを、妹と思うんだ？」

「は――？　って、……俺かっ!?」

びっくりした。グレイとクレアは男女の双子であるから二卵性だ。だけれども、同じ両親からの遺伝子によるものか、男女の体格差はあっても顔は似ている方だとは思っていた。

いたが、こんなにそっくり同じとは、気にしたこともなかったのだ。

「ええっと、クレアと同じ顔だったらば、性別男でもかまわない――とか言いませんよね？」

「本当に馬鹿だなおまえは。男を抱くほど、処理に困っているわけではない。殺されたいのか？」

「皇宮図書館を読破した後でしたらいいです」

「――無礼者の命知らずの馬鹿だったか」

心底呆れたように肺の空気を全部吐き出すくらいのため息をつかれて、グレイは眉を寄せた。

皇宮の謁見の間で初めて対面した時から思っていたが、この皇帝陛下は随分と自分の事を「馬鹿」呼ばわりしてくださる。我知らず頬を膨らませ子供みたいに膨れていたらしい。その顔に気付いたのか、皇帝陛下はほんの少し口角を上げたかと思うと、突然にグレイの体を肩に担ぎ上げた。

「うわっ!?」

「お前の仕事は、俺を眠らすことだ。期限内にできなければ、約束通り首を落とすぞ」

ぼすん！　とキングサイズの寝台に体を投げられたことより、自分より歳若《としわか》の青年に体を担ぎ上げられた事の方が、グレイにはショックだった。

「俺――そんな軽いですかね？」

「軽くはないが、重くもない」

ショックから立ち直ることが出来ずうつ伏せでうずくまるグレイに構わず、皇帝陛下はその隣にごろりと身を横たえた。

「さて、俺をどう眠らせる？　プランはあるのか？」

「――ＤＳＭからとっかからせてください」

「……なんだそれは？」

「精神疾患の診断統計マニュアルで、Diagnostic and Statistical Manual of Mental Disorders の略です」

「――何を言っているのか、まったくわからん」

「ああ、すみません。俺の前世での知識です。この世界では、睡眠障害の診断なんて医療はないですからね」

この世では、クレアにしか伝えていない自分の真実を、なぜこの人に話しているのか。

まあ、信じてはくれないだろうし、きっと聞き流してくれるだろうと、グレイは高を括《くく》っていた。

「――前世……？」

「はい。前世です。俺には、この世界に生まれる前の、別の世界での記憶があります。前世は、三十歳で死んだはずなので、今の年齢の二十八歳を足すと、精神年齢は五十八歳になります」

きっぱり言い切るグレイに、皇帝陛下が目を瞬かせて起き上がった。

「…………ありえない話を事もなげに」

「寝物語ついでにお話ししましょうか？　今までは特に話す相手もなく、誰も興味を持たなかった、俺の、今までのことです」

聞き流すだろうと思ったが案外食いついてきたな、と思った。ただ、何故話す気になったのかはグレイ自身少々の驚きを感じていた。双子の妹である大切なクレア以外には話した事のない、自分自身に起きた不思議な生まれ変わり。

それを、どうしてこの自分よりも歳若い敵国の皇帝に話そうとしているのか？

真剣な彼の眼差《まなざ》しに、ヤラれでもしたか？

もしかしたら、明日にも自分の命を奪いかねない相手だというのに。ああ、だからかもしれない。

自嘲《じちょう》気味に小さく口の端で笑って、グレイは目の前の男に静かな眼差しを向けた。

自分の命を奪うだろうこの男に、憐憫《れんびん》の情を感じて欲しいわけではなく、すべてを知って貰《もら》ったうえで、自分のこの不可思議な二つの人生の終止符を打って欲しいのかもしれない。

すべての、清算の為に——。

出会ったばかりのこの男に、自分の命の決定権を持つこの男に、それを委ねたいと考えた理由はそれくらいしか思い浮かばない。

目の前にいるのは、クレアに一目惚《ひとめぼ》れしたという、敵国の皇帝。

彼は、俺を、見ているわけでは、ないのだ。

グレイは自分の記憶に眠る、もう一つの自分の人生に意識を飛ばした。

この世界に生まれる前。自分は、この世界とは全く違う「魔法」も「魔物」もいない、「科学」と

「技術」の世界に生まれ落ち生きて、三十歳で短めの命を終えた。

生まれた国は戦争放棄を謳《うた》う比較的穏やかで恵まれた海に囲まれた島国で、家は中流、食べるにも住むにも困らない人生を送った。無二の親友と呼べる自分の命が終わる最後の時まで一緒にいてくれた友達が二人いて、幸せな生涯だったとは記憶している。

あの世界では、長いとはいえない三十年の人生。

自分なりにやりたいことはやって、生きられるだけ生きた人生だったと思ってはいるが、その先に、異世界での新たな人生が待ち受けているなんて、当時は考えもしなかった。前世で生まれたのは北の地で、冬には雪が降り、世界を白く染め、北国に生まれた割に寒さに弱い自分は、雪が好きではあるが冬は嫌いだった。でも、あのキンと冷えた氷の粒子が散るような朝の空気は、なんでか好きだった。

東の国は、あの場所に少しだけ似ていて、この国の空気は自分に合っているのかもしれない。

そう感じたのはここに来てすぐの事。

隣に横になるこの歳若い皇帝陛下は、この国のキンと冷えた冬の大気を具現化したような姿をしていて、鑑賞物としてならば素晴らしいのだが、この状況は、如何《いかん》ともしがたい……。

そんなことを考えながら、取り留めのない転生前の人生をとうとうと語る自分に、目の色を白黒させて聞き入り、様々な質問をしてきた皇帝陛下からの反応がなくなっていたことに気付き、グレイはそうっとそちらに目を向けた。

そこには安らかな寝息を規則正しく繰り返す皇帝陛下の姿があった。

2：【皇帝陛下は捕虜の取扱いに頭を悩ませる】

――なんということだ。

アルベルトは驚愕《きょうがく》の目覚めの中、目の前に見える寝台の天蓋《てんがい》を睨《にら》みつけた。

ぐっすり――眠ったようだ。

頭がスッキリしているし、夢も見ない本物の眠りからの目覚めは最高だと、今、知った。

国内の権力闘争から、国外の領地争いへと、戦いに明け暮れ人殺しに終始した、この十年。

まともに眠れる夜などなかった。

眠りなく人間は生き続ける事は出来ないと、身をもって知っている。

更には、眠る事なく朦朧《もうろう》と日々を過ごすことは、刺客からのいい標的ともなる。

睡眠に特化した薬で無理矢理に体を眠らせる日々が続くこと、十年。

最近はとうとう薬が効かなくなってきた。

薬が効かないのであれば、魔法で眠らせるのはどうか？　と、宮廷魔術師が総出で対策を講じたものの、剣技に特化したオーラソードマスターである自分には、魔法、魔術は効きにくく弾《はじ》き返してしまう。摂取量が増えた薬による強制的な睡眠は目覚めが死にたくなるほど最悪で、寝台横に護衛を立たせて眠らねばならん事も、正直ストレスで勘弁して欲しかった。

ただ普通に、夜なったら何も考えずに寝台に横になり、何も考えずに眠る。そんな人間にとってなんてことはない活動をできなくなってから、すでに長い年数が流れている。

静かにひとりで、自然に眠りたい。

その願いが叶《かな》わないまま過ぎた、十年。そんな十年が、一夜にして変貌《へんぼう》した。

いつ寝たのかすら、アルベルトには、わからない。

驚愕の目覚めに、起き上がる事すら出来ないでいるアルベルトの足元で、何かがモゾモゾと動いた。

「――？」

視線を足元に向けたアルベルトの前に、腹から下を寝具に突っ込み、寝台にくっつけた一人掛けのソファーに座し、天井を向いた姿勢で大口を開けて眠る、戦争捕虜にして人質のグレイの姿があった。

「……」

ああ、そういえば。こいつと賭けをしたのだったと思い出す。

俺を眠らせることが出来れば良し。出来なければ、即刻殺す。恐らく今日のスタートは、こいつの処刑からスタートだとアルベルトは考えていたのだが、そうは問屋が卸さなかったようだ。

その姿から察するに、部屋から退出する事が出来ず、眠るにしても自分と同じ寝台で同じ寝具で眠ることは流石《さすが》に出来ず、かといってまだ雪もちらつくこの時期に寝具なしには寒くて眠れず、折衷案として足だけ皇帝の寝台にお邪魔して寝た、と言うことが、聞かなくとも見ればわかる。

無礼者の命知らずの馬鹿で、想い人と同じ顔をした、変な兄。

自力では決して眠る事が出来なかった自分を何故《なぜ》か眠らせた、変な男。

西の国の女将軍と戦場で剣を交えた時、その顔を見て、心の奥底にしまい込んで消えかけていた何かが蘇《よみがえ》った。

どうしても欲しいと、戦勝の報酬として西の国には女将軍クレア・ブラッドフォードを寄越せと求めた。そうして捕虜として皇宮に現れた、よれよれでぼろぼろな「兄」を見た時、正直斬り捨てて西の国を潰《つぶ》そうと思ったが、職業が「学者」と聞いて、手を止めた。

すべてを学んでいる、というのならば、自分の不眠改善の糸口が見つかるかもしれない。

すべてを手にする皇帝である自分の望みとしてはどうかと思うが、ここ最近の唯一の望みで願いである眠りへの探求から、アルベルトはグレイの命を絶つことを踏みとどまった。

侍女達による湯浴み洗浄後、びっくりするほどに女将軍と同じ怜悧な美貌《びぼう》を見せた学者兄に、顔には出さなかったが正直驚いた。まあ、驚きはそれ以上の驚愕に即時打ち消されたのだが――。

魔法呪文か、魔術構築術式詠唱かと感じる程の、謎の言葉の羅列に、意味がわからないと尋ねれば、睡眠障害の診断医療だとのたまう。前世の記憶を持っていて精神年齢が五十八歳で、ここではない違う世界の知識だと、冗談みたいな話を平気な顔でつらつらと伝えてくる。こちらの問いに、百倍くらいの返答を寄越し、自分の知る常識の範疇《はんちゅう》を軽く超え、延々と聖殿の経典のように途切れないグレイの話を聞いているうちに――朝が来て、今となった。

むくりと上体を起こし、片膝《かたひざ》に頬杖《ほおづえ》をついて、アルベルトはグレイを見つめた。

首が天井から壁へと向き、今にももげそうになっている。

と、くしゅんとくしゃみを一つこぼし鼻をすするグレイに、アルベルトはのそのそと近付いた。

日が昇りだした空から薄く光が差し込む薄暗い部屋の中で、暗闇の様な黒髪と、同色の長い睫毛《まつげ》が薄闇に浮き上がって見えた。

綺麗《きれい》な顔をしていると思う。

こうしていると、あの美貌の女将軍クレア・ブラッドフォードに本当にそっくりだ。

アルベルトはそうっと、グレイの白い陶器の様な頬に手で触れた。体温の低い自分とは違い、ほわりと温かいぬくもりに指先から手のひらへと触れる面積が増えていく。

「……ん」

すりっと、アルベルトの手にグレイが頬を擂《す》り寄せてきた。

「――猫みたいなヤツだ……」

グレイに目覚める様子は見えない。視線を落とすと、グレイの膝《ひざ》には分厚い本が載っていた。

これはおとといの夜に眠れなかったアルベルトが、暇つぶしに捲《めく》っていた帝国の天地開闢《てんちかいびゃく》の歴史書だ。正直面白いとはいえない、更には古語である為、辞書を引きながらでないと読めない難解な本だ。

はははあ。読めたぞ。

皇宮の図書館を解放してやるといったとたん、涎《よだれ》を垂らしそうな顔をしたコイツだ。未読の本への探求心から、チェストに置いてあったこの本を手にし、本を読みながらの寝落ちしたというところか？

頬を突いてみる。まったく起きる兆候はない。

頬を引っ張ってみる。むにゃむにゃ言いながら、両手で俺の腕を抱き込んでしまう。

「無防備だな――殺されるかもしれない相手の前で――」

抱き込まれた腕を引き抜こうとすると、グレイの体が揺れ、横倒しになりそうで彼の腕を引くと、ぽすんとアルベルトの胸の中に倒れ込んできた。

「あったかいな……子供か、って体温だ――」

何故だか瞼《まぶた》が重くなる。

アルベルトは胸の中のグレイごと寝台に倒れ込むと、我知らず、その身を腕の中に抱え込んだ。

「あたたかい――」

そこからさきは、もう、憶えていない。

◆◆◆

なんとも形容しがたいあたたかな場所で、グレイの意識がぼんやりと起動した。

ふわふわあったかい布団の中で、しばらくそのまま微睡《まどろ》んでいたい。そんな、目覚めたくない眠りから薄目をあけると、そこは、皇帝陛下の腕の中でした。冗談は抜きです。

誰かの腕の中での目覚めは自我が確立してから初めてで、ドキドキ感が否めません。

目の前には、ローブがはだけた皇帝陛下の鍛え抜かれた胸筋。

確か、昨夜は、チェストに載っていた「帝国天地開闢記」が面白くて、読みだしたら止まらなくなって、けれども寒さには勝てなくて、足だけ、皇帝陛下の寝所に突っ込ませてもらって、寝落ちした。

――と、思うのだが……。

これは、どこでどうなったのだろうか？

眠らせてみろ、と言われた皇帝陛下は、その姿を拝見するに爆睡中です。

寝てないとは言わせませんよ？

これで不眠症とか、ありえないでしょう？

ひとまず、首とお別れはなくなり、皇宮図書館へゴー！　してよいと考えていいのでしょうか？

がっちり抱き込まれて、身動きもできないグレイがどうにかしようと身じろぐと、皇帝陛下の髪色と同じ銀色の長いまつ毛が微《かす》かに震え、ゆっくりと瞼が開き瑠璃《るり》の瞳《ひとみ》が現れた。

「――おはようございます……」

ひとまず、これしか言葉は出なかった。

言わせてもらえばこっちがびっくりだ。だのに、皇帝陛下は自分に向け剣を突き付けられたかのように飛び起きて、枕元に忍ばせてあったらしい剣を瞬時に抜くと、グレイの首元に突き刺した。

起き抜けでそれだけ動ける危機管理能力は素晴らしいと感嘆に値するが、喉元《のどもと》まで数ミリの位置に固定された冷たい剣に、グレイは身じろぐ事すら出来ない。

「皇帝陛下はお眠りになっていたと存じますが、約束を果たしたってのに、皇宮図書館開放なしに俺の首を落とされるのですか？」

「――数ミリ動けば動脈が切れるというのに、どこまでも冷静だな」

「慌てて騒いだところで状況が変わるとも思えないので」

グレイの肩書は学者ではあるが西の国の将軍家の生まれで、更にはこんな時代である。命を狙われたことも、貴重な本を発掘し守る為に戦場の真《ま》っ只中《ただなか》を駆け抜け死にかけたこともある。

自分は、首に剣を当てられたくらいで泣き声を上げるような性分ではない。だがそれを知らない皇帝陛下は、首筋にあてた剣に怯《ひる》みもせず表情も変えない自分を見定めているようだ。

「謁見の間での対応もそうだったが、お前はただの学者や文官ではないな？　俺の覇気を浴び剣先を向けられても、恐ろしいほどに冷静だ」

やはりそこか。とグレイはにっこりと笑んだ。

「腐っても将軍家の生まれなもので、幼い頃よりおもちゃ代わりに剣を与えられて育ちました」

剣は我が身と一心同体！　に近い感覚です。

すると何故か皇帝陛下は何か嫌なことを思い出したように憎々し気に眉《まゆ》を寄せ、剣を鞘《さや》に戻してがりがりと頭を掻《か》いた。

「——俺は、約束は違《たが》えない。お前の首は斬らん。どうしてだか、理由はわからんが、俺が眠ったのは確かだ」

「悔しそうですね？」

「本当に無礼者だな。こんなやつに二度寝までさせられたとは——」

最後の方がよく聞こえなくて首を傾《かし》げる自分に、皇帝陛下は「まあいい」と顎《あご》をしゃくった。

「俺に魔法、魔術はきかん。お前のわけのわからん話を聞かされ続けて意識を失ったのかと考えたが、体温か？　なんで俺は眠ったんだ？」

「俺に聞かれましても……。前世の睡眠障害医療の話をしてその他諸々《もろもろ》質問される内容にお答えしてお話ししている途中で、気付いたら皇帝陛下は寝落ちしていましたので」

「それもだ!!　前世って、本当に何者なんだ!?」

「その質問にもある程度答えましたが……。再度話すのは問題ないですが、また寝落ちしても俺責任取れませんよ？　公務の時間――過ぎているのではないですか？」

先刻から扉を叩《たた》くノック音が室内に響いている。

窓の外の太陽の明るさを見る限り、最早、昼に近い時刻ではないかとグレイは予想した。扉の向こうでは、皇帝陛下の侍従や執事や女官がそろい踏みでお出ましを待っているはずである。

ですが目の前の皇帝陛下はベッドから動きません。勝負に負けたのが悔しいのか、眠れたことが嬉《うれ》しいのか、自分自身でもわからないとばかりに、綺麗な銀髪をぐしゃぐしゃにする皇帝を見ていると年相応の青年に見えてくる。危機は去ったようなのでグレイはむくりと起き上がり、昨夜寝台にくっつけたソファーの上に置いたままの帝国天地開闢記に手を伸ばす。

「命拾いしたことより帝国天地開闢記か……」

「まだ最後まで読んでいないもので」

寝落ちしたため、一番面白い章が読めていないのだ。もともとは一つの国だった東の国と西の国が袂《たもと》を分かったのは、ただの兄弟喧嘩《きょうだいげんか》だったなど、西の国の歴史書にはなにひとつ記述がないのだ。ここで読まねば二度と読めない貴重な文献。逃すわけにはいかない。

「未読の本がある限り、お前は、殺しても死にそうにないな……。前世を憶えていて――その全ての記憶があるってだけで、信じられんのに。この世界に生まれる前は、別の世界？　かがくぎじゅつ？　あげく、その本は古語記述だぞ、何で読めるんだ？　お前、頭がおかしいとしか」

「そう言われるのは予想ができていたので、前世の話に関しては今まで、クレア以外には教えたことがないのですが……。どうして皇帝陛下には言ってしまったのか、我ながらわかりません。古語は、歴史文献を読むために学びました」

はっはっは。とグレイが笑うと、それを皮切りに扉が開き、皇帝陛下の侍従たちが室内になだれ込んできた。

が——。

彼らは入室するなり、瞬時に石のように動かなくなった。彼らの視線は、皆一様に同じ場所を見ていた。ベッド上の皇帝陛下と自分を見て固まっているのだと気づいた時、グレイは「ああ……」と皇帝陛下を振り返った。半裸の皇帝陛下と、薄い夜着の戦争捕虜が、同じベッドにいるのだ。それを見た彼らの頭の中を想像することは、世事に疎いグレイであっても簡単だった。

説明するにしても理解を求めるにしても、今の自分の状況はなんら変わることはない。

面倒だしどうでもいいか。達観の境地で、グレイはへらりとしたあいまいな笑顔を一同に向けた。

◆◆◆

アルベルトの一日のスケジュールは、最近は毎日ほぼ変わらない。

慢性的な不眠症状から、ほとんど眠ることのないアルベルトは、夜明けと共に武術鍛錬を行う。それが終わると、入浴。その後に朝食と一緒に執務をこなし、閣僚との朝議。朝議が終われば各省庁からの報告を受けながらの執務と軽い昼食。午後には軍務と各国要人との会談、隙間に執務と夕食——。

気付けばいつも夜だ。

今の自分の世界と、置かれた責務に、何の不満もありはしない。望んで、この場所に居る。望んで、皇帝となる為、全ての敵を薙《な》ぎ払《はら》い打ち払ってきた。西の国との大きな戦闘も終わり、戦後処理も終盤に差し掛かった今、国内にも皇宮にも何の問題もなく、日々国の安定を考えればいいはずのアルベルトの頭は今、突如として現れた一人の男の事でいっぱいだ。

あいつは一体何者なのか？

西の女将軍の双子の兄だという事実は理解したが、その他のプロフィールが、あまりにもありえなさすぎる。自分の命よりも本を優先するのも、おかしいと思う。将軍家という武門軍閥の家に生まれながら、あの仕上がりは一体何なんだ？

自分は結んだ約束は破らない。

皇宮図書館の鍵《かぎ》を渡すと、飛び上がって喜んで図書館に走り去り、それから一度も姿を見ていない。

東の大国で銀狼王《ぎんろうおう》という二つ名を持つ皇帝アルベルトは、頭を抱えていた。

今日の皇宮は、西の国から来た戦争捕虜の話題でもちきりだった。

昨日の謁見の間での一件から、今朝方《けさがた》（？）の皇帝の寝室での一件までが、皇宮内に広く話題を提供したらしい。

「皇帝陛下が西の女将軍を召したら、来たのは双子だとは言うが、似ても似つかないぼろぼろの男だって言うじゃないか？　西の国ももう終わりだな」

と、誰かが言うと。

「いや違う！　洗ったら女将軍そっくりの美貌《びぼう》だったらしい！　そこに居合わせた女官侍女連中が大騒ぎだったらしいぞ！　この世のものとは思えん美しさだと！」

するると、それを受けたものが続ける。

「手を出されない為に、わざと変装してきたってか？　陛下、手が早いらしいからなあ。西までその話伝わってんの？　笑えるな」

「でも、男だろ？　いくらキレイといってもなあ、男に手ぇ出すなんてあの陛下が、ありえんだろう」

「俺が聞いた話によると――」


「騎士団《うち》の詰め所に流れてきた噂《うわさ》では、『陛下が即行で手を出して手籠《てご》めにして、夜明けの武術訓練も朝議もぶっちぎって、昼近くまでお楽しみだった』という内容でした。――あ、侍従連が部屋に押し入った時は、まだベッドにいたって本当か？　陛下絶倫無双説まで、騎士団では噂になってたぞ」

はっはっはっ、と男くさい容貌《ようぼう》で爽《さわ》やかに笑う騎士団総長ヒューバート・ビル・アシュビーは、軍部トップの将軍職も兼任する最側近で腹心の部下ではあるが、アルベルトの幼馴染《おさなな じ》みでもあり兄弟同様に育ったため、容赦がない。

噂話というものは、尾ひれがついて雪だるま式に話が大きくなるのはよくあることだが――これはあまりにひどい。アルベルトは本気で頭が痛くなってきた。

「言葉が崩れ過ぎです。ヒュー」

政務トップの宰相でアルベルトの片腕である、ダグラス・アトリー・ハミルトンが左目に装着するモノクルの位置を直しながら、ヒューバートをいなす。彼もまた、ヒューバートと同じく幼馴染みであり兄弟同様であり、更にはアルベルトの血の繋《つな》がった従兄《いとこ》でもある。

「だってよダグ。笑えるじゃないか？　アルが絶倫って！　こいつ、夜の帝王とか言われまくってるけど、経験なしの童貞野郎じゃねーか！」

「──ヒュー……言いすぎです」

もはや限界と腹を抱えてヒーヒー笑う将軍の横で、宰相も肩を震わせている。自分は皇帝だと言うのに、付き合いの長いコイツらは全くもって本当に容赦がない。アルベルトは不機嫌極まりない顔のまま、鷹揚《おうよう》に腕を組んで側近二人を睨《にら》みつけた。

「不敬罪で殺されたいのか？」

「いや、まだ死にたくない」

まだ笑い足りない様子で、涙の滲《にじ》む目元の涙を拭《ぬぐ》うヒューバートは「笑った笑った」とアルベルトの執務机に腰を下ろして、主と定めた皇帝に視線を向けた。

「で？」

「で──とはなんだ？」

「謁見の間でしか見てないが、あのぼろぼろに本当に手を出したのか？」

ヒューバートとダグラスは、皇帝アルベルトの最側近として、謁見の間での邂逅《かいこう》に同席していた。

本来居るべき西の女将軍クレアと二人は、戦場で行った降伏勧告で対面している為、謁見の間では「自称双子の兄」とクレアとの間違い探しをすることに終始していたらしい。

髪色以外、同じところを探すのが難しいくらいだったのに、その後どうしてか、私室に連れて行ったアルベルトとの間に何があったのか、二人がそれを聞きたいのはわかる。

「手なんて出すわけがないだろう。男に手を出す程困ってないし、そもそもそんなことに興味もない」

「では、どうしたというのですか？　貴方《あなた》ともあろう人が。興が湧いたとしても、あれは敵国の――まったくそのように見えませんが将軍家の人間でしょう？　私室に入れるなど、通常ならありえないでしょうに。危険すぎます」

ダグラスのまっとうな意見に、アルベルトは馬鹿にするなと呟《つぶや》いて、きつい目を向けた。

「あれが、危険？」

はっ！　と笑って、アルベルトは続けた。

「あれは――ただの頭のおかしい知識欲しかない学者だ。本さえあればいくらでも尻尾《しっぽ》を振るし、本の為なら命も捨てるらしいぞ。武門軍閥の出生とはいえ、恐らく何の訓練も受けてはいまい」

「気配も足さばきもただの素人だ。武術の訓練は、アルの読み通りまったく受けていないのは確かだ」

武のスペシャリストである二人の意見に、ダグラスは「ふむ」と腕を組み首を傾《かし》げた。

「それなのに、『何故《なぜ》？』ですよ。アル。何かがないと、貴方は動かないでしょう？」

「俺もそこが気になる」

幼馴染み二人の真剣な顔に、アルベルトは大したこともなさそうに、昨夜の状況を話す。

「俺も知らん知識がありそうだったから、俺の不眠をどうにかしてくれたら、皇宮図書館を開放する。無理なら殺す。ただそれだけの賭《か》けをした」

アルベルトの言葉に二人が目を剝いた。

「――ぼろぼろ双子兄が存命ってことは、お前っ⁉」

「眠れたんですか⁉」

皇帝の持病、治療のしようのない不眠症の根深さを知っている将軍と宰相は、幼馴染みの顔でアルベルトに詰め寄った。

「――わけのわからん睡眠障害の診断話をされて、挙句、前世を憶えていてここととは違う世界で三十年生きた記憶があるとか？　今の精神年齢は合算して五十八歳とか？　――よくわからんが、そんなこと聞いているうちに、どうしてだか理由はわからんが、昼まで爆睡していた」

実は朝方にスッキリと目覚めたものの、何故だか双子兄を腕に抱き込んでしまい、その後二度寝に入ったことは言わない方が無難と判断し、アルベルトはそれを伝えることは止《や》めた。国の重鎮臣下が認める、この国トップレベルの頭脳を持つはずの二人は、今の話を理解できずに固まっている。

まあ、いたし方あるまい。

直接話を聞いた自分自身ですら、まだ理解できていないのだ。二人揃《そろ》って固まる姿が面白くて、小さく口角を上げるアルベルトに、将軍と宰相がぼそぼそと口を開いた。

「ツッコミどころが、満載すぎる」

「どこから要点を確認すればいいのか見当が……」

「気になるのならば、直接見てきたらどうだ？」

アルベルトの言葉に二人は顔を見合わせた。

そういえば、話題の主である敵国の捕虜の姿が見えない。大方アルベルトの気紛れも終了し、手打ちの後にしかるべく処理を行いもう片付けられているのだろうと踏んでいた二人は、「存命」との言葉に部屋中に視線を走らせた。

「ここにはいないぞ」

つらっと言い切るアルベルトに、ダグラスが少々眉《まゆ》を寄せながら尋ねてきた。

「ここにはって――。どこにやったというんですか？　一体何を考えて」

「皇宮内で自由にさせているなんて、言わんよな？」

防衛防御に関しての懸念からか、珍しくまっとうなことを言ってくるヒューバートに、アルベルトはつまらなそうに呟いた。

「あれが、何をどうするというんだ。皇宮図書館の鍵を渡してやったら尻尾を振って出て行った。一応監視役に近衛はつけた」

「だからと言って……」

「あれでも一応敵国の将軍家の長男だろ？　相変わらず豪気だなお前は……」

ああ、そうか。こいつらはあれに鍵を渡した時の姿を知らない。鍵を手にした時の、「あの姿」を見ていれば、よくわかるはずだ。見えない尻尾を振り切れんばかりに振りまくり、盛大な喜びを全身から発していた自称二十八歳（中身は五十八歳らしい）の敵国からの捕虜で人質。正直、図体のでかい三歳児くらいにしか、見えなかった……。

喉元《のどもと》に湧き上がる笑いをどうにか飲み込んで、アルベルトは二人にきっぱりと言い切った。

「あれは、本さえ与えておけば、首輪をかけた犬も同じだ。噛《か》みつく事は、ないだろう」

本日の必要事項の聞き取りと打合せを終えてアルベルトの執務室を辞してきたダグラスとヒューバートは、本日の懸案事項となった目的の地「皇宮図書館」へ向かうことにした。

お互い空いた時間などないのだが、この件に関しては二人共放置することが出来なかった。

アルベルトが他ならぬ自分達に虚偽申告をするわけがない。だが、なんでまた、あのアルベルトが事もあろうに敵国から来た捕虜で人質をあんなに簡単に受け入れたのかが、どうしても、わからない。

「アルは――ああ言っていましたが、あなたの見解はどうです、ヒュー？」

腕を組み眉を寄せて深く考え込んでいる様子の幼馴染みの宰相にそんなことを尋ねられて、名を呼ばれた将軍はふむ、と顎《あご》のあたりを何とはなしに触った。

「――正直よくわからん。軍人としての見解を述べさせて貰《もら》えば、恐るるに足りん相手、としかいえんな。剣がなくてもアルの相手ではないだろう？　片腕で首を一捻《ひとひね》りで終わりだ」

文官の見解としても、使えない人間にしか見えない、と呟いて頭が痛いとばかりにダグラスはこめかみ辺りを指でさすりながら続けた。

「もしかして、うちの箱入り陛下が誑《たぶら》かされでもしたんですかね？」

「あの薄汚れたぼろぼろ双子兄にか？　ないない！　あいつはそもそも西の女将軍に一目惚《ひとめぼ》れなんだから、理想は限りなく高いだろうし。ま、これからそれを確認に行くのだが――あいつ、男も女も知らんからな～。お前の教育が悪い」

「あなたが悪い例を見せすぎたからでは？」

「煩《うるさ》いですよ。宰相閣下」

「痛いとこを突かれると敬語になるのは、変わりませんね。将軍閣下」

二人して互いに小突きあいながら進む回廊の向こうに、目的地である皇宮図書館の大扉が見えてきた。

そこには、この世の春の様な時間を満喫する、敵国の捕虜が、待っている。

◆◆◆

グレイは今、幸せの真《ま》っ只中《ただなか》にいる。天国って案外近くにあったんですね。幸せで幸せで、この幸せがこのまま一生続けばいいと本気で考えながら、手元の本のページを捲《めく》る。長年の夢の場所だった皇宮図書館の机席に、目についた未読本を本棚から片っ端から持ってきて積み上げ「蔵書の要塞《ようさい》」を作ると、グレイはただひたすらに自らの探求心の赴くままに本を読みふけっていた。

今朝というか、ほぼ昼に近い時間、側近連中に公務に引っ張って行かれた皇帝陛下が「約束は約束だ」と男気を出され、皇宮図書館の鍵《かぎ》を渡してくれた。

はい。飛び上がって喜びました。付いてはいない尻尾を引きちぎらんばかりに、振りましたとも！

天にも昇る心地とはこのことだと、身をもって知りました。

案内をするとの侍女さんの申し出は丁重にお断りして、グレイは出された着替えに袖《そで》を通し、ボタンを留めるのもそこそこに裸足《はだし》のまま走り出した。案内なく脱兎《だっと》のごとく走り出したグレイに、侍女さん達は立ち尽くしていたがそれは正直どうでもよかった。

グレイの現在の身の上は、いつ殺されてもおかしくない戦争捕虜だ。

一分一秒が惜しくて、侍女さんとしずしず廊下を歩く時間がもったいなかった。実は、大きな声では言えないが、東の大国の皇宮図は頭に入っている。東の国と西の国との戦争の前に、皇宮図書館の蔵書量を知ったグレイは、何とか潜り込めないかと図面を暗記したことがあるからだ。

迷いもせず皇宮図書館の扉にたどり着く。目の前に「未読本」という餌をぶら下げられたのだ、全速力で走るに決まっている。息を切らして追ってきた近衛兵達はグレイのあまりの足の速さにあっけにとられながら「単独行動は認められていない！　今後このようなことがあれば不審行動として、斬り捨てることもある！」と強く断じてきた。かなりの剣幕で怒られたが、夢の図書館にたどり着いて頭に花が咲いているグレイが、にへらと笑うと、彼らはなぜか頬を赤く染め「今日は許します」ともごもご言いながら、図書館の警備に付いてくれた。

お陰様でこの広大な図書館に、グレイはただいま絶賛ひとりきりだ。

祈ったこともない神に「ありがとうございます」と心の中で手を合わせる。

「――天地《てんち》開闢《かいびゃく》記に載っていた通りだ、やっぱり、バルトサールとバルナバーシュが分断した理由はこれか」

「古代古語記述が読めんのか？　本当に何者――って」

聞いたこともない声が耳元で聞こえて、夢から覚めたように瞬いて振り返ると、相手は自分の顔を覗《のぞ》き込《こ》み、びっくりしたように目を見開いて声を張り上げた。

「なんだその顔!? 女将軍そっくりじゃねえか!! ええっ、昨日のぼろぼろ双子兄か？ 本当に、同一人物なのか!?」

思い切り指を差されて思わず引いてしまう。グレイは声の主の顔をじっと見た。

緩い癖のある濃茶の髪の男前。その軍装から、まごうかたなき軍人とわかるが、記憶の中、昨日の謁見の間で、皇帝に近い位置に彼を守護するように立っていた？ ……気がする。

ううんと。あれ？ 戦場でも数回見た気がするが、その時は甲冑《かっちゅう》姿で顔も目元くらいしか見えなかったが、その印象的なオリーブの瞳《ひとみ》には見覚えがある。名は確か――。

「ヒューバート・ビル・アシュビー……公爵閣下？」

「――妹君には対面したことはあるが、貴公に会うのは初めてのはずだ。何故俺を知っている？」

不審げに眉を寄せる将軍兼務の軍閥公爵に、グレイは立ち上がって礼を執った。

「戦時中は、軍略分析に入っていましたので、皇帝陛下の側近の方々は絵姿で――。お初にお目にかかります。グレイ・ブラッドフォードと申します」

戦争は終結したとはいえ、戦場で数回邂逅があるとは言えない。何故戦場に居たかと問われれば、答えられる言葉がグレイにはない。

西の国に属するグレイだが、西の国でもそれを知るものは数名に限られる。

彼らには伝える気など更々ないが、クレアの影武者としても、別働の隠密《おんみつ》部隊としても、戦場や東の国の領内で数回、剣を交えた事が、あるのだ。理由は……貴重文献探索の隠密活動の為である。

「解せんが、まあいい。しっかし、化けたなあ。女将軍にそっくりだ」

「化けるではなく今が素でしょう。謁見時の方が、擬態していた？　違いますか？」

公爵閣下の後ろからもう一人、癖のない金髪を後ろに結び左目にモノクルを装着した男が現れるなりグレイを一刀両断してくる。皇帝陛下に面差しが似たこれまた綺麗《きれい》な顔立ちをした、神経質そうな男だ。金髪に紫《アメジスト》の瞳で皇帝に似ていると来ると、恐らくは皇帝の従兄の宰相様だろうと推察する。

「賢い貴公の事だ、私の事も、知っている顔ですね？」

おう……。これは、喧嘩《けんか》を売られているな。

軍閥公爵はただ単に不審者を見る目だが、こちらの宰相様は、明らかにこちらに探りを入れている。であれば、下手に喧嘩を買うよりも舐《な》められている方が、グレイには都合がいい。

「いいえ、ダグラス・アトリー・ハミルトン宰相閣下の名を知らない者の方が、今の世には少ないのでは……」

下手に出て腰が引けた感じで礼を執るグレイに、ダグラスはモノクルの下のアメジストの瞳を冷たく光らせた。これは、ヤバいかもしれない。皇帝陛下からの「首とのお別れ」はどうにか避けられたものの、宰相閣下から、その引導を渡される可能性が出てきたかもしれない。

なんとか、この机に積み上げた文献を読む時間分だけは生き永らえたい。

なんでまた、この図書館というグレイの楽園に、皇帝陛下の超側近の二人が現れたんだ？

皇帝陛下が約束を守って、ここの鍵をくれたというのに。くそうっ。

何か宰相閣下の気を紛らわせる話の一つや二つ、かまして。と、グレイがそこまで考えた時である。

「バルトサールとバルナバーシュの分断の理由――。とおっしゃってましたが、貴公はまさか……」

「これ!!　ここに!!　――この本に記載がありました!!」

崖《がけ》っぷちに足先だけで立つ心境だったグレイは、諸手《もろて》を挙げて開いた古代古語文献を指差した。

「おおっ!!　まさか、見つけたのですか!?」

もの凄《すご》い勢いで、軍神の二つ名を持つ将軍を脇に投げつけて、宰相閣下が飛びついてきた。

目がらんらんに輝いています。これは間違いない。宰相閣下はまごうことなき、俺と同種の同胞だ。

グレイとダグラスは、互いに手を握り合わんがごとく、ひとつの本の文脈を二人の指で指し示しながら、顔を紅潮させ頷《うなず》き合っていた。

そんな彼らの後ろから、真打が登場した。

3：【皇帝陛下の入眠チャレンジ　目覚めは爽快《そうかい》です！】

「これは――一体どういう状況だ？」

アルベルトの凍り付くような冷たい声に、ダグラスに投げつけられ茫然《ぼうぜん》と床に伏していたヒューバートが瞬時に立ち上がり、本の虫二人は「今がいいところなのに」と眉を寄せながら顔を上げた。

「――なんだその恰好《かっこう》は……シャツのボタンが掛け違っている。子供かっ？　というより子供以下だな」

アルベルトは肺の空気全部を吐き出す、お決まりのため息を盛大にこぼした。

見れば見るほどに、グレイのシャツの前身ごろがおかしい。なぜこんなによじれているかよくよく見ると、ボタンの掛け違いがあった。よく見ると掛け違い箇所は、ほぼ全部だった。

アルベルトは本の山に隠れたグレイを見下ろし睨《にら》みつけた。

その冷たい瑠璃《るり》の瞳に刺されれば、ヒューバートとダグラス以外、普通の人間であれば、皆一様に青ざめ震え怯《おび》えるものだ。だというのに、この男は――。ボタンを掛け違いまくったシャツを気にもせずに身に着けた目の前の男は、黒曜石の瞳で顔色も変えずにじっとアルベルトを見上げてきた。

戦場で対峙《たいじ》した、西の女将軍の濡《ぬ》れたような黒い瞳と、寸分たがわぬ同じ目だ。

その目には恐れも怯えも一片たりとも見えない。それどころか――。

「――就寝時間にはまだ早いと思います。俺に何用ですか、皇帝陛下」

東の大国の皇帝である俺に向かって、一刀両断の一言を浴びせてくる。

「すげーなお前！　よくも、アルベルトにそんなこと言えるもんだ!?」

敵ながらあっぱれだ。と、ヒューバートが腹を抱えて笑い出す。

「その件に関して、話しに来た」

「一回眠れたからもう殺す。とかなしですよね？　ひとまず、この本を読むまではなんとかお目こぼしいただきたい」

この堆《うずたか》く積み上げた本の山を読むまでだと？　一体何歳まで生きる気だ。または、死ぬ気はないという、意思表示か？　それにしてもこの俺に、よくも恐れもなく言いたい放題言ってくれるものだ。

アルベルトは目の前の恐れ知らずの学者の肝の据わり様に、少々の興味を持ち始めていた。

「昨夜、眠れた理由を考えた」

腕を組んでの仁王立ちで説明を始めるアルベルトに、間髪を容れずグレイが声を上げる。

「結論は出ましたか？　俺はお役御免でしょうか？」

「まず、聞け！」

どうしてもこの男とは会話のタイミングが合わない。

イラつきを抑えられずぐしゃぐしゃに銀髪をかき上げて、アルベルトは説明を始め、グレイは「黙ります」と呟《つぶや》いて背筋を正した。

アルベルトは自分が入眠できた最大の要因は、大きく区分して二つあると考えていた。

ひとつは、自分が全く興味がなく理解もできない話を、延々と朗読され頭が拒否して眠りに入ったのではないかということ。このケースは今までになかったものだ。

「魔法でもなく薬でもなく……脳疲労からの入眠というご見解ですか？」

グレイの言葉にアルベルトが頷く。

脳疲労？　とヒューバートとダグラスが首を傾《かし》げているが、ひとまず無視する。何故《なぜ》ならその言葉は、昨日、学者に聞いたばかりでアルベルトもよくは理解が出来ていない。もうひとつは、グレイの体温だ。アルベルトの体温は人より低く、対してグレイの体温はお子様体温で人より高い。

「う～ん。確かに、俺の体温は標準より高めですね」

どれどれとダグラスがグレイの手に触れて、確かにと頷く。

二度寝となった朝方、あれはよくは解らないが、人肌の温かみに意識が緩んだと思う。自我が確立した幼い頃より、誰かと共寝した経験はアルベルトにはない。これは、「共寝する女も居ないのか!?」とヒューにほぼ百％の確率でツッコミを受けるポイントであるので、体温の事のみに話は留める。

「誰かにつまらない内容の朗読を依頼して、体温の高い誰かと共寝するか、大型犬等で代替するか？

――だが、体温が高くても信頼に足りない人間と共寝は出来ないし、言葉も伝わらない生き物は避けたいな。寝入る為に、寝具を温め、更に常に温かい抱き枕となるものがあれば、代わりになるかも――」

思うままに代替案をつらつら話していると、目の前の一同が半眼でアルベルトを見つめてきた。

「――で、どうしたいんだお前？」

質問の代表者となったらしいヒューバートが、眉《まゆ》を寄せながら尋ねてくる。

「実験で、ダグに興味のない本を朗読してもらって、ヒューに共寝してもらおうかと考えている」

「「ええ？　絶対、嫌です」」

ヒューバートが両手を前にだし、強固な拒絶の上に完全固辞してくる。

「私も正直遠慮したいですが、その実験期間中の彼の処遇はどうしますか？」

ダグラスがげんなりと表情を曇らせ、グレイに目を向ける。

「皇宮内に一部屋与えて実験失敗時の保険にしようと――」

「俺、ここでいいですよ」

またも会話に割って入ったグレイをアルベルトが睨みつけるが、それには構わず、グレイは満面の笑みで続ける。

「毛布と枕くれたら全然図書館《ここ》で暮らせますんで。逆に天国でパラダイスですよ！　どれだけ生かしてもらえるかわからんので、死ぬまでここに住み着いて一冊でも多く本を読みたい!!」

こいつの本への執着心には、呆《あき》れを通り越して敬服すら湧いてきた。

グレイの言動に最早ツッコむ気力もなくなり、後はダグラスにこの場を任せて、アルベルトはヒューバートを伴い早々に自室へと引き揚げた。


入眠に対しての実験は今晩から行う予定だ。様々なテストケースはすでに用意してあるが、ひとまず今日はヒューバートとダグラスに協力を仰ぐ。否とは言わせない。ヒューバートは酒で釣れば一発だし。ダグラスは俺の為に協力してくれる。

はずだった。

面倒だなんだと多少の愚痴に付き合わされはしたが、アルベルトに大人しく付いてきたヒューバートは、皇帝居室の豪華な応接セットのテーブルに並べられた未開封の酒瓶に目の色を変えて飛びついた。

古今東西のお前好みの酒を揃えたからな。これだけあれば底の抜けた桶《おけ》に近い蟒蛇《うわばみ》のお前でも、さすがに足りるだろう？　一応、こんなよくわからない実験に付き合わせる詫《わ》びの意味合いと、幼馴染《おさななじ》みの親友への礼儀として、アルベルトが侍従に指示し準備をしたのだ。

時刻は夕刻に近付くところ。酒盛りには少々早い時間ではあったものの、こうなると封を開けないわけにはいかない、と上機嫌でグラスに酒を注《つ》ぎだすヒューバートが、皇帝の部下である将軍の面を被《かぶ》ったことがある。そして取り幼馴染みの兄役として、と前置きをして話し出した。いつ、俺の前で将軍の面を被ったことがあるのか？　とは、今のところ聞かないでおく。

「ぼろぼろ双子兄――ではなかったな。驚くほど、あの女将軍に似ていたが、お前、絆《ほだ》されたのか？」

「何にだ？」

「だってよ。一目惚《ひとめぼ》れしたんだろ？　あの、あの時」

ヒューバートは、あの時、俺と共にいた。だから、現場も状況も知り抜いている。

西の国との最後の戦場。

その中心で西の騎士への鼓舞と、そして恐らくは自らが囮《おとり》となり自軍騎士を一人でも多く自陣に逃がすために、剣を掲げ、兜《かぶと》を脱ぎ捨てた女将軍が俺を睨みつけてきた、〝あの時〟。ただひとり、俺だけを睨みつけた、あの濡れたような黒曜石の瞳《ひとみ》に、俺の心が射抜かれたのは、確かである。

「ああ。あの時は、な」

そう。あの時は――だ。

「同じ顔だから、ちょっとツマもうとでも、思ったのか？」

ほう。そういう考え方もあるのか。さすが好色将軍と裏の一部で呼ばれているだけのことはある。

アルベルトは少々考え込むように腕を組んで、ヒューバートの言葉を反芻《はんすう》し、口を開いた。

「それはないな」

「ないだと？」

「そもそも、あの女将軍に対しての興味が、もう若干薄れてきた、というのが正しいか。お前の言う〝ぼろぼろ双子兄〟が現れた段階で、一気に目が覚めた。いくら綺麗だったとしても、放置すればああなる、とな」

「――いくらなんでもドライすぎだ。一目惚れから目が覚めるにしても早すぎだろう？」

早すぎも何も、もしかしたら勘違いではと考えているアルベルトは、飄々《ひょうひょう》とした顔のまま、あの時の事を反芻した。

あの時は、逃がしてはいけないと、確かに思った。

だが、今となっては、そのどれもが、どうでもいいとさえ思える。

「まあ、怒気以外、お前は昔から感情起伏が少ない方だし、人に好意を持つなんてのも、あの人……以来なかったから、わからんではないが……。めったにない春が来たかとダグと喜んだんだけどな～」

大きなお世話である。額に若干の青筋を立てながら、アルベルトは封印されたままの高級酒を空けて、ヒューバートのグラスに表面張力いっぱいいっぱいまで、酒を注いだ。零《こぼ》すともったいない！

と情けなくもテーブルに載ったままのグラスに前かがみで口を付け啜《すす》る、情けない将軍閣下の姿に溜飲《りゅういん》を下げ、アルベルトは息を吐いた。

このままいけば、今晩の入眠実験にはヒューバートは確実に参加となる。これだけ飲んでいるのだ。騎士塔の自室には、酒臭くて戻ることは出来まい。騎士連中は皆が皆、酒に目がない。高級酒のいい匂いをプンプンさせて戻ろうものならば、将軍だとて吊《つ》るし上げを食らうのは目に見えている。

「……なんだか、大変参加したくない状況になっている気がするのは、私の気のせいでしょうかね？」

小さく扉を開けてそのまま閉じようとするダグラスの姿に、アルベルトがキツイ眼差《まなざ》しを向けると、相手は諦《あきら》めたような顔をして、やれやれと入室してきた。

「学者の様子は？」

「嬉々《きき》として未読本をかき集めて、古語解読にいそしんでいました」

参加したかった、という語尾が駄々洩《も》れだぞ、ダグラス。

そうして、幼馴染み三人の酒盛りが皇帝居室にて始まった。この流れであれば、今日の入眠実験は予定通り行う事が可能だろうと、アルベルトは高を括《くく》っていた。だがしかし——。

世の中はそんなに甘くはない。

アルベルトの楽観的予想は初日から覆る事となる。

ヒューバートは確かに酒に釣られてアルベルトの居室に留まってくれたものの、酒盛りの酒量がどんどん増えて、気付けば、共寝どころではなく泥酔。ダグラスに至っては、図書館の引き籠《こ》もり学者への寝具提供をしに行ったまま、帰らぬ人となった。ミイラ取りがミイラになるという、あれである。

翌日の近衛からの報告によれば、意気投合した敵国の引き籠もりと自国の宰相が、毛布に包《くる》まりパジャマパーティーならぬ古語文書解読パーティーに盛り上がって、図書館の灯《あか》りは、朝までついに消えなかったとの事だ。

その後、一ヶ月のテスト期間を設定し、アルベルトの考える入眠シークエンスを数種設定し、更には組合せ変更も様々試したものの、その全ては、ことごとく失敗に終わった。

アルベルトの不眠症状はテスト期間終了期限まで保たず、体力面の限界を超えテスト期間の終盤時期を待たずして、皇宮医官と宰相ダグラスの判断によるドクターストップがかかったのだ。

テストは中断、図書館の引き籠もりへの即時招集令状が出されたのは言うまでもない。

◆◆◆

グレイは、悲しみに暮れていた。

皇帝陛下の「第一回入眠チャレンジ」はあえなく、全て失敗に終わったからだ。

大変遺憾です。

図書館に籠《こも》り、住み着き、むさぼるように本を読み、たまにふらりと現れる宰相閣下と古代古語の本に関しての解釈談義に盛り上がる——。あの幸せな時間は終わりを迎えてしまったようだ。

「お前は捕虜で人質という現実を理解しているのか？　そもそも初日にあれだけ小綺麗にしてもらったというのに、もう元に戻っているではないか!?」

小綺麗とは程遠い、いつものもっさい外見に戻ってしまった感は否めないが。それで誰が困るというのでしょう？

「ええと、これが俺のスタンダードですよ？」

皇帝陛下のいつものロングブレス溜息《ためいき》を浴びせ掛けられ、「スミマセン」と本に目を通しながら返答をしたら、ここにきて最長となるお小言を頂いてしまった。

いえね。捕虜で人質の自覚なんて、ありますよ。だってここは敵国「東の国バルナバーシュ」。生きて祖国の地を踏めるとは思っておりませんとも。

「ああ！　もういい！　お前に説教しても無駄だとはこの二週間でよく分かった」

「十六日です。週にすると二週と二日——」

「まず、聞け！」

これもまた、皇帝陛下からよく聞くフレーズである。

「グレイ、よろしいですか？　陛下はすでに限界です。あなたには再度陛下の寝かし付けを——」

宰相閣下が話しているというのに、皇帝陛下の手刀が彼の頭に入り、言葉が切れる。

う～ん。まず、聞け！　と言ったのはあなたでしょうに、陛下。

「寝かし付けだと？　俺は一体どこの子供だ!?　もう一回この学者を使って実験をするだけだ。いいな、レイ!?」

「グレイです」

この問答もすでに何回目か？　と思いながら名前の訂正をしたら、宰相を打った皇帝陛下の手刀は返す刀でグレイの頭に入った。

「まず！　風呂《ふろ》に入ってこい！　風呂に入らんと俺のベッドには入れないと思え!!」

瞬間通りがかった図書館司書が顔を赤くしてそそくさと走り去っていく。

うん。このセリフだけ聞いたら誤解しますよね？　よくわかります。でも、その言葉の指すところは、あなた方の皇帝陛下のただの寝かし付けですよ……。宰相閣下と将軍閣下に両腕を引っ張り上げられて、グレイは風呂場《ふろば》へと引きずられていくしかなかった。

アルベルトの考えた入眠シークエンスは、様々な組み合わせでテストが行われたそうだ。

だが、そのテストは全て失敗に終わり、薬での入眠はすでに体が受け付けず、無理矢理に体を酷使し、失神に近い形での強制的な眠りでしか、彼は眠りにつくことが出来なかったようだ。

それも、よくて日に数時間。

悪ければ、それすらも出来なかった日も多かったとのこと。

そう、聞いていた――。

「――瞬殺だったな」

皇帝陛下の寝室のキングサイズのベッドの直《す》ぐ側《そば》で、将軍閣下と宰相閣下の呆れ声が揃《そろ》う。

ええ、一瞬でしたね。我ながらびっくりしてしまいました。

ベッドの中の皇帝陛下はまるで死んでいるかのように、ピクリとも動かず眠りについていた。

安らかな寝息に合わせるように胸が緩やかに上下する様を今、大の男三人で瞬きもせずに凝視してする。安らかに眠る皇帝陛下の顔を眺めながら、グレイはここに至るまでの事を思い返してみた。

図書館から風呂場に連行され、グレイは濡《ぬ》れた髪もそのままに、皇帝陛下の居室に強制連行された。

不眠の限度を超え、それでも体を休めることが出来ない酷《ひど》い顔色に三白眼。麗しい御尊顔が台無しです陛下。アルベルトがごろりと横になった枕元に、グレイがのそのそと乗り上げた。

「本気で、一緒のベッドに入る気か？」

将軍閣下の右手が剣にかかるのを見て、グレイは苦笑をこぼした。

「前回と同じ状況でテストをと――降りましょうか？」

乗り上げた体勢のまま、映像を巻き戻すように後退し始めるグレイをアルベルトが制した。

「いや。いい、同じ状況でテストしたほうがデータがとりやすい。ヒュー大丈夫だ。この学者の手を見ろ、剣など握ったこともない手だ」

皇帝陛下に右手を取られ、二人に向け手のひらを広げさせられる。

ええ。右手はペンと本しか持っていないので、あるのはペンだこだけですね。

「まさに。ペンしか持ったことのない手ですね」

宰相閣下の言葉に頷《うなず》き、ヒューバートが両手を上げた。

「一応敵国の捕虜だからな。我らが皇帝陛下のベッドに上げるなど、本来危険極まりない」

「これはアルが眠る為の実験ですしグレイの人となりに危険性は見受けられません。私が保証します」

おお。さすが本を愛する同胞です！　うっとりと宰相閣下を見つめていたら、皇帝陛下に小突かれた。

「で、今回はどうする。テスト対策は考えているのか？」

近くで見ると顔色も酷いが目の下の隈《くま》が、もの凄《すご》く黒い。よくもこんな体調で皇帝という激務をこなしているものだ。とグレイはアルベルトへの同情を感じ始めていた。

「テスト対策も何も、前回だってなんの手立てもなく、精神疾患の診断統計マニュアルを使って睡眠障害の診断をしようと説明しているうちに、陛下は寝落ちされましたからねえ――どうしたものか。あ、前世の世界観とか、この世界にないものとか話したらいいですかね？　出来るだけ意味の分からないお話をした方が――」

話ながらも手持《ても》ち無沙汰《ぶさた》で、つい、本当にいつもの癖でついつい、隣に横になっている寝かし付け対象者の背中をとんとんと宥《なだ》める様に叩《たた》き、流れのままにその髪を柔らかく撫《な》でた。幼い頃から寝付きの悪かった妹クレアへの、兄の所作。同じ寝床にはいったら隣の相手には何も考えずに、その所作を行ってしまうグレイは、微《かす》かにうめいた相手の声とさらりとした感じたことのない髪の感触に、現実に引き戻され血の気が引いた。この人は、東の国の皇帝陛下である!!

「っ申し訳ございません!!　手がすべっ――……へ？」

とっさに下げた頭の下から、安らかな寝息が聞こえてきた。

まさかでしょう？　と薄く目を開いたその先に、皇帝陛下の安らかな寝顔が、見えた。

「「ありえん……」」

本当にこの人は、不眠症状に苦しんでいるのだろうか？　ものの数秒で寝かし付けを行った本人であるグレイは、首を傾《かし》げて、茫然《ぼうぜん》と呟《つぶや》く皇帝陛下の側近二人にギギギっと顔を向けた。

「本当に――不眠、なんですかこの方？」

グレイからしたら、瞬殺で眠る皇帝陛下しか知らない。

前回も、気付いたら寝ていたし、今回なんて、気付く間もなく寝落ちしている。

「いやいやいや！　お前、なんか魔術とか妖術《ようじゅつ》とか使ったんだろう⁉　瞬殺だったぞ！　瞬殺‼」

ぐわっ！　っと大声を上げる将軍閣下の口を宰相閣下が抑え込む。

「ヒュー‼　せっかくアルが寝たのにそんな大声上げたら――⁉」

起きてしまうと言いたいのだろうが、皇帝陛下はピクリともせずにすやすやと眠ったままだ。

ふたりの顔色が変わる。

「魔力や妖力を使用したのならば、私が気が付かないはずがありません。一体どうしてこんなことが⁉」

信じられないと声を上げ、皇帝陛下の様子を窺《うかが》い、瞼《まぶた》を引っ張り、鼻をつまみ、両頬を引っ張り
――。って……。

宰相閣下、そんなことしたら、せっかくお眠りになった皇帝陛下が起きてしまいます。

ああ、将軍閣下……。ベッドに上がるのはいいですが、皇帝陛下に馬乗りなって両手を持ち上げ脇をくすぐるなんて、安眠妨害も甚だしいと思います。

あなた方は、大切な皇帝陛下を眠らせたいのですか？　それとも起こしたいのですか？

俺は、図書館に帰って宜しいでしょうか？

「よし！」

何がよしなのか？

将軍閣下がその一声と共に、グレイを挟んで皇帝陛下と逆サイドの左側にごろりと体を横たえた。

「俺も寝かし付けてみろ。なんかの成分でもお前が出しているかどうか、検証だ！」

「何がよし。で、何で検証するんですか？」

げんなりとするグレイに、ダグラスが溜息を漏らす。

「申し訳ないですグレイ。ヒューは脳筋ですからね、身をもってしか事態の理解が出来ないのです。ちょっと付き合ってもらえますか？　私は詳細を見分し、分析をさせていただきたいと思います」

言うなり、ベッドサイドの椅子に腰を下ろしダグラスは紙とペンを手にこちらを鋭い目で見てきた。

ふたりとも正気なんですね？

これが東の大国の皇帝陛下の両翼《りょうよく》と言われる最側近のお二人なのですね。まあ、皇帝陛下も皇帝陛下ですが……。この騒ぎの中で大熟睡たあ、本当に不眠で苦しんでいるのでしょうか。

「なんか話せ。お前の話と体温がポイントじゃないかと、アルが言っていた。実験だ実験！」

「いきなり話せと言われましても、将軍閣下は睡眠障害もないので診断は不要でしょうし」

それよりも、国のトップの皇帝陛下のベッドに皇帝と将軍と捕虜の男三人で川の字になって、それを見守るのが宰相閣下ってのは、これは現実なのでしょうか？

「興味のない話の方が眠気が来ますかね？　それとも興味のある話の方がいいですかね？　どちらにしても、この状況で主君のベッドに寝っ転がって、睡眠チャレンジなんて、平和なのか俺への罠《わな》なのか——一体何の冗談でこんなことに——」

そんなことを言いながらも、常の習性とは恐ろしいもので……。実験体である将軍閣下の背中をとんとんし、流れのままにその髪を撫でてしまう。自国に居た時もそうだったが、寝具の上で共寝する対象にはつい手が出てしまう。クレアは可愛かったから、いつでも一緒に眠っていたし、カンの虫が強く夜泣きの酷かったクレアの寝かし付けはグレイの担当で必殺技だったのだ。

「確かにクレアの寝かし付けに関してはプロでしたが、大の男の寝かし付けなんて――」

ぐだぐだと管《くだ》を巻き、だらだらとどうでもよい話をしていたら、「――グレイ」と、宰相閣下に名を呼ばれた。

「――ヒューが寝てます」

グレイの左脇には、いびきを上げて爆睡に入る将軍閣下の姿があった。

これは、両手に花。と言っていいのでしょうか？

宰相閣下の左目のモノクルがずるりと落ちて、床に転がって行った。

「なにか――しましたか？」

「……特には何も」

そんなの、こちらが聞きたいくらいですよ、宰相閣下？

自分の右手には、俺の体に顔をくっ付けて、規則正しい寝息を立てて眠られる皇帝陛下。左手には、がーがーいびきを上げながら、俺の左腕を離さぬままに大の字で熟睡なさる将軍閣下。二人とも、目を閉じている御尊顔を拝見いたしますと、失礼ながら、皇帝陛下と将軍閣下とはとても思えない、なんとも言えない、言ったら怒られそうな、幼さが垣間見える寝顔を、している。

寝顔は赤ん坊の時から変わらない。とは、世の母親が子供の寝顔を見て溢《こぼ》す言葉である。

人の顔立ちは生まれた時から結局はさほど変わらないものなんだな。と、グレイもクレアの寝かし付けで寝顔を見る度にいつもそんなことを感じていた。きっと彼らも、それに該当するのだろう。

ええと。なんだろうか、この感じ……ふたりのこの顔……。

グレイの心がさわさわとさざめいた。

伏せた睫《まつげ》毛の影が映る、頬。

自分にひっつく、心地よい、体温。

この既視感には、覚えがある。

なんだか、記憶に、ある様な気がしないでも、ない。

あれ――？

「グレイ。今日のところはそのまま眠ってくれますか？　朝までの状況は、私がレポートしておきますので」

宰相閣下の声に意識が戻る。

心のさざめきが落ち着かないままに、グレイは宰相閣下にゆっくりと顔を向けた。

「どうかしましたか？」

宰相閣下の顔を瞬きもせずに静かに見つめて、グレイは小さく笑んだ。

「――いえ。お言葉に甘えて、寝ますね。おやすみなさい」

二人の間にごろりと体を横たえたグレイに、宰相閣下からの「おやすみなさい」という言葉が聞こえてきた。

◆◆◆

見上げた空が青い。皇居の森の新緑も綺麗《きれい》で、世界のすべてが美しく見える。

アルベルトは毎日の睡眠が、体と精神に及ぼす影響を、我が身を以《もっ》て思い知る。

悔しいが、あのよくわからない西の国から来た学者が、自分を眠らせてくれるのは確実なようだ。

「第一回入眠チャレンジ」はことごとく失敗に終わったというのに、図書館の引き籠《こ》もりを招集してみたら、瞬殺でアルベルトは眠りに落ちたと、ダグラスからの報告を受けた。以降、週に一度の頻度で引き籠もり学者を招集し睡眠を確保。それが数日に一度の招集となり、いまや、自分でも認めたくはないが、毎日、自分ではシャツのボタンもまともに留められないあの学者に寝かしつけられている。

その事実に無性に腹が立つ。ヒューとダグには毎日心外だと怒りの言葉を伝えているが、実のところ、体を取り換えたかのように、生き返った自分がいる。

「——アル、最近別人みたいに元気だな」

護衛の任に着いているヒューからの言葉には振り返らない。何故《なぜ》ならそれを認めたくないからだ。

目覚めは、驚くほどにすっきりと清々《すがすが》しかった。

深い眠りから目が覚めたということは、瞬間理解したが、周囲の状況の理解は出来なかった。

アルベルトの腕の中には、自分が焦がれる女将軍と同じ顔をした引き籠もり学者。悪夢にうなされているみたいに眉根《まゆね》を寄せ唸《うな》り渋い顔をして、寝ている。学者の背後には彼を背中から抱き込んだ、わが友にして国の将軍であるヒューバートが大いびきをかいて熟睡していた。

「──おはようございます。アル」

恐らく昨晩から一睡もしていないであろうダグラスが、目の下に隈を作った顔をヒューの背後からにゅきっと出した。

「……この、状況は?」

「アルが瞬殺で眠りについたので、検証をしようとヒューも混ざって──こうなりました」

重い……。と呻《うめ》き体を丸めながら未《いま》だ目覚めないグレイを、背後からぎゅうぎゅうに太い二の腕で抱きしめて、涎《よだれ》を垂らしてヒューバートも熟睡したままだ。

「──検証は、できたか?」

自分も学者を抱きしめたままだったのがなんとも、バツが悪い。

のそりと上体を起こし髪をかき上げたアルベルトに、ダグラスがぽつりと言葉を溢した。

「58秒と86秒」

「は────?」

「アルが58秒。ヒューが86秒で入眠しました」

嘘《うそ》だろう。と目を剝《む》くと、本当です。と一刀両断された。

「さすがに──男四人で同じ寝台での共寝は避けたかったので、私は朝まで検証を行っていました。……今晩にでも別途、私が実験させていただきます。あまりに信じられないので」

「男三人でもどんだけだ……。他には絶対洩《も》らせんぞ、バルナバーシュの皇帝である俺が、男三人で寝台で共寝したなどと――」

ぐしゃぐしゃと銀の髪をかき上げるアルベルトに、寝不足顔のダグラスが溜息《ためいき》を吐《つ》いた。

「事実ではありますが、絶対に洩らせませんねえ。さ、朝議の時間までに風呂《ふろ》にでも入ってきてください。もっとスッキリしますよ」

ダグラスに言われるままに朝風呂《あさぶろ》を浴びると、生まれて初めてくらいの爽快感《そうかいかん》を味わった。今なら世界も取れそうな感覚のまま寝室に戻ったら、学者と将軍はまだ寝ていた。学者は相変わらず背後からヒューバートにぎゅうぎゅうに抱き締められたままで、辛《つら》そうに眉《まゆ》を寄せてはいるものの、目覚める気配がまるでない。対するヒューバートはなんだか幸せそうで、アルベルトの腹がむかむかしてきた。

なんでかわからないが大層イライラしてきて、ヒューバートを学者から引っぺがしたら、少々スッキリしたのは、一体何だったのだろう。

日々のルーチン業務である午後の軍務を終えた頃、ダグラスから引き籠もり学者の現況報告を受け、瞬時に眉が寄ってしまう。

またか。との呆《あき》れと、ほんの少々の、本当にほんの少しではあるのだが、顔を見ないと安心出来ない心持ちがあり、アルベルトは護衛任務のヒューバートと共に皇宮図書館へと足を向けていた。

「呑《の》まず食わずで図書館から出てこないと聞いて、様子を見に来てみれば……」

自分でも思う、あまりにも冷たいあきれ果てたような声が出た。

引き籠もり学者は安定のボタン掛け違いまみれのシャツ姿で、意識せずとも、わやくちゃになったシャツの前身ごろに目が刺さりこんでしまう。学者は、むうっとした幼子が怒って膨れたような顔をしてアルベルトを見上げ、納得がいかない顔のまま、面倒くさそうにシャツのボタンの掛け違いをもそもそと直し始めた。

「ボタンなど、どれだけ掛け違えていても、誰にも迷惑はかからない、って顔だな」

「俺の考えを読まないでください。そんなことを言う為に、わざわざ側近まで連れていらっしゃったわけではないでしょう？　ご用件をどうぞ」

用件だけ伝えてとっとと、出て行ってもらいたい。と、その顔にははっきりと書いてある。この国の皇帝である自分に対して、こいつは本当に恐れも敬いもなく、まったく遠慮がないのだと理解する。幸せな読書天国時間を邪魔されたことが余程悔しいのか、学者がぷうっ！　と頬を膨らませた。

「「子供かっ!?」」

アルベルトとヒューバートとダグラスが声を上げたのは、ほぼ同時だった。

「随分な言われようですね。言っちゃなんですが、俺、あなた方より年上ですからね！　ご理解頂いてますか？　中身、五十八歳ですからね!!」

「この状態とその膨れ顔見て、敬えとでもいう気か!?」

「もうちょっと尊重とかですね――」

「そ、そんな膨れ顔でボタンもまともに閉じられないような者を、どう尊重しろと、どの口が言っている!?」

真正面から噛《か》みついてくる「年上」の学者の弁があまりに可笑《おか》しくて、相手に感じていた何とも言えない悔しさも相まって、両頬をツマんで引っ張ってやると、「年上」の学者様が更に膨れて地団太踏んだ。

「……もっと子供になってますよ」

「ひとまず。風呂にはきちんと入って飯もちゃんと食ってから、もう一回チャレンジしてくれ……お兄様……」

ヒューバートとダグラスが、肩を震わせて笑いを噛みしめているのが丸わかりだ。

アルベルトは、正直に言うと二人と同じく可笑しくて笑いたかったのだが、学者へのえも言われぬ口惜しさが先行して、どうにかこうにか飲み込んで耐えた。

◆◆◆

アルベルトの入眠チェレンジから遅れる事一週間。

本来であれば翌日に行う予定だったそれは、諸般の事情により、今日のこの日まで延期を余儀なくされていた。

ダグラス・アトリー・ハミルトンは考えていた。

名門大公家であるハミルトン家に生を受け二十五年。

あまり人に興味を持つことなく生きてきたダグラスが、目の前の珍獣から目が離せなくなっている。

珍獣の名は、グレイ・ブラッドフォード。

西の国の将軍家に生まれた学者、らしい。皇宮謁見の間で初めて見た時のよれよれの学者の風貌《ふうぼう》はもうなく、ぴかぴかに洗われたその姿は戦場で見た光を具現化したように輝いていた女将軍に瓜二《うりふた》つだ。だが、同じ姿とは言えグレイには女性的な印象はまったくなく、女将軍を男にしたらこう、というような男性的な眉目秀麗《びもくしゅうれい》さがある。双子とはいえ、男女の二卵性であるはずが、綺麗で怜悧《れいり》な美《び》貌《ぼう》はそっくり同じ。よくも今まで隠しきれたものだと思う。

ダグラスは、じっとグレイを見つめて、自分の手元に届いた彼の報告書を思い出していた。

本来捕虜になるはずだった妹の代わりに現れた珍獣《グレイ》を、ダグラスは自らの持つ情報網を使って調べ上げた。アルベルトは何故だかわからないが、彼にしてはあり得ない程簡単にグレイを近付けさせたが、自分はそう甘くはない。間者を放った翌日には、彼の生まれから今までの情報が手元に報告されたのだが、届いた報告書は、なんとたったの一枚。

生まれから今までの二十八年間を調べさせた報告書が、たったの一枚だなどと、在り得ないにも程がある。優秀な間者だと信頼していた相手から差し出されたその報告書の内容が、まあ、凄《すご》かった。

【グレイ・ブラッドフォード

二十八歳・黒髪黒目・職業学者・名門軍閥ブラッドフォード家長男

双子の妹はクレア・ブラッドフォード将軍】

報告書の文章は三行のみ。

こんな報告は聞かなくてもわかっている。と、声を荒らげたこの国の宰相に、深く頭を下げた間者は噛みしめた口を開いて呟《つぶや》いた。「これ以上の事は何一つ調べることは出来ませんでした」と。

「現在の歴史教育では、東と西の二国はもともと一つの国であり、二人の王子が世界を発展させるために二つの国を興したと学びますが、それは偽証だとわかりました！　――ここです。この文章に兄王子バルトサールと、弟王子バルナバーシュの決裂の記述があります。二つの国が出来た本当の理由は、王子同士の兄弟喧嘩《きょうだいげんか》で、おまけに喧嘩の理由が夕食の肉の量が発端って!?　ありえなさすぎて凄い！」

彼は興味のある話を始めると止まらない質《たち》のようだ。頬を紅潮させ、手元の三冊の本を突き合わせ解読しているグレイの目は輝いていた。その輝く黒曜石の瞳《ひとみ》に見惚《みと》れてしまったことは、誰にも言えない。

バルナバーシュの誇る間者が何の情報を得ることも出来なかったグレイとは、一体何者なのか？

アルベルトを守護する為にも、自分はグレイに対して慎重に関わり、冷静に分析しなければならない事は、誰よりも自覚している。だが、どうしてだろうか。この人の側《そば》に居て、この黒曜石の瞳を見ていると、そんな事情の全てが杞憂《きゆう》な気がしてくる。何故、こんなに緊張感が緩むのだろう？

得体のしれない対象に対して、自分がこんなことではいけないと、そんなことは分かっている。

それでも――。ダグラスはついに、ある決断を自らに下した。

これはもう、目の届く距離で、自分が監視するしかない、と。もともと戦争捕虜となるはずだった女将軍クレアの代理として皇宮にやってきたグレイに対し、先だっての閣議決定の後、ダグラスは正式に皇宮での滞在許可を与えることにした。その理由は閣僚には開示していないが、アルベルトの睡眠障害解消への一筋の光明となったグレイを、逃がすわけにはいかない、の判断も含まれる。

閣僚達にはもっともらしい適当な理由を盾に、グレイの必要性を説いた。

宰相であるダグラスの弁に、異を唱えるものは出なかった。まあ、ヒューに睨《にら》みを効かせてもらって、誰にもノーを言わせないようにしたのだが。なにせ、今は、アルベルトの体が第一だ。国の先頭に立つアルベルトに倒れられるわけにはいかない。

皇宮内での居室は――グレイが皇宮図書館希望といってきかないため、寝泊まりは許可し別室も確保したのだが、案の定グレイはほぼ図書館で生活しているらしく、あらゆる意味で目が離せない。

監視の実務も含め、目が離せない理由は三つ。

一つ目は、間者を使っても不明なグレイの情報不足。まず何者かがさっぱりわからないので、人となりも含めグレイという人間を知ることが最優先となるため。

二つ目は、滞在の許可は下したが、グレイは敵国の、そうとはひとかけらも見えないが将軍家という武門の出自である。ないとは思うが、スパイ活動の抑制とアルベルトへの防御が必要であること。

そして最後の三つ目は、二、三日放置すると、初日のよれよれの学者姿に戻ってしまうことだ。

どうでもいいと言えばそうなのだが、せっかくの美麗な姿が維持できないのはもったいない。女官と連携し、適時、グレイの面倒を見てもらっている。業務外の作業となるので別途手当の支給も含めて協力を願ったところ、女官達は侍女も含め諸手《もろて》を上げて無報酬での協力の名乗りを上げてくれた。

出来れば、美しい姿を保持して欲しい。これはダグラスの目の保養の意味合いもあった。

政務の間を割き、グレイの巣と化している皇宮図書館の一角を訪れ、彼の姿と動向を確認することがダグラスの最近の日課となっていた。その度に交わすグレイとの古文書解読や蔵書に関しての会話とティーブレイクは、監視役だとしても正直楽しいものだった。古い文献や自分の知らない学問の解読は、幼い頃からのダグラスの趣味であり楽しみでもあるが、こんなにも語り合える相手はこれまでにただの一人もいなかった。グレイは博識で、ダグラスでも解読することが出来なかった古代文献や、単独では学べなかった学問等を、次々に翻訳、指南してくれた。

参考図書を開き説明を続ける横顔は見とれる程に美しく、目を奪われてしまう。

さらりとした真っすぐな黒髪が揺れ、黒曜石の瞳がダグラスを覗《のぞ》き込んできた。

「宰相閣下？」

どうかしたのか。という顔をグレイが向けてくる。

見とれていたことは、どうやら気付かれてはいないようだ。

「いえ……簿記論というものは初めて指南を受けましたが、大変面白くて、どんどん目が冴《さ》えてきて

――実験になりそうもないな、と」

本日二人は同じベッドの上に車座に陣取っていた。その理由は、アルベルトの睡眠実証実験である。

先週、一分を切る速度でアルベルトを入眠させたグレイの手腕を調査する。それが、宰相でもあり、従兄《いとこ》でもあり友でもある、ダグラスの本日の仕事である。

「……もう一人は、即行で寝落ちしましたね」

「脳筋に簿記論は――子守歌に同意なのでしょう。その手は？」

今日はグレイと二人で睡眠実証を行うはずだったのに、何故《なぜ》か現れたヒューバートがグレイの右側に大きな図体を横たえ、今やすやすやと寝息を立てている。

グレイの腰に回した左腕を自らの枕にして幸せそうに眠るヒューの背中を、グレイが一定のリズムで優しくとんとんしているのが、ダグラスのカンに触った。

「あ、ああ。これは――もう癖だな。うちの妹、クレアが幼い頃から寝付きが悪くて、寝かし付けを長年やってたんだ。あいつは背中をとんとんして髪を撫《な》でてやらないと、眠りに入れなくて。寝床に誰かが居るとつい」

「私には？」

つい、口をついて出てしまった言葉に焦り、口に手をやり視線をずらす自分に、グレイが小さく笑う声が聞こえた。

「宰相閣下とは、話が合いすぎて会話が弾みすぎていけませんね。俺の必殺技が効くかどうか、実験してみますか？」

グレイが彼の左傍らにある枕をぽんぽんと叩《たた》いた。

「どうぞ？」

これはまずい。すでに、抗《あらが》えないぞ。

この国の宰相として、これはヤバいと思いながらも、ダグラスがグレイに言われるままに枕に頭を載せ体を横たえた。すぐ右隣に、グレイの体温を感じ胸がそわそわしてきて、どうしようもなくて、目を閉じる。するりと髪を撫で滑る手が背中に落ちた。とん。とん。と柔らかなリズムで背中に落ちるあたたかな手に、なんだか瞼《まぶた》が重くなる。何故だろう感じる不思議な安心感に、安堵《あんど》の息が漏れる。

「これで、宰相閣下が眠りに入れたら、俺の手は本当に眠りの神の手《ゴッドハンド》かもしれませんね」

くすくす笑う耳に心地よいグレイの声すら、子守歌の様だ。

これは、寝るだろう。わかるよ、アルベルト――。

「――宰相閣下？」

「……ダグで、いい」

そこからのダグラスの記憶は、もうない。

小話：【図書館司書は涙する】

私の名前は、キース・エンゲル。

東の大国バルナバーシュでは古い血筋を繋《つな》げる、エンゲル伯爵家嫡男として生まれ、現在は皇宮図書館司書長を拝命しています。

皇宮図書館は皇帝陛下の許可証がなければ入室出来ない、バルナバーシュでも宝物庫扱いの由緒正しい場所です。世界の貴重文献を所蔵しているこの図書館での私の仕事は、本の管理、整理、修繕、リクエストに対しての文献探し、入出管理、入室者管理など多岐に亘《わた》り、中でも一番の重要な仕事は貴重な本を守る事です。

毎日決まった時間に図書館の扉を開錠し、決まった時間に施錠し、本を守り抜く。

それが図書館司書長としての、私の誇りでもありました。

あの。図書館の主《ぬし》が現れるまでは……。

「グレイ・ブラッドフォードと申します。西の国で学者をしていました。宜しくお願いいたします！」

そう言って手を差し出した黒髪黒目の美しい人は、自分だけ名乗ると私の名乗りを聞く間もなく、くるりと背を向け本棚にダッシュして行かれました。

大変申し訳ないですが、図書館内では走らないでいただきたいデス。まったく聞いてないですね……。

眉目秀麗な姿とは裏腹なシャツのボタンを全てかけ違ったわちゃわちゃな着こなしは、斬新という一言で片付けてよいのでしょうか？　入室確認すら忘れ、口を開けて立ち尽くす私に、皇帝陛下からの「グレイ・ブラッドフォード図書館フリーパス」の通達が届いたのはこの後すぐのことでした。

あの日から、彼は図書館の主《ぬし》に、いえ、図書館の王になってしまったのです。

ええ。あの日から、図書館には鍵《かぎ》なんて一度もかけていません。

かけられないと言った方が正しいですが。もう、諦《あきら》めました。

彼は図書館内中央の大机エリアを占拠し根城とし、本を積み上げ要塞《ようさい》を建て、ほとんど図書館に住み着いてしまったのです。ですが、物資と食料の補給がなければ、籠城《ろうじょう》戦はこちらが有利――。

勝利は我にあり！　そう考えていた日も、ありました。

が、なんということでしょう。彼には……最強の補給部隊がいたのです。

私みたいなたかが一介の図書館司書などが太刀打《たちう》ち出来るはずがない高貴な方々。

そうです。最強の補給部隊のメンバーはお察しの通り。誰も勝てないし、止める事すら出来ません。

「キース。グレイはどこの本棚に居ますか？　グレイの巣に姿がないのですが」

巣、って言っちゃうんですね？　………宰相閣下。

私は図書館司書長であって、図書館の王の管理は管轄外となります。

毎日正午前後に必ずバスケットを携えてやってくる宰相閣下が、本の砦《とりで》の中に姿がない図書館の王を探されています。バスケットからは、ここからでもわかるいい匂いが薫って参ります。

図書館は本を守るため、飲食禁止なのですが、そんなこと口が裂けても言いません。

「――お前なあ。毎回、朝議が終わるなり姿を消すと思ったら」

おっと。本日は将軍閣下までいらっしゃいました……。図書館の王が降臨するまで、その凛々《りり》しいお姿をここで拝見したことなどありませんでした。一度お聞きしたいと思っていたのですが、将軍閣下は、読書をすると五分で寝る、という逸話は本当なのでしょうか？

「昼食時間に昼食をとるのは当たり前でしょう？」

「そのことに問題はない。問題は、場所と相手だろう。え、ダグよ。そのバスケットはなんだ？」

「昼食です」

「おいおいおいっ――」

将軍閣下が私の言葉を代弁してくださっている！　ああ、涙が溢《あふ》れてきそうですっ――。

「そういう貴方《あなた》は何故ここに？　脳筋の貴方に一番不似合いな場所ですよ、ここ」

「俺は最近忙しかったから、エネルギーチャージにきた」

「はい？」

「だってよ。あの学者と寝ると疲れが取れるんだよ」

私の涙が違う意味に変わりました。先日も、「風呂《ふろ》に入ってこないと、ベッドに入れない！」と、皇帝陛下が図書館の王に吠《ほ》えていらした――。

これは言葉の通りに受けとってよいのでしょうか？　誰か教えてください。

自分の立ち位置がわかりません。一回人気のない場所で叫んできた方がいいのでしょうか？

「あ、居たぞ」

将軍閣下が親指を向けたのは、図書館の王の巣から少々離れた、古書を傷めないため日差しを遮ったエリアにあるライティングデスクの下。すらりと長い脚が二本、机から生えている。靴下すら履いていない裸足《はだし》の足が白く艶《なま》めかしくて、うっかり息を飲んでしまいました。

流れのまま、お二人と一緒にライティングデスクに近付き覗き込むと、デスクの床下に上半身を突っ込み、貴重文献を抱きしめて爆睡している図書館の王の姿がそこにありました。

「ああ……。またむさくなってるな。風呂入ってないのか？　ちゃんとしてれば綺麗《きれい》なのにもったいないなあ」

「グレイ。ご飯ですよ。起きてくださいって――ヒュー！　潜り込まない！」

床下は木組みで大机エリアの大理石よりは気持ち柔らかいと言っても、床ですよ？

天下の将軍閣下が、床に膝《ひざ》をつき図書館の王の横に潜り込もうとしています。

「いや、俺はもともとエネルギーチャージに来ただけだし」

「グレイはこれから私と昼食をとりながら、政教分離の原則に関し論争をする予定なのです。起こします！」

「あ～眠くなる話だなあ。最適だ」

この国のナンバー2《ツー》とナンバー3《スリー》と言われる、宰相閣下と将軍閣下が、図書館の床で膝詰《ひざづ》めで図書館の王を取り合うなど、私には、何も見えても聞こえてもいません。我が身を守る為には、それが一番の良策だと、私の中の私が、叫んでおります。図書館の王は、相変わらず貴重文献を抱きしめたまま寝息を立てて幸せそうに眠っています。顔だけ見たら、眠りの森の美女もかくや、というほどの美しさなのですが、シャツの前身ごろが相変わらずめちゃくちゃです。

キースの頭の中に嫌な予感が広がっていた。

着衣の着こなしに五月蠅《うるさ》いあの方が、光臨されたら大変だ。

逃げるか。と、キースが心を決めその身を反転させたそこに、今、一番お姿を見たくなかったその方が、憮然《ぶぜん》とした冷たい表情で口を開いた。

「揃《そろ》いも揃って、一体、何をしている？」

皇帝アルベルト・ミリアン・バルナバーシュ様の光臨に、ついにキースの目から涙が落ちた。

床に座し揉《も》めていた宰相閣下と将軍閣下を、それからライティングデスクの床下に上体を突っ込んで爆睡する図書館の王を見下ろして、皇帝陛下はぼそりとおっしゃいました。

「こいつに、誰かシャツのボタンの閉じ方を教えてやれ」

私も、そこに関しましては常々何とかならないかと、思っておりました。皇帝陛下。

4：【オカン三人衆そろい踏み】

なんだろうか。

最近、東の国のトップ3《スリー》が、どこぞのオカンのようになってきています。

皇帝陛下は「ボタンの掛け違い」を理由に身なりに気を付けろと日々注意をくださるし。

宰相閣下は「きちんと食事はとりなさい」と片手でも食べられる食事と飲み物を持ってきてくれ。

将軍閣下は「風呂には入ったか歯は磨いたか」と日に一度は様子を見に来るし。

毎日の読書時間を邪魔されて、多少のうっとうしさはあるものの、いい人たちでは、ある……と、思うように最近しています。何故《なぜ》なら、そうでも思わないと、やりきれないんです。

日を置かず、同じ寝台で何でか抱きしめられて眠っていれば、正直少々の情も移るし、いつも険のある顔つきをしている割に、寝顔は案外幼くてかわいい――。それはひとまず横に置いておこう。ただ問題なのが、睡眠障害の皇帝陛下の抱き枕として一緒に寝るのはしぶしぶ理解はできましたが、皇帝陛下のお呼びがかからない時を狙って、将軍閣下と宰相閣下からも共寝のお誘いを受けるのはどういったことなのでしょうか？

疲れが取れる？　夢も見ないで爆睡できる？

――ソウデスカ。お力になれてよかったです。ははは。

世の理《ことわり》全てにおいての不感症。とよく言われる自分に何故かのこの状況。

まあいいか。とそれ以上は考えない。考えても無駄だし、答えの出ないことは気にしない。好意にも敵意にも、自分にかかる殺意にも何もかもに対し、グレイは全く構うことはない。正直どうでもいいからだ。生まれた時から自我があるグレイにとって、自分に向けられる人の感情を読むことは造作もない。幼い頃は周囲の大人の真意を読み取り、自分優位に望みの方向に物事が進むように、言動と行動を調整し周りを動かしてきたが、今はもうそんなことは止《や》めた。

他でもない、自分という存在の危うさに気付いたからだ。

生まれ育った西の国をとれ、と言われれば、知力と策略のみで掌握出来る算段はある。

西の国と東の国との戦争も、終息させろと言われれば止める計略は頭にあった。それをしなかったのは、誰にも求められなかったことが理由ではあるが、一番の理由ではない。一番の理由は、自分がこの世界の危険分子だと、グレイが考えているからだ。

前世の記憶と知力を持ち、この世界の理《ことわり》を簡単に変えてしまうことが出来る頭脳を持って生まれてしまった自分が、この世界の未来に関与することは危険だ、とグレイは自分を律した。

自分は世界の傍観者でなければいけない。

そのグレイの生き方が、世捨て人のような風体と風貌《ふうぼう》と印象をもたらし、彼の周囲に人が寄ることを長い間拒んできた。グレイが側《そば》に置けるのは、生まれてこの方、クレア以外には居なかった。共にこの世に生を受け、赤ん坊の時より成長を見守り続けた双子の妹クレアは、前世からの記憶を繋ぐグレイにとっては妹というより、我が娘、といった感覚に近い。

自分が世界に関わるのは、クレアの生死に関わる時のみ。

そう考えて生きてきたのだが、ここにきて、少々状況が変わってきた。

この世界のことを、色々考えて今まで生きてきたものの、「この楽園」に至り、その考えを少々変更しなければいけない、とグレイは自分の生き方の修正を検討し始めていた。

だって、本が沢山あるのですよ皆さん。それも、未読本がわんさかと。

世界の理もなにも、最早関係ございません。

この目の前の蔵書群を全て読まずして、死ぬことなど出来はしない。

東の国の皇宮図書館を住《す》み処《か》と定めたグレイは、ここにあるすべての本を読むために、この世に生を受けてから二十八年間貫いてきた世界の傍観者である自分のポジションを捨てることにした。

正直に言おう。自分の欲望に勝てませんでした。どうもすみません。

二十八年のポリシーを瞬時に捨てる理由が、本。

クレアが聞いたら笑ってくれるに違いない。彼女はいつも、それを望んでくれたから。

さて。この楽園《パラダイス》を守る為には、行動を起こさなければいけないようだ。年下オカン三人衆は聡《さと》くとも、まだ若い。直接の悪意には敏感でも、真綿でゆっくりと締められるようなじりじりとした計略に対しては絶対的に経験値が足りない。自分は決して表に出ず、水面下で彼らの脅威を取り除く。

さすれば、皇帝陛下の安眠は保証され、自分の首も繋がり、イコール、ここに住み着いて本が読み放題!!

「よし！　それでいこう!!」

「「――それとは？」」

拳《こぶし》を握り締め立ち上がったグレイの前に、ダグラスとヒューバートが怪訝《けげん》な顔をして立っていた。

「えぇっと、明日読み込み予定の、本の順番を決めていました」

適当にそれらしい返答をすると二人は簡単に納得し頷《うなず》いてくれた。

自分のいつもがいつもなので、読書目的の言動は華麗にスルーしてくれて、大変助かります。

「お前は本当に、本があれば生きていけるんだなあ」

「ええ。逆に本がないと死にますね。俺のエネルギー源なので。それはそうと、こんな時間にお二人でいらっしゃるのは珍しいですね」

将軍閣下に言葉を返し、宰相閣下に視線を流す。

二人の気配はいつもと同じ。のように見えて、少々の剣呑《けんのん》さがあった。二人がここを訪れるのは最早日常茶飯事ではあるが、二人一緒というのはなかなかにレアケースだ。

それに、その目。いつものリラックスした目ではない。獲物を見つけた、鷹《たか》の目に、似ています。

ああ。やはりこの人達は、人間としての出来がいい。俺が懸案していることに、気付いたか？

裏から手を回し、この楽園を守ろうとしたが、要《い》らぬ気遣いだったようだ。よかった。俺が動かなくても、楽園は守られる！　心の中でガッツポーズしたのだが、それこそが、グレイの間違いだった。

「グレイ。今晩アルは第五回入眠チャレンジですので、私と寝ましょう」

「いや。俺と寝よう」

「ヒュー！　あなたは、アルの護衛に行きなさい！」

「ずっこいぞお前！　お前は入眠チャレンジの検証に付かなくていいのか？」

ええと。どっから突っ込んだらいいかな？

「俺は午後から非番なんだ。このところ何かと忙しかったしアルの面倒も見ていた。ここら辺でがっつり睡眠をとりたい！」

だからどうした？　と聞きたいが俺の今の立場ではひとまずの苦笑いを返す他はない。

「それを言うならこちらも同じです。更には、私はグレイとの約束があります。時間が出来たら一緒に先日発見された神殿創主の碑文をごろ寝しながら解読をすることになっていたのです！」

そんな話をしたような記憶はありますが、約束した記憶がございません。

「お二人とも、午後が非番なんですか？」

非番自体が珍しい二人である。午後を完全オフにするなど、恐らくかなりの手立てを取り非番をもぎ取ってきたのだろうことが推測できる。

皇帝陛下も含めて、このオカン達は働きすぎである。

前世的にいうのならば「仕事中毒《ワーカホリック》」というやつだ。

そこは理解しておりますが、ですが！　と強く言いたいことがございます。戦後の政務や軍務が忙しいのはよくわかるし、人間はやはり体が資本なのもよくわかります。皇帝陛下は百歩譲って睡眠障害のリハビリと納得したくはないが諦《あきら》めたので共寝はよしとしているが、あなた方は、自力睡眠も可能なので、とっとと自室に帰ってベッドに入ればいいのではないでしょうか？

これを言うときっと、「一緒に共寝すると有りえない程の熟睡ができる」と切り返されるのがオチなので、口を噤《つぐ》もう。ぐっすり寝たい、というのならば、力を貸さないでもないが、まずはこんなところで口喧嘩《くちげんか》をしている余裕と余力があるのであれは、俺は不要では？　と強く具申いたします。

「『非番だ！』です！」

俺の今日の午後の予定は、図書館便覧の完全読破だったのだが、こうなってしまっては、もう諦めるしかないのだろうか？　正直物凄《ものすご》く悲しいです。

ぐい！　っと将軍閣下に体を抱き込まれる。

「譲れ！」

がし！　っと宰相閣下に体を引っ張り込まれる。

「譲りません！」

おっかさん達！　子供の取り合いはいけません!!　前世の時代劇ネタで、生みの母と、育ての継母、ふたりが子供の〝親〟の名乗りを上げて、互いに子供の腕を引っ張り合い、力ずくで奪い取った方が本当の母親！　という大岡裁判ってお話があった。あれは、子供が痛がるのを見てあまりに可哀そうだと手を離した方が、本物のおっかさん！　ってオチだったけど、これは、腕の引っ張り合いではなく、ほぼラグビーボールの取り合いで二人の胸の間を行き来し抱き込まれているので、ちと違うか。

なんか、どうでもよいほど平和で馬鹿馬鹿しくて、そんなことを考えていても、結論はまだ出ないようです。

あなた方ふたりと皇帝陛下は……よく人のことを「子供か？」とおっしゃいますが、ここで声を大にして言わせていただきたい。どっちが子供だ!?

「俺の午後の予定はキース、と図書館便覧を完全読破することです！　空き時間はございませんので、お引き取りの程、宜しくお願いいたします！」

怒りに任せて二人の腕からすり抜けて脱兎《だっと》のごとく図書館司書ブースに逃げ込んだグレイは、逃げようとするキースの胴体にしがみつき「い〜っ！」と歯を剝《む》いた。

まずい。これではこちらが完全に幼児だ。

あまりに子供くさい態度をとってしまったことに瞬時に気付いてそろりと顔を上げると、そこには死相を映したキースの顔と、殺意を持ってキースを睨《にら》みつける、宰相閣下と将軍閣下のお顔がありました。

ごめん。キース。巻き込んでしまいました……。

今後はこのようなことがないように善処いたしますので、どうか許してほしい。

◆◆◆

本日の天気は快晴である。

初夏の気持ちいい陽射しと風を浴びて、散歩や乗馬などに向かうには絶好の日和《ひより》だ。だと言うのに、図書館の主。いや、図書館司書長キースの命名の方がしっくりくる「図書館の王」は、あいも変わらず本の海に溺《おぼ》れて幸せそうだ。

図書館の王《グレイ》からの「図書館王の鉄槌《てっつい》」が入ってからややしばらく経《た》つ。

ヒューバートの最近の皇宮内移動は、皇宮図書館横を通過する「外周路」を通るルートがデフォルトになっている。軍部のある騎士塔から、皇帝陛下の執務室と居室がある本宮の行き来には、迂回路《うかい》と言っていいほどの遠回りのルートで、騎士塔勤めの人間が本宮に向かう際、好き好んでこのルートを使用する者はほとんど居ない。

バルナバーシュ城は、皇帝の居城である本宮を中心に、東西南北に守りを固める塔四つを配した強固な城だ。四方の塔は、名目上「塔」と呼ぶが、他国から見れば城も同じの巨大さだ。

騎士団の本拠地である騎士塔は北塔。皇宮図書館は官吏拠点の東塔と、魔術師拠点の南塔の中間に位置する。本宮と東西南北の塔を繋《つな》ぐ皇宮回廊を使用すれば雨知らずの屋内ストレートコースだが、「外周路」はバルナバーシュ城の四つの塔を繋ぐ円形の道で、レンガ敷きとはいえ屋外路。北塔から皇宮図書館に直接向かう場合は外周路を使う者もいるが、本宮に向かうのに外周路を使用するものは皆無だ。誰も好き好んで遠回りする者などいない。だというのにヒューバートは騎士塔から外周路に出て東塔を回り、東塔と南塔との間にある皇宮図書館横を通り抜け、東塔の皇宮回廊から本宮に入る。

超・遠回りである。

軍部トップで有能にして最強と名高いが、「読書をすると五分で寝る」という逸話を持つ将軍閣下が、図書館に用事などあるはずもない。あえてそのルートを使うのには、某《なにがし》かの理由があるはず。

その理由を知る為に、幾人もの騎士が外周路ルートを分析し使用する事となったが、その発端のヒューバートはそんな事に構わず、今日も幻の珍獣の定点管理に勤《いそ》しんでいた。

ヒューバートがこのルートを通るのは、その定点管理の為である。

このルートは遠回りではあるが、皇宮図書館の大窓から内部がよく見える。大窓の向こうには大机がならんでおり、珍獣の巣が大変よく見え、定点管理には絶好のビューポイントとなるのだ。

西の国から来た武門家出身の変わり者の学者の監視。

アルベルトの護衛としての重要任務と心得てはいるが、実のところ自身の健やかなる眠りを守るための保険の意味合いもあったりする。

アルベルトが皇帝として立ち、国は平定され、長年の懸案だった西の国も傘下に抑えた。だがまだ自国の不安分子の一掃は完璧《かんぺき》には出来ておらず、恒久の安寧には程遠い。南の国と北の国の動きもある。ダグラスとともに動けるだけ動いてはいるものの、国を成す駒が足りない。

アルベルトの睡眠障害とまではいかないまでも、自分もダグラスもここ数年、真の意味での眠りなど、なかったに等しい。

それがどうだ。あの珍獣は、眠りの神か？

西の国の将軍家の生まれで、更には人質で捕虜。寝首を掻《か》かれてもおかしくない相手に、眠りの安らぎを貰《もら》ってしまった。

最初は、アルベルト。次は自分。そして、ダグラス。各々、考えるところは、あると思う。

思うが、この三人だぞ？

自分達三人以外、誰も信じない俺達が、あんなもっさい。いや、洗ったらびっくりするくらい綺麗《きれい》で眉目秀麗《びもくしゅうれい》な美人に変貌《へんぼう》した、アルベルトの求めるただ一人の女そっくりの珍獣を、あろうことか、抱き枕として取り合っている。

「おお！　月下美人が笑ってる！」

「おお！　ラッキー！」

何故《なぜ》か最近増えた官吏や騎士達をメインにしたギャラリーにより、珍獣は騎士団を中心に「月下美人」と呼ばれだした。夜に咲き一晩で散る透けるように白く美しく、生涯に一度見ることが出来れば幸運と言われる花の名。あれがそんなタマか？　と、珍獣を知っている俺達からすると爆笑物の二つ名であるが、それになぞらえ、滅多に見られない笑顔を見るとその日一日幸せが訪れる、と、昨今の騎士団で珍獣は謎のラッキーアイテムと化している。

確かに綺麗だし、にまにま笑う顔は、可愛い、ではなくて。

何でそんなに「にまにま」しているのだ？

本を覗《のぞ》き込《こ》んで、何がそんなに楽しいのか、笑顔が、溢《あふ》れまくっていると、今度はすうっと表情を戻し、女神の如《ごと》く神々しく微笑《ほほえ》む。

「わあああああ！」

「――ヤバい！　ヤバいって!?」

大窓前の大木に縋《すが》り付いて珍獣から目が離せなくなっている騎士二人に、何故かイラつき、瞬間殺気をはらんでしまったようだ。

「「――ああ！　将軍閣下!?」」

今まで気付かなかったらしい騎士二人が慌てて礼を執り、踵《きびす》を返し騎士塔に走り去った。

うん？　何で殺気が出たのか。首を傾《かし》げてみるもどうしてかはわからない。

珍獣は相変わらずの百面相だ。が、その表情がふいに色をなくす。

青くなるとかそういうのではなく、作り物の様な、温かみのない、偽物の顔。

珍獣に近付く人影が、二人。

最近、皇宮図書館に出入りする貴族が増えていると、ダグラスが顔を顰《しか》めていた。キースの記録からの分析では、通常業務で蔵書を閲覧する官吏とは明らかに理由が違う、との報告も上がっている。

貴族達は、珍獣が「図書館の王」となってから現れだした。その理由は、明白だ。

今、珍獣に近付いているのは、明らかに官吏ではなく、貴族。後ろに付いているのは、この距離からでも分かる、私兵の護衛だ。

遠目にもわかる赤毛の貴族。彼は、親し気な笑みを浮かべて珍獣に何かを話しかけている。

珍獣が困り顔に曖昧《あいまい》な笑顔を浮かべて、情けなさそうに頭を掻いた。

赤毛貴族が、珍獣の肩を抱いた。

その瞬間、ヒューバートは走り出していた。

◆◆◆

最初に皇宮図書館に住み着いた時は、割と人の姿もまばらで、大体において常駐しているのはキースだけで、本当に幸せな空間だった。本は読み放題！　邪魔立てするものはオカン三人衆のみ！

それが、どうだ？

最近は、なんだか人の数が多くなってきた？　と思うのは、俺の気のせいだけではないだろう。

「グレイさん。ここ、教えてもらっていいですか？」

財務省の若手官吏で子爵家三男と名乗ったロイド・ハート君とは、図書館《ここ》で知り合った。

子爵家三男など、冷や飯食いで官吏で身を立てなければお嫁さんも貰えないので、今後の出世の為に図書館で財務帳票の勉強をしている。と、なんとも可愛らしいことを言うもんだから、つい、手づから複式簿記の指南を行ってしまった。もともと頭の出来がよかったのだろう。砂が水を吸い込む様にどんどんと学習していくロイド君に、教育の楽しさを知った俺は、どんどんと高度な税務処理を伝達していった。それはもう、前の世界での、決算申告レベルで……。君は間違いなく、簿記一級レベルまで能力が上がったよ。うんうん。

「ああ。ここはね、未払い帳票の方と照合すれば、合わないかい？」

「……照合はしたんですが、どうしても、腑《ふ》に落《お》ちないというか、数字が合わないというか」

うん。よく見っけたね。これ、確実に脱税だよ。

おお！　凄《すご》いなあ。リストまで作成して、全部洗ってるんだね？

うんうん。素晴らしい。弟子の巣立ちは近いなと思います。

ところで、ここって図書館だよな？　財務省の若手が四の五の……十人は居ないまでも、勢揃《せいぞろ》いだな。ここはいつの間に財務省の出張機関になったのかなあ。そもそも今は就業時間外のお昼休憩に該当するというのに、皆さん勢揃いで、何故にここに集うのか。そしてどうして皆して俺の教育軍門に下るのかな？　彼らは俺に質疑応答をして頷《うなず》くと、各人地区を分担して数字の特定に夢中である。請求系の仕事って数字のパズルみたいで、ぴったり合うまで確実に処理したい！　っていう人間がいるのは知っていたけれども、君達全員そっち属性なんだね。

財務省若手伸びしろありすぎで、凄い。東の大国の未来は明るいな。

「そう言えば、ロイド君」

「はい。グレイさん！　なんでしょう？」

ロイド君。振りまくった尻尾《しっぽ》の幻影が見えます。

そんなキラキラした純真な目を向けられると、あくどい考えを持った大人としてはちょっとだけ、心が痛みます。でも、いいタイミングなんだよな。これは、ここで言うのが最適だ。

「この前、君と一緒に法務省の過去文献を探しに来た、え〜と、男爵家の次男って言ってた――」

「ジョンですか？」

「そうそう。ジョン――ロウ君って言ったっけ？　彼がさ、捜査令状の書き方を練習したくて、便覧を見に来てたんだよ。練習で書くにも、例があった方がいいから、君らのそれ、一覧にしてジョン君の練習資料にしたらどうかと思ってさ」

処理方法の進め方は、俺が教えるよ。と言ったらば、全員の手が「俺も同席します！」と、一斉に上がった。うん。先生気分で俺は大変嬉《うれ》しいです。皆、いい子だね。頭を撫《な》でてあげたいくらいのレベルです。

昼休憩終了の鐘の音が皇宮内に響き渡る。

また来ます！　とニコニコ顔で自分達の職場へと戻っていく若手官吏達を見送って、俺は、少々、というか、盛大に息を吐いた。

ああ、嫌な時間がやってきた、と項垂《うなだ》れる。午後が、本当に面倒くさいのだ。

お前ら……若手を見習って仕事しろよ、と強く言いたくなる彼らの上長の役職に該当する方々が、どうしてか、何故か、午後になると一人また一人と、皇宮図書館にやってくるのが、最近の常となっている。

最近の午後の皇宮図書館は、オカン三人衆以外のキラキラしい方々の来館が本当に増えた。

本当に遺憾であります。俺の貴重な読書時間を邪魔しないでいただきたいものだ。若手は、勉強という目的が六十%は超えているから、許そう。だが、キラキラした方々は、本も選ばずグレイに突進してきて、煩《うるさ》いほどに話しかけてくる。

彼らの種類は大まかに分けて二つ。

ひとつは、論外のどうでもいいグループ。もう一つは、大変厄介なグループ。

今まさに扉を潜るなり突進してきた方々は――。この集団は一目でわかる、前者だ。ひとまず「へらり」とグレイが笑ってみせると、彼らは一斉に話しだした。

「西の国の名家の出自でいらっしゃると聞きました」

「あちらの国では高名な学者様だと――」

「本当にお美しくて驚くばかりです」

最後の一言の意味はわからんが、今日の来客達は、「皇帝の寵愛《ちょうあい》」を受けていると噂《うわさ》の西の国の人質《グレイ》に取り入り皇帝陛下の庇護《ひご》下に入りたい、日和見《ひよりみ》主義者の皆様であらせられる。いつ・どこで・誰が「皇帝の寵愛」を受けたのかこちらが聞きたいくらいだが、何かの情報があるかもしれないのでひとまず「へらへら」笑って正解を濁している。

図書館司書長キース曰《いわ》く、「この顔」は相手を黙らせたり情報を引き出すのに大変有効だそうだ。使えるものは何でも使う主義のグレイは、キースが「その顔！」と太鼓判を押してくれた、伏し目がちに斜め四十五度に視線を流す必殺の顔でギャラリーに話し掛けた。

「ええ。武門の生まれではありますが、役目は妹が継いでいて、私はポンコツです。学者という肩書も父と妹の七光で一応名乗れているレベルでして、お恥ずかしい限りです」

そこで儚《はかな》く笑うと完璧です！　とキースに演技指導された笑みを浮かべると、ギャラリーから溜息《ためいき》が漏れ聞こえた。

何回聞いても解せぬ。いったい何の溜息だ？　呆《あき》れかえっているのでしょうか……。

「なんと奥ゆかしい！」

「陛下の御寵愛も頷けますなあ」

「陛下と出会われる前に、お会いしたかった……」

何の話だ？　大丈夫かな、この人達。頭のネジ抜けているのだろうか。たいして有益な情報も出てこないし、そろそろお帰りいただきたい。なんだかんだで最近すっかり気心がしれたキースに助けを求めて視線を流したが、顔前に両手でバッテンするNGマークを出されてしまう。

うん。キースより上位貴族なんだな。わかっておりますとも、無理なお願いはいたしませんとも。

よし。ここは彼らが帰りたくなるような長演説でもいっちょ披露して——。

「おや。皆さんお揃《そろ》いで御寵姫様のご機嫌伺いですか？」

御寵姫、、——。

誰のこと？　まさかの俺か？　と、大爆笑しそうな自分を律し、グレイは下唇を噛《か》みしめて吹き出すのをギリギリ止めた。だがしかし、対抗馬に当たるキースは、図書館内に打撃音が響き渡る勢いでデスクに頭を打ち付けた。

うん。気持ちはわかるよ。キースは、真の俺をよく理解しているものね。

「『侯爵閣下⁉』」

ギャラリーは潮が引くようにジリジリとグレイから離れ出す。侯爵と呼ばれた見事な赤髪を持つ長身の美丈夫は、ゆっくりとギャラリー全員のひとりひとりの顔を見て口を開いた。

「お邪魔でしたかな？　エリン伯、シュミット卿《きょう》」

「いえ、私はそろそろお暇《いとま》するところで」

「ええ、私も――」

ギャラリーの中からピンポイントで侯爵から指名を受けた二名が、狼狽《うろた》えながら去り際の礼を執る。

「それが宜しいでしょう。財務部の官吏がお二人を探しておりましたよ。ああ、ミュラー子爵。あなたは法務次官がお呼びでした」

誰よりも優雅に怜悧《れいり》に一同に解散を申し付ける赤髪の侯爵から、彼の宮廷での立ち位置がグレイには見て取れた。

ウルトラ級に厄介なのが出てきた。このタイプには、関わりたくない。

ギャラリーにあれこれ指示を出し始めた赤髪の侯爵閣下の視界をすり抜け、グレイは数冊の本を小脇に抱えて彼らからは死角になる大机の窓際に移動した。この席は外からは丸見えだが、図書館内からは居並ぶ本棚と大机の間仕切りで姿が見えなくなる。

来客からの隠れ読書に勤《いそ》しめる絶好の席です！　とキースが言うだけある。流石《さすが》だキース。図書館の全てを知る司書長の肩書は伊達《だて》ではないな。後でお礼をせねばなるまい。『東の国の近代系図と主要産業史』というあまり貸出の形跡がない題の本のページを捲《めく》る。国を知るためには面白い本なのに、自国人は興味がないのだろうか？　自分の生まれ育った西の国との近代史の違いは、同じ血を分けた民族だというのに、成り立ちと変革が真っ向から違っていて、読めば読む程に面白い。

自分の知らない歴史、知識を知ることが何より楽しいグレイは、自分でも分かるくらい、にまにましていた。

ページを捲る手が止まらない。産業史が特に面白い。

一つの国が、二つに分かれた兄弟国だった東西の国は、相互不干渉の鎖国時代が長かった為、同じ民族なのに産業へのアプローチの仕方が全然違う。二国が共に手を携えて進んでいたとしたら、もっともっと両国は富み繁栄していたかもしれないと思うと、少々残念でもある。

――感傷が過ぎた。

意識を本に戻そうとしたその時、来て欲しくなかった気配を近くに感じ、グレイは標準装備のうぶれた学者の仮面を被《かぶ》った。

「少し、お話しさせていただいて宜しいか？」

間仕切りの向こうから聞こえた感情を感じさせない声に、グレイは「へらり」と笑って顔を上げた。

「俺でよいのですか？」

「ああ。君と話したいのだよ。私は、カーティス・セラト・グレイブル。外務卿をしている」

紳士の所作で笑顔で右手を差し出すカーティス殿は、女性ならば見とれる様な端整な姿だったが、目がまったく笑っていない。

「あ、ご丁寧にありがとうございます。グレイ・ブラッドフォードと申します」

へらり。曖昧で無害な笑顔を浮かべて立ち上げり差し出された手を取る。カーティスの後ろには屈強な側付《そばつき》が一人付いていた。見るからにわかる。騎士あがりか現役騎士または傭兵《ようへい》の護衛官だろう。

「西の国から陛下の指名でいらっしゃったと伺った」

カーティスの紫の瞳《ひとみ》の奥には、冷たく暗い淀《よど》みがグレイには見て取れた。

「いえいえ。指名を受けたのは俺の妹でした」

「妹君？　だとしたら、何故、貴君が我が国に？」

う〜〜〜ん。知ってるでしょうにお芝居がお上手ですね、侯爵閣下。

初見で予想はしていたが、皇帝陛下の情報を取ろうとしていますね？　ということは、やっぱりこいつは陛下の敵陣営で、俺の夢の国を守るための敵に当たるな。

「ははは。自分でもよくわかりません。俺は読んだことがない本がたくさん読めて幸運だと思っていますよ」

さあ、どう出る。

「——妹君と貴君は顔が生き写しとの噂を聞き及んでおります。陛下が貴君を御寵愛しているのですから、本当は、もともと貴君を指名していたとも、考えられませんか？」

うん。それは確実にない。

何といっても、初謁見の時にクレアじゃない、と剣を向けられていますのでね。

ああ、そうだそうだ。この赤髪。思い出したぞ。

皇帝陛下に初謁見だったあの時、宰相閣下の左隣三番手くらいに、赤髪の人がいたな。あれが、侯爵閣下ですね？　あの時点で俺が相手の姿を記憶しているということは、胡散臭《うさんくさ》いカテゴリーに彼を分類したということだ。宰相閣下から落ちること三番手の位置でありながらの、この態度。あの時オカン達はこの男に意見を求めていない。ということは、そういうことだ。

曖昧《あいまい》な笑顔を浮かべて、情けなさそうに頭を掻《か》いて見せると、カーティス殿が何故《なぜ》か肩を抱いてきて耳元で話し始めた。

「皇帝陛下の寝所に侍り、宰相にも将軍にも、寝所に呼ばれているとか――。ああ、四人一緒に皇帝陛下の寝所に籠《こも》り、朝までご一緒のこともあったとか？　どうやって我が国自慢の三英傑を誑《たら》しこんだのか、是非お聞きしたいのですよ」

外郭から攻めてくるとばかり踏んでいたら、ストレートの剛速球で来ましたね。てか、それ、どこの阿婆擦《あばず》れの事を言っているのでしょうかね？　俺がしているのは、幼稚園児に対するレベルの寝かし付けですが。

「貴君の、何があの三人を虜《とりこ》にしているのか――」

うん。相手をするのが大変面倒になってきた。

このような相手を片付けるには、一刀両断で一発で切り捨てるのが一番早い。グレイは相手を硬化させるに足りる素晴らしく輝く自分一番の笑顔をあえて見せて、はっきりきっぱりと一言で言い切った。

「顔でしょうかね」

恐らく駆け引きで、オカン三人衆の弱点を拾おうとしていただろう侯爵閣下は、グレイの一言に固まった。

「かお？」

「はい。皇帝陛下は俺の顔だけに用があると思います」

虚を衝《つ》かれたその顔を見るだに、予想もしていなかった返答に理解が追い付いていないな？　でもですねえ、本当にそれしか思い当たらないというのも正直なところなのですよ。彼らは、「この顔」に用がある。おっと、どうした赤い髪の侯爵閣下。顎《あご》が外れそうに口が開いて端整な顔が台無しであられる。よしよし、主導権は取れた。

グレイは追い打ちを掛けるような女神の笑顔でにっこりと笑って見せた。

〝この顔〟です。と印象付ける為だ。

「さ、宰相と、将軍は？　貴君を取り合っていると――」

「それが真実であれば、皇帝陛下の寝所に全員集合していないと思いますが」

「では、全員で何をしているというのだ？　それも夜通しだろう。私は貴君を助けてあげたいのだ。私の手を取れば、西の国に戻してやることだって出来る！」

大分化けの皮が剝がれてきたな。

もうちょっとクールだと思ったのだが、俺の返答に惑わされ過ぎだぞこの人。

「いやあ、俺は本が読めれば幸せなんで。ここは宝の山ですしね。ああ、宰相閣下とは古語文献の解釈についてよくお話しさせて頂いています。趣味が同じなので。皇帝陛下と将軍閣下は、わかりません。何せ、先に寝《ね》てしまうんで」

「誰が」とは言わずに「はっはっはっ」と声を上げて笑って見せると、カーティス殿はそれをどう取ったのかグレイの両肩をわし！っと摑《つか》んで声を上げた。

「君は、自国に戻りたくないのかね？」

「は――――」

はい、とグレイは返事をするつもりだった。

「我が寵姫を口説くのは止《や》めて貰《もら》おうか、侯爵」

聞きなれた低い声に振り返ると、そこにはオカン三人衆――いや、間違えた。皇帝陛下と宰相閣下、将軍閣下の三役揃《そろ》い踏《ぶ》みの姿があった。

しかし、皇帝陛下……。陛下まで「寵姫」に乗ることはないと思いますよ？

本当に、勘弁して欲しいです。俺からの切なるお願いです。

◆◆◆

「顔でしょうかね」

図書館内に響き渡ったその一言が耳に入った瞬間、吹き出しそうになったアルベルトの口元をダグラスの右手が押さえた。正直言うと助かったのだが、それを知られないように少々睨《にら》みを利かせて隣のダグラスに視線を向けると、ヤツは空いた左手で自分の口元を押さえ肩を震わせ笑っている。その隣の、ヒューバートも同じく、だ。

そうだな。これは笑うなと言う方が無理だ。

赤毛のカーティス・セラト・グレイブル侯爵といえば我々でも手を焼く敵対勢力のナンバー2《ツー》だ。その侯爵を手玉に取り、昼行灯《ひるあんどん》の学者がコトの真意なぞどこ吹く風とばかりにヘラリと笑い躱《かわ》す様は、見事としか言いようがない。侯爵の問いの真なる意図を読み、我が陣営の不利益を回避しているのか。それとも、本当に何もわからずへらへらしているだけなのか——。

人質としてここにきて、宮廷の勢力図を誰から聞くわけでもなく理解した上で、あのとぼけた対応をしているのだとしたら、アイツは本当に侮れない。

ここに来てすぐの頃であれば、ただ単に何もわからないうらぶれた学者で、へらへら笑っているだけ、と見過ごすところだが、今は違う。この俺が全幅の信頼を置くダグラスとヒューバートが、その存在を認めた男だ。前世がどうとやらといった真意も含め、只者《ただもの》であるはずはない。アルベルトはグレイの事をそう評価していた。

執務中のアルベルトに図書館司書長キースからの緊急連絡が入ったのは、朝議を終え昼食も済んだ午後の事だった。

「カーティスが動いたか」

そろそろだと予想はしていた。

外務卿と侯爵という位に満足せず野心を隠そうともしないあの男が、いつまでもグレイを放置するわけもない。

人質にして捕虜という立場であっても、これだけ自分と最側近の二人に絡んでいるグレイだ。

グレイから某《なにがし》かの情報を得て、我々の弱みを握ろうと動き出すだろうことは最初から織り込み済みだった。国内に未《いま》だ不特定多数存在していると思われる、アルベルトの敵対勢力と不穏分子の洗い出しに使えそうだと、アルベルトとダグラスはグレイを寝所に呼びつけていることを皇居内であえてオープンにしていた。

皇帝の希望で隣国から虜囚とした佳人。美しく眉目秀麗《びもくしゅうれい》な姿のグレイはそれだけで注目を集めた。

——実際のグレイ本人の残念度を知る者は宮廷内にまだ極少数だからこそできた情報戦ではあるが、こちらの意図通り噂《うわさ》が噂を呼び、ついには『皇帝の寵姫』という爆笑ものの二つ名が与えられたのはつい先日だ。

キースからの一報に丁度居合わせたダグラスは血相を変え、俺に確認する間もなく走り出した。

……こうなるようにわざとグレイの噂を流した張本人が、そんなに慌ててどうする？

俺はというと、半ば呆《あき》れながらダグラスを追いかけ走るしかなかった。

珍しく動揺しているダグラスが、直《じか》にその場に突入しては、敵陣営の動向の洗い出しが台無しになる。

「ダグ、待て、想定通りだ、状況確認後突入しよう」

「――すぐ突入だ！　あんの野郎、グレイにひっ付きすぎだ！」

図書館の大扉前でダグラスに追い付き押さえたというのに、何処《どこ》からか突然現れたヒューバートが怒りの形相で大扉に手を掛け、扉を人ひとり通れるくらいに開く。

カーティスのグレイを侮辱する言葉が漏れ聞こえてきた。

『皇帝陛下の寝所に侍り、宰相にも将軍にも、寝所に呼ばれているとか――。ああ、四人一緒に皇帝陛下の寝所に籠り、朝までご一緒のこともあったとか？　どうやって我が国自慢の三英傑を誑しこんだのか、是非お聞きしたいのですよ』

「「――――！」」

皇帝である俺の「待て！」にも耳を貸さずに、側近であり無二の親友である二人が図書館に突入する波に、我知らずアルベルトも乗ってしまっていた。「顔」発言に三人して声を殺して笑ってから、アルベルトは標準装備の冷酷皇帝仮面を被った表情で、カーティスの背後に立った。

「我が寵姫を口説くのは止めて貰おうか、侯爵」

現れるはずのない我々に、振り返るなりカーティスは顔色をなくし凍りついた。

おお。目に一切の感情が見えない、いつもの侯爵は何処へやらだな。

これを引き出したのがグレイであるならば、あっぱれだ。すいっと視線を向けると、半眼の呆れ顔をしたグレイがアルベルトを見上げていた。

なんだ、その顔は？　ああ。「我が寵姫」に対する抗議だな。

この世の中で、最高に残念なものを見るような目付きのグレイが余りにも面白く、興が乗ったので、もうちょっと燃料投下してみようとアルベルトは決めた。

「俺のモノに手を出すとは、いい度胸だ」

グレイの後ろに歩み寄り、肩口から手を伸ばして顎を引き上げる。

わざと口角を引き上げグレイの顔を覗《のぞ》き込《こ》むと、カーティスから見えないと踏んでか、げんなりと眉《まゆ》を寄せて「いい加減にしてください」とその目が語ってくる。

我慢しろ。ここからが肝だ、ちょっと付き合ってもらうぞ。

ゆっくりと顔を伏せて、グレイの頬に唇を近付けあえて聞こえるようにリップ音を鳴らし、カーティスに目だけを向ける。

「——俺は、コレを手放す気はない。死にたいか、侯爵?」

「も、申し訳ございませんっ！　そのような意思は全く！　ございません！　私は、ただ——陛下をお守りする側近として、この者を見定めようと——」

俺の側近だと？　笑わせてくれる。玉座を狙う者の最側近なのは確かだが。どう皮肉ってやろうかとアルベルトが眉をミリ単位で上げた瞬間、「我が寵姫」が悪魔の笑顔でのたまった。

「え？　さっき、グレイブル卿《きょう》の手を取れば、西の国に戻してやる、とおっしゃってましたよね？」

悪魔から鬼の一言である。

「ななな——なんという戯言《ざれごと》を陛下の御前でっ」

「ああ、こちらの三人をどう誑し込んだか聞きたいとも言っていましたよね？　丁度お揃《そろ》いなので、聞いてみたらどうですか?」

光を発しているかの如くに輝く美しい笑顔は女神の様だが、空気と時勢を読めないお頭《つむ》が偏った学者を演じる? 悪魔の申し子についにカーティスは泣き声混じりに怒声を上げた。

「いっ、言うに事欠いてなんて妄言を!? 卑しい西の国の学者風情が――!」

カーティスが怒りのままにグレイに摑みかかろうと手を伸ばすのをダグラスが取り押さえ、カーティスの守護に回ろうとする護衛官をヒューバートが剣を向け制す。

「我が寵姫を、愚弄《ぐろう》するか? その命捨てる気があるのか、カーティス」

椅子に座ったままのグレイを背後から両腕で懐に抱き込み、カーティスに冷たい目を向け告げる。

「この場で首を落とされたいか、カーティス・セラト・グレイブル?」

玉座に座る皇帝としての冷たい宣言に、カーティスは血色をなくした顔で床に膝《ひざ》を突き最敬礼した。

「――御寵姫様を愚弄する意図などございません! 身命を賭《と》してお詫《わ》び申し上げます!」

「次はないと思え。失せろ」

がたがたと全身を震わすカーティスを射殺す程の目で睨みつけ、全身を切り付ける覇気を向けて吐き捨てるように告げると、一礼と共にカーティスは踵《きびす》を返し走り去った。

思いのほか足の速いカーティスに遅れ、焦りまくって後を追った護衛官の姿が扉の向こうに消えたのを見送っていると、空気を読めないはずの学者が小さく呟《つぶや》いてきた。

「政敵が多いのはわかりますが、やり過ぎでしょう」

抱き込んでいた腕をそっと外しながら溜息《ためいき》を吐《つ》くグレイに、こちらとしては笑うしかない。

「どこまで読んでいた？」

「あなた方の弱みと、俺の利用価値の確認に来たのでしょうね。最初は鉄面皮でポーカーフェースと思っていましたが、思いの外、崩すのが簡単でした」

「あなたの笑顔は凶器ですからね」

ダグラスの言葉にヒューバートが頷《うなず》いている。うん。俺もそう思った。

「俺の陣営についた、意図はなんだ？」

こいつには遠回しに質問するよりストレートの方が早い。頭が切れるこの目の前の異国の男を、アルベルトも最早認めるしかなかった。この男は、使える。睡眠障害に対してだけではない。この俺の「駒」として、使えるかもしれない。成功報酬との等価交換を持ち掛ければ、決して寝返ることはない。とアルベルトが考えるのには理由があった。

「他意はありません。俺の望みは、ここの本を読破することだけなんで」

この皇宮図書館の蔵書をすべて読破するまでこの男が裏切ることはないと、我々はもう知っているのだ。

5：【〝寵姫〟呼びだけはどうか勘弁してください】

「……あの日に帰りたい」

そう呟いて涙を拭《ぬぐ》う。ああ……。俺の楽園《パラダイス》が近くて遠い。

つい最近まで、オカン三人衆からのご指名を受けない時は夜通しどころか、お呼びが掛かるまでずっとずー──っと………図書館で本に囲まれていたというのに。今の自分の周囲は蔵書の代わりのオカン三人衆……いやいや。東の国の三英傑様が外堀を埋め取り囲んでいらっしゃいます。

赤髪の侯爵様のひと悶着《もんちゃく》の後のこと。

グレイはアルベルトの居室に連れ込まれていた。もちろん、宰相閣下と将軍閣下も一緒です。

「どうだ。今後我々三人でこいつを『溺愛《できあい》』してみるのは」

皇帝陛下。何ですか『溺愛』って？　言葉としての意味は知っていますが、今この状況でその言葉が出てくる意味が分かりません。一体何をおっぱじめようとしているのですか？

「古今東西、傾国の美女や寵姫にかまけて国を亡ぼす王もいますからね。『寵愛』は確かに罠《わな》を張るにはいいかもしれません」

宰相閣下。『溺愛』と『寵愛』は似ているようで意味が違うことをご存じで微妙に方向修正を行っていますか？

『溺愛』は、愛した対象に向けて理性が残っていない時に使う言葉であり。

『寵愛』は、愛した対象に向けて理性が残っている時に使う言葉です。

今回のウイナーは宰相閣下ですね？　どっちも嫌ですけど、理性は残していただきたい。

「あいつらの炙《あぶ》り出《だ》しには最適だな。よし、乗った」

将軍閣下……。そんな泥船に乗らないでください。勘弁してください。俺は全力で飛び降りますよ。

問答無用で連れてこられたというのに完全に放置され、ぽつんと佇《たたず》むグレイを置き、お三方が声を荒らげて議論していた。理解を超える『溺愛』『寵愛』という言葉が居室内に飛び交う様に、もはやこれまで、と図書館からの連行時になんとか手にして抱えてきた蔵書を開きグレイは読書に没頭することにした。この行動はクイズにしたら誰でも当てることができるでしょう。はいその通り「現実逃避」です。とっさに抱えたにしてはよいものを持ってきたと自分を褒めてあげたい。

「現代国家の経済白書」なる人殺しの鈍器になりそうな分厚い本は、大層読みごたえがありそうだ。

「学者」

「グレイ」

「珍獣」

本に夢中で先の惨状などすっかり忘れていたグレイは、三人三様の呼び声を同時に掛けられ顔を上げる。

「今後の指針が決まった。密命を指示する――」

「え、嫌ですよ。俺はただの戦争捕虜で、陛下の部下では」

「まず、聞け!!」

いつもと変わらない流れである。

「嫌です」と顔面に文字を浮かべるグレイに苛立《いらだ》つ皇帝陛下をいなし、すいっと前面に出てきた宰相閣下がふわりとした笑みを浮かべ手を差し出してきた。

「グレイにとっても悪い話ではないはずです。恒久的に皇宮図書館に住み着くことが出来るよき提案となりますが、それでも聞く気はありませんか？」

「あります!!」

リフティングのように「現代国家の経済白書」と書かれた鈍器を掲げあげ、満面の笑みで返答する俺の顔は誰よりも輝いていたに違いない……。

「――珍獣の扱いが完璧《かんぺき》だ、ダグ。見習うよ」

煩《うるさ》いですよ将軍閣下。仕方がないでしょう。東の大国バルナバーシュのその名は伊達《だて》ではなく、こんなに世界中の貴重文献を揃える図書館などこの世にないのですよ。あなた方は図書館の蔵書を収集し守り抜いた先人を、もっともっともっと、敬う必要があります。

「つまり、なんですか……。赤いあんちくしょうが、お三方が俺を取り合っている、と考えているのを逆手にとって、国内の反対勢力の潰《つぶ》しあいをさせたいと――」

ぶっ!?　っと将軍閣下が噴出し、皇帝陛下は無の表情となり（口元が歪《ゆが》んでいますが）、宰相閣下は口元を押さえてあらぬ方向を向いた。

赤いあんちくしょう、という赤髪のグレイブル侯爵に急遽《きゅうきょ》付けた呼び名が存外ツボだったようです。

「――簡単に言うと、そうです」

ゴホンっと一息ついて宰相閣下が頷いた。

「……ひとまず国の安定を先に取った結果、やつらを潰すのが後手に回った」

「お三方はまだ若いですからね。国の頂点が青二才だと、老害がしゃしゃるのはどこも同じでしょう」

「青二才だと――」

額に青筋を立ててこちらを射殺さんばかりの覇気を向けてくるアルベルトと、仲裁に入ろうと動き出すダグラスとヒューバートを、グレイはつまらなそうに見つめた。

「そういうトコロですよ。更に、初動が遅い」

三人はグレイの言葉に目を見開いた。その顔には「お前は何様のつもりだ⁉」という文字が読み取れる。ほら。そこです、そういうトコロです。若く粗削りなのは若者の若者たる所以《ゆえん》ではあるが、腹芸が必要な政治の世界では身を滅ぼしかねない最大のウイークポイントとなる。

ヒューバートとダグラスが顔を歪める程のアルベルトからの殺意を一点集中で浴びているというのに、グレイは涼しい顔で小首を傾《かし》げるのみ。

「真実を述べたまでです」

神々しいまで清々《すがすが》しい笑顔でアルベルトを見据え、グレイは彼らに初めて見せる策士の顔をちらりと覗かせ静かに語った。

「東の大国バルナバーシュの銀狼王《ぎんろうおう》たる貴方《あなた》様が、何を攻めあぐねておられるのか。老害など軽くあしらい操ることなど造作もないでしょうに？」

ちょちょいのちょいでしょう？　と先刻一瞬見せた策士の顔などどこへやらで、グレイはヘニャリといつもの胡乱《うろん》な顔で笑って見せた。

「お前——一体何を考えている？」

アルベルトの問いかけに、彼らの言う「うらぶれた学者の顔」で笑って見せてグレイは口を開いた。

「先程の図書館でも言いました。他意はありません。俺の望みは、ここの本を読破することだけです」

プラス、クレアに害が行かないことが重要だ。この国が安定してくれないと、西の国が、ひいては、世界で唯一大切なグレイの宝物であるクレアがまた戦場に出ることになる。それだけは何としてでも阻止したい。

「俺は、皇帝陛下ご所望のわが妹の身代わりでここに来た、ただの戦争捕虜ですよ。自分の命を長らえ、皇宮図書館の本を全て読破するまで、今の立場を守りたいだけでございます」

その為に、誰にも気づかれない水面下で、あなた方の有益になるようにヤツラを動かそうと、そう決めたところだったのですよ～。彼らにはそれを告げないし教える気もない。こちらとしては、そうすべき理由があるのですが、その理由を話すことは、きっと、絶対にないと、思う。

「なら、丁度いいじゃないか。やっぱり、さっきのでいこう」

場の空気を和ませ、そして瞬時に切り裂いた、将軍閣下の言葉に思わず眉間《みけん》にしわが寄る。

「——さっきの。って、本気で言っていますか？」

「うん」

悪びれもせずにヒューバートは腕を組んで胸を張った。

「俺らが珍獣を取り合って、一枚岩にヒビが入った。と思わせるのが、赤いこんちき——でなくて、カーティスを油断させ行動を起こさせる布石になる。あいつも存外単純だからな」

本を開いて五分で寝る貴方様にだけは言われたくないとは思いますが、それは横に置いておく。

「無理がありすぎでしょう」

呆《あき》れるほかない。

皇帝陛下、宰相閣下、将軍閣下の三人が、俺を取り合い仲違《なかたが》いって……ありえないにも程がある。

「実際今も取り合っていますからね」

えええ？　何をどうしてそうなっているんですか、宰相閣下？

「お前らがほいほい連れてくのが悪い。優先順位は俺のはずだ」

優先順位ってなんの話ですか、皇帝陛下？

「皇宮の侍従と女官には最早有名だからな。俺らが珍獣を取り合っているって」

はい？　何処《どこ》で何が有名になっているのですかね、将軍閣下。

「いったい——何のお話をしているんですか……皆さん……？」

やっとの思いで手を上げて声を振り絞って尋ねると、三英傑様がゆっくりと振り返り宣《のたま》った。

「「夜のお前の取り合いの話だ」」

そのお言葉は——不適切にもほどがあると思う。

「……あの日に帰りたい」

もう、涙が溢《あふ》れて前が見えません。

「恐らくは、図書館の一件で赤い——カーティスが学者を寵姫と広めてくれるだろうから」

「はい？」

「我が寵姫。と俺が言ったからな」

ああ……確かに言われましたね。寒《さぶ》イボ出そうなあの一言がありましたね。

「わかりたくないですが、わかりました。が、ひとまず寵姫は止《や》めていただきたい。そんな看板背負いこむのは、クレアならそのままずばりですが、俺には無理です。百歩……いや、千歩、万歩譲って、『ご寵愛』でお願いします」

姫はないだろう「姫」は。俺は男で、一体何歳だと思って――。

「「大丈夫じゃないか？」」

ええぇ？　絶対に嫌です。

そして、声を揃えるのも今後一切お止めください。

緊急四者会談（仮）後、そのままの流れで始まった何故《なぜ》かの夕食会の席で、止めて欲しい名称の「当番」を決めよう、と皇帝陛下が立ち上がった。なんだその名称は？　って名称です……。

もう本当に勘弁してほしい。その思いだけであらぬ方向を遠い目で呆然《ぼうぜん》と見ていたら、オカン三人衆が何やら短く言葉を交わし互いに頷《うなず》き合い、三人が三人とも何やら面妖《めんよう》な構えを取り、右拳《みぎこぶし》を振り始めました。

……で、今度は何をおっぱじめやがったんですか？

なんですと？　本気でその止めて欲しい名称の「当番」の順番を決めると――。はあ。もうどうでもいいので好きにしてください。どうせ、当事者の意見など取り入れてもらえないのは分かっております。短期間ではありますが流石《さすが》に学習いたしました。

グレイは更に遠い目で、三人の動きを眺めるしかない。

殴り合いの喧嘩《けんか》でもしてくれればいいのに。東の大国のトップ3《スリー》による壮絶なトーナメント戦ですね。ははは。でも、その右拳のフリと動き。どこかで見た記憶がある。もしかしての、アレですか？

もしかして。と思ったら、本当に大当たりだった。

この国の三英傑と言われる皇帝陛下、宰相閣下、将軍閣下による、壮絶な〝じゃんけん勝負〟で、流石の勝負強さを見せた将軍閣下が、「寵愛当番」の一番手となられました。まさか、「あいこ」が十数分続くとは、思いませんでした。あなた方の気の合い様は想像を絶します。


「随分と挙動不審だな。別に取って食いはせんぞ」

「取って食われるとは思ってもおりませんが、将軍閣下のこの部屋は、大変興味深いです」

グレイは正直に感想を述べて、キラキラした目でぐるりと室内を見渡した。将軍閣下の私室への入室は初めてで、物珍しさからつい室内を物色してしまった。

ヒューバートの皇宮内の私室は騎士塔の一角にあった。指揮室と続き部屋になっており、内部は執務室と寝室の二部屋に分かれている。指揮室は文字通りの軍部の中枢機関であり、ゆっくり見せて貰《もら》うことは出来ず通過するのみであったが、特筆すべきは執務室だ。軍部らしく無骨で重厚な調度品は立派なものだったが、それよりも目を引くのは壁一面の本棚で、恐らくは兵法書だろう多くの書物がびっしりと整然と並べられている。見たこともない背表紙に、グレイの読書欲が掻《か》き立てられるが、それよりも興味を引くものがあった。大きな執務机の背後の壁一面の詳細な世界地図だ。

「こんな精密で立派な世界地図、初めて見た」

瞬きも出来ない。見事に、全てが手書きだ。

前世の世界地図並みの精巧さと美しさを持つそれに、グレイは引き込まれて見惚《みと》れた。

「流石、東の大国。としかいえませんね。西ではこんな立派な地図は見たこともない」

「あ――これは……うちの家門とダグの家門の共同の趣味みたいなもんだ。代々どっちかの家門にこれに情熱を傾ける者がたまに出て、継ぎ足し継ぎ足しで、こうなったんだと、伝え聞いている」

何故かバツが悪そうに頭をガシガシかいてヒューバートがぽつりと呟《つぶや》く。

グレイはそんなことなど全く気にも留めずに、地図に顔を近付けて、前のめりに見つめ続けている。

「軍閥の家門が何やってるかって、よく言われるが――自分の足で世界を歩いて、地図を書き足すのが、楽しい――者がたまに、出る、らしい」

「素晴らしい――っです。同じ時代に生きることが出来たら、絶対友達になりたかった！」

「は？」

ヒューバートが振り返るとグレイは満面の笑みを向けて言い切る。

「いいえ！　絶対に友達になるし、絶対に大好きになる!!」

光輝く真夏の陽射しみたいなグレイの眼差《まなざ》しを浴びて、ヒューバートが眩《まぶ》しげに目を細めた。

「そ、そうか……？」

「はい!!　凄《すご》いな〜感動するな。一緒に話をしたかったなあ」

再度地図に体を戻し、一心に地図を見つめるグレイはその時気付かなかった。ヒューバートの耳が少し赤くなっていた事に――。そんなこんなで、初めてのお部屋訪問は和やかに進んでいたというのに、将軍閣下の一言で空気が一変する。

「――で、そろそろ寝るか。ってか、いつもはアルの部屋に連れ込んで寝てたから、俺の部屋だとなんか変な感じだな」

おまけにさっきまで「溺愛《できあい》」だの「寵愛《ちょうあい》」だの大騒ぎしてきたから、なんとも言えない妖《あや》しい空気感があると、そうおっしゃいたいのですね？　わかります。

いつもは勢いで寝台に引っ張り込まれて、気付いたら寝落ちしているので、こんな変な感じにはならないですもんね。というか、いつも連れ込まれて寝るのもどうかとは思っていましたが。

「酒でも飲むか？」

「酒が入ってどうにかなるのは嫌なので、遠慮します」

酒で前後不覚になり、そういう関係になったという人間を前世でも今世でも見てきているので、それだけは避けたいグレイである。ましてや我々は男同士である。そういうことは人それぞれだし、今世の世界では珍しくもないらしいので、同性同士の恋情を否定することはないが、今も昔も自分にはその癖《へき》はない。と思っております。

「酒が入ってどうにかなった事があるのか、お前？」

怪訝《けげん》な顔をする将軍閣下に力強く首を振ってお答えする。

「あるわけないでしょ？　俺は酒飲んだら即刻寝落ちです！　将軍閣下はあるんですか？　まさかの誰でもよい派ですか？」

破顔一笑な男くさい笑顔で大笑いして、将軍閣下が予想外の一言を向けてきた。

「もう将軍閣下呼びはいらん。ヒューでいい」

「はい？」

ここにきて初めて見る、将軍閣下《ヒューバート》の穏やかなその顔に、何とはなしにグレイは見惚れてしまう。

「俺は、意外とお前を気に入っている。だからいつまでも肩書で呼ばれているのは、なんだかな──」

ヒューバートが若干の照れを滲《にじ》ませたその時だった。指揮室からの扉がガタガタと揺れたかと思うと、ものすごい勢いでドアが開き騎士達が雪崩《なだ》れ込《こ》んできた。グレイは思いの外吃驚《びっくり》して目を丸めてしまう。気配は感じていたが、こんなオチで大人数が飛び込んで来るとは思いもしなかったのである。

「なんだ、誰でもよい派って？　失礼だなあ」

「だから押すなと!?」

「総長が、美人を連れ込んでるって本当じゃん!!」

「美人！　本当に美人だぞ!!」

「あああああ──騎士総長!?　これはですね!!」

「っ酒持ってきました!!　飲みましょう!!　総長!!　月下美人殿も是非!!」

騎士団総長に月下美人？　この部屋には、ヒューバートと自分しかいないというのに。一体誰を指しているのだろうか。グレイは室内を見回して首を捻《ひね》りながら、ぎゃーぎゃー騒ぎ立てる騎士達を見下ろし頭を抱えるヒューバートを振り返った。

「騎士団総長？　将軍閣下ではないのですか？」

「俺は兼務だ――すまん……男所帯は美人に目がなくてだな」

「美人？　それに、月下美人って一体なんなんだ？」

どこにそんなのが居るのか。きょろきょろ辺りを見回すグレイの肩を、ヒューバートががっしと両腕で掴《つか》んだ。

「お前は本当に――自覚が足りない」

一体何のことでしょうか？　随分な言われようである。

◆◆◆

状況の理解が出来ずに首を捻るしかないグレイに、ヒューバートはこれ以上の理解を求めることを諦《あきら》めたように大きく息を吐いた。

わかってはいた。こいつらは美人にめっぽう目がなくて、美人を発見するセンサーも鼻もよければ食いつきも凄い。珍獣を連れて来れば、九十九％こうなるだろうと予想は、していたのだが……。と、頭の中で脳内対策会議を開催するヒューバートではあったが、実のところの元凶が他ならぬ自分だとは気付いていなかった。

何に対しても合理的に考え、無駄な歩数は体力の減退になる。との戦場での考えもあり、普段から無駄な動きはせず、無駄な距離を歩くこともない将軍閣下である。演習や鍛錬では人一倍体力を使い、誰よりもハードな訓練を行うのに、それ以外の「無駄弾」は使用しない将軍様が、よりにもよって敢《あ》えて誰も使わない外周路を毎日毎日歩いて、図書館に通う。そもそも読書五分で寝る。と言われる将軍閣下が、図書館通いをするなど、これは、何かあるに違いない。騎士達は敬愛する将軍閣下の目を盗んで、斥候を走らせることにした。

丁度、将軍閣下から「図書館の捕虜」をそれとなく護衛する。という「なんで？」という任が回ってきていた第二師団長のレイアードは、我先にと斥候役に手を上げた。「捕虜を護衛」するという任務と合わせて、上司である将軍閣下の後をつけるなり、レイアードは大慌てで、騎士塔詰め所に全速力で戻ってきた。その一報は一言で、だけれども、彼らを動かすには最大の破壊力を持っていた。

『美人がいる!!』

非番の騎士どころか、城内を哨戒中《しょうかいちゅう》の騎士達ですら、皆が皆、皇宮図書館への周回路脇の最高のビューポイントを訪れるようになった事を、誰が咎《とが》められようか。

美人を最大に巡回しているのは、他ならぬ将軍閣下であるので、彼に止められる筋合いは、騎士達にはないのである。

「いやあ、本当に別嬪《べっぴん》さんだ。総長なんて止めて、俺なんてどうっすか？」

「別嬪さん？」

珍獣がぐるりと周囲を見回す。別嬪という言葉が自分を指しているなんて思いもしていない顔だ。

「いやいや！　俺と！　俺とがいいですよね!?」

「どちら様ですか？」

小首を傾《かし》げる可憐《かれん》な姿にむくつけき男共の「おおお！」という、どよめきが広がる。

こいつら全員明日の演習で締めるしかあるまい。

「引っ込んでろ！　美人が見えない!!」

「視力大丈夫ですか？」

頭を撫《な》でられた第一小隊隊長の顔が真っ赤に茹《ゆ》で上《あ》がる。

「あああ！　いーなー！　いーなー!!　俺も！　俺も撫でてください!!」

「はいはい。これでよいですか？」

「「おおおおおお!!」」

——我慢の限界が来た。

「お前ら煩《うるさ》い!!　いいから散れ!!　こいつは俺のだ!!」

珍獣に群がり離れようとしない無骨な騎士連中を、追い払いなぎ倒し、やっとの思いで扉に鍵《かぎ》を掛け振り返った。

「お前もなあ！　煽《あお》るな!!　アイツ等《ら》は女っ気なさ過ぎて美人に飢えてるんだ！　危ないにも程がある!?」

「可愛いものじゃないですか？　あのくらいの年代で、男所帯とくれば、わからんでもないですよ。別嬪だの美人だのは、意味がわかりませんがね」

いや、逆だろう？　美人は目の前にいるし、普通はアイツ等の突撃に引くものではないか？

「もういい！　お前に理解を望んでも無駄なのはよくわかった。寝るぞ!!」

「ええええっと、将軍閣下？」

「ヒューだ‼」

「では僭越《せんえつ》ながら、ヒュー」

珍獣が初めて愛称で呼んでくれたことが、なにやら嬉《うれ》しい。

耳がどんどんと熱を持っていくのをヒューバートは自覚して、振り返ることが出来ない。

「あれ、借りていいですか？」

照れたような可愛らしい声に、少々ドギマギしながら振り返った先には、書棚の「兵法書」を指差した珍獣が、キラキラした目をこちらに向けていた。

お前は本当にブレないな……。

ちょっとでもドキドキして損した。とヒューバートの心は一気に平常に戻った。


ヒューバートがひとっ風呂《ぷろ》浴びてベッドに上がり込んでも、珍獣は顔も上げずに積み上げた兵法書を熟読していた。

「俺にはそれは置物としか思えなかったが、そんなに面白いのか？」

「大変興味をそそられる内容です」

ごろりと体を横たえ腕枕で珍獣を見上げると、夜闇の様な黒い瞳《ひとみ》がヒューバートに向けられた。

真っ黒の瞳の中にちらちらと光が見えて、綺麗《きれい》だな。と思った。

「敵を知り己を知れば百戦あやうからず――孫氏の兵法名言とこの世界で巡り合うなんて思いもよらなかった」

「――お前の目、星屑《ほしくず》が散ってるみたいにキラキラだ」

「はい？」

マズい。頭の中で考えていたことが口から出てしまったようだ。

「いや。なんでも――ない。〝そんし〟って？　なんだ」

「ああ、俺が前に生きた世界で、古代に戦争の記録を分析・研究した偉人で」

前に生きた世界。ああ、そういえば、珍獣は前世を完全に覚えていて、その前世とやらは自分達が生きるこの世界ではない、異世界だったとかなんとか。

「前に生きた世界って、本当にマジなのか？」

「マジです。前の世界は三十歳まで生きたんで、今の人生と足すと、精神年齢は五十八歳です」

「五十八!?　じじーじゃないか!!」

「じじーですとも」

誰よりも綺麗な顔をした中身は五十八歳だというじじいが笑う。そんなじじいに、我知らず見惚《ほ》れてしまう。これは、アルベルトが惚れた、西の国の女将軍の双子の兄。アルベルトの惚れた相手では、ない。てか、自分は一体何を考えているのだ？　眠気がマックスなのだろうか。

このところは演習続きで、珍獣を抱き枕にすることが出来なった事を思い出し、よくわからない考えは頭の隅に追いやった。ひとまず夜も更けたし寝た方がよさそうだ。

「じゃあ、じじー。寝るぞ」

ぽんぽん枕を叩《たた》くと、少々眉《まゆ》を寄せた珍獣じじいが本を抱き締めてジト目を向けてくる。

何だそれ、可愛いな。止《や》めてくれよ。俺は道を踏み外したくはないぞ。

「この兵法書、借りてもいいですか？」

そんなこったろうと思ったよ。まったくブレない男だな。

「────明日、全巻図書館に届けさせる」

「おお！　ありがとうございます！　ヒュー‼」

がばっ！　と抱き着いてきた珍獣の柔らかな香りが鼻先を抜けていく。

くらりと酩酊《めいてい》するような感覚に眩暈《めまい》すら感じ目を瞑《つぶ》る。そんなこちらの様子など意に介さず、珍獣はついでとばかりに、こともあろうに、この俺の頭を撫でてきやがった。

気持ちがいい。なんだろう、この心地よさは？　意識がどんどん遠のいていく。アルベルト程ではないとしても、自分とてそう簡単に眠れるタイプではなく、ここ数年の国興しの為に夜に抱かれて何の心配もなく眠ることなど、出来はしなかったというのに。もう、遠い過去となる記憶の彼方《かなた》。

──あの人の胸に抱かれて眠った幼い頃の温かさ。

「────カ、ー、……さん」

「ええ？　オカンはそっちでしょう？」

台無しだ。珍獣よ……。ちょっとだけいい気分だったというのに、こいつは本当に空気が読めない。

アルベルトもよくぶつぶつ言っているが、その意味がよ～～～く分かった。あのなあ。お前がひどく感動した執務室の世界地図だがな。今の世代で書き足しに情熱を注いでいるのは、他ならぬ俺だぞ？

友達になりたいとか、大好きになるとか──言ってたが、絶対名乗ってやらん。

「ヒュー？　え、もう寝落ちか……早いなあ」

狸《たぬき》寝入りだよ。と思いながらも、気付けばヒューバートはグレイの香りに包まれて穏やかな寝息をたてはじめていた。

6：【グレイと分厚い兵法書】

カーテンの隙間から差し込む白々とした薄い明かりに、目を瞬《しばたた》かせる。

いかん——もう夜明けか……。半眼を窓に向けて、グレイは呟《つぶや》いた。

「完徹してしまった……」

静かな夜明けの薄明かりすら、目に痛い。いえね、ヒューから借りた兵法書が本当に面白かったんですよ。兵法書って言うより、内容記述が軍事策略ミステリーみたいな文章で、図解解説まで入っている。作者は余程の知力と軍事策略と、人を楽しませるウイットに富んだユニークな人だったに違いない。

先日の鈍器の様な「現代国家の経済白書」に似た、人を殺傷出来そうな銀をあしらった装丁のぶ厚い立派な本は全二十巻のシリーズものだ。この先を考えるとワクワクが止まりません。

昨夜、ヒューが寝落ちした後から一巻を読み出して、読破したのは、今しがただ。直ぐに二巻に手を出したいところだが、面白い本はコンディションよく読む、というのがグレイの信条である。

読み掛けで寝落ちなど言語道断だ。本に申し訳が立たない。

幸い傍らで爆睡したままのヒューからは規則正しい寝息が聞こえて、目覚めの兆候は全く見受けられない。それをいいことに暖を取ろうと掛布を被《かぶ》ると、心地よい温かみに徹夜の瞼《まぶた》が直ぐに落ちてくる。少々仮眠を取った方がよさそうと目を瞑るが、それが悪かった。やわらかく体を引き寄せられて抱き込まれたのにも気付かずに、グレイは瞬時に眠りの中に落ちていた。

巡りあわせとは、こういうことを言うのかもしれない。

自分のこれからの身の振り方を決めた、この時に、この兵法書が俺の手元に届いた。このところの皇宮図書館には、赤い髪の侯爵様がいらっしゃる以前から、さまざまな東の国の内情がさわりさわりとそよ風の如《ごと》く流れ込んで来ていた。貸し出される書籍や、返却される書籍から、時勢の流れを何とはなしに感じてはいた。図書館を訪れる官吏の所管や役職は、纏《まと》ったマントや官服に装飾された襟章で見分けられることをキースに教えてもらったので、図書館を訪れる彼らの所管から、どの省庁に動きがあるのかも、ぼんやりと見えてきていた。それに関わる主要貴族の情勢と動きは移動記録からこっそり読み取り済みである。情報は最大の武器ですから、備えは怠らない。それが自分の主義である。

安定しているように見えて、見ようによっては結構不穏な空気が充満している東の大国バルナバーシュ。その皇宮図書館の一角で、それらを知らせるべきかどうするかを検討しながらも、ひとまず、自分で考え動ける頭を持った優秀そうな駒を見つけて、笑顔をお共に少々のお節介を囁《ささや》いてみたりと、下準備以前の人材収集に勤《いそ》しんでいた今日この頃。

兵法書《これ》は、彼らにとって、タイムリーによい教材になりそうだ。


どれくらい、経《た》ったのか——？　すいっと髪を梳《す》かれる感じに、意識が戻り、瞬いた。

「意外と、寝汚《いぎた》ないなお前」

目が覚めたら、ベッドに横たわるのは自分だけで、傍らに腰掛けすっかり朝支度を終えたヒューバートが、呆《あき》れ顔《がお》でグレイの頬を引っ張った。

「おはよう。寝顔は大変麗しかったが、頭が鳥の巣だ」

「……おはようございます」

少々の仮眠で先に起きるつもりだったのだが、やってしまった。

「ダグは、ベッドでお前の寝顔を見たことないって言ってたが――」

寝癖が残る黒髪を、整えるように撫でてくる手にされるがままで、少々悔しいグレイである。

オカンからの、おこちゃま扱いか？　うむむむ。さて。このおこちゃま扱いから、どうあっちに話を持って行くか。寝起きといえども頭の中はフルスピードで回転しているグレイである。いきなり兵法書を開いて教えをスタートさせても、読書五分で眠ると名を馳《は》せるこの相手は、少々というかかなり手強《てごわ》いことが見込まれる。さて、どう話を切り出すのが一番理解させ易《やす》いか？

「図書館の巣とかデスク下とかでの寝落ちはよく見るが、ベッドで眠る姿を見るのは俺も初めてだな」

男臭い美貌《びぼう》が口角を上げて笑う。

「捕虜の矜持《きょうじ》として、捕虜主《ほりょぬし》より必ず後には起きない信条を守ってきたのですが、面目ないです」

捕虜主って何だそれ？　と大きく笑って、傍らの兵法書をヒューがぺしぺしと叩く。

「まさかの徹夜とか言わないよな？」

「そのまさかです」

「ほお〜。どこまで読んだんだ？　これの読破は難しかろう」

それは難しいでしょう。百科事典数冊分くらいの厚さで内容も非常に濃い。ですが、それどころではない面白さがあるのも確かなのですよ。そして、この流れはいいぞ。好機が来た。話題が兵法書にあるところで、話を持って行くか？　だが、少々手札《カード》が足りない。

「あまりに面白くて読み進んでしまいましたが、徹夜しても一冊しか読破出来ず朝を迎えました」

「って、読み切ったんか!?　スゲ〜な!!」

その時、ドカン！　と壊れる勢いで、執務室からのドアが蹴破《けやぶ》られた。

「ヒュー。『グレイは俺のだ』と宣言されたと聞いてます。アルと私に喧嘩《けんか》を売っていますか？」

鬼の形相の宰相閣下が、いい薫りの漂ういつものバスケットを小脇に抱え現れました。いつもの昼食ではなく、もしかの朝食ですか？　本当にいつもありがとうございます。

そして、別件でもありがとうございます宰相閣下！

これで手札《カード》が揃《そろ》いましたよ。貴方《あなた》であれば、俺の意を汲《く》むのなんて造作もないことでしょう。

「あ、ああ。言ったような気がしないでもない。かな？　てか、早耳だなあ。誰がチクりやがったんだ」

「あなたの素行が悪すぎなんですよ。グレイ、大丈夫でしたか？　まだベッドの上だなんて、ヒューに無体な目にあっていないですか？」

宰相閣下が母親の眼差《まなざ》しで、わたくしの左手を上げ右手を上げ尋ねてくるが、無体って何ですか？　朝からハードな質問だと、乾いた笑いを浮かべるしかない。だが、本当によいタイミングで宰相閣下と将軍閣下が揃った。どう伝えるか気を揉《も》んでいたのだが、この兵法書に伝達のヒントがあった。

最近の図書館で小耳に挟んだ東の大国内の反乱情報と敵対勢力の情勢。今までの自分であれば、達観し、今を生きる人たちに任せ、自分は絶対に介入することはなかった。だが、グレイは世界の傍観者であることは、もう止めた。自分の欲望には勝てないって、先人も言っています。

もう、無理することは止めました。正直に言おう、我慢の限界です。東の大国が崩れれば、また世界を巻き込んだ大戦が起こってしまう。戦争なんて百害あって一利もない。皇宮図書館の蔵書の全てを読みたいのも本音だが、戦争を起こしたくないのも本音だ。ましてやそれが、最愛のクレアを守る最大の防御ともなる。もう、選択の余地はない。

宰相閣下とヒューバートと三人で囲む、将軍閣下の執務室での朝食会で、コトの口火を切るタイミングを見計らっていたグレイは、ヒューバートが最後のスコーンの欠片《かけら》を口に投げ入れたところで、二人に向かい口を開いた。

「東の大国《くに》の北側ってバージス辺境伯の領地ですよね？」

いつものうらぶれた学者フェイスを忘れない。ほんわり。と温かい紅茶を口にしながら世間話を始めるグレイに、二人の表情が一瞬険しくなった。

うん。やっぱり若いなあ。すぐ顔に出しちゃあダメですよ。

「……相変わらず博識というか、我が国の領地編成にまで興味が？」

「図書室は意外と人の往来が多いので少々気になることが耳に入りました。その中の一つから、こちらに来る前、西の国で学者と並行で図書館司書をしていた時に聞いた噂話《うわさばなし》を思い出したもので」

バージス辺境伯領は険しい山の稜線《りょうせん》に国境警備の軍壁が連なる、自然と人工物の合作と言える堅牢《けんろう》な壁を要する東の大国バルナバーシュにおける最強の国境地帯だ。辺境伯の最大の仕事はその軍壁を守護し、北の国の動きを止める事であり、その為、代々皇帝の信頼も厚い。

だというのに、当代の辺境伯様は、若き皇帝アルベルトへの反乱準備を行っているらしいという噂が宮廷でまことしやかに流れている。単独犯と見せながらも、赤いあんちくしょうことカーティス・セラト・グレイブル侯爵の口車に乗せられたのは、明らかなのだが――。だが、尻尾《しっぽ》が摑《つか》めない。

辺境領が遠すぎることが最大の理由ではあるが、それを隠蔽し守護するカーティス他アルベルト廃帝派が壁となっているのだ。真相を摑むために連日、アルベルトとヒューとダグラスが血眼《ちまなこ》になっていることも、実はグレイは知っている。そして、彼らも知らない情報も――。

「西の国でバージス領の噂が？　……聞いていいかグレイ？」

考え込み口を噤《つぐ》むダグラスに代わり、ヒューバートがグレイに尋ねてきた。

よし！　よく聞いてきた。おりこうさんだ。

「バージス辺境伯が軍壁に金銀財宝を溜《た》め込《こ》んでる。って噂です」

もちろんガセですが。

「――は？」

宰相閣下がいつも食事を用意してくれて飢えることはなく、ヒューが実は裏で手を回しそれとなくグレイを外敵から守ってくれていることも知っている。

だから、これはそんな二人へのグレイなりの、礼だ。そして、アルベルトの治世を守り、東の大国が崩れることなく、世界に大戦が起きないための布石でもある。グレイはふにゃりと二人に笑った。

「朝食、ご馳走《ちそう》さまでした。二人とも執務のお時間でしょうし、俺もそろそろ、図書館に引き籠《こ》もらせてもらいます。あ、ヒュー！　兵法書のお約束をお忘れなく！　二巻からでいいので、図書館の俺の席まで配送の程、宜しくお願いします。一巻はもう読んだので、結構です～」

はい。とずしりと重い兵法書をグレイはヒューに手渡した。

そのまま手を上げて、顔も洗わないままスタコラと図書館に足早に消えてしまうグレイを呆然《ぼうぜん》と見送り、二人は顔を見合わせた。

「いきなり何を言い出すんだアイツ。軍壁の中に金銀財宝を溜め込んでるって、噂話にしてもありえんだろう」

「――――――」

ヒューバートが思うよりもグレイの知力を買っているダグラスは、何か腑《ふ》に落《お》ちないモノを頭の片隅に感じ、呟く。

「兵法書？」

「ああ、俺の執務室にあった蔵書だ。アイツは朝まで徹夜で読んでて――これだ」

グレイから手渡された兵法書の一巻を持ち上げて――ヒューバートは「あれ？」と首を傾《かし》げた。

「読破したという割に、途中に何を挟んでるんだ？」

「何ですか？」

ヒューバートが兵法書を開くのを、ダグラスも覗《のぞ》き込《こ》んだ。

本の間には、どこから拾ったのか小刀が挟まっており、ヒューバートはその小刀が気になり、ダグラスは開かれたページが気になった。

「刃が黒い――」

黒い刃は反逆の印。と、ヒューバートが何かに気付く。

そんな旧知の友の反応に、ダグラスは開いたページのその文章を読み上げる。

「第五章ジェラルディ将軍の知力兵法。手も汚さず人員も使わずに敵城外壁を破壊する方法――」

「兵学校で習うジェラルディ将軍が戦時中に実際に行った外壁崩しの逸話だ――。難攻不落と言われた、敵城を落とすために、城主が外壁に財宝を溜め込んでいるって噂を市井に流し、噂を信じた一般市民が外壁に穴を空けまくって外壁を崩したっていう――」

兵法書に長く紹介される、ジェラルディ将軍の知力兵法の史実に基づく戦術。

バルナバーシュ皇紀中期の皇家守護神と言われたジェラルディ将軍は、南部貴族平定に難儀していた。南部貴族は当時の皇帝に逆らい独立を目論《もくろ》み、それが白日の下に晒《さら》されるなり堅牢な城に立て籠もり籠城《ろうじょうせん》戦に入った。その城は天然の岩山を要塞《ようさい》とした強固な外壁に囲まれており、門が開かない限り城への入城は叶《かな》わない。戦は長くかかると誰もが長期戦を意識しだしたその時に、城下の街に流れた噂が噂を呼び、人々が集まりそうして気付けば岩山はどんどん掘られて外壁に達し、外壁もまたどんどん穴だらけとなって、城を守る堅牢な外壁は脆《もろ》くも崩れ落ちた。そうしてそれを逃さず突入したジェラルディ将軍が一気に城を落としたのだ。

噂の大元は、ジェラルディ将軍の部下が城下の酒場で酒のつまみに溢《こぼ》した「財宝」の一言のみ。

圧政を強い、城下の市民から重い税を搾取していた城主が、全ての財を外壁に隠している。

城主に対して不信感しかなかった城下の市民たちは、こぞってこの噂を広げ、自分達の金品を取り戻す！　の号令の下、つるはし片手に、皆が皆、岩山崩しに参加したのだ。

まさに知略。皇帝軍は一人の戦死者も出さなかったと記述が残っている歴史上の史実である。

何者かが辺境伯城を崩せば、それを名分に、内部突入が可能になる。と、ダグラスが顔を上げた。

「辺境伯城から反逆用の軍事物資を確認できれば、物証が押さえられる――！」

二人はアルベルトの執務室へと全速力で走りだした。

◆◆◆

『バージス辺境伯が軍壁に金銀財宝を溜め込んでる』

人の噂とは、恐ろしいものである。発端は、誰かが呟《つぶや》いた、たった一言。

大きな湖にたった一滴投じた黒いインクの雫《しずく》が跳ね、弾《はじ》け広がり、瞬く間に全てを黒く染めていく。

二～三日もすると、「金銀財宝」というキーワードが「金塊」にすり替わった。

更に数日経つと、「軍壁に金塊を貯蔵している」に変化し、そこから更に「金塊を煉瓦《れんが》に偽装させて積み上げている一部軍壁がある」という内容に変わっていた。

『皇宮のある処からリークされた話だから、きっと真実に違いない！』

などと、まことしやかに囁《ささや》かれる噂は、あっという間に皇城全域に広がり、皇城に出入りする貴族に、官吏に、侍従から従僕、女官から侍女に、そして、出入り業者から市井へと広がっていった。市井まで降りてしまえば、噂は噂を呼び、尾鰭《おひれ》がどんどん飛び火して、遂には――。

「噂のバージス辺境伯の軍壁。俺の知り合いの知り合いがマジで金塊掘ってきたって！」

「あの話本当なんだな！　俺の従兄弟《いとこ》の嫁さんの従兄弟も、一発当てたって聞いたぞ」

「親方の友達の友達が言うには、ある一角がマジで全部金塊だって！　俺も掘りに行こうかな!?」

一攫千金《いっかくせんきん》狙いの強者《つわもの》達が大挙してバージス領に集い、今や辺境は金塊の「噂」特需で連日のお祭り騒ぎらしい。


「バージス辺境伯はこの事態の収束のため火消しに奔走し、その行動が『金塊を隠すため』と逆煽《あお》りとなり、更に大量の人々が集いだしています。ちなみに、辺境伯城近くの軍壁は、穴だらけになっているとの報告が上がっています」

ダグラスからの報告を受けながら、アルベルトは執務室の大窓から外を見つめていた。

そこには皇宮自慢の、中央回廊軸線《ビスタ》から左右対称《シンメトリー》に広がる、幾何学的な植栽や池の配置を施した広大な庭園が広がっている。

「夜陰に乗じて増える宝探し連中の捕縛に、バージス騎士団を総動員してるから、辺境伯城の守りは、まあ手薄だな」

ニヤリと笑うヒューバートの声に頷《うなず》くが、アルベルトが見つめるのはただ一点。

庭園の向こうにそびえる官吏拠点の東塔のさらに先、ここから見えない皇宮図書館を、アルベルトはただひたすらに睨《にら》みつけていた。

「――ヒュー。第一師団を率いバージスを抑えて来い。平定は任せる。ダグは、北の国の襲撃に備え北軍壁の修繕の手筈《てはず》を」

アルベルトの低く静かな声に、いつもの態度など微塵《みじん》も感じさせない将軍の風格を持って、ヒューバートは騎士の最高礼を自らの剣を捧《ささ》げた主君に向けた。

「承知いたしました。直ちに隊列を整え出立いたします」

「承知いたしました、皇帝陛下。バージスは任せましたよ。アシュビー将軍」

無二の親友二人の言葉に再度礼を執り、ヒューバートは踵《きびす》を返し軍靴の踵《かかと》を鳴らし走り出した。


同時刻の皇宮図書館には、自分の巣でにまにましながらヒューバートに借りた兵法書を読みふけるグレイの変わらない姿があった。

レンタルした兵法書はついにオーラスの二十巻だ。

もう少しで読み終わってしまうのが残念であり読破が嬉《うれ》しくもあるグレイであったが、図書館内の方々から聞こえてくるさざ波の様な噂話にも注意深く耳を向けていた。

宰相閣下たちは、上手くやったみたいだな。

この調子でいけば、バージス辺境伯の反乱は未然に防げるだろうが、まだまだ、彼らには受難が待ち構えている。まあ、裏で手を回してやるのは、やぶさかではないが。

「バージス領軍壁の金塊の話って聞きましたか、グレイ？」

すっかり本の友と化した図書館司書長キースの言葉に、グレイはいつもと変わらないうらぶれた学者の顔を上げた。

聞いたも何も、噂の種を宰相閣下に植え付けたのは、俺です。

そんな真実はすっぽりと隠して、口を開く。

「あの、景気のいい話ですか？」

「ええ。行けるものならば、私も発掘調査に関わりたいです」

「発掘調査？」

金塊の発掘調査ってなんだい？

これは初耳だぞ。と頭を捻《ひね》るグレイに、キースは自慢げに胸を張った。

「表立っては、金塊はバージス辺境伯の隠し財産と言われていますが、本当は、フラリン金貨でゴブリンが溜め込んだ貴重な古代通貨らしいんです!!　歴史的な発見ですよ!!　是非、発掘調査にいきたいものです——!!」

それは————本当に初めて聞きました。

ついにそこまで噂話が変化しているとは………。噂って、怖いですね。もう、笑うしかない。

「グレイ！」

久しぶりに聞く声に振り返ると、初めて見る甲冑《かっちゅう》軍装姿で部下を二人従えたヒューバートが駆け寄ってきた。オカン三人衆に会うのは、噂というガセネタを進呈したあの日以来だ。お陰様ですっかり図書館の住人となり、ひとり寝にも慣れた今日この頃である。

「お久しぶりです。将軍閣下」

「ヒュー、だ」

「はい。ヒュー。行かれるんですか？」

アルベルトの事だ。そろそろ騎士団を動かすだろうとは想定していたが、自分の右腕を向かわせるとは、本当に肝っ玉が大きいというか、なんというか。

「流石《さすが》の読みだな。これからすぐ出る」

その忙しさの中で、どうしてここに来るのだね？

ガセネタを進呈したのが自分とバレたら、身の置き所が――。

「皇帝陛下の命でな。俺が皇城を離れる間、御寵姫様に護衛を付けろとのご用命だ。俺の副長のイザックと、第二師団長のレイアードだ」

「初めましてというか、先日は総長の執務室で失礼いたしました」

「私も以下同文です」

正しく挨拶《あいさつ》するイザックと簡略化するレイアードは、ヒューバートと肩を並べる程の長身に立派な体軀《たいく》をした「いかにも騎士！」という形《なり》ではあるが、人懐っこい笑顔をグレイに向けてきた。

なるほど。執務室のドアから雪崩《なだ》れてきた騎士連の中に、この二人の顔もあったな。

だが、それは今は横に置いておく。

「御寵姫《それ》――止《や》めてくれってお願いしましたよね？」

「ははっ！　その顔止めろ。俺を喜ばせるのもそこまでにしてくれ」

不本意という文字を顔に浮かべぷんすかするグレイに、ヒューバートが破顔する。

「その顔もダメだ。あ～行きたくね～な～」

砕けた言葉を発するヒューバートに、何故《なぜ》か、抱き込まれてしまう。

甲冑に鼻をぶつけ目の前に星が散る。寵愛《ちょうあい》演技にしてもなんだいそれ？

「――将軍閣下？」

憤慨の意味を込めての出来る限りの低い声を上げたのだが、彼はびくともしない。

「エネルギーチャージだ。許せ」

「はい？」

益々《ますます》意味が分からない。

「あ、もう一つアルからの命令がある。今日から図書館内での就寝は不許可だそうだ。アルかダグとの共寝以外は、騎士塔の俺の騎士団総長室で寝ろとさ」

「は――!?」

「あそこで寝起きすれば、騎士塔詰め全員皆護衛になるしな。ちなみにイザックとレイアードは常勤護衛になる」

腕の中に抱き締められたまま、頭をぽんぽん撫《な》でられていることも忘れ、グレイが吠《ほ》える。

「図書館と俺を分かつというんですか――!?」

「日中は図書館にいて問題ない。夕刻からは、俺の部屋に強制移動だ」

「承服できません!!」

読書時間が、貴重な夜中の読書時間が――!

「俺の執務室の軍略本。全部読んでいいぞ」

「ありがとうございます」

グレイの口が感情より先に礼を言っていた。

◆◆◆

アルベルトは、歯噛《はが》みして目の前の学者を睨みつけていた。

バージス辺境伯の動きは摑《つか》めてはいたものの、なかなか尻尾《しっぽ》を出さず正直、調査は難航していた。

更に、小トカゲの上位には中トカゲと大トカゲがおり、迂闊《うかつ》に手を出せばトカゲの尻尾切りで、全てを取り逃がす。東の国バルナバーシュ随一の頭脳と智略を持つダグラスでさえ、手をこまねいていたバージス辺境領が、ある日皇宮に現れた学者《グレイ》の一言により、ものの見事に制圧された。

これは、偶然か必然か？

目の前で呑気《のんき》そうに茶を飲みながら、最近の天気についてダグラスと話し込んでいる学者を、アルベルトは睨みつけるように見つめ続けるしかない。

「女心と秋の空とは言いますが、最近の天候は世の情勢のように、随分とコロコロ変わりますね」

恐らくアルベルトと同じことを考えているであろうダグラスが、天候と国の情勢の変化を掛けて学者に向かい問いかける。と、いうのに。呑気な学者は「そうですねえ」と呟きながら、紅茶のカップを綺麗《きれい》な所作でテーブルに戻す。その所作は、うらぶれた学者のものでは確実にない、洗練された貴族のそれだ。ああ、そういえばこの男はそうは見えないが、西の国でも有数の大貴族である将軍家の長男だったことをアルベルトは思いだす。

「バージス辺境領はヒューにより間もなく平定されますが、あの地には、様々な噂話が生まれては消え、消えては生まれ——一体何が起きているのでしょうね？」

ダグラスの言葉に、グレイはまるで春の日差しの様に、穏やかに優しく笑う。

「さあ——何なんでしょうね？」

——大狸が、ここに居る。

バージス辺境領の軍壁の財宝に関して、最初にそれを発したのは、目の前の学者だとアルベルトは知っている。その後、バージス領に関して次々に浮かんでは消える謎の噂も恐らくは——。


第一の噂は、軍壁に隠された財宝説。

一攫千金を狙う強者《つわもの》達が強固な軍壁を穴だらけにしてくれたお陰で、バージス辺境伯を抑えられたのは僥倖《ぎょうこう》だった。だが、この噂が国境を超え流れ始めた事で、穴だらけになった軍壁は北の国への朗報となり、彼《か》の国がバージス辺境を攻める算段に動いたとの情報が入った。その矢先に、今度はまた違う噂が国内と北の国に流れ始めた。

第二の噂は、軍壁への軍備の増強工事説。

実は先の噂は、外壁に大砲を埋め込むためのフェイクで、真実は北の国に対しての軍備増強工事であり、先の噂を鵜呑《うの》みに攻撃を仕掛けるであろう北の国を、これにより一網打尽にする皇帝の秘策、という話だった。辺境領への侵攻を一歩進めようとしていた北の国も、これには血気を下げ出兵を一《いっ》旦《たん》白紙に戻したのは密偵により確認した。そして、最新の話はまた、方向が変わった。

第三の噂は、関所の建造。

夏からの悪天候により秋の収穫が思わしくない北の国に対し、寛大なる東の国の銀狼王《ぎんろうおう》が穀物の無条件譲渡を考えており、その受渡しの場として辺境軍壁に関所を建造している。これが本当の真実である。という、さすがのアルベルトも「は？」と数分フリーズする程の、ありえない話だった。

「西の国でのバージス領の噂の話を貴方《あなた》から聞いた時点では、確か北の国の秋の収穫量は例年並みとの読みでした」

左目のモノクルを外し手巾《ハンカチ》でレンズを拭《ふ》きながら息を吐くダグラスに、すっとぼけ大狸《おおだぬき》は大窓から夜空を見渡して涼しい顔で言った。

「天候を読むなど、人には無理でしょう。全ては天の神様にしかわかりません」

嘘《うそ》を吐《つ》け。最初の噂から三つ目まで、噂の出所は学者《おまえ》なのだろう？

それも、発信現場はあろうことか、皇宮図書館ときた。国政の中枢人物ではなく、あくまで実務レベルの官吏に世間話的に種を蒔《ま》き、隣国を巻き込んでの大樹に育て上げた。たった一人で……。

最初の噂の種蒔きを、ダグラスとヒューバートとしたのが、今の状況予測を立てての事であるならば——この男の頭の中は一体どうなっているのか？

世界一の東の大国と自負する我がバルナバーシュと、武の北の国の異名を取るノーザンダイナーが、この得体のしれない学者の手のひらの上で転がされたなど、考えたくもない。

「冬季を前に北の国に恩を売っておけば、冬の脅威が減り戦闘による無駄な軍備軍費も兵も失わない。穀物の無償提供など安いモノではないですか？　皇帝陛下、宰相閣下」

　腹が立つ。食料奪取を目的とした、冬季に慢性的に起こる北からの戦闘は、バルナバーシュ建国以来の最大の問題でもあった。学者の言い分は、一利も二利も――百利もあり、益しか出ない……。

「――戦争なんて、起きないのが一番ですよ～」

　なんだろうか、頭から花が咲いたかのような無垢《むく》な顔をしたかと思ったら、ぐわんぐわんと学者の頭が揺れだして、次の瞬間に上体が傾《かし》いで――ばたりと倒れ込んだ。

「ああ、失敗しました」

　学者の体を瞬時に抱え込んだダグラスが、腕の中の男の顔を覗《のぞ》き込《こ》んで眉《まゆ》を寄せた。

「アルコールに弱いと聞いたので、今回の全容を全て吐かせようと思い紅茶にブランデーを仕込んでおいたのですが――ここまで弱いとは……」

　策士のダグラスが自分の失敗だというのに楽し気に笑んで、学者の頬を柔らかく撫でている。

　学者の顔は、湯気を噴きそうなくらいに真っ赤であった。どれだけ呑《の》んでも酒には酔わず、顔色も変化しないアルベルトからすれば、驚くべき変化である。

「どんだけ、混入させたんだ？」

「数滴です」

　ははは。と笑って、ダグラスが腕の中の学者の前髪を上げ、額に自らのそれをくっつけ「酔ってカンカンだ」と笑う。

――俺の前で、何してるんだお前は？

「完全にイッてますね。今日の査問は後日にして休みましょう、アル」

学者をその腕に抱いたまま、すいっと立ち上がるダグラスに少々胸の辺りがムカムカする。何を自分のモノみたいな顔をしているんだダグ。

「今日の当番は、俺のはずでは？」

「いえ。今日は私でしょう」

二人して真顔での睨《にら》み合《あ》いとなる。

「ダグ」

「先日のジャンケン勝負では私の番ですよね？」

一番がヒューバートで二番が自分。貴方は、三番です。学者《グレイ》を譲る気はないと。ダグラスのその顔が言っているのが、見える。見えるが――ここは、アルベルトにも引けない事情があった。

「――俺は今日は朝まで熟睡したい」

「グレイはもう寝ているので、貴方を眠らせる得体のしれない講義は出来ないと思いますが？」

取り付く島もない。とはこのことか……。

「ダグ」

泣きの一回で、もう一度呼んでみる。

「俺は、この国の皇帝だぞ。譲れ」

「ダメですよ。皇帝陛下が一度決めたことを守らぬとは情けない。それに、私だってバージス領の平定が見えるまで実務詰めでほとんど完徹だったんです。やっとゆっくり寝れるんですから、譲れません」

これは寵姫の取り合いというよりは、確実に――安眠枕の取り合いである。こうなってはもう仕方がない。皇帝の権威も何も、熟睡睡眠の前では何の足しにもならない。最後のカードを出すとしよう。

アルベルトは意を決した。

「わかった。俺の寝台で、お前も一緒に寝ていけ」

「――――プライド捨てましたね、アル」

気持ちはわからないでもないですが。とダグラスが溜息《ためいき》交じりに呟《つぶや》いた。

◆◆◆

どうやら宰相閣下の策略により、アルコールを摂取させられたようである。

頭と身体《からだ》が、ふわふわする。実は、グレイは昔から本当に酒には弱い。

どれくらい弱いかというと――葡萄《ぶどう》を食べたら、顔が、赤くなると言ったらご理解頂けるだろうか？　え、あり得ないって？　いやあ、本当にそうなるんですって。双子の妹のクレアは同じ遺伝子のくせにウワバミの大酒飲みだというのに、俺はこんなで。よく、「葡萄を摂取して身体でアルコールに変えてるのか？」なんて馬鹿にされていた。酒はもとより、洋酒を利かせたデザートでも、酔っ払ってしまう自分である。

紅茶に数滴ブランデーを落とされたら、もうたまったものではない。こんな感じにもなるというものだ。あああ、目が覚めないし、体の自由は利かないし、いつもながらに困ったものである。

はい？　どうしてブッ倒れてからの、彼らの会話がわかるか？　疑問はよくわかります——。

数滴の酒で酔っ払う割には、わりかし、意識だけはハッキリしているんです。内緒ですが。

酔っ払ってブッ倒れると、意識を失っていると思われて、その場の有益な情報を聞くことが出来て、大変重宝している。……のですが、今日のこの場の、皇帝陛下と宰相閣下の会話は——。

正直、逆に意識を失いたいくらいです。

「——いい年した親友を含めての男三人での共寝は、とてもイタいです。寵愛ネタで我々がグレイを取り合っているという噂を広げる為にも、今日のところは、私が勝者としてグレイをお連れします。宰相である私と皇帝であるアルが袂《たもと》を分かったと、明日の朝議で我らの反対勢力が大変盛り上げることと請け合いです」

「そんな盛り上がりはいらん。安眠枕を譲れ」

「駄目です。じゃんけん勝負の準優勝は私です、準優勝カードを行使します！　今日の安眠枕は私のモノです。あなたは三番手ですからね！　私の次までお待ちください‼」

安眠枕って——まさかの俺の事ですか？　そんなものになった記憶は、ないとも言えないのが悲しい。

「グレイはブランデー入り紅茶を飲んで、見ての通りグロッキーです。彼の念仏講義は今日は聴けないのですから、どうせ入眠は無理でしょ？　朝までそこの書類片付けといてくださいねアル。私のノルマは終わってますから」

「切り捨て方が半端ないな！　だがな、こいつの体からは安眠成分が出てるから、隣で寝ると熟睡出来るんだ！　今回は引け！　ダグ‼」

俺の体から安眠成分って――？　そんなもん出てるわけないでショ……。

この二人、睡眠不足の限界も頂点でおかしくなってやがりますね。

宰相閣下の安定した腕の中に身体だけはぐったりと預けてはいるグレイだが、頭の中は彼らへのツッコミで満載だ。それにしても、自分だって男であり身長だって、宰相閣下には負けるもののソコソコある方だ。だというのにこんなに軽々とお姫様抱っこしたまま口喧嘩《くちげんか》とは、宰相閣下は意外と力持ちのようだ。そんなどうでもいい事を考え始めたグレイだったが、宰相閣下にそろりと大切な宝物を手放すように体を降ろされた。

おう。背中に感じるこの柔らかな最高級寝具っぽい感じは、明らかに皇帝陛下の寝台だ。

それは、宰相閣下が安眠枕を皇帝陛下に譲ると決めたから？　いや、違う。

――扉の方角から、微《かす》かな、血の匂いが香ってくる。

「扉前の近衛。ヤラれましたね――」

「――かなりの手練《てだれ》が来たようだ。生きていればよいが」

二人はこちらに背を向けて、扉の方角を見ているようだ。声の響きが、こちらに向かってこない。

「ヒューと第一師団が不在のところを狙ったか。甘く見られたものだ」

「我々の寝不足状態も狙われたのでしょうねえ。舐《な》められたものです」

スラリと鞘《さや》から剣を抜く音が重なり、続けて、鞘が床のラグに落ちる音が聞こえてきた。

「ダグは、学者を守護しろ」

「あのですね、アル。戦争捕虜を宰相に守らせて、刺客に突っ込んでいく皇帝が何処《どこ》に居るんですか？　ポジションが逆です」

二人が剣を構えた気配がする。殺気は、扉の前に五つ。バルコニーの大窓前に五つ。天井に三つ。

――天井のは、皇帝陛下の護衛の影かもしれないので、この際省いて大丈夫だろう。

かなりの訓練を受けているだろう手練十人に対し、皇帝陛下と宰相閣下は一歩も引く気配が感じられない。今までも、彼らは何度も、こういう事態をくぐり抜けて来たのだろうことが、その「覇気」からよくわかる。きっと、いつも三人で――。だが、その三人での防衛最強布陣の要《かなめ》となっていただろう将軍閣下は、今は不在だ。

更には、酒でブッ倒れた、足手まといの俺がいる。うん。確実にお荷物ですね、俺。

流石《さすが》の息の合わせ方で、刺客全員が同じタイミングで、それぞれの扉を破って皇帝の居所に攻め入ってきた。刺客の足遣いが鼓膜に届く。これは、また面倒くさい事態になってしまったものだ。

剣撃の音。この国のトップとセカンドに斬られた刺客が断末魔の声を上げる。

あ、ヤバい。狙いは――――やはり、俺だ。

近付く刺客の気配に、宰相閣下が息を飲み、皇帝陛下があろうことか俺を守ろうと駆け寄る――。

あんた、皇帝でショ？　戦争捕虜を守ってどうする気だ!?

ベッドに酔《よ》い潰《つぶ》れるグレイに、刺客の手が伸びる。

しかし、それよりも早くグレイは、枕元に潜められているアルベルトの守り刀を流麗に抜刀し――その勢いのまま、刺客二人の利き腕を一刀両断した。

血飛沫《ちしぶき》が、グレイと寝具に飛び散った。

ゆらりと片膝《かたひざ》を立て居合の形で残りの刺客をツマらなそうに冷たく見つめ、白い肌に飛び散る真っ赤な鮮血を、グレイは左腕で拭《ぬぐ》った。

「手応えが、足りんなあ〜〜――」

ああああああ。やってしまいました。

剣など握ったことなどありません〜〜〜。で、東の国では通してきたのだが、遂に、不可抗力とはいえつい剣を握ってしまいました。ここはもう中二病よろしく病んで馬鹿な役を演じるしかない。

こう見えても、腐っても西の国では武門の軍閥名門であるブラッドフォード将軍家の一応嫡男で、現女将軍の兄です。物心つく前から望むと望まざるとに拘《かか》わらず、剣技は体に叩《たた》き込《こ》まれている。腕と実力は、ブラッドフォード家を継いだクレアには遠く及ばないのは誰に言われなくとも理解している。ただねえ自分の生きる学者の世界で剣技のランク付けをするならば、世界広しといえども自分がナンバーワンだという自負はございます。

しかし。ここで剣が扱えることを明るみに出すのは、まだ時期尚早と思われる。

過日の皇帝陛下の入眠チャレンジの時に、三人には右手は「剣を握った事のない手」として認定して頂いた。それはほぼ正しい評価だ。右手は本を読む為と、文書を書くための手で、その他は通常の生活にしか使わない様に、なるべくしている。

グレイの生まれ付きの利き手は、左手だ。

剣技は片手剣を学び、もちろん剣を握る手は左手である。右手で剣を握れば多少はバレないであろう。多分――。あとは……。

「へへへ。酔っぱらいになると、剣が振りたくなるんですよね～～～」

はい！　中二病です!!　義眼の目が疼《うず》くとかいえば、もっとそれっぽくなるだろうか？　いやいやいや。そもそも〝中二病〟って言葉が、この世界にはないだろう。

この場は、酔っぱらいで剣を振り回し、酔っぱらいのため記憶にございません。で、いくか……。

自分の酒の弱さは、西の国でもお墨付きであるから、ひとまず、それで押し通そう！　そうしよう!!

今後の対策は全部「酒」のせいにすることにして、グレイは皇宮図書館の蔵書を読破するまで守ると決めた、アルベルトと東の国の皇宮図書館の為に、剣舞でも舞うように右手に握った皇帝の守り刀を残り二名となった刺客に向けた。

7：【皇帝陛下と宰相閣下によるグレイの洗濯】

まるで、剣舞を踊っているかのようだった。アルベルトは、グレイに目を奪われていた。

剣技というよりは、舞踊という他ない、流麗な体の流れから空《くう》を切り裂く白刃が、刺客を殲滅《せんめつ》する。

血に塗《まみ》れたその姿は、剣鬼の様であり、舞踊を極めた踊りの神の様であり――目の前に起きたその事実を、正直、理解することが出来ない。

「酒が入ると――剣が絶好調～～――！」

謎の言葉を残し、血塗れの剣を抱きしめてベッドに倒れ込む血塗れの学者を、アルベルトは茫然《ぼうぜん》と見つめるしかなかった。

「――っ痛いです！　アル！」

目の前の現実が認められず隣のダグラスの足を踏みつけてみると、痛い！　と声を上げ、東の国の宰相が東の国の皇帝であるアルベルトの足を踏み返してきた。

「――痛い……な」

「痛いです。現実ですね」

二人で見下ろす血塗れの寝台の上で、血濡《ぬ》れた剣を抱きしめ全身に返り血を浴びた酔っぱらいが、酩酊《めいてい》した真っ赤な顔ですやすや眠っていた。

以前に見たその手は、とてもではないが剣を握ったことがあるそれではなかった。

だがあれは、あの動きとあの剣捌《けんさば》きは、常人のモノでは決してない。

更に酩酊と言っても、紅茶に垂らされたブランデーを数滴摂取しただけである。酔っぱらうと剣豪になる？　もう、どこからツッコんでいいのか——見当もつかない。

「……ひとまずこの惨状を片付けさせましょうか」

アルベルトよりも早く、いったん冷静に戻ったらしいダグラスが、血痕《けっこん》のついたモノクルを外しながら大きく息を吐くと、遅れて到着した近衛や侍従達に片付けの指示を出し始めた。

「我々も、まずこれを洗い流すとして——……これは、どうしましょう？」

先の「これ」は我々も被《かぶ》った血飛沫《ちしぶき》の事であり、後の「これ」は寝台で熟睡する学者を指したものだというのは、言われなくともわかる。

アルベルトは、肺の中身を全て吐き出す程に大きく大きく、溜息を吐《つ》いた。

こんな血塗れ男を女官に洗え、と命じるのは酷過ぎることは明白であり、こんな危険生物の洗濯を、侍従に命じるのも酷過ぎる。

「…………洗うか」

「……お手伝いします」

他国より恐れられる東の国バルナバーシュの銀狼王《ぎんろうおう》と名高い皇帝と宰相が手づから湯殿で体を清めてやるのだ、この対価は高くつくぞ。にやりと悪い顔で笑ってしまったアルベルトに、一瞬引いたダグラスが声を潜め呟く。

「グレイの貞操は私が守りますよ」

「何を言っているんだ、殺されたいかダグ？　俺とお前が手ずから洗ってやるんだぞ。辺境の一件の事の顚末《てんまつ》全てと、先程の剣技――全部吐かせても釣りがくると考えただけだ」

「――そういう、ことにしておきましょう」

歯切れの悪い相手の言葉に「それしかないだろう。他に何がある？」アルベルトは眉《まゆ》を寄せるしかない。「やれやれ」と続けて、ダグラスはひょいと学者の体を抱き上げた。

「一対一《さし》での入浴は私的にはマズそうなので、アルが一緒の方がいいとも言えますから」

「――何？」

「いえ、アルは気にしなくていい事です。ヒューはもう、ヤバそうですがね。――行きましょう」

居室の一人用の浴室ではなく、皇帝用の大きな湯殿に向かい歩き出すダグラスの言葉が、アルベルトは簡単には飲み込めない。

俺が気にしなくてよくて、ヒューバートはヤバい？

アルベルトはダグラスの言動の意図が読めなかった。

この時のアルベルトはまだ、ダグラスの言葉が何を指すのかを知らなかったし、知ろうともしなかった。アルベルトが「それ」に気付くのは、もう少し、後のこと――。

血塗れの着衣が身体《からだ》に張り付いて簡単に脱がせられない為、そのまま湯殿に運び湯に浸すことになった。泥酔状態の意識のない人間の体とは、起きている時より格段に重いということをアルベルトはここに至り知った。湯につけると浮力があるので多少は楽にはなったものの、ダグラスと二人して四苦八苦しながらも、学者の体をキャッチボールしながら湯を掛け着衣をはぎ取っていっても、酩酊状態で熟睡しているらしいグレイは目を覚まさない。

生きているのか心配になり胸に手を当ててみると、変わらぬリズムの心音の響き。生きているのは確かである。血痕を洗い流し現れた、真っ白い肌。傷ひとつないきめ細やかで滑らかな肌の下には程よい筋肉はついてはいるが、とてもあの剣技を繰り出す程の体の造りでは決してない。

背中の筋肉、そして右肩右上腕から右手まで、手を滑らして確認してみても、これは、剣を生業《なりわい》とする鍛え抜かれた肉体とはいえない。アルベルトはグレイの体を反転させダグラスの肩に凭《もた》れさせた。

「――随分と、入念に触っていますね、アル……？」

剣を握っていた右上腕を入念に確認しているアルベルトに、グレイの上体を受け取りながらダグラスが訝《いぶか》しげな顔をして聞いてくる。

「あの剣技で、学者が腐っても西の将軍家の出だと思い出した。実は俺の身を狙った刺客かもしれんと――」

「それはないでしょう。もしそうならばグレイの前で熟睡したアルの命はすでにないはずです。前に共寝したときに訊《き》いたことがありますが――」

と、グレイの肩口に湯を掛けながらダグラスが呟《つぶや》く。

「ああ、黒髪だからと油断したら、髪にも結構な血を被ってますね」

片膝を立てて仰向けにグレイの体を固定して、ダグラスは手で湯を掬《すく》いグレイの黒髪の血痕を洗い流す。無色だった湯がじわりじわりと赤みを増してゆく。

「――何を訊いた？」

「着やせして見えても、触れた肩の筋肉は文官の持つものではなかったことが気になって。背筋と肩、腕の筋肉が学者にしては結構あるのはどうしてか？　とストレートに」

「学者の返答は？」

「図書の片付けをしていたら勝手に筋肉がついたと。これは、キースにも確認しましたが、図書館司書あるある、だそうです」

本というものは結構な重量があるものも多く、それらの整理を人力で酷《ひど》ければ一ヶ月以上ひたすら棚移動したりすると、気付けば騎士にも劣らない体が出来上がる、とのことだ。本当か？

「あくまで筋肉がつくだけで、運動機能は変わらず。とは、図書館勤務の官吏も共通認識だそうです
──これは……？」

左肩からまだ抜いていない肌に張り付くシャツを捲《まく》ったダグラスが、不意に眉を寄せた。

湯殿に来てから何とはなしに見ていたら、決してグレイの体を直視していなかったダグラスが、ただ一点を見て動きを止めた。その真剣な顔は、事態の重要性を知らせてくる。

左肩口の肩甲骨辺りに残る傷。

左脇腹近くまで続くその傷はもう癒えてはいるように見えるが、かなりの深手だったことが分かる。

もしかしたら、命に関わるほどの──。

「刀傷──？」

なんだろうか。この傷跡を見ていると、心が、ざわざわしてくる。なんだか、何かを思い出しそうな、思い出さねばならないような……。

アルベルトは我知らず手を伸ばし、左肩口から左脇腹に伸びるその傷を無意識になぞってしまう。

「――う……ん……」

するりと傷跡を撫《な》でられた体の持ち主が小さなうめき声を零《こぼ》した。

微《かす》かに眉を寄せ、湯に上気し薄っすらと血色を上げた背を、ピクリとしならせるグレイの姿に、ふたりの胸がドキリと音を立てた。ドキリ？　ってなんだ？？　互いに自分の胸に手を当てて、自問自答するアルベルトとダグラスの前で、黒曜石の瞳《ひとみ》がぽかりと開いた。

「うっ――わあ――!?　って、でででって、どわあああ――!!」

上半身裸の二人の姿に顔を赤くし青くし赤黒くなって、更に自分の真っ裸の姿に気付いてしまった学者が、何の恥じらいか胸元を隠して湯船に滑って物凄《ものすご》い水飛沫を上げて、湯殿の底に沈んだ。

その慌てっぷりたるや……。笑うしかない。

なんだか気付いてはいけない、開いてはいけない扉に手を掛けている心情のアルベルトだったが、その素《す》っ頓狂《とんきょう》なグレイの慌てっぷりに、それらの全てを瞬時に頭から消去した。

◆◆◆

ダグラスの頭の中は今、「ホワイトダグラス」と「ブラックダグラス」が、剣を突き合わせての大攻防を繰り広げており、思考はまさに荒れ狂っていた。

グレイと一緒に湯殿――？　湯殿に行ってグレイを洗う？　誰が？　アルが？

ちょっと、待ていっ！　ですよ。

一対一《さし》は認められません。それはダメです、許しません。私も参加いたします。いえいえ。皇帝であるあなたが捕虜であるグレイを洗うなんて、普通に考えてあり得ないでしょう？　ってことにしておきます。であれば、私が――っ。

無理だ。

一対一でグレイと裸の付き合いだなんて、悪さをするなと言われる方が無理――。

ブラックダグラス：いや！　これは好機だ！　このチャンスを逃すなど、
お前は男の風上にも置けぬ、とんだヘタれ野郎だぞ！

ホワイトダグラス：意識のないグレイにそんなことを考えるなど、
許されるわけはない！　もしもバレて嫌われでもしたら……。

ブラックダグラス：それがヘタれって言うんだ！　ここで手を出さずして、いつ出すんだ！

いやいやいやいや……。そうではなくて――。まずは刺客の血に塗れたグレイを清めなければなりません。被った返り血が張り付く衣服を湯で緩め、アルベルトとグレイの体をキャッチボールしながらはぎ取る。冷静に冷静に――と頭の中で呟いて、それでもダメで、頭の中で一から百までの素数を確認してみる。なにか、どうでもよいことを考えないと、ブラックダグラスがすぐに顔を出してくる。

アルベルトもいる。ここで欲望塗れの醜態を晒《さら》すわけにはいかないのだ。

血糊《ちのり》が付いた肌も煽情的《せんじょうてき》ではあったが、湯を掛け清め上気する白い肌は艶《なま》めかしくて、直視するのは大変危険です。あああ……。見ていられないのに、見ていたい。

ふと視線を彷徨《さまよ》わせた先に見つけた、グレイの左肩甲骨辺りから左脇腹に残る刀傷。

手を伸ばし触れやがったアルベルトの指に、小さな呻《うめ》き声《ごえ》を上げて、グレイが背をしならせた。

これは、大層、くる――。

そう思ったその瞬間。

「うっ――わあ――!?　ってで、ででって、どわあああ――!!」

自分の状況を直視したグレイが綺麗《きれい》な顔を赤くし青くし赤黒くして、瞬時に立ち上がり湯殿の底に足を滑らして物凄い水飛沫を上げて、湯殿の底に沈んだ……。

ああ、今のは本当に大変に、ヤバかった。

よく耐えた。自分偉い――。よく乗り切ったと、自分を褒めてやりたい。

ダグラスはアルベルトにバレない様に、自分の胸を撫でおろしていた。

自分の自制心が結構凄《すご》いことに気付いたダグラスは、少々悦に入っていた。

そんなことを考えている時点で、自分の自制心がアウトであることに目を背け、ダグラスの自画自賛は止まらない。目の前のほぼ全裸に近いグレイの姿から思考を逸《そ》らす為なのかもしれない。ホワイトな自分もブラックな自分も、なんとかこの自制心で抑えつけることに成功し、この場での醜態を晒すことは、なんとか回避できた。出来たのは、いいのですが、しかし――です。

本当にこの珍獣は、目が離せないけれど、あまり見ていると危険である。

そう思う自分の心にダグラスが気付いたのは、彼此《かれこれ》、いつの頃だったか――？

ヒューバートは、もう見ていればわかる。

だけれども、あの脳筋は流石《さすが》の脳筋で自分の心の機微に疎い。そんな気持ちを自分が持ち得てしまったことに、まだ、気付いていない様に見受けられる。このまいくと、一騎打ちにはなりそうではあるが、ダークホースには出て来て欲しくはない。

アルベルトが出馬してこないことを願う。

ダグラスは心の底からそんなことを願いながら、曖昧《あいまい》な笑顔を浮かべてグレイの手を引いた。ひとまず、そのままだと大切な貴方《あなた》が溺《おぼ》れてしまいますからね。


「——面目次第もございません」

湯殿で溺れかけ逆上《のぼ》せた珍獣が、部屋の調度品全ての入れ替えと清掃を完了した皇帝居室のキングサイズの寝台の中央に体を横たえ、濡《ぬ》れタオルを額から鼻まで載せて小さく呟いた。鼻先と口元しか見えないが、まだ顔が赤いのが見て取れる。

「面目次第もないとは？」

「何がどうなってこうなったのか、イマイチよくわかりませんが、風呂場《ふろば》で、溺れ死ぬ、ところを救っていただいた、ようなので……」

切れ切れに言葉を紡ぎながら、グレイの顔の赤みが更に増し真っ赤に近付く。

仁王立ちのアルベルトの直球質問に対し、グレイは最早手足までも赤く染まりだした。

まあ、わからないでもないです。

意識がない状態から目覚めて、男三人真っ裸の裸祭りの状況は、自分であってもびっくりするとは、思います。思いますがね？

あの時、グレイが慌てて溺れデモしなければ、大変危険な状況で――いやいやいやいやいや……。

ひとまずアルベルトが居てよかったのか？　頭に浮かんだ疑問符にダグラスは自問自答する。

あの場に居たのが、自分とグレイの二人きりであったのならば……。

ブラックダグラスが猛威を振るっていたならば――いやいやいやいや。

「――どこまで覚えている？」

仁王立ちのままのアルベルトの問いに「どこまで、とは？」とタオルを捲りアルベルトを見やるグレイの目元は、恥じらっているように赤い。その顔も、大層マズいですよ……。勘弁してください。

ダグラスは寝台に上がり込んで手持ちのタオルでグレイを扇《あお》いでやった。

「スミマセン」と、こちらを見上げる熱に潤んだ黒曜石の瞳が、ツラい。

そろそろレッドカードを出していいだろうか？　早いとこ、その色気駄々《だだ》洩《も》れのその顔を仕舞っていただきたいのですよ。グレイを扇ぐタオルを持つ手に、ダグラスは力を込めた。

アルが、ここに居なければ――。いやいやいやいやいやいや……。

「お前、剣の覚えがあったんだな――？　それに、北の辺境領に関しても、お前から聞かねばならんことが大量にある。洗いざらい、全て吐かせる」

「はい？」

何を言われているのか全く記憶にないかのような顔をしたグレイに、アルベルトも寝台に乗り上げるとダグラスの反対側、グレイの右側に拠点を構えて胡坐《あぐら》をかいた。

グレイの濡れたままの黒髪に手を伸ばしひと房掬い上げて、さらりとそれを落としたアルベルトが、その美貌《びぼう》を無駄に振り撒《ふま》いて口を開く。

「今夜は、眠れると思うなよ？」

その素振りとその言葉――誰かに知られでもしたら、レッドカード案件ですよ、アル？

ダグラスが頭を抱えた瞬間、居室の屋根裏や床下で、ドカン！　ガタン!!　バタン!!　と、何やらものすごい音が響き渡った。

訓練を積んだ最強のプロフェッショナルな「影」の人たちですらコレです。

アルベルトには自身の言動と対応を、もう一度みっちり教育する必要がありますね。

ダグラスは自分の内心の自問自答をすっかり棚に上げて、アルベルトの再教育カリキュラムの段取りを考え始めた。そうでもしないと、この場を耐えられる自信がない、というのが本当の本音であったことは誰にも内緒である。

◆◆◆

無駄に恰好《かっこう》よいキメ顔の皇帝陛下の素振りと弁に、グレイは二、三度ぱちぱちと瞬《しばた》いた。

何ですと？　剣の覚えと、北の辺境領に何をしたかを吐けと、そうおっしゃる。

皇帝陛下のお言葉に、ちょっとだけ胸を撫で下ろす。

その二点のみでいいのですね？　ファイナルアンサーで宜しいですね？

他の、あ～んなことや、こ～んなことも全部かと思って、一瞬血の気が引いたが、剣についてと北の辺境領のコトならば、とぼけるのはお手の物だ。

問題は――。

「今夜は、眠れると思うなよ？」というお言葉に対しての、周囲の反応だ。

ドタンバタンと鳴り響く音を鑑みるに、今夜の襲撃のせいで増えた護衛と影の方々は、十人は超えてますね？　感じる気配からも大体そんなものだとは、予想はついてはいたのだが。あまりの皇帝陛下の破壊力のあるお言葉に、さすがの影さん達もひっくり返っているらしい。影なのに。いいのか？

流石に二十人には到達していないようだが、今晩はいつにもまして、言動と行動に気を付けねばならぬようだ。てか、今って何時だい？　もう疲れたので、とっとと寝ていただく方向で進めるのが良策だ。

ちろりと視線を流してみると、皇帝陛下は俺を見下ろし腕組みーの、胡座かきーの……。

眠る気はなさそうだ。残念。

逆サイドの宰相閣下はいかがでしょうか？　あれ、冷静な顔を保ちながらも顔が赤いですね？　先程まで俺を扇ぐのに使っていたタオルで鼻を押さえておられるぞ。

もしや、俺に付き合わせて湯当たりしてしまったのではなかろうか――。

「――申し訳ありませんでした。宰相閣下。大丈夫ですか？」

肘《ひじ》を立ててお情け程度に上体を起こし、手を伸ばして宰相閣下の額に触れると、ぼっ！　と火が点《つ》く音が聞こえそうな程に、宰相閣下の顔が着火したかのように真っ赤っ赤になった。おう。結構熱い。

「本当に、すみませんでした。まさか風呂《ふろ》とは思わず全員真っ裸《まっぱ》でビックリでパニくって、まさか風呂で溺れかけるとは……。温泉に真っ裸以外はマナー違反で当たり前ですよね？　男湯ですもんね？」

おんせん？　おとこゆ？　と首を傾《かし》げる皇帝陛下に、こっちも首を傾げる。

ええっと、この世界、温泉なかったっけ？　男湯女湯の差別化もなかったっけか？

「えええ!?　あそこってまさかの混浴!?」

「コンヨク。とは一体何なんだ？」

あかん。どっから話せばわかってもらえるか頭が回らない。

あたふたと起き上がると、額の上に載っていた濡れタオルが落ちて、申し訳程度に引っ掛けていたチンチクリンの浴衣《ゆかた》みたいな夜着が左肩から滑り落ちた。

左半身が諸肌《もろはだ》脱いでべらんめい。ではなく……遠山の金さん状態で恥ずかしくなる。

どうしてかって？　お二人の鍛え抜かれた細マッチョなお身体《からだ》を前にしては、俺の薄い筋肉しかかない身体なんて、小っ恥ずかしいの一言です。お目汚しにもなりますまい……。お風呂で拝見してしまった二人のシックスパック腹筋は、あと二年で三十歳到達の俺ですら乙女《おとめ》のように拝みたくなる程に恰好がよかった。背中も肩も腕も、無駄を削《そ》ぎ落とした完全なる騎士体形だなんて、羨《うらや》ましいやらなんとやらだ。

自分は鍛えてもああはならない。どうしてなのだろうか？　最後にどうでもいい考えに到達し、やれやれと夜着を戻そうと布地を肩口に引き上げようとしたら、二本の手で止められてしまった。

「ええっと？」

「「その傷はどうした？」」

皇帝陛下と宰相閣下、同時の問いかけに、半裸でいることも忘れ、グレイは首が折れそうになるくらいに、首を傾げた。その傷といわれても、グレイには心当たりがない。

「傷？」

グレイは、何を問われているか分からずにポカンとするしかなかった。

公にはしていないが、クレアの代役や影武者として戦場には出ていたので、それがバレないためにもケガは論外。戦場で深い傷を負ったことはない。医療行為で体を見られでもしたら、性差で一気に替え玉がバレてしまうから、そこは本当に厳重に注意を払っていた。そもそも裸身を晒すこともなかったが……。

ただ、過去に一度だけ。「ある事」で負った、深い傷が——ある。

魔法治療もうまくいったので一見すると傷跡は残ってはいない、はずだ。

何を指して言っているのか？　と、首を捻《ひね》って半裸状態の左半身に目を向けるグレイに、彼ら二人はグレイを押さえていない空いた方の手をすうっと伸ばしてきた。

左肩甲骨付近から左脇腹に伸びる刀傷らしき傷跡を、二人は指でするりとなぞり滑らす。

「っく、ひゃあ！　くすぐったい!!」

色気のいの字もない絶叫を上げて、グレイが飛び上がった。

「……あらゆる意味で、全部、飛んだな」

「ですね……」

くすぐったい！　くすぐったい!!　とベッドを飛び跳ね座り込むと、グレイは顔を真っ赤にして半べそをかいた。

「俺──脇腹、弱いんですよ……。勘弁してください!?」

ベッドの上にばったりと倒れ込んだグレイを囲み、アルベルトとダグラスは大層嬉《うれ》しそうに満足気に笑った。

「そうか。覚えておく」

「いい情報をありがとうございます」

「こちらの聞きたい情報を『正しく』『真実』を語らないと、どうなるか分かっているな？」

皇帝陛下と、宰相閣下の両手がわきわきしているのが、見なくてもわかった。


疲れが取れないままの朝は、気怠《けだる》くて目が完全に開かない。

「眠い」という文字を顔に張り付けて重い体を引きずるように皇宮図書館に現れたグレイを、図書仲間のキースが心底痛ましそうな顔で迎えてくれた。

「……おつとめ、ご苦労様です」

ちょっと待て、キース。その「おつとめ」って何を指すのかな？

周囲に散る官吏達が何故《なぜ》かしら頬を赤くして顔を背けてくれやがるのが大変にツライので、そういう物言いはお止《や》めくださると幸いです。ご勘弁ください。いいですね？

何を勘違いしておられるのでしょうね。皆さん。

あのですね、こちとら、皇帝陛下と宰相閣下からの脇腹くすぐり攻撃を受けただけで、他にはな～んにもありませんからね。オカン三人衆による「御寵姫」宣伝がどこまで広がっているのか知らないが、本当に不本意でございます。もう本当に、あり得ないにも程があるというんです。

あの人たちは半分以上面白がっていますからね？　ここ、ポイントですよ。

国が落ち着くまで誰とも婚姻を結ぶ気がない。とか、女除《おんなよ》けにも丁度いい。とかなんとか言って、お三方とも婚約者もいないのに、今後の婚活がどうなっても、俺はもう知ったこっちゃないぞ。

王宮どころか、国内外拘《かか》わらず噂《うわさ》が先行し、東の大国バルナバーシュの三英傑様が本当は「男好き」ってレッテル貼られても、もう知りませんからね？

やれやれと思いながら、よれよれと歩き出し、やっとの思いで「巣」に向かおうとしたグレイを、キースが呼び止めた。

「グレイ。探しておられた『旧帝国外郭構想』が戻りましたよ。古代図書Z棚の五段目にあるはずです。お持ちしましょうか？」

お？　予想より早かったな。という内心を見せない様に、グレイはキースに向けてにっこりと笑った。

「教えてくれてありがとう。すぐ読みたいから行ってくる」

グレイの輝く笑顔にキースが若干頬を染め、数人の官吏が顔を押さえたり胸を押さえたりしているが、グレイは意にも介さず踵《きびす》を返した。

今はそれより急がねばならない理由がある。

Z棚専用の魔灯燭台《しょくだい》を借り、先程の足取りとは違う歩調でグレイは図書館最奥のZ棚に向かった。

Zの棚はその名の通り皇宮図書館の最奥部に位置し、そのエリアは古代図書の保管保存の観念から太陽光に照らされることのない暗闇の空間だ。普通の明かりでは本を傷めかねないとの恐れから、専用の魔灯燭台以外の持ち込みは禁止となる。

『誰も行かない図書館の中の異空間』と呼ばれるこのエリアには、今日も人の気配は全くない。そもそも、こんなマニアックな文献が並ぶ棚に、通常の官吏が読み解ける蔵書はない。よって、一般の人たちがここには来ることは本当に稀《まれ》であり、古代図書オタクみたいなマニアックな人しか来ない、隠《おん》密《みっ》行動をするにはおあつらえ向きともいえる場所。それがZの棚だ。

魔灯燭台を手に光さえ差さない深海の様な図書館の最奥部に着くと、グレイは自分の肩程の高さにある壁の燭台掛けに慣れた手つきで魔灯を掛けた。

魔灯の薄緑色の薄い明かりが、ぼんやりと半径一メートル程を照らす。

グレイはひとつ息を吐くと小さく呟《つぶや》いた。

「早かったな」

「主《あるじ》のご要望ですからね」

姿は見えないが低く静かな声がグレイの耳を打つ。

「俺はお前の主ではないと、何年言い続ければわかるんだ？」

「主は主です」

悪びれずに笑みさえ含んだ低い声が返ってくる。

やれやれとアルベルトに負けないくらいに肺の空気を全部吐き出す勢いの溜息《ためいき》を吐《つ》いて、グレイは軽く目を閉じて、口先だけで言葉を紡ぐ。

「まあいいや。お願いをしているのは俺の方だし。対価はキッチリ払うから――」

「それはさておき。主、昨夜は災難でしたね。ってか、喰われなくてよかった～。俺、本当にどうしたもんかって……えっ？　なんでそんなピカピカに綺麗《きれい》になってんですか!?　これはヤバいでしょう!!　主、その姿で愛想とか振り撒いてないでしょうね？」

姿も見せずまくし立てる声の主《ぬし》に、相変わらずだなあ、とグレイは薄く笑うしかない。

この薄明かりの中で相手の顔がクリアに見えるなど、本物の夜行性の獣かお前は？　と尋ねたくなるのをギリギリで抑える。

多分こいつは本当に見えている。そして、それをグレイは知っている。

「――なんだそれ？　というか、いつから居たんだ、お前」

「主の剣技を久々に拝めて嬉しかったです」

「そっからか……ほぼ全部見ていたと……」

「主の守護が俺の本懐なもので」

自分より少々高い位置にぼんやりと現れた隻眼《せきがん》の男の顔に、グレイは小さく溜息を吐いた。薄緑の明かりの中でも輝く琥珀色《こはくいろ》の左目がただ自分を見つめて、その口角が上がる。

昔々、ほんの気紛れで拾った仔犬みたいな子供が、あっ！　というまに大きく成長し、気付けば――中身は白豹《はくひょう》でした。なんて笑うに笑えないが、これは現実である。

獲物を見つけたような捕食者の鋭い目。ああ、このままだとヤバイな。

ここで顔を出したという事は、早々に御駄賃の請求をされそうだ。これへの御駄賃の支払いは、なかなかに面倒というか、何というか。大きな図体をしているのに子供というか。

とっとと、本題に入ろうとグレイは口火を切った。

「情勢は？」

「将軍殿の統制により制圧は完了で、あと一日二日で後処理も終わりってとこでしょうか？　ただ、問題がひとつ」

「問題――――？」

嫌な予感がグレイの頭の片隅を掠《かす》める。嫌な予想って大体当たるんだよなあ……。やだやだ。

将軍閣下の情勢を聞いての「問題」だから、と大体の当たりを付けて、聞きたくないなあとは思うが、ここでそれを聞かないと後々の対応を取ることもできない。それでもあまり聞きたくない。という顔をするグレイに、相手が苦笑を溢《こぼ》す。

「北の国の首領が、裏に主がいるって、若干気付いた。かも？」

「――あの脳筋がか？」

「あの人――主の気配に聡《さと》いですからね」

薄明かりの中で隻眼の男が腕を組んでうんうん唸《うな》っている。

うおう。最悪である。北の首領とグレイとは浅からぬ腐れ縁が、ある。

こちらとしては、全ての悪縁を断ち切ったつもり百%なのだが、相手はどうしてもそれを認めてくれなくて、本当に正直に言うと、勘弁してほしいほどに、ウザい。

眉《まゆ》を八の字に寄せこれ以上ないくらいに苦々しい顔に変貌《へんぼう》しているだろう自分に、目の前の男が吹き出した気配がする。こんな暗闇の中での薄明かりしかない場所で、正確にこちらの顔を確認しているだろう相手の目は、本当に夜行性だ。

「その顔っ」

ぷぷっと笑う白に近い灰色の短髪に手刀を入れて、グレイは隻眼の男の名を呼んだ。

「琥珀《こはく》」

涼しい顔の策略家の顔をして、グレイは前髪をかき上げた。

「北の脳筋はひとまず放置する。赤髪の侯爵の財源を洗ってくれ。武力供給は北辺境を抑えたから、きっと金を動かして次の手に出てくるはずだ。そろそろ、手足を押さえて、親玉の首を取りに行く」

赤いあんちくしょうが動きたくなる布石も罠《わな》も、もう二重三重に網を仕掛けてある。

後は根こそぎ釣り上げるだけだ。

「絶対に表に出ない、出不精で世情に全く構わない主が動くなんて、ここで初めて見た。考えを変えた理由を聞いても？」

「俺は生粋の平和主義者だからだ」

きっぱりはっきり言い切ると、琥珀が「はてな？」と首を傾げてくる。

うん。これだけだとわかんないのもわかるよ。言っても理解してくれないだろうから、詳しくは伝えることは出来ないけれども、自分には戦争放棄を謳《うた》う国に三十年間生きた前世の記憶がある。あの世界も、戦争は完全にはなくなっていなかったが、この世界程には国盗り合戦が荒れ狂ってもいなかった。

「戦争なんて、百害あって一利なしだ。今、この世界の平定が出来そうなのは——東の国《ここ》かな？　って。俺は、裏からできる準備だけして、あとは銀狼《ぎんろう》陛下に全部丸投げする」

あの子達ならば、きっと出来る。先だって、唐突に、思い出したのだ。

「主が本気で立てば、すぐ出来ると思うけどな」

琥珀がぎゅうっとグレイを抱き締めてきた。

おっと不味《まず》い。捕まってしまった。ついに来た御駄賃タイムだ。

「もひとつ頼んだ件の報告は、琥珀？」

琥珀の胸の中にすっぽりと抱き込まれて、なんとか顔を上げて尋ねるが、彼はグレイの肩口に顔を埋めそのまま口を開く。

「クレアは元気だった。主の、心配をしてたよ」

「そっか。よかった。ありがと」

自分よりも大きな男の頭に右手を伸ばし「よしよし」と灰色の髪を撫《な》でる。

左手は背中を抱き締めてやって、ぽんぽんと背を宥《なだ》めると「もっとして」と小さい呟きが肩口から聞こえた。本当に、図体は自分を超す程に大きくなっても、中身はまだまだ子供のままだ。

撫でても撫でても撫でても——琥珀は離してくれない。

彼はグレイをまったく離す気はないらしい。

「ううう～～～ん。だからさ、ちゃんと対価払うからさ、琥珀」

「俺への対価は、『主のぎゅう』と『主のなでなで』だけで結構です。それ以外は対価になりません」

お～い……？　そう言いながら、首元と肩口から俺の匂い嗅《か》ぐのは止めて欲しいぞ、琥珀。

いつもの事とは言え、こうなると昔の仔犬？　仔猫《こねこ》？　みたいな姿が重なる。

白豹を思わせる立派な成人になったというのに、甘えたは昔のままだ。

「「あ」」

ふたりして身じろぐ。

近寄る人の気配を感じたからだ。

「――グレイ。見つかりましたか？」

キースだ。なかなか巣に戻らない自分を気遣って、様子を見に来てくれたらしい。

ふと、視線を通路に向けたその瞬間に、琥珀の気配はもう消えていた。

――頼んだぞ。と内心呟いて、薄明かりの中に姿を見せたキースにグレイは振り返った。

「誰かが先に持っていかれたのか――見つからないんだ」

「ええ？　貸出には上がっていなかったと思ったのに、申し訳ない」

Zの棚に指を走らせるキースに申し訳なさそうに笑って、言葉を紡ぐ。

「返却があったら、また教えてくれるかな？」

グレイの言葉にキースが「もちろん」と笑顔を返してくれた。

すまないな、キース。と、心の中でグレイはキースに詫《わ》びた。

Z棚への図書返却のアクションは、琥珀からの直接報告の打診である。

自分としても愛する図書館内でこのような活動をすることは不本意なのだが、如何《いかん》せんここは敵国である。グレイには護衛という名の監視も付いているし、目立つ行動は控えたい。可能な限り表に出ず、裏で動きたい自分には、この特殊な深海環境は本当にありがたいくらいに助かっているのですよ。

キースに付いていつもの自分の巣まで戻ってくると、そこはまだ真昼の日差しに照らされていた。

小話：【将軍閣下の大妄想】

東の大国バルナバーシュ騎士団の長かった様な短かった様な、北辺境討伐の遠征任務が今日終了した。今回の任務において、ヒューバートが痛切に理解したと言うか、記憶の中に忘れないように刻み込んだ事が、ひとつある。

「――人の噂話《うわさばなし》ほど、恐ろしいもんはないな」

ぽつりと呟くヒューバートに並び、共にこの地に赴いた旧知の戦友でもある第一師団長ノイエ・ブリザックは首がもげそうな勢いで頷《うなず》いた。

頑強な岩山を思わせる元バージス辺境伯城のバルコニーから眼下に見える朝日に輝く光景が、一人の男の発した「ヨタ話」が発端だなど、誰が信じてくれると言うのか。バルコニーの下、石畳の敷かれた広い練兵場には、武装を解かれ後ろ手に縛られ膝《ひざ》をつく、私兵団としては最強と謳われた元辺境騎士団の姿があった。

「この人数……全部皇都に連行は――無理だろ？」

その数、およそ五百人――。

「拘束するにしても、部屋割りだけでどれだけ掛かるかな。はっはっはあ……だ」

頭を抱えるノイエに、ヒューバートはアルベルトばりの溜息を吐いて、胸ポケットにしまっていた勅書を無言で渡した。

「――陛下からの勅書？」

ペラリと開き軽く目を通し、みるみるうちに、ノイエの顔が驚愕《きょうがく》の表情に変貌した。

「――ガチで!?」

「ガチで」

勅書の記名は皇帝のアルベルトであり、立案は宰相であるダグラス。と、いうことになっている。なってはいるが――。この勅書からはヒューバートが知る、「ある香り」が微《かす》かに香っていた。柔らかな朝の日差しの中で清々《すがすが》しい空気を纏《まと》ったような、清廉で優しい香り、が。

これは、シャツのボタンもまともに閉じられない、黒髪の珍獣の残り香だ。

「俺はちょっと寝てくる。あと任せたぞ、ノイエ」

「――承知いたしました、将軍閣下。一時間で戻ってくれよ。それ以上は無理だ」

八の字に寄る眉を指で伸ばしながら溜息交じりに言うノイエに手を上げて、ヒューバートは踵《きびす》を返し自室としている城内の客間に向かった。

遠征部隊の駐留先とした辺境伯城の客間寝台に体を横たえ、ヒューバートはつかの間の休息に目を閉じた。やっと休める、生き残ったら……という思いからか、我知らず大きくゆっくりと息を吐く。

このところ碌《ろく》に休息を取っていないので、今日くらいは許して欲しい。

勅書から感じた、あの香りがこの身から離れない。

珍獣への監視も含めた護衛を付けたのは、アルベルトの第一回入眠チャレンジくらいからだったか？

当初はあくまでアルベルトへの危害除《よ》けと、正体不明の敵国からの捕虜の監視。という意味合いが近かったが、日々が流れるうちにそれは「グレイの守護」へと任務が変更していった。なぜならこの珍獣。どんどん人を引き付けて、どんどん味方を増やしていく。それは、まあいいのだが。問題は、珍獣に懸想する問題集団が皇宮内に増えてきたことに尽きる。

騎士団なんて珍獣のシンパが居るくらいだ。無駄に愛想を振《ふ》り撒《ま》くのは本当に止《や》めて欲しい。

官吏もそれに近いのが居るとも聞いた。

北辺境討伐遠征へ出るにあたってのヒューバートの懸念は、皇宮に単独で残る珍獣の処遇だった。これは、自分が信頼する自分の代わりを務められる男に、護衛任務を任すしかない。

そのような見解から、確実に私情の入った護衛任務を副団長のイザックと第二師団団長のレイアードに任せることにした。二人を選抜したのには理由はある。イザックは妻帯者だし、レイアードは他人に対しての興味があまりないタイプだ。安全だろう?

ダグラスにこの提案をすると二つ返事で了解が降りた。アイツの考えも一緒だったらしい。

そんなこんなで、表向きはアルベルトからの指示ということにして、珍獣への懸想止めに護衛を付けるだなんて説明はしなかったが、まずは二人を珍獣に紹介した。珍獣は彼らよりも「御寵姫」という言葉の方にひっかかりを覚えたらしく、「なんだそれ。止めてくれよ可愛いな」という顔を向けてくるので、どうしてくれようかと本気で困ったものだ。

「珍獣の……香りか……」

グレイの隣で眠りにつくと、気付けばいつも胸の中に抱き締めてしまう。

自分の腕の中にすっぽりとジャストサイズに納まるし、大人にしては高めの体温が温かくて幸せな気持ちになるし、何より、あの香りが——心を落ち着かせてくれる。

グレイの香りは、首筋や肩口から一番香る気がする。ヒューバートが好きな、清廉で優しい香りだ。

どうしてこんなにも会いたいと思うのか？　そろそろ、その理由には心当たりが出てきている。

「まいったなあ」

「何にです？」

静かなそれでいて通るその声に、考えるより先に上体が飛び起きる。

ヒューバートの傍らにいつもと同じく胡坐《あぐら》をかくその姿は、朝日の中に輝いていた。

「目の下の隈《くま》がすごいですよ、将軍閣下」

相変わらずボタンを掛け違えた前身頃のわやくちゃのシャツを着たグレイが、柔らかな笑顔を浮かべながらそうっと手を伸ばしてきた。するりと頬に触れてくるその手に、自らの手のひらを重ねる。

「ヒューと呼べ」

「あ、でした。ヒュー寝てください。酷《ひど》い顔色です」

どうしてここに居るのか？　そんなこと今はどうでもよかった。

考えるより先に体が動き、両腕を広げて、グレイの痩身《そうしん》を抱き締めた。腕の中にすっぽりと納まるサイズ感に、首元に埋めた鼻から感じる清廉で優しい香りに、眩暈《めまい》がする。

「——グレイ。いつも通りに、盛大にボタンを掛け違えてるな」

そんな、茶化すような言葉を呟《つぶや》くだけで、精いっぱいだ。

「だんだんと、貴方《あなた》まで皇帝陛下みたいになってきやがりましたね」

面倒と顔面に文字を貼り付けながら、グレイはヒューバートの胸を押しやり空間を作ると、ぽちぽちとシャツのボタンを外し出した。

「――何を、始める気だ……」

「一回全部外してます。というか」

図書館の珍獣が、綺麗《きれい》な顔を艶《つや》やかに微笑《ほほえ》ませて、シャツの首元を開いて見せた。

「一回、脱ぎますか？」

「わかったぞ。これ、夢だな――！」

大きく息を吐いて、再度グレイを抱き込んで反転させると、ヒューバートはそのままグレイをベッドに押し倒した。両手を突いて腕の中に囲い込むと、グレイの癖のない黒髪がシーツに散り、濡《ぬ》れたような黒曜石の瞳《ひとみ》が、ヒューバートを見上げて、驚いたように目を見張る。

「どう考えても、俺の妄想が酷い、夢なのはわかった」

「そうですよ。俺がこんな事する訳ないじゃないですか？　これが将軍閣下のいや、ヒューのご希望ですか？」

夢だというのに、グレイの通常営業の可愛くない言動はいつもと同じだ。凄《すご》いな、俺の妄想……。

「俺の夢なら、もうちょっと俺に都合のいい珍獣になってくれればいいものを」

「でも、それは俺じゃないでショ？　このまま、ヒューの耳に優しい言葉ばかりを言い募る俺をご希望ですか？」

耳に優しい言葉を言い募るグレイ？　そんなもの、俺の――珍獣ではない。

「全然可愛くないが、お前の言っていることは正しい」

「でショ？」

本当に可愛くない。ツレないし、もっと優しいのがいいかもしれないが、それは自分の欲する珍獣ではない。だが――いい事もある。

穏やかに自分を見上げるグレイのいつもと変わらない顔。夢だというのに感じる、温かな体温と、清廉で優しい香り。もう少しで、皇都に戻れるとはいえ、エネルギーチャージが出来るのはありがたいことだ。

静かに体を重ねて、白い首元に顔を埋めて、抱き締める。離れてから常に欲していたモノが、今、この手の中にある。するりと背に回された手が、背を宥《なだ》めて、髪を撫でてくれる。

「よくできました」

「なんだよ、ソレ？」

くすくす笑うと、それがくすぐったかったのか、グレイが首をすくめた。

すぐ目の前の白い首筋に目を奪われる。首と、肩甲骨と――露《あらわ》になった胸元。すうっと鼻筋を擦り付けて、首元に唇を寄せると、グレイは更に身をよじった。

「――ステイしてください」

「――夢だから、いいだろ」

首筋に滑らした唇を頬に、鼻筋に移動して、黒曜石の瞳を見つめたまま、その薄い唇と息が触れ合うほどに距離を詰める。

あと、数ミリで互いの唇が重なる――。


「タイムリミット――!! 起きて!! 将軍!!」

ドカン!! という物凄《ものすご》い騒音と共に開いた扉の向こうに、清々しい笑顔のノイエを見つけたヒューバートが、最初に感じた思いは、確かな、殺意だった。

起こすにしても、あと数分、後にして欲しかった。

「ノイエ……俺は今から皇都に即行戻るから、後処理は全部お前がやっとけ」

「えええ～～それはないでショ!? 俺なんかしたか!?」

将軍閣下の八つ当たりを百%浴びることになった副官ノイエが泣き声を上げても、その命令の撤回は最後までなかった。

8：【グレイがやらかす五秒前】

「グレイ〜！　お迎えが見えましたよ――――！」

自らの築いた堅牢《けんろう》な蔵書の城の中に巣籠《すご》もりするグレイを、キースの声が呼んだ。

くうっ。ご指名が入ってしまったらしい。くそぉう……今日は、今日は！　勘弁してほしい‼

今晩は騎士塔の総団長室で、『近世大戦における軍配備判例全集』を読もうと目論《もくろ》んでいたグレイである。音もなく大机下の床下に身を潜り込ませて、グレイは第三匍匐《ほふく》前進で床を這《は》った。

「――意見具申いたしますが、無駄な足掻《あが》きかと」

「私達の立ち位置で、居所モロバレですよ」

ご意見ありがとうイザックさん。でも俺は行かねばなりません。軍配備全集が待っているのです……。そして、レイアードさん。そう思うなら付いてこないでその場に立っててください、頼みますよぉ。床を這って移動する自分に音もなく付いて来て、護衛任務を継続するイザックとレイアードを、グレイはキッと睨《にら》み顔を上げた。

先日の夜襲以来、大変遺憾なことながら、二人はグレイの半径一メートルから離れる事がなくなってしまった。夜襲前はオカン三人衆からの護衛命令であっても、日中は図書館扉前で立哨《りっしょう》警護のみ。閉館時間と共に騎士塔まで送ってくれるという紳士な侍衛に徹してくれて、お陰様でグレイは割と自由に過ごせていたといえる。

今や、これである。二人ともいつ休んでいるとも知れない。参ったものである。二人に「脱出は無理ですよ」と生温《なまぬる》い目で見降ろされながら、グレイは神様に願うように両手を合わせて小声で言った。

『見逃してください。真《ま》っ直《す》ぐ騎士塔に行きますから――！』

しかし、神様はグレイの願いを叶《かな》えてはくれない。

「グレイ。アルがお待ちですよ」

宰相閣下のピカピカの革靴が、グレイの目の前にあった。

あ。もうここまで来てたんですね？　宰相閣下？　これはもう逃げようがない。悟ったグレイが最早これまでと「にへら」と笑うと、ダグラスもまた裏が透けて見える素晴らしく輝く黒い笑顔を向けて、グレイの両脇に手を差し入れたかと思うと、ひょいと体を持ち上げ、あろうことかグレイはそのまま抱き上げられてしまった。それも、世のお嬢様たち憧《あこが》れの、「お姫様抱っこ」じゃないですよ皆さん？

〝子供抱っこ〟です――！

「い、意外と力ありますね？　宰相閣下……」

「ダグでいいと、あの夜言ったはずですが？」

オカン三人衆はどうして自分を軽々担いだり抱き上げたりするんだ？　俺、そんなに軽いか？　なんて考えてたら違う爆弾が落とされて、周囲にざわつきが広がる。

キースが机に頭を打ち付けた凄い音に、意識が飛んだ頭が一気に再起動した。

え、あの世？　違うか、あの夜か……にしても、あの夜？　あああ、宰相閣下の第一回実証実験の時、寝落ち寸前でそんなこと言われた気が、しないでもないような……。

でもね、そのカード、今出しますか宰相閣下!?　周り、騒然としてますよ!!

ああ……。イザックさんとレイアードさんまで、「総長がフラれた？」とか、こそこそ話している。

総長って誰——ああ、将軍閣下が兼務って言ってたあれか!?

「あ、あの、降ろしてください。もうお手を煩わせは——」

「抱いてないと心配なので。このまま行きます」

ちょっとお待ちください！　俺がツラいです!!　何の罰ゲームだこれ!?

あわあわしてる自分に小さく笑った文官トップであるはずの宰相閣下は、思いの外、力持ちでいらっしゃった。俺がわたわたしたところで、子供抱っこのホールドはびくともしません。

あの細マッチョな体ならありか……。っと、考えたグレイの頭にはダグラスの裸がバンッ！　と音を立てて現れて、彼の顔は誰が見てもわかるくらいに湯気を出して真っ赤になった。

大浴場での溺死《できし》寸前事件の余波は、まだグレイの中から消えてはいない。それを見て取ったのか、ダグラスはグレイに向け蕩《とろ》ける様な笑顔を溢《こぼ》した。

「あなたに意識してもらえるとは、嬉《うれ》しいですね」

「……寵愛《ちょうあい》演技はもういいですって。俺、もう、逃げも隠れもしませんので、降ろして貰《もら》えますか？

宰——」

「ダグ」

「——降ろして……ダグ」

「ヤです」

にこやかな笑顔でグレイを子供抱っこしたまま連行する宰相閣下に、イザックとレイアードが「総長ヤバいな」と呟きながら付き従ったのは言うまでもない。

連行された皇帝陛下の居室は、何の宴会だ？　と思わずにはいられないテーブルセッティングに、軽食、酒類、そしてノンアルコール飲料が大量に用意されておりました。

「今夜は眠らせない」とか、また言われるのかもしれないが、これは「全て吐くまで今夜こそ眠れると思うなよ？」という皇帝陛下と宰相閣下からの、強い意思表示を感じます。

これは、逃げられそうもないが、手が届く範囲にある、そう、そのロゼワイン。

あれでも一口飲んで、寝落ちするのが勝ちか——。

「お前は、リンゴジュースでも飲んでおけ。学者」

「注《つ》ぎますね」

先を越された……。

「今回の北辺境の一件でお前には聞かねばならんことが多い。だが、その前に——先だっての夜襲に関して、話がある」

口火を切ったアルベルトの言葉に、グレイは曖昧《あいまい》な笑顔を浮かべて、ダグラスに手渡された薄金色の炭酸を含んだリンゴジュースを一息に飲んだ。

ん？　美味《おい》しいなこれ。是非ともお替わりしたい。

その考えが、後に大惨事を引き起こすこととも知らず、グレイはテーブルの上のリンゴジュースの瓶の位置を視認していた。

◆◆◆

襲撃後の血塗《ちまみ》れ風呂《ふろ》騒動の後。アルベルトは居室のベッドで学者を押し倒していた。

押し倒す。という言葉だけとると、大層妖《あや》しい強者の皇帝から弱者の捕虜へのごにょごにょと感じる者を多いとは思うが、これには、そんな色っぽい房事のあれこれなど一欠片《ひとかけら》も存在しない。

「ギ、ギブですっ！　っひゃあ!!　ロープ！　ロープ!!」

「――何言っているんだ、お前は？」

学者の言葉が理解できない。ギブ、ってなんだ？　どうしてここでロープが出てくる？

そんなことを考えてはいても、アルベルトの手は止まらない。

入れ替えの済んだ真新しいキングベッドの上、うつ伏せに押さえつけたグレイに馬乗りになり、アルベルトはグレイ自己申告の「弱い」という脇腹を、ひたすらにくすぐっていた。

必要な情報を吐かせるための処置だったのだが、いかん。面白くなってきた。

取り澄ましている。とまではいかないが、何というか世の中を達観し、世俗に関わることをよしとしない風に時を過ごすこの世捨て人の様な男が、手元に降りてきた。

そんな何とも言えないくすぐったさを、アルベルトはこの時感じていた。

長い手足をばたつかせ、ひ～ひ～言いながらベッドをばかばか叩《たた》くグレイが、遂に泣き声を上げた。

「――っ、無理っ!!　もう無理っ!!　もう許して～～っ！」

ガシャーン!! 夜半の寝室に響きわたる騒音。訝《いぶか》しげに眉《まゆ》を寄せ音源の方向に顔を向けたアルベルトの視線の先には、大きく目を見開き青ざめた顔を凍り付かせた、居並ぶ近侍と侍従の姿があった。入れ替え全交換した真新しい絨毯《じゅうたん》敷きの床に、先程依頼した、軽食と飲料が激しく散らばっていた。

「「「――――っ」」」

全員が全員ぽかんと口を開け、言葉を発する者はいない。空気が凍り付く感じがするのは気のせいか。ああ、先程の音は食器が割れた音か。随分派手に落としたな、粉々ではないか。

ところで、何をそんなに驚いているのか。とそこまで考えて、アルベルトは現在の状況を改めて理解した。寝台の上で、半裸(もはやほぼ裸)の戦争捕虜を馬乗りで押さえつけている、自分。そして、捕虜の先程発した言葉は、よりにもよって、「もう許して」だった……。

……これは、どこからどう見ても、皇帝が捕虜を手籠めにしている図ではあるまいか?

「――この場で見たことは、全て忘れるように」

近侍達の後ろから現れたダグラスの呆《あき》れたような声色に、彼らは大きく一つ頷《うなず》くと回れ右をして瞬間移動するように消えた。ダグラスの手には、学者に用意した、ごく普通の寝間着が一式。

そういえば。とアルベルトは思い出した。

学者の薄手で着丈の短い羽織もの姿は目の毒過ぎる。とか理解不能なことを言い出したダグラスが、脱兎《だっと》のごとく自室に寝間着を取りに行った後、のらりくらりと核心から話を逸《そ》らす学者が頭にきて、こうなったのだった。

「アル」

自分を諫《いさ》める、腹心の部下のそれとは確実に違う、「従兄《いとこ》」が自分を糾弾する恐ろしい呼び声に、アルベルトはその場に瞬時に正座をしてしまう。この声色のダグラスには、逆らってはいけないと、幼少期よりアルベルトは身に染みて知っている。アルベルトの従兄様がお怒りだ。

「大丈夫ですか、グレイ？　アルには後で私から厳重注意を行います。ああ――……ひとまずこれを着てください」

さささっと寝間着を羽織らせキレイにボタンを閉じてゆくダグラスの溢した「直視できません」という言葉は、学者には届いていないようだ。

ダグよ、お前はいったいどうした？

羽織らせた寝間着は学者には少々大きめで袖《そで》が余ったらしく、ぐだぐだに巻き上げる学者に「これはこれで……」と、ダグラスが更に呟《つぶや》く。お前の好みは、クールビューティーではなかったか？　と訊《き》きたくなる言葉を、アルベルトはすんでのところで呑《の》み込《こ》んだ。

今は不用意な言葉を発さない方がいい。ダグラスの燃料に火を投下すると、後で怖いのだ。

「酷《ひど》い目に遭いましたね……。すみません。私が席を外したばかりに」

「――俺は」

今までに見たことがない程に思いつめ真剣な顔をした学者に、ダグラスと二人して息を飲んだ次の瞬間――。

「――臍を曲げました。俺の機嫌が直るまで、一切合切、お問い合わせにはお答えいたしません‼」

ぷいっ！　っと頬を膨らませ明後日《あさって》の方向を向いた学者は、そこから一切口を開くことは、なかった。もちろん、その夜は一緒に寝てくれることもなく、学者は掛布を一枚手にすると、隣室のカウチに陣取りとっとと眠ってしまい、アルベルトとダグラスはまんじりともせず朝を迎えることとなった。

昨今の世の捕虜とは、そんな感じでいいモノなのか？

目の前でリンゴジュースを呷《あお》ってぶーたれている隣国からの人質で捕虜を、アルベルトは眉を寄せ睨み据えていた。こうしてつぶさに観察してみても、目の前の学者は、世の中で何の役にも立ちそうもない昼行灯《ひるあんどん》にしか見えない。だというのに、北の辺境攻略の第一歩が、この男の一言から始まったのは、紛れもない事実で現実だ。難攻不落と言われていたバージス辺境伯の牙城《がじょう》を崩し、短期間で北辺境の平定を成し得た最大の功労者は、目の前のこの男である。

「機嫌は直ったか？　機嫌が直ったら話すと、お前は、この前そう言ったはずだが、何だその膨れっ面は――」

「これで直るわけありますか!?　それにですねっ、俺はこれでも二十八ですよ？　リンゴジュースはないでしょう。リンゴジュースはっ」

「まず、聞け!!」

こいつを側《そば》に置くようになってもう半年以上は経《た》つというのに、相変わらず学者は俺を恐れず口を挟みまくる。そもそも最初から自分に対しての恐怖感等、持っていなかったのかも知れない。

「そもそもだ。何故《なぜ》、この国の皇帝である俺が、お前ごとき学者の機嫌を取らねばならん!?　北辺境の攻略と、先日の夜襲！　全てお前が絡んでいると、それは認めるな!?」

「北辺境は絡んでますが、夜襲に関しては全く何一つ心当たりはございません」

北辺境は絡んでいるんだな？　言うに事欠いて、よくもはっきりきっぱり言い切ったものだ。呆れを通り越して、褒めてやりたいくらいだ。この世を達観したクソ度胸を持つ、西の国からきた得体の知れない学者は、あろうことか銀狼王《ぎんろうおう》と呼ばれるこの俺を、更には、東の大国バルナバーシュを、今、手のひらの上で転がしている。

北の辺境のお宝話はまず、市井の人々の関心を集めた。

最初の噂《うわさ》に更に新たな噂が上書きされて、最終的にはその噂話に呑み込まれる様に、辺境伯は白旗を揚げた。市井の人々を巻き込んでの人海戦術ほど、強く恐ろしいものはないとの教訓を残して。

それらすべての布石は――やはりこの男が起点で正しかった。

「ガードを崩して内部を揺らし、統制が崩れたところで攻撃するのは軍略の王道。俺は、兵法の初手を一手打ったのみ。その種を蒔《ま》いたに過ぎません。芽吹いたそれを育てたのが宰相閣下、刈り取ったのは将軍閣下と、皇帝陛下です」

傍らのダグラスですら言葉をなくしている。兵法の初手を一手打ったのみ、だと？　そこに至るまで、布石を打ちまくっているのは、もう見えているのだ。

「――お前の、狙いは何だ？」

ここにこいつを招いたのは他ならぬ自分。西の国の女将軍に焦がれ、戦争捕虜として差し出すことを命じたのは他ならぬアルベルトである。だが、アルベルトの前に現れたのは、女将軍の双子の兄。

西の国の頭の足りないあの王が、何かの策略を考えてこの学者を送り込んだとは考えにくい。

いったい誰が主導した何の策略だ？

視線を走らせるアルベルトとダグラスの目が交錯し、お互いの考えが同じとその意を交わし合った

その時、グレイは、彼らの予想を超えた言葉をきっぱりと言い切った。

「世界平和です」

グレイの返答に対し、流石《さすが》のアルベルトとダグラスも、頭が真っ白になり、言葉が出なかった。

言うに事欠いて、『世界平和』だと？　それは誰もが願う事ではあっても、実現など程遠い。現実は無常だ。そんなことを達成できる者など、世界がひっくり返っても、現れるはずがない。

◆◆◆

――ああ。これは、言い過ぎたか？

こっぱずかしくも「世界平和」とか言っちゃった自分の言葉に、目の前で分かりやすく固まる皇帝陛下と宰相閣下の、その呆れ果てた顔が、心に痛い。デス……。

グレイは「えぇと～」と首を傾《かし》げて指で頬をかいた。

「俺は、ですね。なんというか、ただ、本が読めれば幸せなんで……本を焼かれない世界？　になって欲しいなあ――っなんて、それだけデス」

これは本当に、自分がこの世界に願う、切なる望みである。ただその為にしか動いていないし、二心なんてとんでもございません。何と言っても、この東の国に来て、オカン三人衆に会うまで、世界の傍観者に徹していた俺ですよ？　野望なんてあるはずもない。ああ、もう一つ。望みがあった。

ここはもう、ついでだから正直に話しておいた方がよさそうだ。うん。

「あとひとつ！　クレアが、妹が――幸せに笑っていられる世界であればよし。以上です」

よし。言いたい事は言った。これでご納得頂けなければ、首とお別れでも何でもどんと来いだ。

……本音を言うと皇宮図書館の蔵書が読めなくなるのが、悲しいどころではないんですが。幽霊って、本読めるのかなあ。ページが捲《めく》れるかちょっと心配だ。気合を入れれば何とかなるか？

確実に皇宮図書館への未練があるので、化けて出る気だけは満々なグレイである。

ちろりと、テーブルの対面側に座られているお二方に目を向けると、宰相閣下はテーブルに突っ伏し肩を震わせ、皇帝陛下は世界の果てを見るような遠い目をあらぬ方向に向けていらっしゃった。

「――お前は、本当にブレないな」

「……アルに同意します」

「はい？」

「ひとつ聞く――」

相変わらずの肺の空気を全部吐き出すような溜息《ためいき》の後、聞こえてきた地を這《は》うような重低音の皇帝陛下の声に、グレイは我知らず背筋を正した。

「我が国には面倒な老害が残る辺境地域が、他にもある。だというのに、何故、お前は北を動かした？」

「今、抑えるべきが北だったからデス。それが何か？」

そんな事もわからないお二方ではありますまい。

きょとんと首を傾げると、宰相閣下が顔を上げ「可愛いが過ぎる」と呟いたかと思うと、それからブンブン首を振っていつもの冷静沈着な顔を向けてきた。

「グレイ！　聞いても？」

「可愛いが過ぎるについてですか？　それはいったい何の比喩《ひゆ》――」

「ってはなく！　抑えるべきは北。とは、誰が貴方《あなた》にそんな事を……？」

あ、そっちか。グレイは子供扱いされたと膨れた、グラスに残ったリンゴジュースを飲み干して、ぺろりと唇を舐《な》めた。文句を言った割に、本当に口に合って美味《おい》しい。よし、お替わりだ。

目星をつけておいた新たな瓶から手酌でグラスにそれを注《つ》ぎ、グレイは二人に向かい口を開いた。

「貴方がたが考えるよりも、いや、国の中枢者としましょう。国をなす中枢の皆さんが思うよりも、図書館という場所は、情報が集まる場所なんですよ」

真剣な眼差《まなざ》しを向けてくる二人に、グレイは興が乗った。未来を担う若者へ講義をする教師の気分とでも言うか、何と言うか。正直に言おう。少々、いや、大分楽しい。

「政務官に貸出す本からはこの先の国の指針が読みとれます。戦争を起こすか防衛するか、それとも平定を望むか？　国の産業である、魔法石採掘、紡績、鉄鋼、農業――何処《どこ》に力と資金を投入するか、更には、その事業に携わる貴族家から、今後の勢力図が見えてきます。次いで、書籍を必要とする官吏の認証から担当部署が分かり、貸出返却される図書から、今動いている情勢が、広く見えてきます」

皇帝陛下が、目を見開いて息を呑んでいるのが見て取れる。その隣の宰相閣下に至っては、左目に装着しているモノクルがずるりと落ちて、テーブルの上を転がった。

「――貴族と官吏の皇都外への出入記録と移動記録も図書館へ保管保存されます。ああ、出入も移動の申請も一覧に保持されるし、何か企《たくら》んでる人の動きなんて、丸見えです。一生懸命隠しても、行き先の天候とか道路事情とか調べる馬鹿が居るんです。愚かですよね」

「――その全てを、情報を、お前は図書館で常に掻き集めている。と、そう、言うのか？」

皇帝陛下は剣を抜かんばかりの鬼気を含んだ覇気を、グレイに向けてくる。それを全身で感じ取りながらも、グレイはいつもと変わらないうらぶれた学者の顔をして、そんなの何処吹く風、とでもいうように小さく笑ってみせた。

「掻き集めなくても、見えるし耳に入ってきます。図書館と騎士塔の人の動きと聞こえてくる人の声、全ての情報を整理してパズルのピースみたいにはめ込めば、見えてくるのは――陛下の最大の敵とその子飼いの赤いあんちくしょう、デス。赤いあんちくしょうが掌握していた誇るべき武力は北辺境にあり、資金源は赤いのが舎弟とする少なくない貴族家の事業からの脱税――」

あ、と思った時は遅かった。

「資金源が脱税……だと――？　それを摑《つか》んでるとか、――言わんよな？」

ヤバい。口を、滑らした……。

敏《さと》い彼ら二人には、これだけでかなりの情報となってしまう。これはやっちまいましたよ、俺。講義が悦に入って、言わんでもいいことを、ついバラしてしまいました。反省しても、もう遅かった。

「学者あああっ!?」

「いやあ～。その、ちょっと――敵陣営の資金源っていうか、財源を、ですね？　枯渇させようかな？　……なんて。はははは」

「ははは。じゃあない!!」

「グレイ！　先日の夜襲はそ、そこに関係してるんですよ――!?」

あれ？　じゃあ、狙いはやっぱりまさかの俺だったのか？

――内緒にしてたけど、そんな気はしてたんだ。実は。

「あの夜襲の皆さん。東の国の人間じゃないと思ったら、やっぱりそうか。そうなると……ヤバいなあ。

あの足捌《あしさば》き。もしかしなくても、やっぱり、西の国の、人間とか……？」

あいつが、西と北に俺の情報を流している可能性がかなり上がってくる。

琥珀《こはく》の情報と合わせると、北の国のあの野郎が出て来る確率が爆上がりで、本当に本当にメンドウである。どう、その事態を潰《つぶ》すべきか……。やはり、お仕置きは必要だよな。

参った。とテーブルに突っ伏して、手探りで掴んだグラスを握り、荒れた気持ちでそれを飲み干そうとすると、宰相閣下の静止の怒号が上がった。

「――グレイ!!　待って！　それ!?」

ごっくん。飲んじゃいました。え？　美味しいリンゴジュースですけども。

ん？　さっきのと、ちょっと後味が違うような……。

「それっ――シ、シ、シードルです……」

シードルって、あれか？　林檎酒《りんごしゅ》か。

そこまでは記憶にあるが、そこからはもうグレイの記憶は失われた。酒が入ると体は眠るが、意識は途切れないはずなのに――。林檎酒は、飲んでどうなるかテストしたことがないので、アルコール反応が読めませんね。

◆◆◆

先日紅茶にブランデーを数滴垂らしただけで、昏倒《こんとう》したグレイだ。

アルコール度数の低い、たかが「シードル」とはいえ、「グラス一杯」飲んだらどうなるのか？

「グレイっ!?」

ダグラスは脱兎《だっと》のごとくグレイのもとに駆け寄った。頭から床に落ちでもしたら、怪我《けが》をするかもしれない。そんな恐れからの行動だったのだが、予想を覆し、そのまま着席したままのグレイは、テーブルに肘《ひじ》をつき両手で顔を覆って小さく笑ったようだった。

「大丈夫ですか？　すぐ、寝台《ベッド》に――」

「――寝台？」

……何だろうか？　グレイの声色がいつもと違う。たった一言ではあったが、何といえばよいのかと……。声音に艶《つや》みたいなものが――。それに気付いたダグラスは嫌な予感を拭《ぬぐ》いきれぬまま、そうっとグレイの顔を覗《のぞ》き込《こ》んだ。グレイの顔はその両手に隠されてよく見えないが、なんだろうか、雰囲気が、醸し出す妖艶《ようえん》な何かが、ダグラスを絡みとっていく。

「――おれを、連れ込んでなんかすんの？」

「「はい？」」

アルベルトとの同時発声の疑問符に、両手で覆った顔をゆっくりと上げて、グレイは、ぱちりと瞬《まばた》きをひとつしてダグラスの顔を上目遣いに見返してきた。

その、凄艶な色気たるや——!!

別人に変貌《へんぼう》したグレイの妖艶な姿に、直視されたダグラスは堪《たま》ったものではない。黒曜石の瞳《ひとみ》が、いつもより濡《ぬ》れて見えるのは気のせいではない。目尻《めじり》はほんのりと赤く色付き、溢《あふ》れる色気は駄々洩《だだも》れだ。これは——ただの酔っぱらいではない。

大変厄介な、ヤバいヤツだ——!

瞬時にそれを察したダグラスは、視界にとらえた水のピッチャーを握ろうと手を伸ばすが、その手はすうっと伸びてきたグレイの手に阻まれ、そっと指を絡め取られた。

「——もちょと、これ、飲みたい」

シードルの瓶に視線を流すその流し目は、一体なんだ?　止《や》めていただきたい!!

ダグラスの絶叫は声にならない。

「グレイ!　まず水飲みましょう!　水!!」

「え〜……いぢわるだなぁ——ダグ」

ここで「ダグ」はないでしょう!?　ダグはっ!?　私を殺す気ですか、貴方は——!!

ダグラスの心の叫びは、焦りとなった。あわあわとそこら中に何かないかと視線を走らせ慌てるダグラスに、グレイはまるで花がほころび満開になったように優美に笑った。

「かわいいなあ、ダグ」

「へっ――」

目が、離せない。と、感じた時には目の前のグレイの顔の輪郭がぼやけて見えて、視力を鑑みてもこの至近距離でそれは絶対にあり得ないと考えて。――気付いた。

顔が近付きすぎると、こう見えるものなのか？

ちゅ。っと軽い音が耳を打つ。ふんわり柔らかいそれが、自分の唇に触れたことを理解したその瞬間、ダグラスの顔はヤカンが沸騰したが如《ごと》く、真っ赤に湯気を噴いた。

「――っ!?」

「へへへ。かわいいから、ちゅ～～してみた」

かわいいものには、ちゅ～！　っと、わけのわからん事を言いながら、グレイは更に追い打ちを掛けるようにダグラスの唇に、頬と額に「ちゅ～」をして、立ち上がった。泣く子も黙る、東の大国バルナバーシュの宰相ダグラス・アトリー・ハミルトン二十五歳は、真っ赤に茹《ゆ》で上《あ》がった顔のまま、腰を抜かして床に崩れ落ちた。――これを、誰が責められよう？

皇帝アルベルトの居室は、今や阿鼻叫喚《あびきようかん》の坩堝《るつぼ》と化していた。今晩はグレイの機嫌取りの意味合いもあり、食事の準備も万端に用意していた。その為、最低限ではあるが、侍従と女官も準備や給仕の為に控えていたのだが、彼らは幸運だったのか不運だったのか、そのライン決めは本人の受け取り方によりかなり難しいところだろう。

ああ、一番近くに立ち尽くしていたダグラスが目を掛けている侍従が……グレイの「かわいい」攻撃に捕まり、ほっぺに「ちゅ～」されている。最早、無差別ですねえ。視界に全ての惨状は入っているのですが、私も、まだ動けそうもありません。心の準備もなく、いきなり、これは――。

あ。と思った時には、アルベルトが捕まっていた。

「おっ、お前っ――!? 気が違ったかっ!! 無礼打ちにするぞ――」

「アルかわいいなあ～おっきくなったなあ～」

え？ 今、聞き捨てならない言葉が耳に入った気がする。

ダグラスが二人に目を走らせた瞬間、グレイの「ちゅ～」がついにアルベルトにまで炸裂《さくれつ》していた。

「かわいい！ かわいい！」と連呼しつつ、アルベルトの唇を何度も奪い、何が起きたか理解できず凍り付く皇帝の顔中に「ちゅ～」の雨を降らせる最強の酔っ払いを止められるものは、この場には誰一人存在しなかった。そう。この場には――だ。

どかん!! と何かが爆発したのではないかと勘繰りたくなるほどの爆音とともに、扉が壊れる勢いで開き、そこから、勇者が現れた。

「一体全体、何の騒ぎだこれは!?」

「「将軍閣下《ゆうしゃさま》～!!」」

本当に、勇者が現れたのか？

「……ヒュー？」

「ちょっぱやで後片付けして即行で戻れって勅書見て、寝ずに馬を走らせて来たってのに、これ、何なんだ!? 説明しろ！ ダグ!?」

「いやあ――説明ですかあ。……グレイがシードル一杯で酔っぱらって、大虎になって、これ、です」

「はあああ!?」

そんな説明で納得が行くわけないですよね？　私もそう思いますよ。

床に崩れ落ちたまま苦笑いするダグラスの向こう正面で、アルベルトにちゅ〜の雨を降らせていたグレイが、振り返り、お花畑満開の太陽の笑顔を向けてきた。

「あ、ヒューだ！　おかえり〜ヒュー!!」

「ゲ！」とも「グ！」ともとれる、言葉にならない何かを喉《のど》で鳴らす旧知の友に、「逃げた方がいい」と声を掛けたいが、それよりも早く、グレイはヒューバートに飛びついた。

「おかえりの、ちゅ〜！」

あ、勇者が酔っぱらいに捕まった……。

「おかえり！　おかえり!!　ひゅ〜!!」

アルベルトに降らせていたような「ちゅ〜」の雨が、今度はヒューバートに降り始めた。

アルベルト………生きてますかね？　身動き一つしていない様に、こちらからは見えるのですが、大丈夫か……本当に？　まさか……「ちゅ〜」も初めてとか、言わないですよね!?

どこの箱入りですか、貴方は!!　閨《ねや》教育からやり直しだ――！

ダグラスがやっとの思いで膝《ひざ》を突き、アルベルトの方に一歩を踏み出そうとした、その時。事態が、動いた。酔っぱらいの「ちゅ〜」攻撃に身動きもせず凍り付いたと思われたヒューバートの手が、グレイの腰を取り、もう片方の手で、グレイの後頭部を押さえ込んだ。

「え……」

「――お前が悪い」

顔の角度を変え、唇を割り、ヒューバートがグレイに深く口付けた。

まるで貪《むさぼ》るように、グレイの息さえ吐かせずに、その自由をすべてを奪う勢いで、グレイはヒューバートからの口付けを受け、その腕の中に拘束された。

「……ぅ……ん」

鼻に抜ける声を上げ、かくっ。と膝の抜けたグレイをその腕に抱き止めて、肩に担ぎ上げるなりヒューバートが吠《ほ》えた。

「この酔っぱらいの酔い覚ましをしてくる！　ダグは、アルを再起動してすぐ来てくれ！　俺一人だと――どこまで我慢が利くかわからん!!」

ヒューバートの叫びに、「勇者様」と侍従達が拝み倒しているが、違います。あれは、「勇者」ではなく「お預け食らった犬」みたいなものです。人の事は言えませんが……。

まあ、ヒューバートの言ったことは正論だ。まずは、アルベルトを通常モードに戻して、とっとと二人を追わねば！　大惨事となってしまいます。ダグラスは未《いま》だ衝撃の抜けない頭を揺り起こし、床に倒れたままピクリとも動かないアルベルトに近付くと膝を突き肩を揺らした。

「アル!!　しっかりしてください!!　たかだか、酔っぱらいのちゅ～一つ……ではないですが、シードル一杯で大虎になるようなグレイの酔っぱらいちゅ～です！　飼い犬に噛《か》まれたとでも思って」

まるで自分を諭している気分で講釈を垂れるダグラスに、完全にフリーズしていたアルベルトが小さく呟《つぶや》いた。

「俺の——……」

その後は聞かなかったことにして、再起動したアルベルトは侍従に任せてダグラスは駆けだした。

本当にまさかのファーストキスを酔っぱらいに奪われたとは……。天下の銀狼王《ぎんろうおう》が、稀代《きたい》の箱入り息子《むすこ》だったなんて、誰にもグレイにも告げるわけにはいかない。

だが、王様の耳はロバの耳、だ。誰かに一人くらいにはこの話をして、一緒に大笑いしたいものだ。

ヒューバートとだけには、酒の肴《さかな》にでもして話してしまおう。ダグラスは小さく笑って駆けだした。

◆◆◆

「ゆうえんちの、のりものみたいだー」

肩に担ぎ上げた珍獣が、ヒューバートの背中にぎゅうっと抱き着きケラケラと笑い、そんな事を話してくる。

「……ゆうえんち。って何だ？」

「んー。わかものののデートスポット、みたいな？」

いつもよりフランクに感じる酔っ払い珍獣の言葉遣いが、なんというか、嬉《うれ》しい？　可愛い？　なんだろう、心臓がぎゅっとする。

久しぶりに会ったからか？　出会い頭に「あんな」攻撃を受けたからか？

「あんな」夢を見たからか——？

いやいやいやいや。思い出すとヤバイ。今は、あれを思い出してはいけない。

一気に限界を超えて、ちょびっと手を出してしまったことに、正直頭を抱えたいのだが、今は珍獣を担いでいる為そうすることをヒューバートは諦《あきら》めた。

「――お前は、誰かと行ったのか？」

「おれ？ ないわーモテないしー」

相変わらずケラケラと朗らかに笑う珍獣の「モテない」という言葉に「嘘《うそ》つけ」と内心思いながらも、アチラコチラが少しだけ落ち着いて来たヒューバートは、ひどく遠くやっと着いた感じがする目的地の扉を開いた。

到着したのは皇宮の湯殿である。

酒気を抜くには風呂《ふろ》ではあるが――今この状況で珍獣と二人きりはマズい。かなりマズい！ 手を出すことへの自信はあっても、手を出さないでいる自信なんてないぞ。早いとこダグが来てくれないと、恐らくは……。本当に、大変に、ヤバいことこの上ない。風呂。ってことは、服を脱がねばならんし。この泥酔状態の珍獣がそれを出来ないとなると、誰が脱がす？ まさかの、俺か？

それほど遅い時間ではないためか、そこには湯殿担当の侍女達の姿があり、ヒューバートは安心するやら残念やら――複雑な心情が顔にモロに出ていたと思う。

「将軍閣下お帰りなさいませ。と、ええっと？ ――グレイ様!?」

肩に担いだ珍獣に気付いた湯殿専属侍女のミアが声を上げる。

「酔っ払いの酒気を湯殿で抜きに来た。悪いが――」

「ミアだー！　おんせんだー！　さいこーだ！　ありがとのちゅ〜!!」

きゅうっと首に抱き着いたグレイが、またもヒューバートの唇に「ちゅ〜！」をかましてきた。

「「「────!!」」」

この衝撃映像を直視して、目の奥が驚きに光っただけで声は上げず態度も変えないとは──流石《さすが》、皇宮侍女……。

ヒューバートはグレイにされるがままに「ちゅ〜」を受けながら、侍女たちのスルースキルを称《たた》えた。ここで何かを問われたら、返す言葉はヒューバートにはない。

「──っこの、よ、酔っ払いのキス魔は、危険だ！　お前達は下がっていろ」

「──承知いたしました。我々のことは、どうか壁とお思いくださいませ」

すん。と取り澄ました顔で頭を下げると、侍女達がスススっと、控えの間に下がっていく。

──はて？　なんか。微妙に口角が上がっていたように見えたのは気のせいか？

「おんせん〜〜〜〜！」

「──待て！　酔っ払いっ、湯殿で走るなっ」

足元が覚束《おぼつか》ない状態で大理石の床で滑ったりしたら。と思ったヒューバートの予想は的中し、グレイがツルリと足を滑らせ体が浮いた。とっさに手を伸ばしグレイの体を抱き込んだものの、ヒューバートの足も、床を踏み締めて留まれるわけもない。

バッシャーン!!　と湯殿中に響き渡る大きな水音。当たり前だ。大の男が二人して突っ込んだのだ。

爆音も上がろうというものだ。

「はははは。びっしゃびしゃだ！」

「――笑い事ではない」

二人して着衣のまま頭っからずぶ濡《ぬ》れだ。飛び散った湯の飛沫《ひまつ》で湯殿中に立ち上る湯けむりの中、濡れた黒髪をかき上げた麗人が鼻先寸前でこちらを見上げて笑った。

「お湯も滴《したた》るイイ男だなあ。ヒュー？」

お前が、イイ男過ぎる。いつも前髪に隠れている眉目秀麗《びもくしゅうれい》な綺麗《きれい》な顔が、至近距離で全開だ。見惚《みと》れるヒューバートに気付いてか気付かずか、グレイはすうっと手を伸ばしてヒューバートの濡れた濃茶の髪を撫《な》でてきた。

「本当に男前になったなあ、お前？」

濡れた黒い瞳《ひとみ》に引き込まれる。グレイの言葉に引っかかるものはあっても、今はソレどころではない。引き寄せられるまま顔を寄せ、鼻先が触れ合うところで、角度を変え――。

「――そこまでっ」

ばかんっ!!　と結構な硬いもので頭を殴られ、ヒューバートの目から火花が散った。

「った――!!　ダグっ!?」

「約束通りに即行で来ました。まったく。貴方《あなた》は手が早すぎます、あの箱入り陛下に爪の垢《あか》を煎《せん》じて飲ませてあげたいくらいですよ」

「箱入り――アルか。ははは。あいつ、ヤバいな」

「ヤバイです」

「だぐだあ」

今度はぎゅうっとダグラスに抱き着いて、グレイが嬉《うれ》しげに声を上げた。

「ダグは、かわい格好よくなったなあ。さんにんともおっきくなって――って、アルは？」

ダグラスの顔が少々険しくなる。理由は、分かる。先程からの珍獣の言葉に引っかかりを感じ、恐らくは同じコトに、ダグラスも気付いている。

「あなたは、さっきもアルに向かって『アルかわいいなあ。おっきくなったなあ』と言いました。我々三人を――知っていたのですか、グレイ？」

――本当に男前になったなあ、お前。

――かわい格好よくなったなあ。さんにんともおっきくなって。

この言葉の意味するところは何だ？　大きくなって、ということは、子供時分に出会っていたとでも、いうのか……。俺達を知っているとしても、こちらには出会った記憶など、ない。

違う。あるはずが、ない――。まさか、絶対に……。

混乱に言葉を詰まらせるヒューバートの前で、ダグラスを見上げたまま呆《ほう》けた目を向けるグレイの背中に、ダグラスが手を伸ばした。湯で濡れて体に張り付くシャツを捲《めく》り、肩まで引き上げる。現れたグレイの背中に、ヒューバートが目を剝《む》いた。

左肩口の肩甲骨辺りから左脇腹近くまで続くその傷を、ヒューバートもダグラスも、アルベルトも、見覚えがあるのだ。その傷は、ヒューバート達の遠い記憶の中に深く刻まれた「ある人」の傷と同じ。

すうっと、傷に指を這《は》わせるダグラスに、ぴくりと背をしならせ「ああ」とグレイが小さく呟いた。

「――普段は見えないけど、体温が上がると浮き上がるのか。これはしたり」

ぐらり。と上体を揺らし目を瞑《つぶ》ったかと思うと、グレイがそのまま倒れ込んできた。

「!?危ない!?」

二人してグレイに両手を伸ばし、彼の体を抱き止めようとしたが、その質量は腕の中になく、ヒューバートとダグラスは、お互いの空の腕の中を見渡した。

グレイが居ない。グレイが倒れ込んだと思った次の瞬間に、彼の体は、もうそこになかったのだ。

「主《あるじ》。林檎酒《りんごしゅ》は絶対に飲むなとあれほど言いましたのに」

背後から聞こえた静かな労《いた》わる様な低い声に、ヒューバートはダグラスを庇《かば》いながら、瞬時に振り返り、この状況でも腰に帯びていた剣を抜き構えた。

そこには、白に近い灰色の短髪の長身の男が、グレイを抱き上げて立っていた。

隻眼《せきがん》の男は、大切な宝物を見つめるように腕の中のグレイを見つめて、そして、静かに顔を上げた。

かなりの手練《てだれ》であることは瞬時に分かった。この自分とダグラスの腕の届く距離から、珍獣を攫《さら》った者だ。只者《ただもの》であるはずがない。

「――何者だ?」

「俺は、主の犬です」

隻眼の男は、琥珀色《こはくいろ》の左目でにっこりと笑ってきっぱりと言い切った。

「主は知りませんが、林檎酒を飲むとある事ない事話してしまうクセがあるので、止めに入らせてもらいました」

「珍獣の犬って――簡単に信じろと？」

殺意をはっきりと相手に向けて剣を構えるヒューバートの気迫にも、隻眼の男はまったく構う様子も見せずに、ただ、腕の中の珍獣を愛《いと》おしげに見つめて、静かに顔を上げた。

「あんた達の信用など、俺にとってはなんの意味もない。俺にとってこの世で必要なのは、重要なのは、主だけだからな。あんた達が、主に害をなすのならば、このまま、連れて帰る」

何を馬鹿なことを言っている。珍獣を持って行かれるなど、冗談ではない。

じりっと、距離を詰めようと湯船から足を上げたヒューバートを、ダグラスの手が止めた。

「――ダグ……！」

「ひとまず話し合いが必要そうです。皇帝陛下を交えてこの状況の話を聞きたいのですが、宜しいか？」

隻眼の男がつまらなそうに首を振る。珍獣を連れて帰る事を止《や》める気がない。その意思表示にも思える否定の所作に、むかっ腹が立つ。

「グレイの意思を未確認のまま、連れて行く気ですか？」

策士ダグラスの言葉に、背を向けようとしていた相手の動きが止まる。

勝利宣言のようにダグラスが笑う。隻眼の男はその目でこちらを射殺せるほどの殺意を向けてきたが、それは今はどうでもいい事だ。今、重要なのは、珍獣を奪われない事。それだけだ。

誰が、簡単に渡すかよ。

珍獣の受渡しの為に両手を伸ばしたヒューバートとダグラスの手は、隻眼の男の一瞥《いちべつ》の元に振り払われた。

閑話：【お風呂担当ミアの湯殿記録】

私の名前は、ミア。

皇宮侍女として勤め始めて約五年。この度の春の職場転換であろうことか湯殿担当に抜擢《ばってき》され、顔には出さないもののそこら中を駆け回りたい程の喜びを抱えております。

だってだって、湯殿ですよ?? 皇宮の湯殿!!

あの、恐ろしいけれどもお美しい皇帝陛下の生腹筋《なまふっきん》を拝める!! ——ではなく、お美しい皇帝陛下の入浴のお手伝いとお着替えのお手伝いがこれからの仕事に含まれるだなんて……お金を払うべきところ——いやいやいやいやいや、逆に給金を頂けるなんて……両親の反対を押し切って、皇宮に就職してよかった。もう、死んでもいい。

は！ 死ぬわけにはいかない。まだ、皇帝陛下の腹筋を拝んでいない。

自他ともに認める腹筋フェチのミアにとり、この職場は天職以外の何物でもない。そんなこんなの人に知られるわけにはいかない心の内に秘めた欲望を「ツン」と澄ました鉄仮面の下に隠し、日々の職務に勤《いそ》しんでいたある日の事、「その人」が、現れました。

艶《つや》のないぼさぼさに乱切りされた黒髪に、片方ヒビの入った眼鏡《めがね》をかけた、うだつの上がらない風貌《ふうぼう》をした西の国から来た捕虜。

え？ これをどうしろと？ というのが、率直な最初の印象でした……。

皇帝陛下が「洗え」とおっしゃるので、ひとまず洗ってみました。それが職務です。

皇帝陛下の「洗え」とのご用命でしたら、犬でも猫でも何でも洗います。

ところが!! ああ! 何ということでしょう!!

出てきたのは驚きの美貌《びぼう》!! お顔も綺麗でお体もお美しい!

青年期だろう年齢にしては、少年期の様なまだ成長しそうな均整の取れた腕・肩・背中!! そして、シックスパックはうっすらですが綺麗な腹筋!!

冷静に表情を全く変化させずとも、ミアの心は踊り狂っていた。

一回だけでも堪能出来て、いやあ、もう、お腹《なか》いっぱいって感じでしたが、幸運はそれだけでは終わりませんでした。自分の仕事ぶりを評価してくださった宰相閣下が、なんと! 西の国の捕虜のグレイ様のお風呂の面倒を定期的に見てやってくれと! ご用命くださったのです!!


「――いつもスミマセン。ミアさん。俺、自分で風呂くらい入れるんですが」

「宰相閣下のご指示ですので、お気になさらず」

湯船につかり上体を倒して貰《もら》った姿勢で、今やサラサラで艶々の黒髪の洗髪をさせて頂いておりますが、両眼は、その美しくも滑らかな腹筋から離すことが出来ません。

ああ、鎖骨も綺麗……。なんということかしら?

肩からの肩甲骨までのラインも、程よい筋肉のついた上腕二頭筋も、溜息《ためいき》が出る程にお美しい。

眼福眼福。

あ、腰にはちゃんとタオルを巻いてもらっていますからね、そこはさすがに、大丈夫ですよ。

洗髪ついでに頭皮のマッサージをしてあげると、グレイ様は気持ちよさそうにうっとりと眼を瞑られます。

長い睫毛《まつげ》に、薄赤い唇に、湯に上気した肌。私ったら、うっとりと見惚れてしまいます。

これは、彼を皇帝陛下と宰相閣下と将軍閣下で寵愛《ちょうあい》し、熾烈《しれつ》に取り合っているとの噂《うわさ》も本当かもしれない。皇帝陛下付女官で騎士団副団長のイザック様を配偶者に持つキャスリーン様の皇宮相関図の情報はいつでも正確だ。お三方がこの美しい方を熾烈に取り合う……。うう、あまりにも尊過ぎて美し過ぎて、鼻の奥がツンとしてきます。

だってですね、女の自分が見ても美味《おい》しそう。ごほごほっ！　それは今は忘れましょう!!

なんだか、違う世界の扉を開いてしまいそうで、ミアはその考えをこの場で厳重に蓋《ふた》をした。


そんな、ある日の夜更けの事でした――。


「湯殿は使えるか？」

「――はい！　皇帝陛下」

皇帝陛下の居室方向が騒がしく、侍従や女官の皆様方が緊急配備で総動員された夜の事。我々侍女も、女官方の補助に呼び出しを掛けられ配置につきました。湯殿の準備点検を終え、タオルなどの配備を再チェックしていたミアに、皇帝陛下の声が掛かり振り返った先の惨状に、彼女は声をなくした。

「皇帝陛下!?」

「ああ、大丈夫だ。我々のこれは全て返り血で、ひとまずこいつを洗いたいのだ」

振り返った先の皇帝陛下の全身は血塗《ちまみ》れで、隣の宰相閣下も同じく――その腕に抱かれぐったりしているグレイ様も、同じく血塗れでした。

「――グレイ様⁉」

「ああ。この人は酒に酔って寝てるだけですので大丈夫です。ミア、申し訳ないですが、湯上がりに簡単に着衣させられる夜着を出しておいて頂けますか？」

「あ、は、はい！　宰相閣下。あ、あの、わたくしが、グレイ様を――」

「いえ。この惨状を女性の貴女《あなた》にお手伝い頂くのは心苦しいので、我々でこの人は洗いますので」

はぁっ――――？

捕虜を、皇帝陛下と宰相閣下が、湯殿で、洗う？　三人血塗れで、素肌に血痕《けっこん》を浴びた、腹筋祭り？

ミアの自我が崩壊した。そこからが、もう、凄《すご》かった。壮絶でした。うっかり覗《のぞ》き見《み》した、わたくしが、悪かったです。反省いたしておりますが、後悔はございません。神様、今日を出番にしてくれて、本当にありがとうございました。

美しい皇帝陛下と宰相閣下が、グレイ様の着衣を湯殿に浸《つ》かりながら脱がす図なんて、鼻血吹くかと思いました。こっそり覗いていたのですが、気付いたら周囲には同僚二人が固唾《かたず》を呑《の》んでこれ以上ないくらいに目を見開いて鬼の形相です。

さて、ここで問題です。

湯殿担当の侍女として、湯殿の使用日付・使用者・使用状況の湯殿記録を報告書に記載し上長女官に提出しなければならないのですが、これ、どうしたらいいのでしょうか？

一応、見たままそのまま、書いてみたんですが、それを読んだ、一緒に覗き見した同僚二人の感想が、あまりにも酷《ひど》い。

「官能小説《エロ》みたい――」

言うな!!　書いた自分が一番そう思っています!!

二人はがっしりと私の肩に摑《つか》みかかり、「これから報告書は絶対に読ませてね！」という謎のお言葉をのたまってくれました。その後、提出した湯殿報告書が一部女官と侍女の間で裏取引されまくっていたことをミアが知るのは、一ヶ月後――。

皇宮相関図の貴重な情報をくださったキャスリーン様に至っては、本来ご自身の実務業務外であり、確認不要であるはずの湯殿報告書の毎回提出を、ご希望されております。

何でも、生きる糧と活力になるとか？

生きる糧と明日への活力って……。いったい……。

お気持ちは、わからないまでもないですが。

美しい皆さんのわちゃわちゃ絡みまくる姿が美く眩《まぶ》しいところに、プラス半裸。ってのが、ポイント高いのでしょうね。

9：【皇帝陛下激昂《げっこう》とグレイの膝枕《ひざまくら》】

「……頭が、割れそうに――痛い」

ベッドサイドに腰掛けながら、アルベルトは大きく大きく溜息を吐《つ》いた。

この国の皇帝である自分の寝台をあろうことか占領し、ど真ん中で枕に突っ伏し、今にも死にそうな呻《うめ》き声《ごえ》を上げる学者の姿には、昨日の「愚行」など見る影もない。

「完全な二日酔いだな」

「……ふつかよい？」

シードル一杯で。というところが、この学者らしいと言えばらしい。だが、ひとつだけ、確認せねばならぬことが、アルベルトにはあった。

「――お前。昨日の記憶、あるか？」

「――きのう、です、か？」

枕に埋《うず》めた顔を少しずらし、濡《ぬ》れた黒目を向けてきた学者は、「ああ、朝日すら目にささるう……」と、再度枕に顔を埋めた。

お前なあ。あれだけの事をしでかしておいて――俺を目の前にして、その態度はないだろう？

「――本来ならば、即刻無礼打ちだ」

「おれ、何か、したんですか？　宰相閣下にリンゴジュース飲むの、止められて」

「あれはシードルだ。わかるか学者？　林檎酒《りんごしゅ》は酒だ」

紅茶に落としたブランデー数滴でぶっ倒れたというのに、シードルは一杯飲んでも倒れはしなかった。ブランデーの原料は葡萄《ぶどう》で、シードルは林檎。この違いが何か別の作用を起こすのかもしれないが、今の問題はそれではない。

学者は枕に顔面を突っ伏したまま、小さく消えそうな声で呟《つぶや》いた。

「林檎、酒……さっき目を覚ますまで、の、記憶が──」

「記憶が？」

「──なんにも、ないデス」

「はあ!?　俺にしでかした、あのっ!!」

あ、思い出したらマズい。がっ！　と顔に血流が集まるのを感じながらも、アルベルトにはそれを止める術《すべ》がない。

何がそんなに楽しかったのか？

嬉《うれ》しそうな満面の笑みは太陽の様に眩しくて、目を逸《そ》らせないでいる自分に一気に詰め寄ったこの男は、あろうことか、この俺の唇を奪い、顔中にキスの雨を降らせ、抱き着いてきた。

初めての口付けは、甘いなんてもんじゃなかった。グレイのそれは柔らかくてあったかくて、抱き着いてきた体は、頭の芯《しん》がクラクラするくらいの、いい、香りが──。

──思い出すな、自分!!

こいつは、こいつは！　ただの俺の安眠枕で、それ以上でもそれ以下でもなんでもない、ただの正体不明の学者だ!!　アルベルトは顔を真っ赤にし真っ青にし、湯気さえ吹きそうに激昂《げっこう》した。

両拳《りようこぶし》をベッドにどかん！　どかん！　打ち付けるアルベルトのせいで、ベッドが軋《きし》む。

ベッドの揺れに、うえぇ……。と呻き微《かす》かに顔を上げたグレイは、皇帝陛下のあまりの惨状に水を掛けられたように、一気に意識が戻った。

「えぇぇえ!?　おれっ、何しでかしたんですか!?　皇帝陛下に一体全体――!?」

「『襲い掛かった』んです」

いつからそこに居たのか？

腕を組んで並び立つ、ヒューバートとダグラスの声に、今度はグレイが真っ青になる番だった。

「ええええええ!!　俺!?　俺っ!?　俺は、頭以外、どこもっ！　どこも痛く――」

二日酔いの頭痛も吹っ飛んだのか？　やっとコトの重大さに気付いたらしい学者がその場に立ち上がると、どうしてだか自分の全身チェックを始め、それが終わると何故《なぜ》だか謎に真っ赤になった。

ああ、これはもしかしなくとも、かなり違う方向に何かを考えたな。と、一同がそう考え始めたその瞬間――。

「――って。おおお、俺、おおおお俺があ、皇帝陛下を、て、手籠め!?」

「「「そんなわけがあるかあ!!」」」

一同の絶叫が、朝の皇帝居室に響き渡った。

「まったく。勘違いも甚だしい――。この俺が、お前ごとき学者に組み伏せられるなど、あるわけがあるまい」

「逆も無理だよなあ。お前まだ童貞だしな」

「――――」

ヒューバートは後でぶん殴るとして、無言で頷《うなず》きまくるダグラス。お前も同罪だ。後で二人とも覚えていろよ。ヒューバートの発言に学者がどう反応するか、少々冷や冷やしていたが、学者はそれには触れずに、ただひたすらにベッドの上で膝《ひざ》を突いて頭を突いての土下座スタイルを貫いていた。

「ただひたすらにお詫《わ》びいたします。皆様には――多大なご迷惑をお掛けし、申し開きもございません。葡萄酒関連に関しましては、自らの体を持ちまして耐久実験を行ったことはあるのですが……」

「「……耐久実験？」」

何だそれ？　三人共にくすりと笑いが零《こぼ》れてしまう。

「林檎の酒に関しては――西には林檎がないので、実験を行ったことがなく。まさかの、キス魔だなどと……。ここは切腹しての詫びを」

「おいっ!?　そこまでは――」

がっ！　と一気にシャツを脱ぎ捨て、腹に黒い短刀を当てるグレイを、ヒューバートが止める。ところで、その短刀は一体どこから出した？

おまけに――。止めに入ってその背を見れば、先日、浴場で見た左肩口の肩甲骨辺りから左脇腹近くまでにあったはずの傷が、何故か、見えない。

「――お前、背中の傷が、消えてるのは、どうしてだ？」

その問いに対しての学者の表情は、変わらない。

「はい？」とでもいうように、微かに首を傾《かし》げるのみ。だというのに、アルベルトは気付いた。グレイの黒曜石の瞳《ひとみ》が、微かに揺らいだことに――。

「――アル」

隣から聞こえたダグラスの声に、視線を流す。

ダグラスの目が「今は待て」と言っている。ダグラスがこの目をする時は、必ず理由がある。それを長年の付き合いから知っているアルベルトは、諦《あきら》めにも似た感情を消すように一つ息を吐いて、グレイを見やった。

ヒューバートにより黒い短刀を取り上げられた学者は、飼い主に叱られ耳を垂れる犬の様に悲しそうな目をこちらに向けてきた。

何だその目？　心臓に痛いから、物凄《ものすご》く、止《や》めて欲しい――！

「おっお前に今、自決されたら、俺のっ、安眠に支障が、出る。二度はないぞ!?」

「はい！　ご容赦ありがとうございます!!　与えられた職務に励み、林檎酒はもう二度と飲みません!!」

宣誓をするみたいに右手を大きく上げたグレイはいいが、問題は、残りの二人だ。

「ツンデレだ」

「ツンデレですね」

アルベルトはひとまず、自身の両翼である将軍と宰相に、直近のうちに確実にかなりの強さで鉄拳《てっけん》を振るう事だけは心に刻み込んだ。

◆◆◆

「ああ、グレイ――大丈夫ですか？　酷い顔色ですよ」

あれは、完全二日酔いだ。たとえアルコール摂取量がシードル一杯でも、だ。

なじみのブルネットの髪の図書館司書長に声を掛けられた主《あるじ》が、青い顔で頷いている。

主との合図であるZ棚分類の古書は、さっき彼に返却したので、そろそろ主がZ棚に移動してくるだろう。自分のテリトリーである暗闇に身体《からだ》を溶け込ませ、琥珀《こはく》は自らの主と定めた、ただ一人の人がやってくるのを静かに待った。

「――お前、一体どっから見てたんだ？」

うすぼんやりとした薄緑色の魔灯燭台《しょくだい》の明かりの中で、黒曜石の瞳が疲れ果てたように閉じられた。

「『おつかい』以外は、大体、主に引っ付いてるの知ってるでしょう？」

「――知ってるけど。……聞いてる」

困ったような照れくさいような顔をする主の前に、姿を現す。

「林檎酒は、もう絶対飲んじゃだめですよ？　主。俺は、もうちょっとで出ていくトコでした」

「――その後、出てきたろ？」

「バレてましたか。聞いたんですか？」

「三人の様子を見てわかった」

さすが、我が主は大層敏《さと》い。そうとは知られない様に、なにもかもに鈍く世情を読めない浮世離れした学者の皮を被《かぶ》って、日々飄々《ひょうひょう》と過ごしているけれど、本来の主の姿は、違う。

主は、この俺が、生涯ただ一人の「主」と定めた人だ。

「どこまで話した？」

あの三人に。という言葉は続かなくとも、その意味は分かる。自分を見上げてくる、誰よりも綺麗《きれい》な自らの主に、琥珀は微笑《ほほえ》んだ。

「主が流せ。って言った情報まで——です。赤侯爵の傘下潰《つぶ》しに主が布石を打った、白鳥が家門の伯爵家への資材供給の穴と、海側の侯爵家と子爵家への逆張りの支援策、西国境近くの伯爵家と子爵家の西の国との癒着への引っかけとか？　あと、脱税疑惑の貴族家一覧を口頭で伝えたくらいかな」

「うん。それくらい流しとけば、あの三人はあとは勝手に動くだろう」

よしよし。と頷く主が、ちょっとだけ怖い。

世界に轟《とどろ》く三英傑である、東の大国バルナバーシュの皇帝と宰相と将軍を、顎《あご》で使うなんて、主くらいのもんだ……。一体どこまで、先を見通しているのやら。

だけれど、琥珀は知っている。

今まで世界の情勢に関して、やんわりと手心は加えても、本筋には決して手を触れなかったこの主が動いた。その事実に対しての、自分の考える理由はふたつ——。

「主……かなり、怒ってるでショ？」

「うん？」

にっこり笑う、美しい笑顔が本当に眩《まぶ》しくて、怖い。

「こないだの、襲撃。西の奴らだって、お前もわかったか琥珀？」

「――はい」

ええ、分かってます。今回動いた理由のひとつですよね？　ここは、素直に頷くしかない。

「あれは、俺を殺しに来たんじゃなくて、取り戻しにきたんだろう？　――あいつ、俺を邪魔者と読んだのは褒めてやってもいいが、西の馬鹿王を動かし、北に俺の去就を流しやがった」

怒ってる怒ってる。これは本当に怒ってる。

「あの赤いおっちょこちょいは、越えてはならん一線を越えた」

「――赤い人へは、主が、直接？」

「当たり前だ。俺に喧嘩《けんか》売ったんだぞ？　そりゃあ盛大に返礼してやらんとな」

それはそれは美しい邪悪な黒い笑顔で、主が笑ってます……。主……喧嘩売ってきた相手には、昔から、容赦ないものね……。いやあ。本当に怖い。背中が総毛立って、びりびりする程の殺気を主から感じる。自衛で剣を構えたいくらいの殺気だが、この殺気を纏《まと》っている主は、この世のモノとも思えない程に、きらきらして本当に綺麗だ。

「お駄賃ください。主」

すりっと擦り寄って、誰も見ることは出来ない、俺だけが見ることが出来る、主の姿を抱き締める。

「お前……いつも聞くけど、他の対価の希望はないのか？」

「ないデス。これに代わるものなんてこの世界にはないよ」

主の右手を自分の頭にのせて、左手を背中に引っ張る。撫《な》でてくださいのサインだ。

やれやれと息を吐きながら、主の右手が俺の白に近い灰色の短髪を柔らかく撫でてくれる。背に回された左の手が、とんとんと背を宥《なだ》めてきて、ほうっと息を吸う。主のまとう空気の中は、一番安心して息を吐くことができるのだ。主の香る空気の中で、琥珀は、三英傑との昨晩の邂逅《かいこう》を思い出す。

・・・

主に「話してよし。敢《あ》えて情報を開示しろ」と言われた「おつかい」が終了した。

浴場で対峙《たいじ》した宰相と将軍は、「皇帝を交えてこの状況の話を聞きたい」と言って譲らないため、酒酔いで潰れた主と共に、皇帝の居室へと移動しての今だ。

両手をこっちに向けてきた宰相と将軍には、主は決して譲らなかった。琥珀には主を彼らに任せて、その体を抱き上げる事を譲る理由がない。そんな琥珀に、二人はこちらから見ても盛大に納得がいかない様子ではあったが、それ以上手を伸ばすことはなかった。

主の眠りを優先してくれたようだ。そこは、評価しよう。

その後、将軍の指示通り、皇帝のでっかい寝台の中央にグレイを眠らせて、その傍らに琥珀は座り込んで話していたのだが、「最後に」とひとこと付け加えた。

「主に開示を許されている情報は、これだけだ」

今まで主の指示で行ってきた布石の「種蒔《たねま》きの話」を、黙って聞いていた三人は、三人ともに同じく渋すぎる、苦虫を噛み潰したような顔をして眉《まゆ》を寄せていたが、同時に声を上げた。

「この人」「「――こいつが主《あるじ》って、いったいお前は何者だ？」」

「俺は主の犬です」

まず聞くことがそれか？　流石《さすが》、主が大切にする――。

「「それはさっきも聞いた！」」

「犬っていうより、白豹《はくひょう》――」

「よく言われる」

ぎろりと冷たい瑠璃色《るりいろ》の目を向けてくる皇帝が、盛大な溜息《ためいき》を吐《つ》いた。

「色々聞きたいことがあるが――」

「主の許しがあること以外、返答は出来かねる」

「まず聞け！　主人と同じく、話の途中で口を突っ込んでくるな！」

これは、主がよく言われているフレーズだな。さて、何を問いただしてくるのやら。と、冷笑を浮かべる琥珀に向かい、若き皇帝は唇を噛《か》み締《し》め、意を決したように言葉を絞り出した。

「――学者の、背中の傷跡。湯に浸《つ》かって、恐らく体温が上がると現れるようだが、通常状態だと、うっすらとも見えない。学者はいつ……その傷を、負った？」

宰相と将軍も、皇帝と同じ顔を向けてくる。どうやら、この三人にとり、国の情勢の話よりも、そちらの方が重要度が高い、という事だ。

やはり、この三人は気付いたか、と思う。主が動いた、もうひとつの、理由。

「主は、あんた達が考えるより多くの傷を全身に負っているが、傷跡は残らない様に、魔術治療を受けて表面上は傷など残っていない」

それを開示することは、主に許されてはいないし、話す気なんて毛頭ない。もし、話したとしても信じるわけもないだろう。

「いや。あれは――絶対に、刀傷だ」

断言する将軍殿。当たってはいるが、あなた方にはそれを理解することはきっと出来ない。

「体温が上がると、確かに背中にあの――傷跡が浮かんだ。私は、二度それを見ています」

宰相殿。それはあなた方が願った、再びの邂逅を願うの念による一種の――。

「俺には、わかりかねる。だが、聞き出すことは考えない方がいい。主は自分から話さない限り、絶対に教えてくれないし、討論で、言葉で、主に勝って話を聞き出せる自信があるならば、どうぞご自由に？」

目の前の三人が押し黙る。でしょうね。

口論、討論で、主に勝った人を俺は今まで一度たりとも見たことは、ない。

「あ、あとひとつ。つけ足しておく」

三人を順に睨《にら》み据えて、告げる。

「主を守ろうとする者は、あんた達が考えるより多い。主は、無自覚で、みんなに手を差し出すからね。だけど、主は、自分がどれだけ俺たちから必要とされているかなんて、考えたこともないと思う。主は、自分の価値にまったく無頓着《むとんちゃく》だから」

だからこそ――。

「主を傷つけたり、主の意に添わぬことを、あんた達がしたら、即刻殺すから。覚えておけ」

誰が簡単に主を渡すもんか。俺の目に適《かな》わない奴は、まずは抹殺だ。

・・・

「どうした？」

主の肩口に顔を埋めて昨晩の事を思い起こしていた俺を、主の心配げな声が呼んだ。

「なんでもないよ」

「――悪い顔してるぞ、お前。ヤバいこと考えてるだろう？」

ええ、かなり。

にっこり。と、これ以上ない主に負けない黒い顔で笑って見せる。

「お三方が、主の背中の傷を、気にしてましたよ？」

主の長く黒い睫毛《まつげ》が瞬いて、その瞳が、困り気に歪《ゆが》む。

「主の家門の【呪い】の事を、お三方には――？」

「伝える必要があると？」

「まあ、ないでしょうね」

俺的には。と心の中で呟《つぶや》く。

「俺に落ちた、うちの家門宿命の【呪い】は、絵本の中の出来事みたいなもんだ。誰も信じやしない」

誰も信じないのは確かだが、主の身にそれが『落ちた』のもまた確かな真実だ。

「でしょうが。その背中の傷跡には、念が残ってますよ？　――目印なんでしょうね。だから、あのお三方には見える……。無自覚でしょうが」

「念――か……これも、呪いに近いのかもな」

主が自分の背中に手を回しながら、寂し気に、でも嬉《うれ》しそうに、笑った。

「主が気付いいたみたいに、あちらさんも、なんか、気付き始めてるのでは？」

とん。と頭に主の手刀が入った。

「タイムアップ――だ」

Z棚に向かってくる人の気配。琥珀は闇の中にするりと溶けて消えた。

◆◆◆

ここ最近のアルベルトは政務が山積みで、次から次へと湧き出す案件処理に、息を吐く間もないほどに目まぐるしい日々を送っていた。

学者が現れてから、ほぼ解消されていた睡眠障害に関しては、今は……、眠れないというよりは、寝るヒマがない、と言った方が正しい。少し休ませろと、怒鳴りたい気持ちもあるものの、ここ数年来、懸案事項ではあるが時勢にからみ処理が難航し、頭と胃の辺りにこびり付き離れることがなかったモヤモヤが、どんどん！　どんどん!!　とキレイさっぱり片付いていく日々は、認めたくはないが、これ以上ないくらいの爽快感《そうかいかん》が素晴らしい。……しかし、本当に忙し過ぎないか？　これは、確実に過労死コースだぞ。

「――脱税者の摘発の件はどうなっている？」

執務机に着き、書類仕事を超スピードで片付けながら問うアルベルトに、補佐として皇帝可否印付の完成文書を各省庁宛《あて》に分類しているダグラスが、ひどく遠くに視線を流しながら、ぼそりと口を開いた。ダグラスも、俺と同じくらいの死相が、顔に浮かんでいる。

「何故か――財務省の気の利いた若手官吏が『脱税者一覧』を作成していたらしく、ヒューが第四師団を班分けして一斉検挙に向かいました……」

「第四を班分けって――アイツがそんな気の利いたコト、できるわけが」

騎士団総長で、軍部トップの将軍職も兼務する実力者のヒューバートではあるが、机仕事だけは、どうしても向いていない。あれが能力を発揮するのは、瞬時の統率が生きる戦場である。そんなヒューバートが、第四師団に在籍する数百を超える騎士の実力・能力・任務内容・摘発貴族への配置配分を考え瞬時に班分けするなど、無理どころの話ではない。

「――有事の際に状況に応じて小隊分けがすぐ出来るようにと、イザックとレイアードが……グレイの護衛についている時に、叩《たた》き込《こ》まれていたそうです。……図書館で」

「はあ？」

自分の護衛任務にある騎士に、あの学者は、一体何をしてくれてんだ？　アルベルトは呆《あき》れた口が塞《ふさ》がらない。

「――え、あ、ああ。まあ、それは、即実務に反映できてよかったな。として、貴族の逮捕には法務省の令状が必要なはずだが、それはどうしたんだ？」

腑《ふ》には落ちないが、ひとまず話を進めてみるアルベルトに、ダグラスは今度は大きく息を吐いて、左目のモノクルの位置を直しながら意を決したように話し出した。

「……財務省の気の利いた若手官吏と懇意にしている、今度は、法務省の新人官吏が――今後の為にと令状の書き方研修を受講していたらしく……これも、図書館で」

あ、なんか読めてきたぞ。

「丁度いい見本があると……くだんの脱税者一覧を元に、全員分令状を作成し、よい出来だと法務卿《きょう》がノリノリで押印したらしい、です。……これも図書館で」

「――講師は、学者か？」

ダグラスが無言で頷《うなず》く。

「――アイツ本当に何やってんだ？」

アルベルトが全身の力が抜けたように執務机に突っ伏し、ダグラスが手持ちの書類でぱたぱたと風を送って来る。頭に血が上っていたので、大変に助かる。

先日のあの白い獣の様な相手との邂逅で、更にあの学者の正体が見えなくなった。

学者は、俺の我《わ》が儘《まま》で、戦争捕虜として、人質として、西の国から売られてきたようなものだ。それも立場は、皇帝の希望した「西の女将軍」の身代わりだ。こちらの都合で安眠枕の役割を無理矢理与えたというのに、対価は、図書館の蔵書を読むことのみでいいとのたまう、変わり者。

政治的にも利用できると、自分とダグラスとヒューバートとで振り回している自覚はあったが、いつしか、こちらの方が完全に振り回されている。

「あの、白豹の調べはついたのか？」

ちろりと顔を上げると、ダグラスが首を振る。

「ゼロです。情報は皆無でしたが……あの白に近い灰色の髪と琥珀色《こはくいろ》の瞳《ひとみ》の特徴から——恐らくは、二十年程前に突然消えたといわれる、北の暗殺集団の生き残りではないか、と」

「フレズベルグか……」

闇に生き、光差す場に生きることはないと言われた北の国最強の影の一族であったフレズベルグ。歴史上には一欠片《ひとかけら》すらも一族の情報を残してはいない彼らだが、外見的特徴とただ一つの文言のみが口伝として伝えられている。

肌は浅黒く、白に近い灰色の髪と琥珀《こはく》の瞳を持つもの。

彼らは生涯でただ一人の主を定めると、一族を離れ、その命は主にのみ捧《ささ》げる。と言われている。

西の国の将軍家の生まれでありながら、どんどんと正体不明になっていくあの学者は、どうしてこうも自分達の有益の為に、ここまで動いてくれるのか。

どうして俺達を、守って——くれる……？

望みは世界平和だなんの言ってはいたが、その為に、ここまでする必要がどこにあるというのか。

「あれが本当にフレズベルグならば、飼い主のことは、命を懸けて守るだろう。学者の番犬には、丁度いい」

「それはそうですが。ヒューはグレイの護衛として、イザックとレイアードを継続でつけていますよ」

「それも、そのままでいい」

ゆっくりと顔を上げて、アルベルトは体を伸ばし背もたれに頭を載せた。

「安眠枕は――まだ必要だ。守らねば、ならん」

「そう、ですね」

唇を引き結び苦々しくも小さく苦笑したアルベルトに、ダグラスも同じ顔を返してきた。

その時だ。

皇城護衛の近衛騎士が守る、本来ならば近衛騎士と侍従が取り次がねば開かれない執務室の扉が、軽い音を立て開き、ひょっこりとある人影が顔を出した。

「――学者？」

「グレイ……どうしました？」

さらりと流れる黒髪の下、黒曜石の瞳がじっとこちらを見つめてきた。

学者がこの国に来てから半年以上が経《た》ったが、こちらからの呼び出し以外で、我々の所に自分から顔を出した事は、一度としてなかった。

相変わらずというかなんというか、いつもと同じくシャツの前身頃は安定のボタンの掛け違いでぐしゃぐしゃだ。執務の空き時間のなさから、最近はこちらから学者を訪ねることがなかなか出来なかったこともあり、また、小綺麗とは程遠い、もっさい外見に戻ってしまっている。

本当に、もったいない。

――もったいない？　自分は今、一体何を考えているのか？

瞬間石化したアルベルトの前にすたすたと近付いてきた学者は、こちらの顔を覗《のぞ》き込《こ》んでくると、眉《まゆ》を寄せて口を開いた。濡《ぬ》れたような黒曜石の瞳に俺としたことが、瞬間囚《とら》われてしまう。

「俺ストップです。いったん休憩で、皇帝陛下は昼寝タイムです」

「「は？」」

俺ストップって、いったい何なんだ？　ドクターストップの類似品かなにかか？

「宰相閣下もです」

「グレイ。呼び方が違います」

「――ダグもです。二人ともこっち来てください」

アルベルトとダグラスはあれよあれよという間に暖炉前の暖かそうなラグのもとに引っ張って行かれて、腕を引かれ、肩を押されて、その場に膝《ひざ》を突くしかない。

何故《なぜ》だろうか？

この国の皇帝の俺と、宰相のダグラスが、敵国の戦争捕虜に――正座させられている。

あまりの寝不足に頭が回らず、どうしてこうなった……？　という思いで、目の前のダグラスに視線を向けると、向こうも同じ事を思っている顔をして、こっちを見ていた。

だよな？　なんか、おかしいよな？

そんなことまったく気にしない様子で、ばたばたと何かを持ち寄り指示をだす学者は、山盛りのクッションを俺達二人の周囲にばら撒《ま》いた。グレイの指示により護衛についていたイザックが彼に何かを手渡してきたかと思うと、グレイはすとんとその場に座り込み足を伸ばし、自分の足をぽんぽん叩いて両手を広げた。

「どんだけ寝てないんですか？　目の下の隈《くま》が酷《ひど》い。昼寝しますよ！」

で、どうしてそんなに自分の足を叩き続けてるんだお前は？

そして、どうして、両手を広げてるんだ？

「は？」

「は。じゃないデス。まあいいですから、はいどうぞ」

ぐい！　っと腕を引っ張られて、ぽすんとそのまま学者の足に倒れ込む。目の前には、学者のボタン掛け違いのシャツ前身頃があった。

「な、また、酒でも入ってるのか！　お前は危険すぎっ!?」

「なわけないでショ。こんな真昼間っから襲いませんから安心してください。はい！　目閉じる！」

「お前っ無礼にもほどが——!?」

「眠らなくてもいいので、目を閉じて。少し休まないとダメです。皇帝陛下は働きすぎです」

噴き出すかと思った。誰がどの口でそんなことを言ってくるんだ？　誰の撒《ま》いた布石のせいで、こんなに馬車馬のように働かされていると——！

アルベルトとダグラスの心の声は同じく同時に発せられた。

「「誰のおかげでこんなに働かされていると——!?」」

「誰の？　なんのことです？」

「お前なあああ!?」

「出来ないことを出来ない人に任せるなんてしませんよ。はい寝ますよ。すぐ寝ますよ。もっかい言いますよ？　目を閉じてください」

はいはい。と髪を撫《な》でられて、ふわりと掛布を全身に掛けてこられて、背を宥《なだ》めるように撫でさすられる。止《とど》めとばかりに両目に手を置かれ、瞼《まぶた》を閉じさせられたら、もう、一巻の終わりだ。

「しばしお休みください。陛下の眠りは俺が守りますから。皇帝陛下のお休み中に、ちょっとだけ、執務を代理させていただきます。こう見えても机仕事と文書処理は大得意ですからね～お任せくださいよ」

相変わらず、話し出すと止まらないグレイの静かな、それでいて、不思議と安心感を与えてくるトーンの声に、アルベルトはうっとりと眠りの淵《ふち》にいざなわれ、瞼はもう、開かない。

「――さい、じゃなかった。ダグも、ちょっと休んでください。目の下に隈を二匹も飼って、男前が台無しですよ」

「ありがたいお言葉ですが。私も貴方《あなた》の膝枕《ひざまくら》を是非お願いしたいところなので、今日のところは、執務をして、後日――お願いできると、大変嬉しいですね。膝枕券としてキープします」

「ははは。俺の膝枕大人気ですね」

意識の遠くから聞こえる、二人の声がどんどん遠くなる。

アルベルトはそのまま、日をまたぎ次の日の朝日が昇るまで、眠り続けた。

爽快《そうかい》な目覚めと共に若き皇帝が目にしたものは、ありえない程に処理がなされた山積みの完了書類と――。膝枕により足がしびれて身動きが出来ない、グレイの姿だった。

10：【記憶の中の大切なひと】

〈グレイのひとり言〉

なかなかに充実したよき時間が過ごせた。我ながらいい仕事したぜ。と思ったまではよかったが、その後は、大変にお粗末な俺でした……。

朝日の中、グレイの膝枕でお目覚めになられた皇帝陛下は、すっきりした面持ちの中に、何とも言えない微妙な表情を浮かべてゆっくりと立ち上がったが、当の枕役は、その場から立ち上がることが――出来なかった。

足が痺《しび》れて、下半身の感覚がありません――！

震える笑顔で苦笑いするグレイの足を、確実にそれを察した皇帝陛下が面白そうに見下ろしてきて、彼はその場に静かにしゃがみ込むとグレイの足を、指で突いた。

「ぐわあああああ――!?　や、やめてくださいいいい!!」

つんつんと、グレイの膝を腿《もも》を指で突つくアルベルトに呼応するように、グレイは雄叫《おたけ》びを上げて床のラグの上に転がった。

アルベルトはにやりと笑んで、呟《つぶや》いた。

「俺たちをコケにした罰だ」

「――鬼ですか!?」

そうですよね？　一晩中、小さな子供でもない成人男子に膝枕なんかしたら、こう、なりますよね……。

爽《さわ》やかな朝に皇帝陛下のおもちゃとされながら、膝枕など、もう誰にもしてやらんと、グレイは強く心に刻み込んだ。


膝枕による下半身不随によって皇帝陛下にはいいように玩具《おもちゃ》にはされたが、宰相閣下の管理――監視？　の元による皇帝陛下の執務代行処理はグレイにとって、実りが多かった。

何処《どこ》の国の宰相閣下が、敵国からの人質兼捕虜件寵姫（？）に皇帝陛下の執務代行を任せる？　って。

そうですね。自分でもそう思います。普通なら絶対にありえないとは思いますよ。

だけれども、山と積まれた書類の大部分は――ネタを振ったのが自分であることがすでに宰相閣下にはバレているので、黙々と書類が手渡されて、どんどんと執務が進んでしまいました。本当にこの国の三英傑は、肝っ玉が太いというかなんというか……。

そんなこんなで、西の国と北の国への牽制《けんせい》、赤侯爵舎弟への落とし前付き処理等、皇帝陛下と宰相閣下の政務の進め方と進捗《しんちょく》がはっきり見えた。

本当に優秀な子達だ。何の憂慮もなくこの先を任せることが出来る。

ちょっとだけ不足してそうな事項には、指示内容を記載し紛れ込ます事が出来たので、赤侯爵の後ろに居るだろう奴にも、ちょっとしたメッセージを送ることが出来た。

赤侯爵の様にハリボテの愚か者でなければ、こちらの意図は汲《く》めるだろう。

これは、警告だ。手を出すな。ここで手を引かないと、叩《たた》き潰《つぶ》す。という、ちょっとした、ね？

一晩の熟睡睡眠が利いたのか、皇帝陛下はばりばり働いていらっしゃるし、将軍閣下は今回の一斉検挙の全面指揮を取り、皇都の脱税貴族を軒並みお縄にしまくっている。

ここまでは、正直、自分で想定した進捗より少々進んでいる。見事の一言だ。

とっ捕まった脱税貴族らは、ある意味で軍部より怖いと言われる財務省税務課の地獄の取り調べに回された。過去十年を遡《さかのぼ》っての税務調査で、恐らくは、事業も屋敷も何もかもを追徴課税で持っていかれ、もう、貴族としては立ち行かないところまで落ちるのは目に見えている。

税金はキチンと払わないとね。税務課は敵に回しちゃイカンのです。ああ、怖い怖い。

先日からの一連の事象を思い出して、やれやれと息をついて図書館の自分の巣からごそごそと這《は》い出し、読みかけの本の続きを取りに行こうとしたグレイの目の前に、見た事のあるピカピカの革靴。

うん。これ……前にも同じことが……。

ゆっくりと、上げたくはないのだが顔を上げると、相変わらず見目麗しいが、まだ目の下の隈が取れていない宰相閣下が静かにグレイを見下ろしていた。

「――ダグ？」

どうしましたか？　と尋ねるグレイにダグラスはすんなり愛称を呼ばれたのが嬉《うれ》しいのかキレイに笑って、またも、グレイの両脇に手を差し入れたかと思うと、ひょいと体を持ち上げ、今回はすとんと立たせてくれた。

「デートのお誘いに来ました。膝枕券はまだ有効ですよね？」

おっと忘れてた。とは言えず苦笑いを浮かべるしかない。

いやあ。膝枕はもう懲り懲りで――。なんて言える雰囲気ではない。

ゴクリと息を飲みこんで、「ん？」と、グレイは首を傾《かし》げた。

「デート……。です、か？」

その、今まで聞いたことない「デート」というワードは、一体何の意図がございますのでしょうか？

グレイの尋ねに、ダグラスがふわりと笑んだ。

「はい。私は今日は久しぶりのオフなので。是非」

そんな優しい笑顔でそんなこと言われたら「否」なんて言えるわけがないでしょう。

予《あらかじ》め設定されていたかのように、頷《うなず》いてしまったグレイを見て、ダグラスは更に蕩《とろ》けるように嬉《うれ》しげに笑った。わあ～。眩《まぶ》しくて倒れそうです。

「皇城の敷地外へは出られませんが、外郭寄りに小さな森があるんです」

まるでエスコートするみたいに手を差し出され、拒否するなどの選択肢は何故か浮かばず、魔法を掛けられたかの様に、グレイはダグラスのその手に右手を置いた。


図書館から連れ出され初めて歩く外周路を通り、北の騎士塔近くの厩《うまや》に連れて行かれたグレイは青毛の馬と目が合った。何だろうか？　どこかで見たことがある黒馬だなあ。なかなかに懐っこい馬で、すぐに鼻ずらを擂《す》り寄せてくる。

「随分なつっこいなあ、お前」

「おや、珍しいですね。気難しい馬でアルにしか従わないのですが」

「お互い真っ黒だから、仲間かなんかと勘違いしてるのでしょうかね？」

青毛の馬が擦り寄るがままに目を閉じていたから、グレイは、ダグラスが眩しいものでも見るように少々目を細めていることに、気付くことが出来なかった。

「歩くと少々遠いので、乗っていきましょう。グレイは〝シュワーツ〟に、その貴方に懐きまくっている青毛の馬へどうぞ」

うん。乗れること前提なんですね。馬に乗れなければ戦場を駆けられないので、乗馬は得意ですので問題はないですが。なんだろうか。宰相閣下が自分を誘い出す、意図が読めない。

デート。と言っても、馬。デート。と言っても、目的地は、森。

まあ、いいか。青毛の「シュワーツ」に騎乗して初冬の空気の中を駆ると、気分が晴れた。自分も意外と単純である。インドアに籠《こも》り、本を読みまくるのが自分の本懐とは言え、昔から、乗馬は好きなのだ。とても自由を感じる。

「楽しそうですね？」

栗毛の馬を駆って先導をしてくれる宰相閣下が、振り返りながら尋ねてきた。

「はい。乗馬は久しぶりなんですが――こんなに、楽しかったんですね」

よく考えたら、「外」の空気を吸うのも、久しぶりだ。冬は寒くて苦手なのに、今日はお日様があったかくて、小春日和《びより》である。ひとまず、宰相閣下の意図は横に置いておいて、久しぶりの「外」と「乗馬」を楽しもう。グレイはそう決めて、声を上げた。

「駈歩《かけあし》していいですか――!?」

宰相閣下の頷きを合図に、グレイは体を起こし内方姿勢をとると、シュワーツの首元を撫でて「ヨロシク」と駈歩の合図を送った。

ぐん！　っと一歩のストライドが広がり、加速が始まる。

周囲の風景の流れが速まり、風がごうごうと耳を打つ。気持ちがいい！

「お前、頭がいいのかただ単によい子なのか？　こっちの気持ちをよくわかってくれるなあ」

あんまりにも楽しくて嬉しくて、青毛《シュワーツ》の首元をぽんぽんと撫でてやると、シュワーツも嬉しそうに嘶《いなな》いた。

「お前も楽しいか？　俺も楽しぃー！」

初めて乗る馬なのにそんな感じがしない。本当にいい子だなあ。なんて考えているグレイの後方で、ダグラスは別の感想を呟いていた。

「――馬まで誑《たぶら》かすとは恐るべし。ですね」

その言葉は、グレイの耳には届かなかったが、グレイを乗せたシュワーツは何が楽しいのか、ぐんぐん駈歩の速度を上げていく。馬も乗り手との相性がいいとこんな時がある。いい意味では人馬一体。悪い意味では、手が付けられない……。

「って、すでに駈歩超えて、襲歩でしょう！　その速度!!　追いつけませんよ～っ!!」

シュワーツは軍馬であり、その襲歩速度は国一番である。どんどん開いていく馬身の差に、ダグラスはついに出した事もない程の大声で、グレイのその名を呼んだ。

「グレイ!!　置いていかないで!!　速度を落としてください!!」

〈宰相閣下の大切なひと〉

やれやれと息を吐きながら、ダグラスは口を開いた。

「人馬一体とは言いますが、貴方《あなた》は本当に乗馬がお得意のようですね」

「この子が俺に合わせてくれてるんですよ」

速度を落としてもらいやっとの思いで早駆けで並びながら、なんとも自由そうに笑んでいるグレイの横顔を、ダグラスは見つめていた。今日のこのひと時だけでも、少しでもグレイの気休めになればいい。ただ、そんなことを考えている。

自分達の執務量や体調、寝不足状態まで、それとは気付かれない様に、やんわりと心を砕いてくれて、手を差し伸べてくれる貴方こそ、自分がかなり無理をしていると気付いているのか？

此度《こたび》の一件。

脱税貴族の一斉検挙とその他の諸々《もろもろ》について、確かに我々は寝る暇がない程に執務に追われている。

だが、だからこそわかるのだ。

グレイはそれらに布石を敷いただけでなく、皇宮官吏にその意図を知られぬまま気付かせぬままにアルベルトに敵対する悪い膿《うみ》を暴き追い込む作業を遂行させ、更にはその動き全てを掌握している。

全ては彼の頭の中に描いた盤上の棋譜のまま、すべてを正しく整える方向に……。

グレイは、アルベルトの治世を守ろうとしてくれている。

その意図が彼の言う「世界平和」の為なのかどうかは、今はまだわからない。

だが、彼が、アルベルトをヒューバートを、そして自分を、まるで守るように優しい眼差《まなざ》しで見てくれている事だけは、わかる。

図書館にいれれば幸せ。なんて、いつも言ってはいるけれども、考えてみればこの半年と少し、グレイが「外」に出たことがないことに、ダグラスは気付いてしまった。「捕虜で人質」と考えれば当たり前のことかもしれない。

常に自分達の居室と皇宮図書館のみで過ごし、行き来もそれのみ。

そんな行動制限の中、東の大国バルナバーシュの全域に意識を飛ばし、世界に目を向ける。自分であればきっと、精神が保たないだろう。そんな思いにかられ、グレイを見た時にダグラスは気付いた。

グレイが、痩《や》せていた。

もともと線が細い印象があったので、そうと気付くのが遅れた。

アルベルトと初めて謁見したあの時から、強靭《きょうじん》な精神力を持つ恐れ知らずの人間、と考えていたことを今となっては改めたい。これはダグラスの本音である。

「外の空気も、いいものでしょう?」

少しだけでも気晴らしになっただろうか。そんな思いをそれとは気付かれぬよう細心の注意を払いながら告げたのに、一瞬目を見開いた後、グレイは全てを理解したように微笑《ほほえ》んだ。

「――ありがとうございます」

礼は一言だったが、その言葉の含みがダグラスには瞬時に理解できた。

――自分は、大丈夫。心配いらない。

ああ。どうして……。そんなところまで、あの人に似ているのか？

その優しい眼差しを直視出来ずに視線を泳がせ、ダグラスは数度口を開き、グレイからの礼に対しての無難な返答を言葉に乗せた。

「これからも、たまにこのような時間を持ちましょう」

「それは、嬉しいですね。で、どこまで駆けてよいのですか？」

「あそこ、です。あの森で、念願の膝枕《ひざまくら》をお願いいたします」

間もなく見えてきた針葉樹の森を指差すと、「膝枕」に反応したらしいグレイが微《かす》かに渋い顔をした。アルベルトへの膝枕で痛い目に遭った記憶が、まだ抜けていないのが丸わかりである。

本当に可愛いひとだ。

あれから、一週間。大分、痺《しび》れてましたものね？

もう二度と御免。っていう文字が、貴方にしては珍しくはっきりと見て取れます。ですが、私は、グレイの足のコンディションが戻るのを待っていたので、その顔は、見なかったことにしますね。

困ったように、それでいてこちらにそれを気取られない様に、優しく笑う、綺麗《きれい》なひと。

ダグラスは、グレイと面影が重なる、ただ一人の人のことを思い出していた。

思えば、グレイの背の傷を目にする前から、それが重なり、この人に惹《ひ》かれていたのかもしれない。

だが、最初に惹かれた理由がそれでも、今は違うと断言できる。似ているから、今の気持ちを持ったわけではないのだと。

もう二十年も昔のことになる。

アルベルトが三歳。ヒューバートが六歳だったから、私は五歳の初秋だったと記憶している。

いつもより強硬な誘拐部隊に、アルベルトが捕まった。

側近候補の守役として常に帯同していた私とヒューバートは、アルベルトの事を弟の様に可愛がっていて、大人に助けを求め大声を出しながら、なんとかアルベルトを助けようと誘拐犯たちの足に噛《かじ》り付いたのだが、反撃するのはそれだけで限界だった。

——そうして気付けば一緒に誘拐されていた。

目が覚めたのは、見たこともない深い森。『放っておけば、魔獣か獣に喰《く》われて死ぬだろう』そんな一言と共に、消えてしまった誘拐犯達。残された私とヒューバートは、寒さと恐怖に震えるアルベルトを抱き締めることしか、出来なかった。

着の身着のままで攫《さら》われ、手元には何の防衛手段もなく、食べ物も水すらない。目が覚めた時はもう夕闇の頃で、どうしていいかわからず大きな木の根元で互いを抱き締め合い震えることしか出来ない自分達の前で、世界は真っ暗な闇の世界に変貌《へんぼう》していった。獣の遠吠《とおぼ》え、肌を刺すような冷たい夜露と空気に、息をするのさえ辛《つら》くなったその時に、がさりと音を立て、一人の人影が私たちの目の前に現れた。

「あれ？　随分と可愛いのが団子になってるな——」

闇は深くて、森の木々から薄く差してくる月明かりの中では、現れたのが人間であるとしか認識できなくて、姿なんて全く分からなかった。あまりの恐怖からその人影から目は離せないものの、恐ろしくて、どうしてよいかわからなくて、三人でぎゅうっと身を縮めた。

声すら出せずにがたがた震える自分達の様子に気付いたのか、その人は私達を驚かせないように膝《ひざ》を突いてじりじりと静かにゆっくりと距離を詰めてくると、すぐ側《そば》で両手を広げて何も持っていない事を証明してから皮手袋を取り、そうっと手を伸ばしてきた。

温かな手が、頭を撫《な》でて、頬を包んできた。

たったそれだけの事で、今まで死にそうなくらいに緊張していた体のこわばりが解けた。

「こんなに冷え切って、可哀そうに。一体全体どうして、こんな危ない場所に君達みたいな——ああ。そういうことかあ」

うんうんと小さく頷いて、相手はごそごそと何かを取り出すとそれに明かりをつけた。魔道具だ。薄い緑の明かりがぼんやりと闇に浮かび上がり、その薄明かり一つだけで何か救われた気がした。

「やっぱりかあ。これは困った」

相手は目元まで隠れるフードを頭から被《かぶ》っていて、顔も表情も全く分からない。

魔道具の緑色の薄い明かりの中で、優し気な口元だけが見えたが、「困った」という言葉通りに口がへの字に曲がっていた。

「髪も目も茶色と鳶色《とびいろ》のお子様ときたら、君達、東の国の子だね？」

その言葉に反応したのは私だけだ。

大人が現れたことで少々安心したのか涙が引っ込んだアルベルトと、言葉の意図がわからずにぽかんと口を開く不勉強なヒューバートは気付かない。

自分達の生まれた東の国は、他の国の人間にはない東の国のみの特性がある。

十歳くらいまでは外見の特徴が未分化で、性差もあまりはっきりせず髪も瞳《ひとみ》の色も茶色と鳶色。それは、古くからの血を繋《つな》げる魔力持ちを他国から狩られた歴史を持つこの国の種族が、自分達を守るために進化した為とも言われているが、真実は誰にも分らない。

バルナバーシュの魔力持ちは、十歳を越える頃に髪色と瞳の色が変化し、それと同時に生まれ持ったもともとの性別もはっきりと表れる。

それは、バルナバーシュ人にとって秘匿事項で、他国の人間がそれを知ることは、ない。

何故《なぜ》なら、髪色と瞳の色が変化するのは、魔力を保持する遺伝を持つ者だけで、それが表に現れるのは種族の保全に注視する貴族階級がほとんどだ。

一般的には、バルナバーシュ人は茶色と鳶色の外見特徴種族と他国には認識させている。

それはひとえに、魔力持ちの貴族階級が他国にそれを秘匿するために、色変わりするまで、未分化の子供は「外」には決して出さないという掟《おきて》を守り抜いた、涙ぐましい努力の賜物《たまもの》と言える。

自分達は東の国の一般人、で通さなければ危険だ。

なんとかその方向にもっていきひとまずの保護を願おうとしたダグラスに、相手が「まいったなあ」と言葉を溢《こぼ》して本当に参った、と続けて言った。

「その着衣から見ると、結構な貴族の子達だね……。西の砦《とりで》に連れてくと大事になりそうだし、君らの身なりと毛並みから予想すると、いろんなお迎えが来そうだしなあ。どうしたもんか」

全部知られてる。

ダグラスの全身から血の気が引いた。

アルベルトとヒューバートを抱き締める腕に力を込めたダグラスに、相手は小首を傾《かし》げて、こちらを安心させるように、微笑んでくれた……気配がする？

鼻までフードに隠されて、更にはこの暗闇に小さな薄明かりのみである。

見えるはずのない微笑が、どうして気配でわかるのか？　ダグラスはそれが不思議でならなかった。


〈将軍閣下の大切なひと〉


珍獣にくっついていると、どうしても思い出す。

遠い昔の記憶の中にいるあの人の事を、自分は、忘れたことはない。

アルベルトも、ダグラスも、きっと、一緒だと思う。

皇宮図書館に向かう通いなれた外周路を歩きながら、ヒューバートは何とはなしに、二十年前の誘拐事件の事を思い出していた。

薄い緑色の魔道具の明かりに照らされるその人が、優しい声で話しかけてきた。

「俺は——この森にある西の砦の守護をしている、西の国の人間だ。この森は、東と西と、北までくっついていて、いつ争いが起こるかわからない国境地帯なんだ」

誘拐された深い森の闇の中、しゃがみこみ膝を突いて、自分達の頭を「いい子いい子」と撫でてくる男の手を払い、ヒューバートは、護身用に持っていた小さな剣を胸元に構えた。

「こいつらは、俺が守るんだ！　触るな!!」

そう虚勢を張るのだけで精いっぱいだった。

そもそも護身用の剣を持っていたのを思い出したのも、今だ。声は震えて、小さな剣を持つ両手も震えている。自分は、将軍職にある父上と、アルベルトとダグラスの二人のことは年長であるお前が守るんだよ、と男の約束を交わしている。それにそれだけではなく、自分はこの二人の兄貴分である。守らねばならぬ、だって俺は長兄なのだから！

ガタガタ震える両手を、ふわりと大きなあったかい手が包み込んできた。

「格好いいなお兄ちゃん！　お兄ちゃんはやっぱり強くて格好よくなくちゃな。弟君達もいいお兄ちゃんがいて幸せだなあ」

顔はフードに隠れてよく見えないけれども、優しく笑ってくれているのだけは、何故だかわかった。

小さいとはいえ護身の剣を自分に向けられているというのに、全くと言っていい程気にもせず、こちらの頭を撫でて、ぎゅうっと抱きしめて背中を宥《なだ》めてくれる。その手は物心つく前に亡くなった、記憶にないはずの「かあさん」の手を感じさせてくれる。

「ここは、夜を明かすには君達には危険すぎる。西の砦には連れて行かない方が無難そうだし……。う〜〜〜ん。うん！　もう少し歩いたところに、俺が野営用にしている洞穴があるから、そこに移動しよう。歩けるかい？」

寒さと恐怖とこのままついて行っていいのかわからない危険性と恐怖心から、腰が抜けたみたいに三人とも立ち上がることが出来ない。

はくはくと言葉に出来ない何かを吐き出すヒューバートを、相手はにっこり笑って、背に担ぎ上げた。急に担がれたその背中は、決して父上ほどに広いとは言えなかったが、不思議な安心感があった。

「えっ――あ、ええ!?」

「おんぶ紐《ひも》ないから、しがみ付いてくれる？　ああ、これでいいか」

そう言うなり剣帯を解き、それを背に担いだヒューバートの尻《しり》辺りから自分の腰辺りに巻き付けると、左腕にアルベルトを、右腕にダグラスを抱き上げ、「彼」は立ち上がった。

「「ええ!?」」

「こう見えて結構力持ちだから大丈夫。ただ、暴れられると落としかねないから、三人ともしっかりしがみ付いててくれる？」

針葉樹が夜空を覆う暗い森の闇の中、天に伸びる枝と葉の隙間から差し込む薄い月明かりに照らされたその人の笑顔は、口元しか見えないというのに、お日様みたいに優しく温かかった。

さっきまでの自分の虚勢が、すっかり消えている。鼻の奥がツンとして、目がウルウルしてきたのを隠す為に、「落ちそう」と呟《つぶや》いて、ぎゅっとその背中にしがみ付いた。物凄《ものすご》く、温かかった。肩口から見えたアルベルトとダグラスも、同じく、首元にしがみ付いて顔を伏せている。

もう、大丈夫なんだ。と、不思議なくらいの安心感が三人を包み込んでいた。

山道を数分歩き到着した洞穴は、彼の言う通り野営用の箱が数個あり、その中には、保存のきく干し肉や木の実、薪《まき》や暖を取る為の毛布などが備蓄されていた。

彼は手際よく焚火《たきび》を熾《おこ》し、自分達三人を胡坐《あぐら》の上にぎゅうぎゅうに上手い事乗せると、毛布に包み込んで両手を広げてぎゅうっと抱き締めてきた。

「まず、あったまって。寒いと嫌な事を考え出しちゃうからね、ああ、お腹《なか》は空《す》いてないかい？」

三人の腹の虫がぐ～！　っと揃《そろ》いの音を立てた。人間というのは正直な生き物だ。安心すると途端にお腹が空いてくる。

「ははは。じゃあご飯の用意をするか。水──は、ないから汲《く》んでくるか。ちょっとごめんね」

三人を膝から降ろそうとする彼に、三人して同時にしがみ付き、遂にヒューバートはそれを口に出してしまった。

「かあさん！　いっちゃやだ!!」

「────はい？」

「……助けてもらったのにすみません。この兄、ちょっとばかでして」

一緒にしがみ付いておいて、それはないだろうダグラス……。

「うるさい!!　ぎゅうってしてくれてあったかくて背中なでてくれて膝に抱いてくれてご飯くれる人が『かあさん』だって、アンナが言ってたぞ!!」

アンナとは隣の貴族家の二歳下の女の子である。

我ながら物凄い勘違いもいいところだが、あの時は本当にそう思ったのだ……。

「かあさん……。今まで生きてきた中で初めてそう呼ばれたけど、インパクトが凄《すご》いね……。う～んと、ま、いいや。俺も君達も本当の名前を名乗らない方が、後々よさそうだから、俺の事は、そうだな。〝カー〟さん。ということにしよう」

「「〝カー〟さん？」」

「うん。君たちの事は、なんて呼んだらいい？　三匹の子豚みたいに、〝ぶー〟、〝ふー〟、〝うー〟、とかにする？」

「「さんびきのこぶた。ってなに？」」

「あ、こっちにはなかったか——」

こっちにはない、って何の事だろう？　足にしがみ付いて見上げていたら、彼はあらぬ方に視線を飛ばして頭を掻《か》いていた。

呼び名か。

〝ぶー〟、〝ふー〟、〝うー〟、はないだろうが、本名を言うわけにはいかず、どうしたものかとダグラスと顔を見合わせていたら、ここまで全く口を開かなかったアルベルトが、呟いた。

「……ミリ」

それはアルベルトのセカンドネーム〝ミリアン〟から、俺達三人だけが使っている幼名だった。

そうだな、それならばきっと問題はない。ダグラスを見ると目だけで頷《うなず》いてきた。相変わらず器用な奴だ。

「僕は——アリーで」

ダグラスがセカンドネームの〝アトリー〟からの幼名を伝える。

「〝ミリ〟と、〝アリー〟だね。よろしく。さて、お兄ちゃんは？」

子供を相手にしているというのに、子ども扱いしないで、順に二人と握手を交わす〝カーさん〟が、こちらに顔を向けてきた。

相変わらずその顔は全く見えないが、この人は大丈夫。と自分の心が太鼓判を押してくる。

「ビー」

セカンドネームの〝ビル〟からの幼名を伝えると、カーさんはにっこりと笑ってくれた。

「よろしくね。〝ビー〟」

それから二晩、俺達は〝カーさん〟と洞穴で過ごした。

カーさんは何でも出来て、ご飯を作ってくれて、寝床を準備してくれて、一緒に寝てくれて――。

でも、出来る事は自分でするんだよ、と優しさの中に厳しさも持つ穏やかな人だった。

水汲みだけは、「外」に出ないといけないからと、絶対に連れて行っては貰《もら》えなかったが、ご飯作りや寝床の準備、焚火の熾し方迄《まで》、自分達の今までの世話役達が全く教えてくれなかった、生きて行く為の重要なことを、年齢に見合ったやり方でゆっくりと教えてくれた。

夜は団子になってくっつくとあったかいから！　といって、俺達三人を全員腕の中に抱き込んでひっつき合って眠った。単独でしか寝たことはなく、大人と一緒にくっついて眠ったことのない俺達にとってはカルチャーショックもいいところの体験ではあったが、それは、あまりにもあったかくて、安心できて、安らかな眠りの世界だった。

カーさんは俺達が眠りにつくまで、聞いたことのない穏やかなメロディーの歌を口ずさみ、背中を撫でて、髪を撫でてくれた。

この人と居れば、怖いことはない。

その信頼は、たった二晩しか一緒にいなかったとしても、俺達にとって揺るぎにない強い記憶となり今もなお、頭の中に刻み込まれている。

一番最初の「かあさん！　いっちゃやだ!!」発言騒ぎの後、カーさんは俺達にこの洞穴の秘密を教えてくれた。

実はこの洞穴には結界が張ってあって、更に目くらましを掛けているから、外からは人にも魔獣にも獣にも見えなくて、安全なのだそうだ。

「ここから出ない限り安全だから、俺が水汲みに出てる間は、絶対にここから出てはいけないよ」

教師の様に指を立てて諭してくるカーさんに、俺とダグラスは手を上げた。

「結界と目くらまし、どっちもできるの？」

「うん。どっちも出来るよ」

「凄い!!」

「凄くないよ。努力して身に着けたモノではないしね……。オマケみたいなものだよ」

何の話か意味がわからなくてきょとんと首を傾げる俺達三人に、

「――君らは可愛すぎ」

といって、ぎゅうっと抱きしめてくれる。

事あるごとにぎゅうぎゅう抱き締めてくれるカーさんの事を、俺達は気付けば大好きになっていた。

でも、顔は相変わらず見えない。というか、わからない……。

フードのせいもあるけれど、今の話でちょっとだけ理解した。カーさんはきっと、自分の姿にも「目くらまし」をかけている。でも、そんなことはどうでもよかった。カーさんはカーさんで、俺達がカーさんを大好きなことに変わりはないから。

そうして、三日目の夕刻。

森に夜の帳《とばり》が降りだしたその時、いつもは朗らかなカーさんの口元が、ギリっとへの字に曲がった。

「――――来たか」

すいっと灰色の大きな獣が、洞穴に入り込んできた。

結界と目くらましで入ってこられないはずなのに？

ダグラスと二人でアルベルトを庇《かば》うように背中に隠すとカーさんが「大丈夫」と声を掛けてくれた。

「俺の――友達、だから心配いらない。……どうだった？」

灰色の獣は左目の上から鼻を通って口元まで、斜めに傷跡があった。

その傷をじっとみている自分達の前で、その獣はカーさんの耳元にすり寄り、何かを伝えているようなそぶりを見せる。

「ああ、よかった。君らを守る人達が迎えに来たようだよ」

おいで、と外に向かい手招きするカーさんに、俺はなんだか泣きそうになった。自分達の味方が迎えに来てくれたのならば、嬉《うれ》しいことだ。だけれども、悲しくて、寂しくて、胸がキリキリと痛む。

三人とも、口には出さないが、同じ気持ちだったと思う。

何故《なぜ》なら三人とも、口をへの字にして、涙を堪《こら》えているのがわかるから……。

ついに、アルベルトの目からぽろりと、涙が一粒落ちた。

「……カーさん」

「おいで、ちびっ子」

両手を広げてくれたカーさんにアルベルトが飛び込んだ。

次は、ダグラスが、そうして、俺も……。

「君らは強い子だ。そしてとても優しい子だ。君らが大人になる頃には、東の国と西の国も、今みたいに喧嘩《けんか》ばかりじゃなくて、仲良く、行き来できる時代になるかもしれない。そんな、世界にしてくれたら、嬉しいな。そうなったらきっと、また会えるよ」

「「「カーさん――‼」」」

涙がほろほろと零《こぼ》れてきた。

わんわん泣いた。

涙がこんなに出るものだなんて、ヒューバートは六歳にして、初めてそれを知った。

「困ったことがあったら、俺を呼んで？　忘れないで。必ず、助けるからね。指切りげんまんだ」

強く抱きしめられた耳元に、カーさんの歌う聞いたことのない歌が聞こえてきた。

共に過ごしたのは、別れの日を入れてもたったの三日。

けれども、今思い起こしても、あんなに幸せな日々は、なかった。

カーさんに抱き締められて感じたあの温《ぬく》もりは今も体に刻み込まれていて、それが、どうしてだか、あの珍獣を抱き締めて眠る時の温もりに、ひどく似ている。

それに気付いたのは、騎士塔の居室で兵法書全集を図書館に届けさせると告げたあの時。珍獣が喜びまくり、俺に抱き着いてきて、頭を撫《な》でてきた、あの時だ。


「お疲れ様です。将軍閣下。せっかくお越しいただきましたが、グレイさんはいまこちらには居ませんよ……？」

皇宮図書館の扉を潜るなりのキースの言葉に、将軍閣下は瞬時にその男前の顔を面白くなさそうに顰《しか》めた。眉間《みけん》に皺《しわ》が刻み込まれているのが、自分自身よくわかる。

「どこ行ったんだ、あの珍獣は？　ダグは今日は強硬に休みにしたし、陛下が呼び出したのか？」

「いえ——その、宰相閣下が〝デート〟のお誘いにいらっしゃって……」

——なんだと？

今、物凄く聞きたくない、聞きなれない単語を聞いた気がするのは、気のせいではないのだろうか。

「デートのお誘いって——〝誰が〟、〝誰を〟？」

我ながら、空気が冷たくなっていくのが、よくわかる。

分かっているとも。ここでキースに当たったところで、事態が変わるわけでもなく、トンビに油揚げを持って行かれた事態が消えるわけでもない。

「えええええっと。……宰相閣下が……グレイ…さん……を」

どんどん声が小さくなっていくキースに背を向け、もう一回振り向いて、ヒューバートは鬼の形相でもう一つ質問した。

「どっち行った!?」

「ううう、厩《うまや》です!! 騎士塔の厩に向かってました!!」

それだけ聞けば上等だ!

ヒューバート恐らく今までの人生の中で一番の速さで、騎士塔の厩に向かった。

脱兎《だっと》の速度で消えた将軍閣下を見送ったキースは、将軍閣下の本気の殺意を浴びて腰を抜かし、ずるりと、床に崩れ落ちるしかなかった。南無。


〈皇帝陛下の大切なひと〉


「困ったことがあったら、俺を呼んで? 忘れないで。必ず、助けるからね。指切りげんまんだ」

カーさんは、ヒューバートの小指を自分の左小指に引っかけて、ダグラスの小指を右小指に引っかけて、俺には、小指が足りないから左手の親指を握って。と言ってきた。

「ミリも摑《つか》んだな? よし。——はいっ! 指っ切りげんまん〜うーそついたら針千本っ飲〜ますっ! 指切った!!」

聞いたこともない、意味も何もわからない、テンポのよい朗らかな歌を優しい声で歌いながら、カーさんは絡めた指が離れそうな勢いで、ぶんぶんと腕を振る。

「約束だ。また、会おうな。ミリ、アリー、ビー」

優しく笑ってくれているだろう、カーさんの顔は、よく見えない。

見たいと思うのに、覚えておきたいのに、フードを深く被《かぶ》ったカーさんの顔が、どうしても目に入ってこない。

神様。お願いだから――一回だけでいいから、カーさんの顔を見せて欲しい。

アルベルトの切なる願いは、叶《かな》わない。

カーさんの足にしがみ付きながら、恐る恐る洞穴から歩み出た三人に、皇宮近衛の一個小隊が一斉に振り返り、声を上げ、走り寄ってきた。

「ミリアン様!!」

「「公子様!!」」

わっ！　っと走り寄る近衛騎士たちの中には、守役や護衛任にあった見知った騎士達も多い。

殿下呼びやファーストネームの〝アルベルト〟呼びは、自分の身分を外に知らせてしまう為、敢《あ》えてセカンドネームで呼び掛けてくる。さすがは教育の行き届いた、皇室を守るべき者達だ。

アルベルトに、一気に今までの日常が戻ってくる。

そうだ。カーさんと過ごしたこの三日が、日常ではなかった。でも、アルベルトにとりこの三日間は、本当に大切な宝物みたいな時間だったのだ。

「ミリアン様――！　ご無事で、本当に、よく……ご無事で……」

「ミリアン様！　お守り出来ず、本当に、申し訳ありませんでした……」

膝《ひざ》を突き、地面に頭が付きそうなくらいに礼を執る騎士達に囲まれながら、アルベルトはカーさんと別れることが悲しくて悲しくて、また、涙が零れそうになっていた。

「ミリアン様……もう大丈夫です。ご心配は無用です。我々がおります！」

アルベルトは不安でこんなにも悲しい顔をしているわけではない。

「ミリアン様ご安心を。狼藉《ろうぜき》を働いたものは、この場にて斬り捨てます」

騎士達の顔が、一斉にカーさんに向く。

スラリと剣を抜く騎士達の向かう先で、カーさんは苦笑を溢《こぼ》しながら両手を胸辺りに上げた。洞穴に現れた灰色の獣が瞬時にカーさんの前に飛び出てきて、牙《きば》を見せて威嚇《いかく》の唸《うな》り声《ごえ》を上げる。

カーさんは自分達を守ってくれた人だ！

そう声を上げたいのに、アルベルトの口からは言葉が出てこなかった。カーさんとの別れが悲し過ぎて、声が出ないのだ。それくらいに自分はまだ幼かったのだ。

「愚か者!!　剣を引け!!」

「恩人に剣を向けるな!!　馬鹿者が!!」

ダグラスとヒューバートが声を上げてカーさんと騎士達の間に立った。流石《さすが》の長男と次男の姿に、俺も！　と、一歩走り出そうとしたその瞬間だった。

「――――ミリっ!!」

カーさんが俺を呼んだ。

気付いたときには、俺は、カーさんの胸の中にいた。

強い力で抱き込まれてあまりの痛さに顔を上げたその瞬間——神様が、俺の願いを聞き届けてくれた。

カーさんの顔が、見えた。

綺麗《きれい》な、人だった。

髪は夜闇の様に真っ黒で、瞳《ひとみ》も同じく黒曜石みたいに真っ黒で——。

「——グ！」

カーさんの口から、声にならない何かが聞こえて、次の瞬間、俺をその腕に抱いたまま、腰に帯びた剣をまるで踊るように抜き去ると、流れ落ちる水流の様に頭上から振り下ろし、カーさんは、目の前の人間だった者を、一刀両断した。剣の刃は闇の様に黒く鈍く光り、たったいま斬った人間だったものの血を滴《したた》らせていた。

「……しくったな……琥珀《こはく》……やっぱ、混ざってたじゃないか、……刺客」

アルベルトを右手に抱いたまま、左手に握った黒い剣を地面に突き立て、カーさんが膝を突いた。

「……カーさん？」

「……ミリ……大丈夫だな？　——よかった……」

フードの下の顔はもう見えない。

ぐらりっと、上体が崩れるカーさんをどこから現れたのか灰色の髪をした、灰色の獣と同じく左目

の上から鼻を通って口元まで斜めに傷跡がある屈強な男が受け止めた。その双眸《そうぼう》は金色だ。

「主様《あるじ》――!?」

カーさんの背中を支える男の腕は、血塗《ちまみ》れだった。

カーさんは左肩口から左脇腹近くまでの深い刀傷を負っていて、とめどなく流れる血が男の腕を伝い落ち、地面を赤く染めていく。

「「カーさん!!」」

カーさんに縋《すが》り付こうとする俺達を、灰色の男は鋭い金色の目で威嚇してきて、近寄る事すら出来ない。

騎士達の状況把握は早かった。瞬時に少しでも挙動不審の騎士達を押さえつけ、反抗する者は弁明も許さず、一気に斬り捨てた。

俺の迎えの捜索小隊の中には、今回の誘拐部隊に属する者が間者として入り込んでおり、捜索により俺が死んでいればよし。死んでいない場合は、保護に乗じて殺傷する手筈《てはず》になっていたらしいと、後から聞いた。

カーさんを主犯に仕立てる為、最初に剣を抜いた騎士も間者だった。

俺が護衛騎士から一歩離れた瞬間にその剣を振りかぶり、俺を一刀のもとに消し去ろうとしたのだ。

カーさんは、俺を守って、斬られた。そして、俺を守るために、剣を抜いた。

灰色の男が、カーさんが受けた背中の刀傷の血止めを始めているが、流れる血は止まる様子すらない。見えない顔から血の気が失せていくことだけが、わかる。

「「カーさんを助けて!!　俺達を、助けて守ってくれた人だ!!」」

声の限りで叫ぶ俺達に、捜索隊の隊長が衛生兵を呼びつけカーさんに近付くが、灰色の男の威嚇は収まらない。「触れるな!!」と咆哮《ほうこう》を上げて、カーさんには一歩も近寄ることが出来ない。

「貴様らのせいでっ――！　我が主様が――!!　これ以上、主様に触れでもしたら、主様に、もしもの事があったら――この場より生きて帰れるとは思うな!!」

「……っ、子供にまで、威嚇するな。お前の息子と、同じ年――頃の、子たち、だろ？」

「うちの愚息より、主様の方が大切です……」

「っく、わら、わせるな――いて……」

「「――カーさん!?」」

ちょいちょいっと指で「おいで」と言ってくれるカーさんに、灰色の男がしぶしぶだが近付くことを許してくれた。

「「カーさん……」」

「ミリも、アリー、ビーも無事だな……。お迎え、来てよかった、な」

静かに手を伸ばして、順々に頭を撫でてくれるカーさんに、隊長が膝を突いて礼を執った。

「――詫《わ》びて済むものではないが、我が主君の恩人に剣を向け、傷を負わせるなど、我が名に懸けて」

「……名乗らないで、ください」

名乗れば縁が出来る。大人たちは、互いを敵国の人間と認識していた。

ここは、東と西と北の国が隣接する国境地帯であり、東の国バルナバーシュにとり最大の緊張地帯

である。二国の人間がこうして対することは小さな火種を生み、大きな火種ともなりかねないことを、
カーさんと隊長は視線の会話で頷《うなず》き合った。

「せめて手当だけでも――」

「――彼が、いるので……大丈夫、デス。あなた方は、子供達を連れて……即時、撤収を」

「しかし、その深手は命に――」

「これ、が……西に伝われば――東西の戦争への、よい大義名分が、出来てしまう。俺は、砦《とりで》から哨《しょう》戒《かい》で、森に入ったところを、迷い込んだ東の兵に出合い頭に……斬り付けられて、防衛の為、あれを
斬り捨てた」

カーさんが震える指で、先程斬り捨てた人間だった者を指差した。

「わかった、な――琥珀……？」

「――承服しかねますが、主様に、従います」

「――かたじけない」

隊長がカーさんに深く頭を下げると、瞬時に立ち上がり、カーさんが斬り捨てた人間だった者を放
置して、小隊に撤収命令を下した。

騎士達が撤収準備に入る中、俺達は立ち上がることも出来ずに、カーさんに縋り付いた。

「――行きなさい」

「一緒には、いけないの？」

無理を承知で尋ねたアルベルトに、カーさんが笑った。顔は見えないけれども、それだけはわかる。

そろそろ限界。と、睨《にら》みを利かせ威圧してくる灰色の男に身体を支えてもらいながら、カーさんがゆっくり手を上げて、小指を一本立ててきた。

指切りげんまんの約束。困ったことがあったら、俺を呼んで？　忘れないで。必ず、助けるからね。


戦場で対峙《たいじ》した西の国の女将軍を初めて見た時の衝撃は、今も忘れない。

銀の甲冑《かっちゅう》に身を包み、馬上で高く剣を構えた彼女が、味方の鼓舞の為に兜《かぶと》を脱いで投げ捨てた。


現れたのは腰まで届く長い黒髪。

黒髪を持つ者は世界でも極少数で、西の国には黒髪を持つ一族が少数とはいえ存在することは聞き及んではいたが、直接目にした衝撃は、アルベルトの心を焼いた。

遠目にもわかる黒髪とは違い、瞳の色を確かめる術《すべ》はない。

アルベルトは考えるよりも早く、馬首を彼女に向け、愛馬シュワーツの腹を蹴《け》った。自分を止める声など聞こえない。聞く気もない。剣を抜き、黒髪を風に散らす女将軍に向かい、敵兵をなぎ倒す。

もう少し。

もう少しで――――！

顔が見えた。

美しい顔をした女だと思った。

瞳の色は――――黒かった。

「アル！　突っ込み過ぎだっ――!!」

精鋭部隊を引き連れ自分を守るために周囲を固めるヒューバートの前で、アルベルトは、息を吐いた。

「アル！　聞いているのか!?」

「――この戦。勝って、あの女を取る」

「はあ？　まさかの、一目惚《ひとめぼ》れとでも言う気か？」

ああ。一目惚れだ。

三歳のあの時の、あの洞穴の前で。

神が俺の望みを叶えて、一瞥《いちべつ》だけ見せてくれた、あの人に。


カーさんの顔が見られたことは、誰にも、腹心の友であるヒューバートとダグラスにも伝えなかった。

三人一緒に救われて、三人一緒に好きになったのだ。情報共有は必要だったとは思うが、教えたくなかったのは、自分の我儘《わがまま》である。

三歳のあの頃は、その理由に気付かなかった。

ただ、自分だけが見えた、カーさんの黒髪と黒い瞳と綺麗な顔のことは、なんだか教えたくなくて、教えなかった。この年になって思い返すと、それは自分の独占欲で、カーさんを誰にも、ヒューバートにもダグラスにも渡したくなかったからだろうと、自覚する。

カーさんは、綺麗な顔だったことは、覚えているものの、さすがに自分も三歳だった。記憶は朧気《おぼろげ》で、しっかりした目鼻立ちまでは思い出せなかったが、戦場で対峙した女将軍の顔を濡《ぬ》れたような黒曜石の瞳を見た瞬間、その記憶がぴたりと嵌《は》まり込んだ。

そうして、今。

学者の背中の刀傷を、思い出す。通常状態では見えない傷が、体温が上がると、浮かび上がる？浮かび上がった傷跡は、記憶と照合しても、カーさんが負った傷の位置と同じな、気がする。だが、だ。顔と髪色と瞳の色と、背中の傷跡が、全て一致したとしても――。あの時のカーさんは、明らかに成人男性だった。それだけは、確かだ。

学者の年齢は二十八と言っていた（前世が三十歳、プラス二十八歳を足して五十八歳という話は横に置いておく）。

あれから二十年。

生まれ変わりにしても、歳《とし》が合わない。不老でもない限り、カーさんと学者が、同一人物であるはずは、ない。そして、この世界に、不老不死の存在などいやしないのだ。

あるはずがない。

冷静にそう理解してるというのに、どうしてか、顔が見たくて、気付けばアルベルトは皇宮図書館の扉を開いていた。

「ああああっと!?　皇帝陛下――に拝謁いたします……」

あわあわと立ち上がり臣下の礼を執る図書館司書長キースに、礼は不要とアルベルトは軽く右手を上げ、館内に足を踏み入れた。

「あれは、いるか――?」

ちょっと聞いてみただけなのだが、何故《なぜ》か腰を擦って、顔色を赤黒くして、泣きそうな顔に変貌《へんぼう》したキースが、断頭台に首を突っ込むような顔をして、口を開いた。

「……宰相閣下がグレイさんをデートに誘い厩《うまや》に向かいまして、その後、将軍閣下が現れて厩に向かいました。数分前です」

キースが話し終わるより早く、アルベルトは踵《きびす》を返し走り出していた。

またも脱兎《だっと》のごとく走り出す皇帝陛下の後ろ姿を、将軍閣下に引き続いて見送って、キースはやっとの思いで空気を吸い込み、大きく息を吐いた。

何故ならば、もう絶対に、グレイを訪ねてくる人はいないだろうから。

宰相閣下が最初で、次が将軍閣下、最後の締めが皇帝陛下である。彼の緊張は最高潮を越え、机に突っ伏したとしても、誰に咎《とが》められるというのだろうか?


東の国で皇帝の座に着いてから、十年。

東の国を、「東の大国」と呼ばれるまでに大きくし、アルベルトが西の国に攻め入ったのには、理由がある。その理由のために、自分は十歳から戦場に出て、力を付けてきたのだ。

西の国を平定すれば――〝カーさん〟に逢《あ》える……。

ただ、それだけが、あの三歳の時からのアルベルトの望みであり、希望だった。

女将軍を目の前にして、考えた。

もしかして、この女はあの人の血を、繋げる者である可能性は、ないか？　と。あの時、すでに、カーさんが子を成していたとしたら？　ないとは言えないことだ。

戦場での無条件降伏の調印式で対面した西の女将軍の真正面に悠然と座し、アルベルトはそんなことをぼんやりと考えていた。

あの人の、血を繋げているかもしれない女。

もしも本当にカーさんの血を受け継ぐ者だったとしたら、カーさんの居場所を吐かせるのみ。

しかし、今になって考えてみれば、無条件降伏の調印式で対面した時点で、戦場のど真ん中で感じた好意と興味が、冷めだしていた。ような気がする。

目が、違う。と思った。

戦場の真っただ中でのあの濡れたような黒曜石の瞳と、調印式での仄暗《ほのぐら》く睨みつけるような黒い目。

戦闘中と敗戦調印という、状況の違いはあったとしても、あれほどに、生気が宿る色が違うものなのだろうかと。彼女のこちらを見る黒い目は冷たく、憎悪と隠し切れない悔しさに満ちている。顔も色も同じはずなのに、その黒い目にはあの大切な人のあたたかな光は、これっぽっちも見えなかった。

カーさんとは、何もかもが違う――。

諦《あきら》めにも似た焦燥感が、自分の胸を蝕《むしば》んでいく。

この女を手に入れたとて、あの人では、ない。ただ、あの人と同じ顔、同じ色をしているだけの女。

「顔と色が同じ」それだけの理由で手に入れても、あの人とは違うと、そう遠くない先にこの手でその命を絶つ時が来るだろうことは、簡単に予想がついた。

実のところ、すでにこの時点で、アルベルトは、西の国の女将軍の存在を持て余していた。

我ながら、勝手な男だと思う。

でも、仕方がないだろう？　この女は、カーさんではないのだから。

しかして約束の日、バルナバーシュ皇宮に捕虜として人質として拘引されるはずだった女将軍は、アルベルトの前に、現れなかった。アルベルトの前に立ったのは、ぼさぼさの光沢のない黒髪に、ぼろぼろの姿の、女将軍とは似ても似つかない、うだつの上がらない冴《さ》えない男だった。顔の造形は何とはなしに女将軍に似てはいるが、「誰だお前？」と聞きたくなるようなうらぶれた男が、アルベルトの目の前に現れたのだ。

場違いなその男は、自国を奪い取った敵国の幕僚に囲まれながらも、何故だろうか恐れに震える様子もなく、飄々《ひょうひょう》としながらも不思議と凜《りん》とした佇まいでこちらを見据えていた。

「女将軍の双子の兄」というそいつは、アルベルトの癇《かん》に障った。

即、斬り捨てようと思った。

剣を抜き、相手の首筋にその刃を当てた。

だが、相手は、ひるまない。

「名は？」

「――グレイ・ブラッドフォードと申します」

アルベルトは、グレイという名のよくわからない学者を生かすことにした。

理由は、学者をしているというなら、自分の不眠症をなんとかできないか、との考えのみ。

あの時はあまり深くは考えなかった。

ダメならば殺せばいい。いつでも殺せるんだからそれでいい。ただ、それだけだ。

——あの時は、ただ、そう思っていた。

うらぶれた小汚い変な男は、洗えば、驚きの姿を現した。女将軍と同じ綺麗《きれい》な顔。いや、もしかすると、同じ顔をしていても彼女より美しいとさえ、思えた。そうして、ともに過ごす時間が、何故だか日々増えていく。内面から出てくる光のような、あたたかな何かが全身から溢《あふ》れていて、それはあったかくて、優しくて、でも、なんでか、同時にものすごく腹が立った——。

理由は、わかっている。こいつと居ると、カーさんの記憶が、想いが、薄れていくからだ。

こいつはいったい何者なんだと、何度思ったことか……。

気付けば、カーさんのことも、女将軍の事も関係なく、「グレイ」という、変わり者の男から、目が離せなくなっていた。

誰にもどうすることも出来なかった不眠症の俺を、瞬殺で眠らす。

ありえない程少ない酒量で酔っ払い、得体の知れない剣の使い手になったり、キス魔になったり……。

知識欲の強いただの読書狂と思っていたら、誰にも知られず、国の中枢すら動かす。

そうして、気付けは、……誰もがあいつに、笑顔を向ける——。

振り回していたはずが振り回されて、ただ、気になって、目が離せない……。

これはいったい何なのだろう?

そんなことに気付きだした時、グレイの背中に、あの人が負ったのと同じ傷跡を見つけた。記憶の奥底に大切にしまい込み蓋《ふた》をしていたあの時の記憶が、全て溢れだした。

もしかして……？　と、考えてしまう。

そう、あって欲しいと、願ってしまう。

絶対にあり得ない筈《はず》のことを――。


「これは、どういうことか説明しろ。ダグ？」

「説明も何も――。見ての通りです」

仁王立ちで睨みつけるアルベルトに、今は初冬だというのにこの世の春の様な笑顔でダグラスが顔を上げた。大きな木の幹を背に寄りかかり片膝《かたひざ》を立て座したダグラスの胸の中には、二人分のマントに包《くる》まれて安らかな寝息を立てるグレイの体がしっかりと抱き込まれていた。

アルベルトが騎士塔の厩に到達したとき、ヒューバートはすでに馬上に居り、今にも駈足から襲歩に切り替える寸前だった。鞍《くら》を装備していた馬に瞬時に飛び乗り共に向かったのが、ここ。外郭寄りの小さな森だ。

ヒューバートがグレイを受け取ろうとして手を伸ばすが、ダグラスはグレイの背を支えていない方の右手で、バチン！　とその手を叩《はた》き落《お》とした。

「一連の問題対応を水面下で動かしただけでなく、我々の不足分の補佐まで手を貸してくれて、更にはアルを膝枕で寝かしつけ――」

「お前もな」

アルベルトの突っ込みをものともしないで、コホンと一つ咳払《せきばら》いをしてダグラスが続ける。

「私は膝枕券はまだ行使してません」

「――膝枕だとお!?」

「煩《うるさ》いヒュー！　グレイが起きてしまいます！　この人はこんな状態なのに、自分の睡眠時間を削ってまで本を読んでるんですよ。やっと、眠らせてるんです！」

「睡眠時間を削って読書……相変わらず、ブレない男だな……」

ヒューバートの呆《あき》れ声《ごえ》に二人が同時に頷《うなず》いた。

「こんなに痩《や》せるまで、無理をさせました。それで、何とか強制的にでも眠らせたいと、琥珀《こはく》さんに相談したところ」

「琥珀って、まさかのあの灰色頭の隻眼野郎《せきがん》か？」

「はい。あの、白豹《はくひょう》みたいな自称グレイの〝犬〟の通称です」

「――いつの間に仲良くなってるんだ、お前達は？」

「お互いに有益な情報交換をして、手を組んだだけです。で、これを食べさせれば二秒で寝る。と」

空いた右手でごそごそとポケットを探り、取り出した銀色の紙に包まれた丸いモノが、ダグラスの手のひらに転がった。

「『まさか――』」

「ウイスキーボンボンのチョコレートです。一個食べたら即寝落ちしました」

「……ブランデー二滴で酔っぱらい剣豪、シードル一杯でキス魔に続き、ウイスキーボンボン一個で爆睡とは、こいつの体は一体どういう構造をしているんだ？」

「――酒の原料によって、変わるとかいうか？」

「どうやらその様です。シードルもですが、絶対にエールだけは飲ませるな。と、琥珀さんからは厳命されました」

どうなるんだ？　と、何とはなしに聞いてみた。

アルベルトが想像するところだと、笑い上戸か泣き上戸くらいしか浮かばなかったが、ダグラスの答えは、その想像をはるかに超えるものだった。

「――お色気大王に……なるそうです……」

「「お色気大王？」」

なんだそれ？

11：【皇帝陛下は自覚し上書きする】

あったかいなあ。

ぬくぬくとそのあたたかな何かに包まれながら、グレイは微睡《まどろ》んでいた。

このまま、ここにいたいなあ。正直、そう思う。

世の中、色々面倒な事が多いし、頭を使うと疲れるし、そうすると腹が減る。

三段論法で子供みたいに不貞腐《ふてくさ》れて、自分を包み込む温《ぬく》もりの海にたゆたう。

幸せ。かも知れない。


今までの二つの人生の中で、思ったこともないその言葉が頭に浮かんで、パチリと目が覚めた。目の前すぐに、鼻先が触れ合う程近くに、満月の夜空みたいな瑠璃色《るりいろ》の双眸《そうぼう》があった。

「起きたか」

びっくりした。あんまりにもびっくりして瞬きもできないし、言葉も出ない。

「こうてい……へい、か？」

自分でも思う。かなりの素《す》っ頓狂《とんきょう》な声が出た。どうしてあなたがこんな目の前に居るのかな？

記憶を辿《たど》ってみても、どうしてこの状況に自分が置かれているのかが、さっぱりわからない。覚えている最後は、皇居外郭の森まで宰相閣下と馬で駆けて、紅葉も終わった冬枯れの森を散策し、おやつに貰《もら》った銀紙で包まれた丸いチョコレートを食べたところまで。

ええ～と？　うーんと目を閉じると、なぜだか、皇帝陛下にやんわりと抱き込まれた。

「――へいか？」

まだ寝ぼけているのか、言葉の響きが漢字変換されていないのが自分でもわかる。

「今回の勝負は俺が勝った。安眠抱き枕は、そのまま寝てろ」

抱き込まれているため目だけで辺りを見回してみると、ここが見慣れた皇帝陛下の寝室であることが分かったが、この明るさは人工物ではなく、確実にお日様の明るさだ。どうして外郭の森から皇帝陛下の寝室に移動して、相手が宰相閣下から代わっているのかがさっぱりわからないが、真っ昼間っから昼寝を洒落《しゃれ》込む時間も余裕も、今のグレイにはない。

「そういうわけには――俺の職務は、陛下の夜の安眠のお手伝いで」

「――こっちの気持ちも理解しろ」

「はい？」

「――なんでもない。このまま寝るから付き合え」

「――へ」

陛下、と真意を尋ねようとしたグレイの言葉は、アルベルトに飲み込まれた。

あれ？　と思うことだけで、限界だった。

目前の蒼《あお》い夜空の瞳《ひとみ》が、柔らかいひかりを宿してグレイを静かに見つめてきた。

あんまりにもキレイで目が逸《そ》らせなくて、それに引き込まれてるうちに、唇が重なった。

コロリと口移しで、甘いチョコレートと鼻をくすぐる芳醇《ほうじゅん》な香りが口内に広がった。

そうしてそれを押し込めてきた、もっと甘くて柔らかいものが、グレイの舌に触れてきた。

抗《あらが》うことは、出来なかった。甘く柔らかいそれに自らのそれで触れて、グレイは、瞼《まぶた》を閉じた。

このままでは、この瑠璃色の瞳に囚《とら》われてしまう。

薄れていく意識の中で、グレイはそれに、ブレーキをかけた。


想いを込めて絡めた舌先に反応がなくなった事に気付いて、アルベルトは名残惜《なごりお》しさを感じながら、合わせた唇をゆっくりと離した。

「……二秒で寝るというのは、真実だったか」

すうすうと寝息を立てる腕の中のグレイの顔を覗《のぞ》き込《こ》んで苦笑いを零《こぼ》すと、アルベルトはもう一度顔を寄せて、ゆっくりとそれでいて味わう様に、柔らかい口付けをグレイに落とした。

「――甘いな」

チョコレートのせいだけではなく、甘美だ。

自覚してしまえば、簡単な事だと、アルベルトは自嘲《じちょう》する様に口の端で笑った。

グレイを側《そば》に置くと、カーさんへの想いが薄れて行くようでいつもいつも腹が立っていた。それは、カーさんの血を繋《つな》ぐかも知れない女将軍と同じ顔をしたグレイが、別人のくせに自分の大切なカーさんの記憶を上書きしていくからだと、そう、考えていた。

カーさんのことは、忘れたことはないし、忘れる気なんてない。

だからこそ、どんどんとその記憶をこちらの気持ちもお構いなしに上書きしていくグレイが、許せないのに、どうしてか側から離すことが出来なかった。

どれだけ面影と色が似ていても、グレイは、あの人ではない。あり得ない事だから、それは最初から気にもしていなかった。カーさんの血を繋げるものかも知れない女将軍と双子ということは、もしかしなくても、グレイも、そうなのかも知れない。そう考えたのも一瞬の事だった。

自分にとって、グレイはグレイであり、ただのおかしな学者である。

カーさんも女将軍も、なんの関係もない。

グレイはただの、西の国出身のうらぶれた狂気じみた本の虫のおかしな学者だ。

そのくせ、キレすぎるくらいに頭がキレて、アルベルトはもとより、東の国の頭脳と呼ばれるダグラスを、軍神と呼ばれるヒューバートを、振り回すだけ振り回し、眠りを、この身を、守ってくれる。

背中の傷を見つけたとき、もしかして、という思いが溢れたのは、確かだ。

本人に問いただしたいと、考えもしたが、もう、いいかと、アルベルトはその考えを消した。

ダグラスとヒューバートがどう考えているのかは、知らない。

自分と同じ結論に到達していない限り、あの二人の考えはどうでもいいとさえ、今は、思う。


俺は、この男の事が、好きなのだ。


カーさんの面影を持つからではなく、女将軍と同じ顔を持つからでもない。

ただのおかしな学者の、グレイの事が、好きなのだ。

大好きだったカーさんの上に上書きされていくこの気持ちに、気付きたくなくて、腹が立っていることに置き換えるだなんて、存外自分もまだまだ子供だったのだと自覚する。

腕の中で寝息をたてるグレイの額に、想いを込めた口付けを落として、アルベルトは愛《いと》しい相手の体をぎゅうっと抱き締めた。

本当に痩せた。

ダグラスに指摘されるまで気付かなかったとは、自分ながら情けない。

こちらの心配など意にも介さないこの男は、きっと、アルベルトが自覚したばかりのこの気持ちにも、そう簡単には気付くことはないだろう。自己申告の通りに頭はいいだろうしキレも有り余るほどではあるが、今までを見る限り、グレイはその方面にはとんと疎そうだ。

騎士や官吏たちが、グレイに向ける思慕や秋波は、こちらが呆れるほどだと言うのに、学者はそれには全くと断言出来るほど、気付いていない。

「振り回すだけ振り回すか、それとも、その逆になるか――」

今はこんな事にかまけている時間も余裕もないというのに、なんだか胸のあたりがホカホカと温かくて、アルベルトも目を閉じた。

腕の中には、グレイが、いる。

「ああ、ファーストキスだけは、さっきのに上書きしておくぞ。お前からの酔っ払いキスは、カウントには入れない」

もう一度触れるだけのキスをして、アルベルトも眠りの中に落ちて行った。

小話：【将軍閣下と宰相閣下は琥珀に聞きたいことがあります】

「「どう思う？」」

二人同時に同じ言葉を零して、ダグラスとヒューバートは互いにむうっと眉《まゆ》を寄せ、腕を組んだ。

本日、安眠枕《グレイ》をアルベルトに持っていかれてしまった二人は、がっちり閉ざされた皇帝居室扉に入室を拒まれて、如何《いかん》ともしがたい手持《ても》ち無沙汰《ぶさた》から、珍しくも二人で酒席に着くことにした。

先日の外郭寄りの森での一件以降、アルベルトのグレイへの態度が、若干？　微妙？　に変わった事を、側近二人は見逃さなかった。

「あのじゃんけん勝負に負けたのは痛かった……」

「ここぞという時の勝負運の強さは、アルですよね」

「――あそこで、どうして俺はチョキを出さなかったのか」

右手でチョキを出して、その手首を空いた方の左手で握りしめ手を震わせる旧知の友を、ダグラスは冷たい目で見下ろした。

「ヒューはまだいいですよ。私なんて負けにプラスしてせっかく抱っこしてたグレイをアルに掻《か》っ攫《さら》われたんですからね」

熟睡中のグレイを抱いたままで、じゃんけん一本勝負に出たダグラスと遅れて来たヒューバートが「グー」で、アルベルトは「パー」。寵愛《ちょうあい》(寵姫？)当番の順番決めでの十数分の熱戦とは違い、今回は、一回こっきりで勝負がついてしまった。

「アイツは昔っから、勝負事に本気を出すと死ぬ程強いからなあ」

「本気──ですか」

二人はまんじりともせず睨《にら》み合《あ》い、頭を抱えた。

「──ここで出てくるか～あの野郎。女将軍に一目惚《ひとめぼ》れで一本釣りだったんじゃないのか!?」

「アルが、女将軍に一目惚れしたのは確かだったので、ひとまずの敵はヒューだけと、私も踏んでましたよ」

「俺もだ」

あとの輩《やから》は薙《な》ぎ払《はら》って、踏《ふ》み潰《つぶ》そうと思っていた。二人はそれを目で会話し、深く頷《うなず》いた。

「……入眠チャレンジの時の酒盛りで、ぼろぼろ双子兄の姿見て、妹将軍にも冷静になってきたらしい事は聞いてはいたが」

ヒューバートが手元のエールが入ったジョッキを一気に呷《あお》った。

ゴン！　と、空になったジョッキをテーブルに叩《たた》きつけると、ダグラスが追い打ちをかけるようになみなみとエールを注《つ》いでくる。注ぎ終わるなり自分のジョッキのエールを飲み干したダグラスのそれに、今度はヒューバートが返杯の酒を注ぐ。

「『まさかの三人一緒とは』」

勘弁してくれよ。と、はあ～っとお互いに大きく息を吐いてから、ふと相好を崩し、ヒューバートは不敵に笑んだ。

「降りるか、ダグ？」

「誰が」

フン！　と鼻を鳴らし足を組み直すと、ダグラスが半眼でヒューバートにマウントを取った。

「ひとまず。私は、グレイの膝枕《ひざまくら》券を明日こそ行使します」

「だからその羨《うらや》ましい券は一体何なんだ!?」

「グレイと約束は取り付けてあります」

「俺もして欲しい！」

「――あんたらは、主をなんだと思ってんだ？」

不意に背後に現れた男の姿に、ヒューバートが傍らの剣に手を掛ける。

騎士としても剣士としても名を馳《は》せるヒューバートにとり、酒が入っていたとしても、気配に気付かず後ろを取られるなど屈辱以外の何ものでもない。

灰色の髪をした長身の隻眼《せきがん》の男に、ダグラスがすっかり酔いが覚めた顔を向ける。

「――琥珀《こはく》さん」

「ダグラス。あちらさんが動いた。情報の相互等価交換を約束したからな、伝達しておく」

情報交換の取引はしたとは聞いたが、随分と気安い態度の目の前の二人に、ヒューバートは拍子抜けするしかないと、琥珀がくるりと顔を向けてきて言った。

「ああ。あんたには、明日辺りにレイアードから詳細報告が上がるはずだ」

「なんで、レイアードの名がここで出るんだ!?」

「アイツは同好の士だからだ」

「はあっ？」

レイアードは表向きは第二師団の団長任にあるが、軍部トップシークレットの影部隊の部隊長でもある。隠密《おんみつ》行動を取るこの〝グレイの犬〟と裏取引をした報告を受けてはいるヒューバートではあるが、ダグラスにしてもレイアードにしても、一体全体どうなっているのだ？

「主はわざと泳がせろと言っているから俺はそれに従う。あんた方が動くのは勝手だが、くれぐれも主の邪魔はするな」

威嚇するかの様に睨みつけてくる琥珀色の瞳に、何故《なぜ》か既視感を感じて、ヒューバートはその名を呟《つぶや》いた。

「琥珀――？」

「何だ、将軍？」

琥珀。その瞳の色そのままの名だ。琥珀色は光が入ると金色にも見えて――。

「琥珀――金色の目――灰色の……髪」

隻眼ではなく、左目の上から鼻を通って口元まで斜めに傷があって、もう少し年を重ねていたら。

自分の呟きに不審気に眉を寄せるその顔に、幼い日の記憶に残る獣みたいな男の顔が、重なって見えた。年の頃はこちらの方が若いが、その見た目の姿には、見覚えが、ある。

ヒューバートは言葉をなくした。

ダグラスは気付いていないのか？　この目の前の男は、あの時の灰色の男と酷《ひど》く似ている事に。

「――琥珀？」

自分の名を連呼し続けるヒューバートに呆《あき》れたように息を吐いて、琥珀はくるりとダグラスに身体《からだ》の向きを戻した。

テーブルの上のジョッキを、空になったエールの瓶を眉をひそめ見つめて、呟く。

「――エールか。……ぜっ〜〜〜ったいに！　主にだけは、一滴も呑《の》ませないでくれよ」

本当に大変な事になる。と、顔を真っ赤にする琥珀に、ヒューバートの頭の中にあった琥珀と同じ姿の灰色の男の姿が、瞬時に消え失せた。

「そうだ!!　〝お色気大王〟って一体何なんだ!?　教えてくれ!!」

「――それは、主の体面を守る為にはっ」

「ここだけの話にする！」

「エールに近付けないためにも、私も聞きたいです」

勢いよく詰め寄る将軍と、物凄《ものすご》い圧を掛けてくる宰相に、琥珀はじりっと下がりながらも、更に頬を染めあらぬ方向に視線を泳がせ、ぼそぼそと呟く。

「女王様みたいな尊大な態度に、色気駄々《だだ》洩《も》れの流し目をして、半裸になって猫みたいに纏《まと》わりついてきて……甘えまくられる……〝お色気大王〟とも〝お色気女王〟とも、言われて……破壊力が、半端ない……」

なんだそれ。という言葉より、「見てみたい」と口が言いそうになって、二人は唇を噛《か》み締《し》めてそれを防御した。

12：【赤髪侯爵の誤算】

赤い髪の侯爵閣下は、本来ならば床も見えない程の集客があるはずだった侯爵家主催のパーティー会場で、ひとり立ち尽くしていた。

会場は、これ以上ない程に磨き上げられた侯爵家の迎賓館。酒も食事も最高級で揃え、給仕も侍女もその場のアクセサリーになりうる、美しいものを揃えた。贅《ぜい》の限りを尽くし、侯爵家の力を誇示し、これよりの自身の立ち位置を知らしめる。そんな、場になるはずの、「今日」だった——。

パーティー会場に集まっていたのは、寂しくもまばらな人数で、顔ぶれは小者ばかり。

国の中枢を握り、国盗りの旗揚げを祝すべく用意した全ての準備が、砂上の楼閣の如《ごと》く脆《もろ》くも崩れ去った。赤髪のカーティス・セラト・グレイブルは、目の前に広がるすべてが信じられずに、立ち眩《くら》み自分の紫水晶の様な目をその手で押さえた。

準備は、長い時間を掛け万端に整えてきた。はず、だった。

バルナバーシュ皇家の高貴なる血を持つとはいえ生母の身分が低すぎ主筋とは言えない、あの小僧《アルベルト》が皇帝の座に着いたあの時から、十年——。我が主君と定めた高貴なる「あの方」の為、十重《とえ》二十重《はたえ》に準備を重ねてきた。隣国との勢力争いの只中《ただなか》である戦乱の時代をバルナバーシュが勝ち上がる為には、アルベルトの「銀狼王《ぎんろうおう》」という力の誇示の旗印は有効だった。側近に並ぶハミルトン大公家の跡取りは軍事策略に長《た》け、軍閥アシュビー公爵家の長男は軍部での実力が高い。

西の国を落とすまでは、皇帝の席を温めさせるのもいいだろう。

カーティスは、軍事的なことは全てアルベルトに丸投げし、次の時代への準備を虎視眈々《こしたんたん》と水面下で進めていた。資金源としたのは、グレイブル侯爵家に尻尾《しっぽ》を振る貴族然とした古い家門の貴族たち。古き血に固執し時代の流れに乗れず没落への一途を辿《たど》っていた彼らが、グレイブルに経済的助力を願ってきたところを引き込んだ。

確実に裏切りが出来ない様に「金」でがんじがらめに縛り付け、血判状で「裏切ればどうなるか」を目視で見返り出来るよう拘束をかけた。最初は優しい餌で躾《しつけ》をして、気付いたときには否と唱えられない呪縛《くびわ》を掛けて、営利は全てグレイブルに流れるように——。

金は全て、グレイブル侯爵家に入るよう工作した。

彼らはもう、グレイブルなしではこの国で生きて行くことは出来ない。子飼いの舎弟だ。不要になれば切り捨てるだけでいい。軍事的なものも、同じく押さえた。金さえあれば、皇家にのみ主従を誓っていた辺境最大の軍事力を誇るバージス辺境伯ですら、こちらの軍門に下った。

カーティスは有頂天の更にてっぺんにいた。

もしかしたら、尊き「あの方」すらもお飾りにして、自分が真なる王と成る事も可能かもしれない。そんな、あってはならない、あり得ないことまでも考えてしまうくらいに、自分の頭脳と力を、彼は信じ抜いていた。

今日、この時までは——。

「……随分、招待客が少ないのですね？」

「少ないのではありません——。ご存じないのですか？」

小さなさえずりの様な声が辺りから聞こえてくる。

「——大きな声では言えませんが、このパーティーに招待されたかなりの数の家門で脱税が発覚して、法務省が一斉検挙を行ったそうです。きっとその対応で、出席できないのでは……」

「私も聞きました。皇都治安部隊である第四師団が総出で動いてるみたいですね」

「スワンスキー伯爵家は事業資材の国外からの不当購入の摘発の件で謹慎蟄居《ちっきょ》中ですし、海運業で名を売っていたゲイル侯爵とゴーン子爵は事業不振でパーティー出席どころではないらしいですね」

「西の国に隣接する例の方々は……なんでも——」

知っているとも。カーティスの握りしめた手のひらは、爪が傷をつけるぐらいにめり込んでいた。

いつからだ？　いつから私の計画が狂いだした？

金の流れなど気にしないあの若い皇帝の元、栄華を極めていた我々の敵は、法務省と財務省だけで、あの部署には目を光らせ、私の力で牽制《けんせい》し抑えまくってきたはずだ。今回の皇都居住貴族の脱税一斉検挙には、財務省のエリン伯とシュミット卿《きょう》が人知れず動いたらしい。更には、拘束と調査の為の令状発行には法務卿のミュラー子爵が休日返上で仕事をしたとも……。

私のひと睨みで声すらあげられず尻尾《しが》を巻いて逃げ出していた、学業と仕事は出来ても貴族社会では生き残れない官僚向きで、我々の歯牙にかける必要もない程の雑魚《ざこ》達。そんな奴らがどうして、この我々が旗揚げすることを決めたこの時期に一斉に動き出したのか？

脱税検挙だけではない。資金源としていた、闇系の裏取引を敢行させていた、スワンスキー、ゲイル、ゴーンはもとより、西の国との密約を任せていた西辺境の子飼いまで、全ての歯車が一斉に狂いだした。

今考えれば、歯車が狂いだす兆候は、あの時からだったかもしれない。

西の国の誰かが何かを探り動き出した気配がある。とグレイブル配下の闇関係者から報告が上がりだしたのは春を過ぎた頃で、それと同時期に、宮中に薄く広がった、噂話《うわさばなし》があった。

『西の国から皇帝陛下が召した戦争捕虜の女将軍の兄を、陛下が寵姫としている』

こちらが動くこともないような、些細《ささい》な話だったが、まだ若いあの小僧《アルベルト》が色狂いになるなど、面白い。夜伽話《よとぎ》に、西の国の件《くだん》の話でも、溢《こぼ》しているかもしれないと、カーティスはただの思い付きで図書館まで噂の寵姫を見定めに行った。

見かけは確かに綺麗《きれい》だが、頭《おつむ》が足りなさそうな、西の国の捕虜。

失言が多く、自分が相手にするレベルではない。何の脅威にもならない、取るに足りないただの男。

カーティスは彼《グレイ》をそう評価し、二度と思い出す必要はない者と、瞬時に記憶から抹消した。

それからのこと。些細な話の中で「グレイ」とい名を耳にすることが増えた。

話の内容は、官吏どころか、侍従、女中以下の身分の者達、言ってしまえば市井に近い、我らとは住む世界の違う人間レベルの噂話だ。

耳を貸す時間すら惜しい。放置を決めようとしたが、その中で少々気になる事項が一つだけあった。

辺境の国境壁に金塊が埋まっている。などと、ロマンはあっても後の歴史では笑い話にもならない、ヨタ話。そんな「ヨタ話」に出てくる「グレイ」という名など、またもカーティスの頭からは瞬時に消え去った。だが、そんな「ヨタ話」はカーティスが長年に亘《わた》り北辺境に溜め込んでいた軍事力と軍事資産を軒並み奪い取ってしまった。

何がどうなったのか、秘密裏に調査を始めたカーティスのもとに届く報告書の中、本文の報告文書とは関係ない些細な備考欄に、何故か記載された「グレイ」という名。

『資料本返却で図書館に行った時に返却する本の内容に関してグレイに質問された』

『図書館司書長不在で図書資料探しをグレイに手伝ってもらった』

『読めない文献をグレイに翻訳してもらった』

取るに足らない備考欄の記載ではあったが、あの「寵姫」の名が確か、そんな名前ではなかっただろうか？

イライラも最高潮だったカーティスは、目障りな「グレイ」を消去しすっきりさっぱり報告書の中からその名を消し去りたい欲求にかられ、西辺境地の子飼い貴族を通し西の国の同盟者に打診した。

イライラの元は消し去るのが彼の定石だからだ。

『西の国から皇帝が召した女将軍の兄を返却したい』

目障りなものは即消す。ただそれだけの考えからの打診だった。

目障りな小僧《アルベルト》の目障りな寵姫《グレイ》。コイツを消し去るだけで、ここ最近の溜飲《りゅういん》が少々下げられる。

ただそれだけの思い付きで動いたカーティスに、思いもよらない事態報告が届いたのは直《す》ぐだった。

グレイ・ブラッドフォード返却に関し、西の国バルトサールは諸手《もろて》を上げて歓迎の意を示し、それをどこから突き止めたのか、北の国の首領までもがカーティスに秘密裏に接触を図ってきたのだ。

最初の歯車の狂いの発端。それが、図書館の捕虜に初めてつながった。

一度は簡単に手放した西の国も、更にはあの北の国の首領ですら動く程の人間だとしたら、あの捕虜がただの学者であるはずもない。もしかしたら、最初からこれが狙いで、あの見目だけは麗しい捕虜をこちらに寄越した可能性がないとは言えない。あの麗しい姿で少々頭が足りないところすら武器にして、小僧《アルベルト》を籠絡《ろうらく》し、最近の噂によれば、宰相も将軍も落とされているらしいことも耳に入っている。

グレイ・ブラッドフォードは、西の国から送り込まれた工作員ではないのか？

これが世にいう「ハニートラップ」というヤツではあるまいか？

カーティスのとんちんかんな考えはどんどんと雪だるま式に大きくなり、まったく違う方向へと突き進んで行った。これは彼の悪癖である。自分の頭を疑うことをしないので、こうなると、最早誰も止められないのだ。

カーティスは踵《きびす》を返しパーティー会場を後にすると、お抱えの信頼にたる侍従を呼びつけた。

「あの方への謁見伺いを申し入れろ。今すぐにだ！」

「承知いたしました」

返答するや否や、瞬時に姿を消した侍従にカーティスは振り返らなかった。

名門グレイブル侯爵家の嫡男として生まれたカーティスが、最初の野望を持ったのは、彼が十七歳の時。当時、東の国バルナバーシュは混乱の極みにあった。

第一皇子であるアルベルトの生母ナスターシャ前皇后は出産時に崩御し、喪が明けた翌年に輿入《こしい》れしたミリアム皇后が第二皇子を出産したのは、アルベルトが三歳になる年の事。もともと、ナスターシャ前皇后は爵位の低い貴族の出生でもあり、名門公爵家クレイバーンの公女であったミリアム皇后との力の差は歴然。後ろ盾を持たぬ第一皇子を、ミリアム皇后は隠し立てもせずに排斥し続け、命をも狙うようになるのは簡単な事だった。

その全ては、我が子であるウィリアム・フロスト・バルナバーシュ第二皇子を皇帝に据えるという、女帝とクレイバーン公爵家の野望によるものだ。

第二皇子が生まれたその時から命を狙われ続けた第一皇子アルベルトだったが、三歳時に起きた誘拐暗殺事件の直後から、顔つきが変わり始めた事に、カーティスは何とはなしに気付いていた。

当時自分は十歳。七歳下の幼児である彼に、何とも言えない畏怖《いふ》を感じ取っていた。

その頃は、家でも近隣でも皇都全域でも、頭脳明晰《めいせき》な「神童」と褒め称《たた》えられていた自分ではあったが、アルベルトがこのまま成長し、皇帝となれば、自分はただの臣になる他はない。

何故《なぜ》か理由もなく、目の前の三歳の幼児にそんなことを感じた。

自分は、神から与えられたこの頭脳を使い可能な限り上に上がりたい。その為には、アルベルトをこのまま立たせてはいけないと、子供ながらにそんな結論に達したカーティスは、遠縁でもあるクレイバーン公爵家に父と共にかしずく道を選択した。クレイバーン家もミリアム皇后も御すのは簡単で、第二皇子など、手のひらで転がすことも容易《たやす》い。すっかりクレイバーン公爵家と皇后・第二皇子の信頼を勝ち得て、カーティスがグレイブル家の家督を継ぐことが正式決定した十七歳の時、彼は決めた。

こいつらを傀儡《かいらい》にして、国の実権は自分のものにすると。

東の国バルナバーシュの実権をこの自分が握る。

甘美なる野望を成就する為の準備期間にカーティスが入ってから三年後、皇帝が、崩御した。

元より仮面夫婦だったとまことしやかに伝えられていたミリアム皇后が毒を盛ったとの噂もあるが、それは闇に葬られ、「皇帝崩御」のみのその一報は、国内を混乱に突き落とした。

バルナバーシュは、荒れた。

第一皇子派と第二皇子派、血で血を洗う国内紛争が勃発《ぼっぱつ》し、数年にも渡るバルナバーシュ戦乱に終止符を打ったのは、第一皇子アルベルトだった。

彼は十歳から国内外の戦争の最前線にミリアム皇后の命令により送られていたが、皇帝崩御の一報を聞きつけるなり即時皇都に戻り、わずか十三歳で皇帝の冠を得るなり、戦場を共に生き抜いた軍部を完全掌握し、全ての政敵・貴族を制圧し、逆らうものは全て刀の露と消し去った。銀狼王の二つ名がついたのもこの頃だ。

アルベルトは、腹違いの弟への憐憫《れんびん》の情が欠片《かけら》でも残っていたのか、弟と、長年アルベルトを排斥し続けたミリアム皇后を、皇都外縁の南の離宮に幽閉した。皇都から遠い目の届かない場所ではなく、自分の手元で監視し、いつでも殺せる、という意思表示の為の処置だったとも言われているが、本意は今も分からず仕舞いだ。

そんな激動の時の流れの最中にあっても、カーティスの野望は揺るぎはしなかった。

二十歳で家督を継ぎ、十年かけて武力と財力を手に入れ、第二皇子を掌中の宝玉とし、革命蜂起の旗印とするために、ミリアム皇后すら自らの手で動かしてきた。まもなく、己の野望が達成される時がくる。手を伸ばせば、それに指が届くほどの距離に、「その時」は近付いていた、はずだった。

カーティスは、冴え冴《さ ざ》えと凍りつくかの様な空気が渦巻く豪華な設《しつら》えの室内で、ただ一人、長い時間を過ごしていた。座したソファーから彼は、動くことも出来ない。

侍女がサーブしてくれた温かな紅茶の湯気が消えてから、もう、かなりの時間が経過している。

我が主君への謁見依頼に対し、お付の侍従から承諾の返答が送られて来たのは、あの悲劇のパーティーから一週間後のことだった。

祈るような気持ちで、自分が持つ一番早い馬車でここまでやって来た。

一刻も早く主君に、コトの顚末《てんまつ》を報告しなければならない。

主君の瞋恚《しんい》を抑える為には、あの小僧の寵姫様らしい得体の知れないうらぶれた男を生《い》け贄《にえ》にして、何が何でも全ての責を被《かぶ》せてしまわないと、自分の身が危うい。そう考えながら、やって来たのだが。

——これが主君の、答えなのだろう。

ここに放置されている理由は、もう分かっている。徹底的な、自己反省を促されているのだ。

これが、主君の、やり方だ……。

自分が出過ぎた野望を、考えを持ったことなど、とうにお見通しだったに違いない。更には、長年に亘《わた》り進めていたクーデターの壊滅的な頓挫《とんざ》が起きている、今の現状。反省を促すどころではない。

今この場で、腹を切って詫《わ》びをせねばならぬ程の、痛烈な主君の怒りの瞋恚を、カーティスはこの場で一人、全身に浴びせかけられているのだ。

息をするのも辛《つら》い重い静寂が、カーティスの全身に伸《の》し掛《か》かる。

主君のお許しがでるまで、この場を辞すことも出来ない。

流れる冷や汗が、また一つ、額から頬を抜け、顎《あご》先に到達して、膝《ひざ》の上で血が滲《にじ》むほどに握りしめた手の甲に、ぽつんと落ちた。

「ここに来ているのならば、何故、直ぐに私の元に来ないのです！　カーティス!!」

両扉が一気に全開され、甲高いヒステリックな女の声が、重苦しい室内の呪縛を切り裂いた。

毒花の様なドレスを身に纏《まと》った女はヒール音を響かせて飛び込んで来るなり、カーティスに向け捲《まく》し立《た》てるようにキンキンした金切り声を上げる。

「此度《こたび》のパーティーはどうなったのですか!?　私達はいつ皇城に戻れるのです!?　いつまでここ、ここで惨めたらしく過ごせと言うのですか!?」

神経に触る女の悲鳴のような声はまだまだカーティスに向け響き渡る。

「聞いているのですかカーティス!?　返答は直ぐなさい。私はこの国で一番の位にいる皇太后なのですよ!!」

ミリアム・グレイス・バルナバーシュ。

アルベルトによりその座を追われた、哀れな女。

ここに居るはずのない女の耳障りなヒステリックな怒声。それすらも、今は甘受するしかない。

ひたすらに目を瞑《つぶ》り、時が過ぎる事だけに神経を集中するカーティスの頭上高くから、呆《あき》れ果てたような冷たく低い重厚な声が落ちてきた。

「これの躱《かわ》し方は、やっと覚えたようだな」

その声にカーティスははっと顔を上げソファーに座るのを辞し、床に片膝《かたひざ》を突け深く頭《こうべ》を垂れた。

目の前に、毒花の姿はない。ただ静かな闇の空間がそこにはあるだけだ。

彼の主君が世界で一番嫌いな女の幻影は、自分への戒めの為に使われることが多い。それをカーティスは誰よりも深く理解していた。

「我が君――此度の事、申し開きもございませぬが、ただ一つ、西の国の狼藉者《ろうぜきもの》が画策した我が国への越権行為の事実だけはお耳に！」

「お前は昔から、自分より頭のよい者に対して、決して勝てない事は知っている」

我が君と定めた生涯の主君の声に、カーティスは何を言われたのか理解できずぽかんと顔を上げた。

自分の頭脳はこの国一番。知力も策略も、誰にも負けはしない。

「は？　我が君いったい――」

「己の負けは、潔く認めた方が楽になるということを、早く覚えた方がいい。お前は、彼の足元にも及ばぬ」

低く威厳のある声が、カーティスの心身を切り付ける。

言葉選択は優しく、話しぶりもこちらを諭すような穏やかさだというのに、その響きと、冷たさは、氷の刃《やいば》の様だ。

自分は糾弾されている。

そして、我が君の怒りは言葉では言い尽くせない程の域にあり、今自分はその引責を問われている。

「お前は、目覚めさせてはいけない、竜の逆鱗《げきりん》に触れたのだ」

13：【皇帝陛下の告白】

グレイはひとり、考えていた。最近、オカン三人衆の行動が読めなくなってきた。と。

いかんせん、俺に対しての言動や行動が最近、何故かとても、甘いのだ。何故だ？　わからん……。

皇帝陛下は、あれから——いかん。考えたら負けだ。ひとまず頭から抹消する。宰相閣下と将軍閣下は、隙間時間が出来れば、どっちかが現れて、次いでもう一人も現れて、二人して以前みたいに押し合うこともなく、時間が許す限り共に居てくれる。仕事は、大丈夫なのだろうか？　と、こちらが心配になってしまう。

オカン達三人共に共通で言えることは、ひたすらに目が甘い。ということだ。

初めてのおつかいをゴールした子供を見る様な目をした、お母様方のお考えはよくは分かりませんが、俺への甘やかしは——今回の脱税騒ぎの、「お礼」とか「お駄賃」とか何でしょうかね？

まあ、よい。今の俺はそれどころではないのだ。

グレイは本日自分に課した勉学へと意識を集中した。本日は東の大国の高位貴族のおさらいをすることを自らに課している。

東の大国バルナバーシュには、皇家に次ぐ二つの大公家がある。

両家の当主は共に、現皇帝アルベルトの父である前皇帝ガブリエル・リアム・バルナバーシュの弟であり、ガブリエルが皇帝即位時にそれぞれに臣民大公爵を叙爵し、皇家を臣籍降下した。とは、知識として知ってはいたが、事実として理解したのは、こちらに居候になってからだ。

自ら築城した図書館の巣の中で、グレイはバルナバーシュの貴族名鑑のページを捲っていた。

理由は、簡単。今後は、この貴族名鑑の家名・現当主、そして、血縁事情などが複雑に絡み合う、面倒な事態に流れが推移していくという予想が見えているからだ。時間は、そうない。突っ込める知識は全て、頭の中に叩《たた》き込《こ》む必要が、ある。

常ならば耳をアンテナにして、周囲の声も拾いながらの二刀流読書をしているグレイではあるが、これぱっかりは、集中せねばと、今日は外界の音は完全にシャットアウトしている。名前と肖像画と家紋を覚え込む作業に没頭せねばならないのに、流石《さすが》に音まで拾うなんて非人間的なチート能力は持ってません。ええ。異世界転生したって出来ないですよ？　聖徳太子でもあるまいに、そんなこと出来るわけもございません。

グレイは、二つの大公家のページで手を止めた。

一家は、第二皇子ラファエル・グロスター・バルナバーシュが当主となった、グロスター大公家。もう一家は、第三皇子クリス・ハミルトン・バルナバーシュが当主となった、ハミルトン大公家。ハミルトンは宰相閣下の生家である。実のところ、宰相閣下が皇帝陛下の従兄《いとこ》であらせられることは知ってはいたが、皇位継承権持ちの、生粋の血筋ということは、ここに来て知った事実でもある。

宰相閣下ってば、ばりばりのサラブレッド血統ですね？　頭脳はピカイチ、顔は眉目秀麗《びもくしゅうれい》のキレ者で、国内外に名を馳《は》せる宰相閣下ですもの。びっくりはしません。が、それがどうして、毎度毎度甲斐甲斐《かいがい》しくも俺なんかのご飯の面倒を常に見てくれて、優しく、素晴らしいに尽きる、オカンの鑑みたいな——。あれ？　話が変わってきたな……。

よし。頭を戻そう。

ハミルトン大公家は、何の問題もない。

現当主にして宰相閣下のお父上であるクリス大公は、前皇帝から現皇帝まで、皇家を守るためにハミルトン家があると言って憚《はばか》らない生粋の皇帝派であり、バルナバーシュとアルベルトを守護する為に、常にあり続けている。宰相閣下は家との関係も良好とのことで、こちらは本当に何の心配もない。

問題があるのは、グロスター大公家だ。

ここの当主のラファエル大公……このお方が本当にあらゆる意味で、曲者《くせもの》で読めない。

皇家を臣籍降家した後は、前皇帝ガブリエルに影の様に付き従い、皇帝を立て身を粉にして前皇帝を守り抜いた勇猛果敢な軍人摂政だったらしいが、ガブリエル崩御後即隠居しそれ以来すっかり表の世界に姿を現さなくなったらしい。プラス、独身。完全なるひとり者って、いったい何者だい？

「ああ、グロスター大公ですか」

耳元に響いた低音のバリトンボイスに背筋が震えた。

ちょっとやそっとでは聴けないよいお声過ぎなので、そんな耳元でお話しになるのは、ご遠慮いただけると幸いです宰相閣下……。

「ダグ……びっくりしますよ」

「珍しく私の気配に気付いていない様子だったので、悪戯《いたずら》してみました」

見上げたそこには、宰相閣下の麗しい紫水晶の瞳《ひとみ》が微笑《ほほえ》んでいた。最近「ダグ」呼びすると、いつもこの眩《まぶ》しい笑顔です。

「今日のお昼をお持ちしたのですが、珍しいモノを読んでいますね？」

ええ、この先入用になりそうで。とも言えないグレイは、曖昧《あいまい》に笑って開いたページのグロスター大公の肖像画を指差した。

「肖像画が本当ならば、皇帝陛下に似ているんですか？」

「肖像画は虚偽が多いですからね。皆さん二、三割、凄《すご》い人は盛りまくって別人の様な肖像画もありますが、彼は、このままです。美しい方ですよ、言うなれば、アルベルトの二十年後を想像すれば、この方になる」

銀髪碧眼《へきがん》の美丈夫、なのは確からしい。

宰相閣下《あなた》も含めて、バルナバーシュ皇家の血筋は美形祭りな血筋なのですね。

「グロスター大公に興味があるのですか？」

ちょっとだけ、ピリッとした棘《とげ》を感じるのはなんででしょうか。そういう興味ではないものの、キチンとした回答をしないと、ここは本当にヤバそうな気配だけは分かるグレイである。

「この方。ダグのお父さんのお兄さんですよね？」

「ええ。私の伯父《おじ》にあたります」

「独身って本当なんですか？　この顔で、大公で、血筋が完璧《かんぺき》でって、普通なら血筋を守って皇家を守る為、強制的に結婚して……ってか、どっからでも嫁来ますよね？」

オブラートに包んで聞こうとするのが面倒になり、もう直球を投げてしまった。

「ああ。伯父上は、何というか、かなり、拗《こじ》らせていまして……」

「拗らせる？」

「ああ」

うむむ。と少々眉間《みけん》に皺《しわ》を寄せる宰相閣下の後ろから、やはり今日も現れた見慣れた軍服姿の将軍閣下が、お昼のバスケットからサンドイッチを摘み食いしながら、口を開いた。

最近の昼食は、何故《なぜ》か三人で摂ることがデフォルトになっているようです。

「グロスター大公閣下が、アル父を好きなのは有名だからな」

「――はい？」

「あれは好きっていうよりかは、盲愛に近かった。と、うちの父上が言っていた」

「……ヒュー。言いにくいことをはっきり言ってくれて助かりますが。グレイが、固まってます」

ええ。固まりますとも。言葉の通り理解するのが、少々難解です。

アルの父。っていうのは、前皇帝陛下だよな？　で、グロスター大公は、その、弟。

おとうと。弟が兄を、盲愛。よし、そこまでは変換できたぞ。

「それは、兄弟愛としての親愛ってことですか？」

「『そうであればよかったなあ』ですね」

二人が、遠くを見つめています。ってことは、あれがそうなってこうなって、そ、う、なるのか？

「そ、っ、ち、の、人、いや。方、なんですか？」

「そっちってなんだ？」

「そっち。が、どっちかは分かりませんが、恐らくグレイの頭の中にあるのが正解だと思います」

正解なのか？

えええええ？　バルナバーシュ。何でもありだなあ！

頭の中が真っ白になっている自分だったが、気付いたら、将軍閣下に担がれていた。何故にだ？

眼下には、ランチを広げるはずだったバスケットを手際よく片付けた宰相閣下が、貴族名鑑を小脇に抱え将軍閣下に並んで頷《うなず》き合っている。

お二人は分かり合っておられるようだが、こっちはさっぱりなので、ご説明頂けないだろうか？

「ここでは少々、衆人の目があり憚られる内容になるので、私の執務室に行きましょう。昼食もそこで摂って、今度こその膝枕《ひざまくら》券を行使しますので、お昼寝をお願いします」

「まだそれ、引っ張るか？」

「まだ未使用なんですよ」

「あ、俺にもその膝枕券くれよ、グレイ。俺だけ貰《もら》ってないのは、ないだろう？」

未《いま》だ膝枕券を引っ張る宰相閣下も諦《あきら》めが悪いというか何というかだが、あなたみたいな図体が立派な方を膝枕なんかしたら、俺の膝《ひざ》は死んでしまいます。将軍閣下には絶対に膝枕券は贈呈出来かねます。

ああ……俺の城が遠のいていく。

弱々しく右手を伸ばしてみたら、その先にいたキースが、白いハンカチを振っていた。目尻《めじり》の涙をあいた方の人差し指で掬《すく》い取りながら……。それはないだろう……キース……。

それにしても、だ。

皇帝陛下に担がれて寝台に投げられた事は覚えていても、将軍閣下に担がれて拉致《らち》られるのは初めてのはずなのだが、何故だか覚えがある安定感抜群なこの肩と背中。

あれえ？　記憶にないのに体が覚えてるとかいう感じに近いぞ。

担がれた状態で頭を捻《ひね》っていると、それに気付いたのか将軍閣下がこちらに声を掛けてきた。

「どうした、何を唸《うな》っている？」

「俺、ヒューに担がれるのは、初めてですよね？」

「いや。二回目だ」

「二回目!?」

記憶にございませんの事ヨ？

「あの時ですか……」

「あの時だ」

二人が苦笑いしている。これは、あまり聞かない方がよさそうだ。恐らく、こちらの分が悪い。

我ながら危機管理能力は高い方なので、地雷を踏むような真似《まね》はいたしません。

「ええと。ひとまず、自分で歩けますので。降ろして頂いても？」

「話を逸《そ》らしたな」

くつくつと喉《のど》の奥で笑う男前に、これは本当に深追いすると、自分が大敗するのが見えて来る。

これ以上は聞いてはならぬ。絶対に――。

「お前がキス魔になった時に、湯殿まで運んだのが初回だ」

ほら～。聞いちゃいかんヤツだった……。

グレイの顔がガスレンジに火を点《つ》けた様に、ボッ！　と赤くなる。

「……その節は、多大なるご迷惑とご面倒をお掛けし」

羞恥心《しゅうちしん》という湯気が噴き上げる顔面を両手で隠して、グレイは消え入りそうな小さな声で呟《つぶや》いた。

「迷惑でもないし面倒でもない」

「はい？」

「ただ、今度やったら、タ、ダ、では済まさん。覚悟しろ」

「……へ？」

「そこ。返事しちゃ駄目ですよ。グレイ」

「そこ、止めるなよダグ」

二人は意味あり気に目配せし合うと、互いに困ったように笑っている。

最近、二人のオカンのこの顔をよく見るな。この顔を二人がすると、次には必ず、俺を見て来る。

ほら。今日もそうだ。

俺を見て来る、将軍閣下のオリーブ色の瞳も、宰相閣下の紫水晶の瞳も、瞳の奥に湛《たた》えたその光はとても甘くて――否応《いやおう》なく、俺の心を揺さぶって来る。

ダメだ。今は感情に揺さぶられている時間は、ない。

自分は好意も敵意も殺意もなにもかも、考えても無駄なことは、考えない事にしているはずだ。今の俺は、俺の力で成すべきことを、成す。それだけの為に、今ここにいる。それを忘れてはいけない。

「「グレイ？」」

二人同時に心配そうに声を掛けられて、気付かれない様に将軍閣下の背中に顔を伏せて息を吐く。

「……乗り物酔いしそうです」

酔ったのは、二人の甘い瞳にだなんて、罷《まか》り間違っても言うわけにはいかない。皇帝陛下のこないだのアレと一緒だ。考えてはいかん。いかんのだ、俺！　よし。原子番号の語呂《ごろ》合《あ》わせでもしよう。

自分の一番好きな語呂合わせで、原子番号55から86でおかしいのあったよな。

なんだっけ……ああ、「金髪（Au）ハゲ（Hg）たら（Tl）生（Pb）ビール出します（bi）」だ。

あの辺の語呂合わせなかなか凄いんだよなあ……。

両手で顔を覆ったまま、将軍閣下の背中にぐりぐりと顔を押し付けていたら、優しく頭を撫《な》でられた。ちょっとだけ右目で見上げてみたら、宰相閣下と目が合った。

「グレイ」

「はい？」

「この前、アルと何かありましたね？」

それ、聞かないで欲しい――!!

息の根が止まったとばかりにだらりと両手を垂らし、全身の力と魂が抜けたグレイの耳に、二人の溜息《ためいき》が聞こえてきた。

「――分かりやすすぎですよ、グレイ」

「あの野郎。こっちに牽制《けんせい》しまくってそれはないな」

ええ？　何のお話でしょうか？　わたくしわかりません。などと言い連ねても、逃げ道はなさそうだ。だからこその、「この拉致状態」なんですねえ。確信犯で最初から逃がす気はなかったと……。

「グロスター大公の話の後に、こちらの質問にも後ほど、回答をお願いします」

「今日の昼休憩は俺もダグもたっぷりとったからなあ」

はっはっは。と豪快に笑う将軍閣下に、担がれたこの身が揺れる。うう、本当に酔いそうだ……。

そんなこんなで宰相閣下の執務室に拉致られてきたら、そこには更に真打ちがいらっしゃった。

今日の自分の運勢は、最悪らしい。

真打ちは誰かって？　皆様のご想像通りの方でいらっしゃいますよ。

はい。ご登場いただきましょう。

「学者どうした？　死にそうな顔をしているな」

「アル。なんでお前が、宰相執務《ここ》室に居るんだ？」

「同じ言葉を返すぞ、ヒュー」

「――まあ、居てもよしとしますが。アル、昼食は？」

「まだだ」

皇帝陛下の予想外の登場に、用意した昼食量が足りないと、冷静に追加要望を女官に上げる宰相閣下……いかなる時も冷静です。

問題は「居てもよし」というのは、「なに」を指してのお言葉なのでしょうね？

いやあ、考えたくない事ばっかりで、涙が出て来そうです。

「で、この面子《メンツ》で何を始める気だ？」

ごもっともな皇帝陛下の質問に、応接セットに陣取った面々の前で、宰相閣下が図書館から持ち出した貴族名鑑を開きそのページを指差した。

「グレイに、グロスター大公に関しての質問を受けまして」

「叔父上《おじうえ》の――？」

あからさまに怪訝《けげん》な表情に変化した皇帝陛下の前で、俺は最近の大好物であるチーズオムレッサンドをもそもそと食していた。最近のクリティカルヒットサンドだというのに、あ、味がしません……ツラい……。

「グロスター大公閣下と言えば、アル父シンパの首席だろ。次席は確か――」

「コーエン公爵です。席次三番がランドルフ公爵ですね」

すらすら話してくれる将軍閣下と宰相閣下ですが……皇帝陛下の顔が、酷《ひど》い。

物凄《ものすご》く「聞きたくない」という文字が御尊顔前面に書かれておりますが、今のお話は、一体何のことなのか俺には皆目見当もつきません。

前皇帝陛下のシンパの首席・次席・席次三番とかって、一体何の暗号なのか。

シンパって信奉者とかの意味だよな？　それも首席は実弟の大公で、次席・席次三番が公爵って、どんだけだよ。――そういえば、さっき盲愛がどうとやら……そっちの意味での、席次なのか!?

「そんな話を聞いて、今度は何を始める気だ、学者？」

地獄の閻魔《えんま》様の裁定の様なお声ですが、俺は一体なんの地雷を踏んだというのか。

ただ単に、今後の悪玉関連で出て来そうな高位貴族を洗っていただけなのだが、それを正直に話すわけにもいかないので、ひとまず、味のしない大好物をひたすらに胃に落とし込む作業を行うしかない。本当にツラい作業だ。一人でゆっくり食べたかった。

「アル父は、異常にモテたんだよ。高位貴族の、〝男〟に。教えてくれたうちの父上も御多分に漏れなかったって、自分で言ってたくらいだ」

「うちの父も、今でも自慢しまくってますよ。あの兄の弟に生まれて幸運だったと」

どんどん皇帝陛下のお顔が、酷いモノに変わっていかれます。そうですよね、わかります。自分の父が〝男〟にモテまくったなどと、あんまり、聞きたくないですよね。自分がその立場だったら、絶対に聞きたくないと遠慮します。

「――俺の前で、話すことか？」

はい。皇帝陛下のご機嫌ゲージは最悪を超えた模様です。

「外したければ外していいぞ、アル」

「そうですね。我々はその後グレイに聞かねばならないことがあるので、丁度いいですね」

にやにやする将軍閣下とにっこり笑顔の宰相閣下。そうか、それが二人の狙いか。

グロスター大公のシンパ話にかこつけて、皇帝陛下をここから追っ払う算段だな？

これで、ここで皇帝陛下が退席してしまうと、今度は俺の吊《つ》るし上げタイムに突入することがはっきりと分かった。

ここは、何としてでも、皇帝陛下にご同席願わねば、こちらの身が危うい。

「貴族名鑑を見てたのは、バルナバーシュの高位貴族のパワーバランスを知りたかったからです。赤いあんちくしょうがぼちぼち動きそうなので」

耳に入れて問題なさそうなちょっとした情報をわざと提示してみたら、案の定、三人の顔が瞬時に一斉に自分に向いてきた。

——いつもながら、食いつきが、早いなあ。

東の国の権力ピラミッドのトップはバルナバーシュ皇家であり、二段目は大公家で現在は二家、三段目の公爵家は現在は四家。四段目が侯爵以下の貴族家となり、四段目の貴族たちはどれだけ財を蓄えようと、功績を積み陞爵《しょうしゃく》しようとも、三段目に入ることは決して出来ない、厳格なライン付けがあるらしい。大公家と公爵家は皇帝の即位により入れ替わりがあると？　そこはいいんですね。不思議だ。

「皇帝が即位するたびに兄弟が大公になっていたら、大公だらけになるからだ。皇帝の代が変わると、大公家は公爵家に変わるから、公爵家は代によって増減がある」

「アシュビーは三代だったか四代前の皇帝の血筋らしいから、今は筆頭公爵家を名乗ってるな」

「ハミルトンも、数代後には公爵家降下でしょうね」

「降下って、揉《も》めることはないんですか？」

上がるのは誰でも諸手《もろて》で大喜びだろうが、降下なんて不名誉ではないのか？　貴族なんて体面勝負だろうに。素朴な疑問を問うてみると、お三人は至極真面目《まじめ》な顔で一言。

「「「普通に揉める」」」ます」

予想通りやっぱりだよ。やれやれ、と一つ息を吐いて、やっと味を楽しめる余裕が出てきた紅茶のカップに口を付けていたら、何故《なぜ》かの皇帝陛下の視線を感じてそろりとそちらに目だけを向ける。

どうして、そんなにお綺麗《きれい》な瑠璃色《るりいろ》の瞳《ひとみ》で「じ〜」っと見て来るんですか、皇帝陛下？　片手で頬杖《ほおづえ》を突いて、何が面白いのか、こちらから視線をはずさない皇帝陛下と、それに気付いた将軍閣下と宰相閣下も併せてこっちを見て来るもんだから、もう、本当にいたたまれないです……。

「……あれからの初対面というのに、俺を前にして、驚くほどに平常運行だな」

「——へい？」

あ、ヤベ。皇帝陛下に向かって、とんでもない言葉が出てしまった。

しっかし、一体何を言い出してくれやがるんですか？　それも、今？　勘弁してください。もしかしなくても、アレのこと差してますよね!?　ああああ！　顔に血が集まってきたあああ——!!

「アル。グレイに悪さしましたね？」

「悪さ？　人聞きの悪いことを言うな。上書きしただけだ」

「『上書き？』」

宰相閣下と将軍閣下の目の色が変わる。

「そっそれは！　後って、さっき話しましたね？　ダグ!!」

「——ダグ、だと？」

ああ、今度は皇帝陛下がそこに引っかかるんですか？　この三人は最近、どうなってこうなってそうなっているのか、俺にはさっぱりわかりません。いや、分かっちゃいけないところなのだ。ここは、本当に重要だ。

「ええ。最近はそう呼んで頂いてます」

「俺もヒューと呼んでもらってるぞ」

お母様《かあたま》たち……睨《にら》み合ってついでにマウントを取り合わないでください。わたくし、図書館に帰らせてもらいますよ？

「バルナバーシュの高位貴族のパワーバランスの続きを聞いてもよろしいでしょうか？」

内心で一生懸命血の気を顔から下げながらのグレイの苦し紛れの決死の言葉に、皇帝陛下はお決まりの肺の空気を全部吐き出すかのような大きな溜息を吐《つ》いて、不本意な顔のまま口を開いた。

「カーティスが動きそうな時に高位貴族を洗うってことは、首謀者が全部読めているのに、それだけで済ます気はない。ってことか、学者？」

大当たりです、皇帝陛下。

読めてるというか、今のところ目星はもう全部ついているし出来る限りの手段は構築済みで、あの赤髪の侯爵殿にはもう逃げ道など一本もない。

ああ、違うか。一本だけはあえて用意してやった。

あえてそこにしか行けない様に、俺に喧嘩《けんか》を売ったことを確実に後悔させる為の反省を促すための道だけは、一本、完璧《かんぺき》に準備してやった。

あれの後ろにいる、一番のラスボスに向けての警告も済んでいる。あとは、あちらさんの出方次第だ。

黒いものは、全て消す。この子たちを、守る為だ。

二大公家と四公爵家のうち、宰相閣下のハミルトン大公家と、将軍閣下のアシュビー公爵家はすぐ選択対象から消える。論外です。問題は、グロスター大公家と、残りの三公爵家なのだが――。全部が全部一言で言うと、グレーより濃いんだよなあ。ほぼ黒に近いともいえる。

一番はっきり黒いのは、前皇帝の二人目の妃にして現皇太后の生家であるクレイバーン公爵家だ。

第二皇子を生んだ皇太后とクレイバーン公爵家は、前皇帝亡き後の今から十年前、次代の皇帝の座を狙い大掛かりな謀反を起こしたらしいが、現皇帝陛下にぼこぼこにされ、現在蟄居《ちっきょ》中とのこと。よく生かしてるな、皇帝陛下。まあ、何らかの考えがあるのでしょうが。

普通に考えれば、赤い侯爵様は一番にこの家を奉じそうなものだが、グレイはこれはないと踏んでいた。

ありそうが過ぎるからである。世の中そんなに簡単なものではないからなあ。

問題は残りの曲者《くせもの》達である。

「グロスター大公閣下と、コーエン公爵、ランドルフ公爵は、どうして皇帝陛下の治世に関わりを持たれないのですか？」

相手がはっきり聞いてくるので、こちらもはっきり聞いてみよう。

ズバリ尋ねるグレイに、皇帝陛下は事もなげにおっしゃられた。

「俺を嫌っているからだ」

「は？」

「俺が父上に似ていなくて、異母弟の方が似ている。ただそれだけの理由だそうだ」

「――どんだけ？」

呆《あき》れ果ててそれしか言葉が出なかった。

国の中枢を担う権力ピラミッドの頂点に近い方々が、当代の皇帝を嫌う理由が、たったそれだけ？

「父上は、言ってしまえば、ダグの色と同じ、金髪《プラチナブロンド》に濃いアメジストの瞳をした、それは綺麗な男だった。その色は皇家の象徴でハミルトン公爵とダグと、俺の異母弟に顕現した。言ってしまえば、それが皇家の印であり、俺とグロスター大公の銀髪蒼瞳《このいろ》は、異端だとさ。更に俺の母は下層貴族の出であり、皇帝の主筋の血ではない。それが彼らの言い分だ」

「カーティス侯がぶいぶい言ってえばってる理由もこれです。皇家と外戚《がいせき》に当たるのが彼の自慢ですからね」

宰相閣下が自分の瞳を指差し教えてくれる。

ああ、そういえば赤いあんちくしょうも紫の瞳をしていたが、宰相閣下ほどの綺麗な色ではなかったと記憶している。それが自慢とは――弱いなあ。あの自信はそれだけから来るものではないだろう。

ひとつの公爵家を除いて、大公家と公爵家の権力ピラミッド二段目と三段目のお家の跡取り嫡男達（現当主）がこぞって盲愛してシンパになって、主席と次席と席次三番って……。

皇帝陛下の御父上って、一体何者だったのでしょうか？

まあ、グロスター大公家以外は皆様ちゃんと跡取りが生まれておられて、よかったですね。の一言に尽きますが。

「グロスター大公と、コーエン公爵、ランドルフ公爵は、それだけアル父に本気だったんだろう。コーエン公爵もランドルフ公爵も子供がいるって言っても、養子だしな。結局三人とも結婚してないし」

「アルが生まれたのは奇跡と言われたそうですからね」

「ええっと、でも異母とはいえ、弟君がいらっしゃるんですよね？」

「ああ、あれは……かなり、人工的に処理がなされたらしくて、なんというか、皇太后陛下の公爵家が力技で――」

「アル父は女がダメな人だったんだよな？」

将軍閣下。そんなストレートにはっきり言わなくても……。

「俺に聞くな」

「もしかして、アルも女がダメなのか？」

何でそんな話を当然のようにフる？　場が凍り付いてますが……？　将軍閣下……それは確実に今聞くことではないでしょう。そして、どうして宰相閣下、止めないんですかね。

二人とも、何分かり合った顔してるんですか――？

今はあなたたちの国の一大事の話をしているのですが？

ああ、まあ、皇帝陛下の性志向によりこの後の血族問題が関わるとすれば、国の一大事にも関わると言えば言えますが、もっかい聞きますよ？　今聞くことですかねえ、それ？

「――今まで、たいして考えたことはなかったが」

ぽつりと、皇帝陛下が呟《つぶや》いた。

「俺は、こいつが好きみたいだ」

こいつ、ってどいつ？　ええと？

何で三人の目が一斉に俺に向くのかな？

14：【そうだ尖塔《せんとう》に登ろう】

バルナバーシュ城の一番高い場所。それは皇帝の居城である本宮中央の尖塔《せんとう》のてっぺんである。

中央尖塔は物見《ものみ》の塔とも呼ばれ、軍部の騎士達が交代で立哨《りっしょう》任務に当たり、外周路及び外郭壁、果ては城外まで特殊な魔道具を使用し常に目を光らせる、最重要防衛ポイントである。軍属以外は立ち入る事は出来ず、仮令《たとえ》軍属であっても特殊立哨の訓練を経験した選ばれた者しか立ち入りを許されない、特別警戒区域である。

グレイは今、その尖塔の更に上、「落ちたら間違いなく一発即死」だろう、尖塔の最高到達点。尖塔の避雷針横に座り込んでいた。

「この城で一番高い場所に行かせてください」

捕虜としてこの城にやって来てから、図書館での寝泊まり希望以外、恐らくは初めてのグレイからの頼み事を聞き入れてくれたのは将軍閣下だった。皇帝陛下と宰相閣下は、正直いい顔はしなかった。何といっても、皇帝陛下の爆弾発言の直後にそんなことを言ってしまった自分が悪い。それは分かっているのだが、自分だとて、少々一人になって考えたい事だってある。捕虜人質であっても、城から出せと言っているわけでもなく、それくらいなんとかして欲しいモノである。グレイは自分の立場をどこかの棚に上げ、そんな勝手なことを、尖塔の避雷針の横で考えていた。馬鹿となんとかは高いところが好き。という、前世の世界の格言があるが、自分はそれに漏れない人間だ。

冷静になりたいときは、昔から、一人で高いところによく登る。

何故ならば、普通の人間は好まないひとつ間違えば死に直結する高い場所。というものは、誰も付き合ってくれないので、必然的にひとりになれるからだ。

足元の方から「そろそろ降りてください」だの「危険で〜す」など、さわさわと声が聞こえてくるが、グレイは結構な角度の屋根瓦《やねがわら》に座り込み、遠く国境付近の山々の稜線《りょうせん》を静かに見つめていた。

その方向は、東と西と北の国の国境線に当たる高い尾根がある場所だ。

青い空のもと、雲とも見える高い尾根。それをしばらく見つめてから、グレイは静かに背を倒し、屋根瓦にごろりと体を伸ばした。

ここに上がる了承を得るまで一週間掛かった。

別に、皇帝陛下の爆弾発言のせいで、高所からの飛び降り自殺を勘繰られた訳ではない。

——何故そんな高い場所に行きたいのか？

ひとりになりたいからです。

——ひとりになるのになんで、そこか？

高いところが好きなのです。

お互い理解できないだろう押し問答の末、「自分が同行する」と手を上げてくれた将軍閣下には感謝はしている。しているが、別にずっと尖塔の立哨ポイントからこちらの様子を監視していただかなくとも……。まだ、死ぬ気はないので安心して欲しいのだが。

立哨ポイントは東西南北に四ヶ所。その全てから、グレイは一挙手一投足に至るまで、只今《ただいま》絶賛監視され中である。

東は、将軍閣下。

西は、イザック騎士団副長。

南は、レイアード第二師団団長。

北は、琥珀《こはく》だ。

すっかり仲良くなりやがって……お前はどちらの味方だよ。

衆人監視の上で、ひとり屋根の上。これは果たして「ひとり」と言えるのだろうか？

まあ、屋根の上にはひとりきりなので、ありがたいという他ないか。

なんといっても、自分の立場は、捕虜で人質であるから。

「凄《すご》い度胸の捕虜で人質ですね。俺、この上なんて流石《さすが》に登れませんよ」

「気が合うなレイアード。俺も無理だ」

「珍獣は、いつもこうなのか？」

「……主は、極まれにひとりになりたい時があって、その時は俺でも側《そば》には近寄れません」

下から聞こえてくる声に構わず、グレイは先達てのアルベルトの言葉を、思い出していた。

『俺は、こいつが好きみたいだ』

ぽつりと溢《こぼ》れた皇帝陛下のお言葉に、オカン三人衆の全ての目が、自分に向いた。

何を言い出して、誰を指しているのかな？

色恋ごとには鈍すぎるくらいに鈍い自分だとて、その意味は流石にわかり、この場に他の人間が居たかな？　と周囲をきょろきょろと窺《うかが》った。宰相閣下の執務室にその時存在したのは、四人だけ。皇帝陛下ご本人と、彼の腹心の部下であり友であろう宰相閣下と将軍閣下と、残るは、自分のみ。

まさかの俺の事ですか？

あり得ないが過ぎる。最近ちょっと、いや、かなり甘くなられたなあ、オカン達。とは思っていた。特に、皇帝陛下、が。あげく、先日の皇帝陛下からの「上書き」だ。「もしや」とはちょっとだけ考えたが、考えても無駄なことは考えない主義である自分だ。「もしや」は「まさか」と頭からとっとと追い出していたというのに。

宰相閣下は嫌なことを聞いたとばかりに顔を顰《しか》め、将軍閣下はやれやれと天を仰ぐ。

二人のこの顔を見て、皇帝陛下も大変宜しくない渋すぎる顔をなさったかと思ったら、三人三様でイヤ～な顔をして、今度は三人とも同じ動作で腕を組むと互いを睨み付け出した。

これは、「もしや」が「まさか」になったことは、確実である。

「話し合う必要があるな」

「そのようですね」

「酒入れないと無理だぞ」

わあ。ここにいるのは完全に危険だぞ。

「俺は、図書館に戻っていいでしょうか？」

無理を承知でお尋ねしてみたものの、返答は三人同時だった。

「「「主役が席をはずしてどうする？」」」

主役ってなんですか!?　そんなモノには、なりとうございませぬ!!

「でもなあ。お前最初は女将軍に一目惚れ《ひとめぼ》れだったろう？」

「それは否定せん」

ですよね？

皇帝陛下は、戦場で妹のクレアに一目惚れをなさって、東と西の休戦協定の条件として、クレアを捕虜人質としてご希望成された——はずですよね？

クレアにそんな戦後処理をさせたくなくて、クレアには幸せになって欲しくて、自分が身代わりでこちらにやってきた。それで、俺は安眠枕の任を貰《もら》って、なんとか、生き永らえている。ただ、それだけでしたよね？

その後、なんやかんや、まあ、まだ彼らには告げることが出来ない過去の——なにがしかのね、アレで、こうしてちょっと東の大国の国政に関して暗躍しているものの、俺は、全てが終わっても生きていたら、西の国に、一応は帰る気で、いるのだが。

「どうしてこうなった？」

「説明する必要あるか？」

「私「俺達には必要だな」」

オカン達が一触即発で、いつ剣を抜いてもおかしくない程に殺気立って来ております。

なんでそんなことになっているのか、自分にはさっぱり分からなくても、これだけは、聞かねばなるまい。グレイはごくりと息を飲み込んで、皇帝陛下に向けて口火を切った。

「皇帝陛下。クレアに、一目惚れしたのは……それはいつ、だったか聞いても？」

間髪を容れない皇帝陛下の返答に、「げっ」とグレイが言葉をなくした。

「最終戦の戦場だ」

最終戦だと？　最終戦って、最終戦だよな？

あれえ。最終戦には、クレアは出していないぞ。最終戦に居たのは、クレアの影武者の、「俺」だ。

あんな消化試合みたいな敗戦処理。クレアにさせたくなくて、なんとかクレアだけでも守ろうと、今まで背負わせた将軍家という重荷を、最後だけでも俺が変わってあげたくて——。

「兜脱《かぶと》いだ勇壮な姿に一目惚れしたんだろ？」

「あの時はそう思った」

あ、俺決定。

兜……。脱ぎました。目立つために——。敵兵を自分に集めるために、恰好《かっこう》つけて盛大に。

そう言えば、あの時。青毛の馬を駆った見るからに身分の高そうな騎士が、おっそろしい目つきで、自分に向かい全力で飛び出してきた。

思えば、あの時の騎士は、兜を被《かぶ》っていて顔はよくわからなかったが、この深い瑠璃色《るりいろ》の瞳《ひとみ》を持つこの男、皇帝陛下でしたね？

初めて皇帝陛下に謁見したあの時も、そんなこと、思い出していた気が、しないでもない。

「無条件降伏の調印の時に別人に会ったみたいに目が覚めた」

「早っ！」

宰相閣下と将軍閣下の皇帝陛下への突っ込みも耳に入らず、グレイの顔がどんどん赤くなっていく。

うん。調印式は、俺出てない。

あれは、さすがに対面だとバレるだろうと、クレアが、ぶちぶち言いながら出席していた。

「もともと、俺の、人生初一目惚れはカーさんだ」

「開き直ったな」

「カーさんも、黒髪黒目だったから」

「初耳だ!!」

グレイの顔が今度はどんどん青くなっていく。

血の気がどんどんうせていくグレイの前で、将軍閣下はやりそうだが、絶対にそんなことはしなさそうに見える宰相閣下が、こともあろうに皇帝陛下の襟首を摑《つか》み上げ、怒声を上げていた。

「カーさんの顔が、見えていたと、まさかそんなこと！　今、言いますか、アル!?」

「アル！　答えろ!?」

二人の怒号と吊《つ》るし上げに、皇帝陛下はちらりとこちらを見やり、二人に視線を戻すと小さく呟いた。

「一瞬だ。カーさんが、俺を庇《かば》って、背中を斬り付けられた、あの、一瞬だけ、見えた」

「「何故《なぜ》、今まで黙っていた!?」」

「それは──俺の、我《わ》が儘《まま》だ。詫《わ》びる他、ない」

流石にそれは許せん!!　と吐き捨てる二人の前で、アルベルトが静かに、ただ真《ま》っ直《す》ぐにグレイの目を射てきた。

「学者。──答えて欲しい、お前の父親は、お前と同じ顔をした、黒髪黒目、いや、黒曜石の瞳をしていたか？」

懇願するような、真摯《しんし》な、ただひたすらに祈るようなアルベルトの瑠璃色の瞳に、グレイはなす術《すべ》もなかった。

これは──嘘《うそ》偽りを告げるわけにはいかない。

だが、それは、まだ……告げる準備も、何もかもが、出来てはいない。

耳を打つ静寂と、鼓膜を震わす彼らの祈りの覇気に、グレイは一度目を閉じて、静かにそれを開き、彼らを真っ直ぐに見つめて口を開いた。

「この城で一番高い場所に行かせてください」

「「は？」」

何を言い出す？　と彼らの目は同じく訴えてきた。

わかる。

その気持ちは物凄《ものすご》くわかりますが、こちらも、全てを掛けなければいけない程の、重要事項なのだ。

おいそれと、簡単に真実を告げるわけにはいかない。

巻き込むことは、出来ないのだから。

◆◆◆

守護となる四人の屈強な男達が見守る緊張漂う中央尖塔《せんとう》の物見の塔で、事態が動いたのは、日が傾きだした夕刻の事。

季節は冬の真《ま》っ只中《ただなか》。

ただでさえ冷え込むこの時期に、この高所で数時間過ごすなど、普通に考えたら有り得ない（場所からしても考えられないが）。

誰が宥《なだ》めすかしても、どう懇願しても降りて来てくれなかった孤高の人を動かしたのは、あろうことか、図書館司書長キースの伝言だった。正直に言わせてもらえば、大変面白くない。

「総長！　図書館司書長から緊急でグレイ殿に伝言を預かっております！」

駆け込んできた騎士に、ヒューバートは視線も向けずに吐き捨てるように言い切った。

「キースがどうした⁉」

今は本当にそれどころではないのだ。

もう寒さがどうとかよりも、グレイのその身が心配で、一同は心臓が痛くて止まりそうだった。

ヒューバートの大切な男は、自分だけを見上げる四人の男の視線にもまったくのお構いなしで、遠く夕闇のオレンジに色を変えだした山の稜線《りょうせん》に視線を向けたまま、微動だにしない。

何者からも守ってやりたいし、それどころか、風邪《かぜ》すら引かせたくないというのに、こんなにも大切に思っていても、今は降りて来てもらう糸口すら摑めない。

そのいらいらが言葉に棘《とげ》を生む。

伝言を持った騎士は殺気すら孕《はら》んだヒューバートの気配に背筋を伸ばし、直立不動で声を上げた。

「グ、グレイ殿にっ！【竜現の書】の上巻が――返却されたと直ぐに伝えて欲しいと――!!」

「「「なんだそれっ――!?」」」

数時間をここで共に過ごし、緊張膠着《こうちゃく》状態も限界に近かった四人の突っ込みが一斉に上がった瞬間、尖塔の上の気配が動いたのを、彼らは見過ごさなかった。

グレイが確かに立ち上がった、気配。

ずるっ！　何かのすべる音と共に、ヒューバートの頭上から人影が落ちてきた。とっさに渾身《こんしん》の力で手を伸ばし、触れたその身を力の限り抱き込んで、物見の塔の石畳に、抱き込んだその体と共にヒューバートは転がりこんだ。

確実に心臓は一回止まった。

どくどくと脈打ちだした心臓の音が鼓膜を打ちまくり、血が、逆流する。

腕の中のその体が、温かいことを力の限り抱き締めて確認して、その脈を確かめるために、細く白い首筋に顔を擦り付けた。

「場所を考えて動け!!　俺を、殺す気か!?」

「――すまん。……ビー」

ビー。

ヒューバートの心臓がもう一回止まった。

今、この男は、自分のことを何と呼んだ？

今、俺を呼んだ、その愛称は、この世でたった一人の人にしか教えたことは、ない。

「今のは、完全に俺が悪い。【竜現の書】と聞いて、全部、頭から吹っ飛んだ……」

「主!!」

瞬間移動か？　と聞きたくなる速度で直ぐ側《そば》に現れた琥珀《こはく》が、ヒューバートの腕からグレイを奪ってぎゅうぎゅうに抱き締める。

「将軍！　礼を言う！　よく瞬時に主を守ってくれた――。言葉に尽くせない程、感謝する!!　で、主!!　主も主です!!　この高さから落ちたら、流石《さすが》の主だって無事では済みませんよ!!」

「すまん」

「すまん。で済まさないでください!?　って、そんな顔してもダメです!!　絶対許しません!!　な、なでなで、しても――ああ～……駄目です!!　ううう……」

「すまん。びっくりさせたな。よしよし」

琥珀が見たこともない程に、取っ散らかっている。

自分達の前では常に冷静沈着で、シニカルな冷たい笑みを浮かべる影の者の代名詞みたいな白豹《はくひょう》が、怒り心頭で説教タイムに入りながらも、頭をなでなでされて、背中をよしよしされて、もう、瞬殺で懐柔されて主人に甘える猫みたいになっている。この主従関係も、なんだかよくわからないな。

目前で展開される不思議な主従を見つめるほかないヒューバートではあったが、どうしても、そのままスルーするわけにはいかないパワーワードが頭の中でがんがんと響き渡っていた。

グレイが、自分を「ビー」と呼んだこと。

そして、琥珀が言った「流石の主だって無事では済みませんよ」という言葉。

ここから落ちて、無事で済むはずなんてなく死なない事など、あるわけがない。

高所に弱い者であれば、物見台に近寄る事も出来ないだろう中央尖塔から地面を見つめて、ヒューバートはこれをどうアルベルトとダグラスに報告すべきか、頭を抱えるしかなかった。


「で、問題の学者は、それからどうしているんだ？」

ここにはどうして、その姿がない。と、周囲五メートル範囲の人間をその目力で射殺しそうなアルベルトに対し、ヒューバートは頭を掻《か》いて応接ソファーにその身を沈めた。

「珍獣はそのまま皇宮図書館に直行して、件《くだん》の【竜現の書】とやらの解読に入っちまった。誰が何を言おうと、まず冷えた身体《からだ》を湯殿であったためろと言っても、何も聞かない。あんな珍獣、初めて見た」

「――どんな感じなんだ？」

「余裕がない。と言えばいいのか？　あんなに切羽詰まった珍獣は、正直初めて、見た」

「俺も、初めて。だ」

珍しくもグレイに付き従うでなく、ヒューバートの横に立ち尽くす琥珀が、続ける。

「ダグラスが付いていてくれているが、俺ですら、今の主には、近付けない――」

見えない耳が垂れている。尻尾《しっぽ》もだ。

この男がこんなに衝撃を受けるくらいには、グレイの状態は思わしくない。

それを理解したアルベルトは、皇宮図書館に向かおうと一度立ち上がり、一歩足を進めたと思ったら、元に戻り、どかりと、ヒューバートの前に座り込んで、前のめりに突っ込んできた。

「お前のその様子。何か、あったな？」

「ヒュー」

「カーさんの姿を一瞬でも見たことを黙ってたお前に、話す義理はない」

祈る様に頼み込むアルベルトの声の響きに、しばらく重く口を閉ざしていたヒューバートが、小さく体を震わせた。

「ヒュー……」

「――……ビー、と」

天井を仰いで右腕で目を覆って、ヒューバートが絞り出すように震える声で、呟《つぶや》いた。

「珍獣が、俺を――ビー、って呼んだ」

ヒューバートの顔を覆った右腕の下から、光るものが一筋、流れて消えた。

天井を仰いだまま動かないヒューバートの前で、アルベルトは声をなくし凍り付いていた。

ビー。

ヒューバートをその愛称で呼んだものは、この世界に、ひとりだけ。

「……まさか」

声にならない喉《のど》の奥からの心の叫びが、アルベルトの口から零《こぼ》れた。

ふたりとも、握りしめた拳《こぶし》が、震えている。もしかして。そうだったらいい。そんな考えがなかったと言えば、嘘になる。けれども、そんなことは、あるはずがないと、頭の中から消し去っていた。

誰よりも好きな人。

いや。

好き。なんて言葉で譬《たと》えられるものではない。

ふたりとダグラスにとって、あの日の思い出とあの人は、今の自分達を形作る、何よりも大切な記憶であり、何よりも大切な人なのだ。

「これは、俺の独り言だ」

全身を震わせるほどの衝撃を受けているふたりの前で、琥珀が窓辺に立って、ぽつりと呟いた。

夜の帳《とばり》が近付く時刻に、群青の夜空に霞《かす》み溶けてゆく西の山々を見つめながら、琥珀は目を閉じた。

琥珀が見ていた山々は、中央尖塔の上から、グレイがただ見つめていた、高い山の尾根だ。

「これは、主への、裏切りとなる独り言だ」

だが。と、琥珀は言葉を続ける。

「これを告げるのは、大切な主への裏切りになるかもしれないが、それと同時に、俺の大切な主を守る——守り刀となるかもしれないからだ」

沈黙が落ちて来る。琥珀は、こちらを振り向かない。自分達が今、どんな顔をしているかなんてわからない。アルベルトとヒューバートは、瞬きも出来ずに琥珀の背を見つめて、そうするしかない様に、静かに立ち上がった。

「主の御父上は、黒髪黒目ではなかった」

それは、ふたりの求める答えであり、更には大きな疑問を連れて来る。

最初に考えたことは、アルベルトもヒューバートも同じ。カーさんに似た温かさと優しさを持った、西の国から来たグレイは、彼らの大切な人の血族ではないか？　ということ。

アルベルトに至っては、カーさんを一瞬ではあるが視認している。

カーさんと同じ色を持ち、同じ温かさを持つグレイを、口には出さないが、恐らくはカーさんの子、と頭の片隅で認識していた。大切なあの人と似ているのは、あの人の子供だから？

身体的な色と雰囲気もそうだし、言動もそう。自分達に対する態度も同じ血を持つから？

——いや、違う。

病的なアルベルトの不眠の改善。ヒューバートもダグラスも、言ってしまえば同じだ。そもそも、得体のしれない敵国の人間を隣にして、その温かさに安堵《あんど》して、穏やかに眠れる。その時点で、気付けるチャンスは何度もあったはずだ。

あの温かさに、変わるものなど、何もないから。

「黒髪黒目の色は遺伝は全く関係なく同一族に出るものでもない。西の国でも、黒髪黒目の姿を持つ者は稀少《きしょう》。俺の知る限りで、その色を持つ者は、今の世代では——三人だけだ」

三人。

二人は、わかる。グレイと、グレイの双子の妹である、クレアだ。では、もう一人は誰だ？

「もう、ひとり……だと？」

「いや――。俺をビーと呼べるのは、ひとりだけだ」

二人の頭の中はぐちゃぐちゃだった。思考の整理がつかないのである。

希望と可能性と、恐怖と落胆が、ぐちゃぐちゃに混ざり合っている。

ここまで来たら答えは見えているようなものだ。もともと、疑ってはいた。

たまにぽろりと零れ落ちて来る、グレイの言葉。

『アルかわいいなあ～おっきくなったなあ～』

あの一言だって、冷静に考えればおかしい。

『本当に男前になったなあ。お前』

いつからの対比で、その言葉は出てきたのか。

『ダグは、かわい恰好よくなったなあ。さんにんともおっきくなって』

三人とも大きくなってだと？　それは、自分達のいつを知っていて出た言葉なのか。

記憶に残る刀傷と寸分変わらぬ部位に残る、グレイの体温が上がると現れる背中の傷跡。

これらの符号全てが、予想する希望と、ぴったりハマるとしたら……。自分達の希望的憶測が、どんどん、どんどん大きく巨大になっていくのが、わかる。アルベルトとヒューバートの心臓の音がどくんどくんと高まって、他の音など何も聞こえない程に耳を打つ。

「「こ――」」

同時に「琥珀」と呼び掛けようとしたふたりの声を、当の琥珀は遮った。

「東も西も、始祖は同じ。始祖は、黒い竜が生み出した黒髪黒目の人だったたって伝承がある」

「それは、天地開闢《てんちかいびやく》の歴史書の最初に文章記載がある」

琥珀の問いにアルベルトが答え、ヒューバートが頷《うなず》く。琥珀はそれに振り返りもせずに一つ息を吐いて言葉を続ける。

「東の国にはもう黒髪黒目は存在しないらしいが、西の国では先祖返りで黒髪黒目が生まれることが普通にあり、血族による遺伝は関係ない。それに該当するのが、クレアともうひとり。主は――これには含まれない」

含まれない？

「どういう、ことだ。あいつは、あんなに真っ黒な髪と黒曜石みたいな黒い瞳《ひとみ》をしているだろう？」

琥珀は変わらず振り返らない。

頑《かたく》なに二人を拒む琥珀の背中から、アルベルトとヒューバートはそれを理解した。

次の言葉は、彼の、命を懸ける一言である事が。

「主の黒髪黒目は――主の家門にかけられた、【呪い】の印」

【呪い】という穏やかでないその言葉を、アルベルトもヒューバートも茶化すことなど出来はしなかった。

これは本当に琥珀の命がけの言葉であることが、その顔を見なくても分かるのだ。主と呼び慕うグレイの許可も取らずに、きっと独断で伝えてくれているであろう真実を、踏みにじる事など二人には決して出来なかった。

「主《あるじ》は、俺の心臓だ」

琥珀の声音は泣いているような響きを持っていた。

両手のひらで水をすくう様な仕草をして、それをじっと見つめながら、琥珀は自らの両拳をギリギリと握りしめた。

「主は、俺の想いのままにこの手で触れることも手に入れる事も出来ないけれど、それがないと生きてはいけない。世界で一番大切で、好きで、生きていてくれるだけで幸せな、たった一つの光、だ」

血を吐くような声で琥珀は独り言を続ける。それは、彼のたったひとつの希望の響きを含んでいた。

「主は呪いを受け入れている。だから、背の傷の事は――話さないし、認めることは、ないだろう。だが、あんた達なら……主を、あの主を動かした――あんた達なら！　主を……ここに、引き留めることが、出来るかも、しれない」

琥珀は一息に胸中を吐露し、いつもと同じように、闇に溶けるように、その姿を消した。

◆◆◆

グレイの様子がおかしい。

誰も寄せ付けず近寄る事すら許さない冷たい拒絶のオーラを纏《まと》うこの人は、いったい、誰だ？

いつも朗らかで、明るいお日様みたいな笑顔を見せるグレイと今の彼は、別人にしか見えない。

皇宮図書館は今、あり得ない程の緊張感に包まれていた。

古書閲覧用のライティングデスクで、関連文献を掻き集めて、ダグラスですら見たことのない古代文字の【竜現の書】の上巻をフルスピードで解読しているグレイの顔付きは、いつもとは完全に違っていた。

グレイが、いつものグレイではない。

その場に居合わせたグレイを知る誰もが、言葉をなくし、ただ、グレイを見つめる事しか出来ないでいる。グレイの真剣な眼差《まなざ》しから、状況は切迫していることは直《す》ぐに理解できる。

助けたいのに、手を伸ばすことが出来ない。

救いたいのに、声すら掛けることが出来ない。

「――影以外、全員ここから即時退去してください」

ダグラスの有無を言わせない宰相たる重厚な声音に、図書館に居合わせた官吏や貴族が速やかに扉の向こうへと消えて行った。残ったのは、図書館司書長キースと、グレイの護衛に当たっていたイザックとレイアードのみ。

「宰相閣下……」

「キースも、退去してください。イザックとレイアードは、扉前に待機を」

ダグラスの無慈悲な指示に三人は微《かす》かに首を振ったが、それを目で制する宰相の圧力に敵《かな》う筈《はず》もなく、一礼と共に命に従った。

図書館の大扉が閉じる重厚な音が館内に響き渡る。

扉が完全に閉じたことを確認し、更に、館内にぐるりと視線を走らせて誰もいなくなったことを確実に確認すると、ダグラスはグレイの籠《こも》るライティングデスクエリアへと歩き出した。

グレイは図書館内に人気がなくなったことなど全く構いもせずに、先刻から変わらない姿勢のまま、ただ、手元の古書解読に没頭していた。

グレイの右隣の席に座り、ダグラスはその顔を覗《のぞ》き込《こ》んだ。

隣の席に、体が触れる程に近くにいるというのに、グレイはこちらを向くこともなく、ただ、手元の古書のページを捲《めく》っている。寂しいな。とダグラスは思った。いつもならば、するりとこちらを向き「何かありましたか？」と穏やかな目を向けてくれる、優しい人が、泣き出しそうな目をして、ただひたすらに、古書と向き合っている。

どんな内容の本であろうと、いつも楽し気に、いつも幸せそうに、選んだ本と向き合っていたあなたが、そんな悲しそうな目で本と向き合っている姿を見るだけで、本当に、寂しいと、思うのだ。

「グレイ」

ダグラスが呼び掛けても、グレイの反応はない。

その時、ダグラスの中で一応彼なりに抑えていた「ある事」のリミッターが切れた。

「グレイ。あなたがこちらを見てくれないのならば、私もアルに倣って上書きをさせて貰《もら》います」

上書き。その言葉にのみ瞼《まぶた》がピクリと反応したグレイを見逃さず、ダグラスは両手を伸ばしてグレイの顔を自分に向けると、そのまま、噛《かじ》り付くように、口付けた。

グレイの黒曜石の瞳が、これ以上ないくらいに驚きに見開かれた。

私はここにいる。あなたの、側《そば》にいる。自分を、認識して欲しい。

出来る事ならば、自分だけを、見て欲しいのだ。

想いの全てを理解して欲しくて、ダグラスはグレイの唇を貪欲《どんよく》に貪《むさぼ》った。

上書きの口付けは、甘すぎる程に甘い。

常の彼ならば決して表には出さないだろう情熱の限りを尽くしての口付けを、一身にその身に受けたグレイは何が起きたのか理解する余裕もなく、目を剝《む》くしかなかった。息すらも貪る長い口付けの後、名残惜《なごりお》しくも解放したグレイは浅く息を吐きながら、ダグラスの肩口に凭《もた》れてきた。手加減はしなかったので、こうなって貰わないと困る。

口元が緩むのも構わずに、ダグラスはグレイのこめかみにキスを落とした。

「アルに、先を越されましたが、私も上書きが出来てよかったです。あなたのあの騙《だま》し討《う》ちは、正直、不本意だったもので」

「――かなり、の、不意打ちだ……宰相閣下……」

「ダグです。愛称の方でもよいですよ？」

ぱちりとグレイが大きく瞬《しばたた》いた。

自分を見てくれた。そうして、今に、戻って来てくれたことを知る。

グレイの黒曜石の瞳に動揺の色が走るのを、ダグラスは見逃さない。今が、追い込み時だ。今を逃せば、もうチャンスはないかもしれない。

「幼い頃に伝えた、私の愛称でどうぞ」

真っ直ぐに目を見つめて言い切る。

「――今は、まだ呼んで貰えなくとも、私は、待ちますよ。待てます」

二十年も待ったのだ。もう少々待つくらい、何ということはない。

ダグラスにはもう、確信があった。この人は、自分達が長く待ち続けた人であるという、確信が。

あなたを傍らに抱いて眠るときに感じる、あの温かさが、自分に気付かせてくれたから。


「……相変わらず、賢いなあ」


ぽつりと呟いたグレイの言葉。それは、ダグラスを歓喜させるのに十分な回答だった。

「グレイ――！ あなたはやっぱり……」

「まだ、待ってくれ。もう少し――もう少し……。全部終わったら、話せる、かな？ 待って、くれたら……」

「待ちます」

ダグラスはグレイの体を抱き締めた。

「いくらでも待ちます。私は、あなたのことを知りたいのです」

懇願するダグラスに、グレイは困ったように苦笑して、抱き込まれたダグラスの頭を優しく撫《な》でた。

その優しい手は、ダグラスの大切なあの時の記憶を呼び戻した。

涙が溢《あふ》れそうだ。どれだけこの時を待ったかしれない。だが、それにただ溺《おぼ》れるわけにはいかない。

今は、聞かなければ、知らなければならないことが、まだあるのだ。

「――その【竜現の書】は、あなたにとり、重要なものなのですか？」

「俺が、クレアの代わりに捕虜としてここに来たのには、二つ理由がある。一つは謁見の間で話したとは思うけど、クレアを守ること。まずそれが一番。そして、もう一つは、長年うちの家門が探し続けていた【竜現の書】が、バルナバーシュ皇宮図書館に存在すると、情報を得たからだ」

「だから、図書館に住み着いてまで」

「いや。純粋に蔵書がたくさんで浮かれてたのも本当だ。昔は、捕虜として入り込めると思ってなかったから、忍び込もうとして、皇宮の図面を完全記憶したりしたこともあったなあ」

グレイの口調がいつもの軽口に戻っていることに、ダグラスはほっと胸を撫でおろした。

なんだか「皇宮図面を完全記憶した」などと不穏な言葉を聞いた気もするが、今は、グレイがいつものグレイに戻ったことの方が、重要である。

「【竜現の書】は、うちの家門が長い間探し続けていた、古文書で……我が家門の、問題を解く、唯一の文献であり、俺の、救い、が見つかるかもしれない唯一の――でも、まずはそれは置いておくことにする」

すっかり平常運行のグレイとなって、彼はいつもの太陽の笑顔を浮かべてダグラスの顔を覗き込んできた。

「まずは先に手を付けた方を片付ける事に集中する。色々すみませんでした宰相閣下。お三方に詰め寄られて尖塔《せんとう》に逃げたことも、これに自分を見失い引き籠もりになった事も、お詫《わ》び申し上げます」

手元の【竜現の書】をぱたんと閉じて、グレイはぺこりと頭を下げた。

「――そこまで、戻らなくても。口調はさっきの方が、私は嬉《うれ》しいのですが」

「天下のバルナバーシュ宰相閣下に、そんなことはできません」

先刻のダグラスの喜びは、ひとまずなかったことにされたようだ。

待てと言われて、待つと言った手前、それに話を戻すわけにもいかないダグラスは、アルベルトに負けないくらいの大きな溜息《ためいき》を溢《こぼ》して、今聞ける懸念事項を尋ねることにした。

「あなたにとって重要な文献なのでしたら、私も、古文書解読のスペシャリストを動員して、解読のお手伝いをしますよ。今すぐにでも進めましょう」

「いや。今は、こっちを片付けるのが先だから」

「しかしっ!?」

声を荒らげるダグラスの前に、グレイは右手の小指をダグラスの目の前ににゅっと突き出した。

「困ったことがあったら、必ず助けると。指切りしたからね」

ダグラスの目から、涙が零《こぼ》れ落ちる。これは、我慢しろと言われても、無理だ。

「こっちに来たのは二つの目的の為だったけど、最も重要な三つ目が出来てしまったから仕方がない。でもさ」

さっきのあの上書きはないだろう。と、グレイが笑った。

私の名前は、キース・エンゲル。

東の大国バルナバーシュでは古い血筋を繋《つな》げる、エンゲル伯爵家嫡男として生まれ、現在は皇宮図書館司書長を拝命しています。


え。知ってる？　ありがとうございます。大変光栄です。


グレイさんがこの皇宮図書館に現れてからこっち、色々、本当に色々（遠い目）ありました。

皇帝陛下の承認があるとしても、敵国からの捕虜ですよ？　最初はどうなる事かと本気で心配したものですが、グレイさんは博識で、蔵書に関しての知見は深く、気付けば大変仲良くさせていただける、図書仲間となっております。

ホントですよ。いい人なんです、グレイさん。たまにどえらい事を振って来る以外は、ですがね。

あれは、止《や》めて欲しいデス。心臓がいくつあっても足りません。うん。

図書館司書としての職務にも就いたことがあるというグレイさんは、私達だけでは回せない、図書の整理・管理などの業務の手伝いだけではなく、取扱い要注意の古文書解読までしてくれて、更には、法務や税務などの教育を官吏に施すなど、「何者？」と聞きたくなる程に日々マルチに活躍されております。あ、そういえば、騎士団から自分に付けられた護衛騎士に、有事の際の人員分割のレクチャー迄《まで》してたのは、正直驚きました。騎士さん達が一番びっくりしてましたが、西の国の将軍家出身ってのは、伊達《だて》じゃないんですね。

彼には、たまに落としてくる爆弾以外、本当に何の問題もないのです。なんなら本好きの友人として、内緒ですが、好意すら抱いております。お三方の耳には、絶対に入れる事は出来ませんが……。

問題は、彼に付随する、その高貴なるお三方――。

今日も今日とて、私の職場である皇宮図書館の司書席にて、一日の業務を滞りなく遂行するはずが、始業時間になるなり現れた来客に、今日は、久しぶりの「厄日」であるらしいことをキースは瞬時に理解した。

「キース。【竜現の書】について聞きたい」

「キース。西の国のブラッドフォード家の系図とブラッドフォード家の詳細に関しての文献はありますか？」

皇帝陛下のド直球と、宰相閣下の怒濤《どとう》のご依頼。どちらかを先に、なんて出来るわけがありません。全て同時に回答せねば、図書館司書長の名が折れます。

「承知いたしました。即時準備いたします」

「助かります。護衛騎士と近衛兵以外、申し訳ないですが総員退去願います。皇帝陛下の勅命です」

うんーと。先日もこのようなことがあった気がしますが、今回、私は必要なのですね？

お力添え出来る事が、大変光栄です。ああ、嬉しくて泣きそうです――。

自分は先達ての辺境伯領外壁のお宝騒ぎなど、噂話《うわさばなし》に疎いところはあるものの、皇宮への仕官貴族の中では出世株の実力者と言われております！

仕える方々の狙いと目的を即時汲《く》み取《と》り、グレイさんの巣と化している図書館中央の大机エリアに要望に沿った文献・蔵書を瞬時に揃えることなど、造作もございません。

「竜現の書は、上下巻の二冊でセットとなる、帝国の天地開闢《てんちかいびゃく》記よりも以前の、人が記した中で一番古いとされる古代文献です。過去には数十冊あったと確認されておりますが、現存するのは我が皇宮図書館の所蔵書のみ。世界の始祖に関わることが記述された、秘蔵ともいえる蔵書なのですが、この数十年間、上下巻ともに行方不明となっておりました」

「――初耳だぞ」

仕えるべき主君の声に、キースは頭《こうべ》を垂れた。

「貸出記述は残っており、最終貸出者は、前皇帝陛下……。陛下の御父上です」

「それで追及も追尾も出来なかったのですね」

「はい。前司書長から、そのように引き継ぎを受けております。問題は、今回の返却者と、上巻のみの返却ということです。下巻は――未《いま》だに返却されてはおりません」

「返却者は、誰だ？」

核心を突く若き皇帝の低い声に、キースは目を閉じ息を整えた。返却者に関しては、すでにグレイさんにも伝えている。名前を告げた時「よりにもよって」と冷たく笑ったあの顔は、キースの知る、優しいものではなかったが……。

「外務卿のカーティス・セラト・グレイブル侯爵閣下です」

キースの目前にいる、皇帝と宰相だけではなく、彼らの護衛任に当たっていた騎士までが、冷たい刃《やいば》のような恐ろしい気迫を全身から溢れさせた。

「……カーティス。か」

「グレイは、いったい、どこまで読んでいるのでしょうね……」

左目のモノクルを外し手巾《ハンカチ》で拭《ふ》きながら、宰相閣下がキースに顔を向けてきた。

王族の血統を持つことを知らせる紫の瞳《ひとみ》が一見冷静に見えるが、怒りに燃えているのが分かって、背中に冷たい汗が流れます。自分に対しての怒りではないことはわかりますが、怖い。怖すぎデス。震えが全身に広がっていきます。

グレイさんはよくこの方々に色々な角度から突っ込んでおられるが、どんだけあの人の心臓には毛が生えているのでしょうか？　ちょっと分けてもらいたいような、いや、やっぱり止めといたほうがいいような。

「竜現の書の解読はグレイがいなければ、我々だけでは無理です。後にしましょう」

「――はい。では、こちらが、西の国のブラッドフォード家の系図と家門の詳細文献となります」

ブラッドフォード家の系図の複製は、文献ではなく、巻物として戦争文献の棚に保存されていた。

ブラッドフォードは西の国でも王家と並ぶほどに歴史ある家門として知られ、同時に、長く将軍職を務める血筋でもある。系図にある代々の当主はほとんどが将軍職に就いており、現在の当主兼将軍職はグレイの実妹であるクレア・ブラッドフォードとの記載がある。

あれ？　と、声には出さなかったがキースが気付いたことがあった。

「竜現の書が、家門の問題を解く唯一の文献。と、グレイは言っていました。では、そもそもブラッドフォードの問題とは何か？　系図と詳細文献に何か記載があれば、いいのですが……」

宰相閣下と皇帝陛下は手袋を嵌《は》め、系図のどんどん古い方へ指を滑らせていく。

「本当に古い、家門なんですね」

「西の王家より古いな。うちの皇統といい勝負だが……。学者の黒髪黒目は——ある印、と琥珀《こはく》が言っていた」

「印？」

宰相閣下が眉《まゆ》を寄せ詳細を聞き出そうと皇帝陛下に詰め寄るが、陛下は「後で話す」とここでそれを開示する意思はないようだ。余程の重要事項なのだろうと感じる。

「では、グレイの妹君も？」

「女将軍は、ただの先祖返りだそうだ。おまけに黒髪黒目はもう一人いて、こいつも、先祖返りで、西では稀少《きしょう》ではあるが普通にある事らしい」

「グレイだけ、違うということですか？」

「琥珀の話が、本当だったらな」

皇帝陛下と宰相閣下だけではなく、護衛騎士までもが皆、顔色を変える。

あの朗らかで優しい人に、一体なにがあるというのか？

机に広げたブラッドフォード家の系図に何とはなしに目を走らせたキースが、それに気付く。

「あ」

先刻自分が気付いた疑問が正しかったことを、目を走らせた系図から読み取り小さく声を上げたキースに、宰相閣下が顔を上げた。

「何か見つけたのですか？」

「――関係するかどうかは、分かりませんが……。数世代おきに双子がいらっしゃって、その双子の片方が」

グレイとクレアからさかのぼる事、三代先と、更に五代先、更にその先――双子の記述がある片方を指差し、キースは唇を噛《か》み締《し》めながら、低く呟《つぶや》いた。

「双子の片方だけが、全員――だと……思いませんか？」

その場にいた全員が、ブラッドフォード家の系図に、噛《かじ》り付いた。

15：【グレイの受難】

日常が、戻ってまいりました。

今日の目覚めは、将軍閣下の腕の中でございます。

日常……。これが日常ってのは、やはりどうかとは思うのだが、俺の希望は通りませんでした。

なんでかな？

先日の一件以来、常に、オカン三人衆のうち最低一人が、俺の側《そば》に張り付くという、謎の状況になっております。俺、捕虜で人質ですよね？　皆様覚えてますかね？　扱い、おかしくないですか？

ああ、尖塔なんて……登らなければよかった。大事にしてしまった俺が馬鹿だった。

一応公式発表は待って貰《もら》ってはいるものの、ほとんどバレてしまった『アレ』の事もあり、なんでか、夜の共寝の寵愛《ちようあい》当番も復活された模様です。連れ込んだもん勝ちの早いもん勝ちルールは、本気の決闘になりかねないとの結論が出たそうで、正しく順番を守ろう、とお三方での話し合いの上での決定事項だそうです。そこに、俺の意思は反映されることはなかったのが、残念でなりません。

はあ。考えたくないがこっちも考えないといけない事になってしまった。

皇帝陛下の治世安定が一番の大仕事であるのは変わらないが、同時進行で、うちの家門の【呪い】問題も現れたんだぞ。それなのに、色恋事の追加だなんて、三つは、無理っていうか、それ、俺最大の苦手ジャンルです。前の人生でも今の人生でも、これっぽっちも関わらず、関わりたくなく、避けて通ってきた——偉そうに言ってみたが、縁が、なかったので、全く分かりません！

何故《なぜ》に、俺なの？

どこで、俺なの？

あんな男前で、能力なんてピカイチの、男からも女からも秋波送られまくりの当世一流の男三人が揃《そろ》いも揃って、どこをどうとって、俺なの？

もっとあなた方にお似合いの、綺麗《きれい》で立派な人なんて、世界に山ほどいるでしょうに。

皇帝陛下の「上書き」は何かの間違いだと思って、スルーする気でいた。ただの寝ぼっけーで、俺に、あ〜んなことしたのだ。と、片付けるつもりでいたのです。

だが、ですよ。更に追加での宰相閣下からの「上書き」です。

あれは、ないでしょう。とは思うものの、お陰様で、確かに【竜現の書】に飛んでいた俺の意識が正気に戻ったので、宰相閣下にはお礼？　せねばならぬ……のか。う〜ん。微妙。

しかしだ。上書きってさ、そもそも、ああいうものか？

まあ、酔っぱらって、本人意識はないのだが「キス魔」になったことは、確からしく……。それは、完全に俺が悪いです。確実です。それに関しては、逃げも隠れもいたしません。

しかし、だ。不本意に唇を奪われたからって、上書きする必要って、あるのか？

相手からの突然の強襲でプライドに触れたという、皇帝陛下と宰相閣下の、お気持ちは、分かりたくないが、分かる？　かな。うん。考えるのは止めよう。これを考えていると、また、将軍閣下まで「俺も上書きする」と乱入してきて、地獄絵図になる。

「……また、考えても無駄な事を、考えてるだろう」

寝起きの少々声の掠《かす》れたハスキーボイスが、的確なお言葉を紡いでくれた。

「——俺の理解が及ばない領域なので」

「そういうのは、頭で考えても無駄だろう？」

「頭脳筋のヒューに言われましても」

「は。お前、馬鹿だなあ」

ぎゅうっと抱きしめられて、グレイは逃げ道を奪われる。

「考えても無駄なことは、考えない主義なんだろう？」

「——そうです」

「なら、わかるまで考えないといいんだ。俺は、そうしたぞ？」

ちゅ。と額に唇を落とされて、グレイの顔が真っ赤に染まる。

「そろそろ、ヤバいな。これ以上引っ付いていたら、手を出す自信しかない」

心底残念そうな顔をして上体を起こすと、将軍閣下はう～ん！　と両腕を伸ばした。

「そんな戯言《ざれごと》を言う割に、いつも寝つきは素晴らしくよいですよね？」

「戯言言うな。いつも本気だぞ」

あ、ヤバい。目が、本気だ。

結構な誘い文句は常日頃あいさつ代わりに言われることも多いが、夜にベッドに引っ張り込まれても、今のところそういう状況に持って行かれそうになったことは、幸運にもない。それは、オカン三人共に共通している。

自分も男の端くれである。

好きな相手と一緒に眠って、ソウならないってのは、ソウいうことで、いいのかな？　なんて、グレイは簡単に楽観していたのだが、将軍閣下のこの目を見る限り、これ以上の突っ込みはかなり危険なことを直感的に理解する。

これ以上藪《やぶ》を突《つつ》くと、ヤバいものが、出て来てしまう。

よし。戦略的撤退だ。

がばっ！　と飛び起きるなり、とっとここから逃げようと起き出したが、後ろからがっちり体を拘束されてしまう。

「夜はな。お前の温かさがあまりにも心地よくて、条件反射で寝ちまうんだよ。そう、躾《しつけ》られたのかねえ？」

うん。遅かった。突っ込んではいけないことを突っ込んだ、俺が悪うございました。

「スミマセン」

「本気で思ってないだろ？」

「いえ、そんな」

「ダグ経由で『待て』は聞いたから、如何《いかん》ともしがたいが、待っているだけだ。ああ、上書きの件は待たなくていいか？」

「――ヒューが盛大にかましたことは、琥珀から聞いてるぞ」

「お、敬語消えとは嬉《うれ》しいな」

ちゅ。と、グレイの首筋に、ヒューバートの唇が当てられたのがわかった。わかったが、問題は次だ。じゅ～っ！　とそこを、吸われまくっては、悲鳴だって上がる。

「げゃぁ～～！」

「色気のない声だなあ」

くっくっく。と笑うヒューバートの腕を力の限り抜けて、グレイは今まさに吸われた右首筋を手で押さえて壁際まで吹っ飛んだ。

「次の当番まであまり一緒にいる時間が取れそうもないから、印を付けておいた」

してやったりの満面笑顔の男前に、グレイは頭を抱えた。

こんなモノがあの二人に見つかりでもしたら……そして、琥珀に知れでもしたら……今日一日は盛大に面倒な一日になる事は、もう決定だ。今日は、やることが盛りだくさんなのだが……。早朝一発目から、進行が危ぶまれる事態に陥っている。

ここ、将軍閣下の私室がある騎士塔へは、なんでも宰相閣下のお出迎えがあると、昨日伝達がありました。俺って、どこの大物かって扱いですよね？　それだけでも心苦しいというか、どうしたもんかと昨日から考えていたってのに、コレはないでしょう！　コレは!!

「確信犯だな!?」

「そりゃあな。俺達三人の本気を、重々、思い知った方がいいぞ」

さっき「わかるまで考えないといい」と言ったその口で、何を言いやがるんだこの男前は!?

本当に勘弁してほしい。

この男前オカン三人は並べるとキラキラしすぎて、目が痛いこっちの身にもなれってもんだ!!

ぎゃあぎゃあ騒ぎ立てていたら、「失礼しますよ〜」と、本日の朝当番であるレイアードが遠慮もなくドアを開け放って入室してきた。

「総長は意外とヘタれなので、グレイ殿、安心してください」

はい、どうぞ。と洗面具と着替えを手渡されて、グレイは首を捻《ひね》った。

コレが、ヘタレ？　って、どんだけだい？

「本気の相手には物凄《ものすご》く弱いので、OK貰えるまでちゅ〜以上手なんて出してきませんよ。ね、総長？」

「——うるさい」

それは、安心って言えるのか？　そもそも、首ちゅ〜だけで、俺はひっくり返りそうなのだが。まあ、シードル摂取でキス魔に変わる、俺が言えた事では、ないかもしれないが。

ところで、コレ。宰相閣下が来るまで、どうにかできるのかな？

首になんか巻いたりなんかしたら、かえって目立って、追及を受けることは目に見えている。あの子は……本当に賢いからなあ……。冷静になって考えるべきことは本当に色々あるというのに。今、最速で考えなければならないことが、首に付けられた「コレ」とは……。

本当に恨むぞ、ヒュー。

そんな何かを成し遂げたような清々《すがすが》しい顔して嬉しそうだが、この礼は、絶対に返してやるからな。

「それはそうと、色々と騒がしくしてしまって、申し訳ないですね。レイアード」

「ああ。西の国からのお客さんですか？　琥珀《こはく》がほとんど片付けてくれたんで、我々は最後の掃除くらいしか担当しておりません。お気になさらず」

「なんかあったのか？」

「総長はぐーすか寝てましたもんね」

「うん」

レイアードとグレイが頷《うなず》くと、今度はヒューバートが頭を抱えた。

「安眠しすぎるのも、問題だな」

「普通なら、完全に総長が先頭きって討伐してますもんね」

最近、西の国からのグレイ奪還の強襲が増えている。これもこれで正直面倒ではあるのだが、今のところはグレイは静観している。

何故ならば――。

「琥珀が――最近ものすご～～くお怒りなので。怒りの捌《は》け口《くち》としても発散としても、あれらの掃討処理は鬱憤《うっぷん》晴《ば》らしに最適らしいですね」

元味方でしょうけど。と続けるレイアードに、グレイは苦笑するしかない。

「細かく言うと味方ではないので、大丈夫です」

「捕虜に寄越しておきながらやっぱり取り戻したいって、西も、色々あるんですね？」

「心外ながら、あるんですよ」

本当に色々あるんです。これらも含めて、本日は、グレイが進めるべき案件が山盛り予定であるので、こんなコトで朝から大騒ぎしているヒマなど、本当は、ないはずなのだ。

皇宮図書館への【竜現の書】の上巻の返却者はよりにもよってのカーティスだったと、グレイはキースから報告を受けていた。外務卿であるとしても、カーティスが、あの古文書を所持していたなど、そんな可能性は、一％も在り得ない。

先達ての膝枕《ひざまくら》事件。いや、皇帝陛下を眠らせる為に、自分が率先して行ったことではあるのだが、あの時、宰相閣下の承認のもと、皇帝陛下の執務代行を行い、赤侯爵の後ろにいる黒幕に届くように流したちょっとしたメッセージに対しての向こうからの返答が、これなのだろう。更には、返却は上巻のみ。下巻の返却はなく、恐らくは、直接取りに来い。という、暗示も含んでいることは、考えなくともわかる。

アルベルトの治世を守るためのバルナバーシュの整理整頓《せいとん》は、グレイにとって今一番の案件である事は変わらないが、売られた喧嘩《けんか》は買うのが身上だ。

まずは、こちらも同時進行に含める必要がある。

そんなことを考えていたら、扉の向こうが少々騒がしくなってきた。

「宰相閣下の御到着ですね」

レイアードの言葉に、グレイがはっとした。

ヒューバートに付けられた首のアレを隠す準備が出来ていない。

ヒューーよ。ニヤついてるその顔を何とかしろ！　矢面に立つのは、こっちなんだぞお!!

「首のそれは、なんだ？」

一球目に、ド直球ド真ん中の剛速球が来ました。

打ち返すことはおろか、バットを振ることすら出来ません。ストレートの超剛速球が来るとは思わず完全棒立ちで、白旗を掲げるしかございません。どのように返答したところで皇帝陛下がお怒りになられるのは、もうわかりきっているので、ここは地蔵になって時が過ぎるのを待つしかない。

「――ヒューか？」

皇帝陛下の眼の色が、メッチャ怖いデス。詰め寄られて、思わずベッドの上に飛び乗って背筋を正し正座したのは、条件反射と言ってよいでしょう。

今日の寵愛《ちようあい》当番は、怖い怖い皇帝陛下でいらっしゃいます。いやあ、本当にもう、その眼だけで殺されそうです。実は魔力が強いと聞いておりますので、呪眼でも持ってるんですかね？

「答えろ」

あああ……。またこれですか……。実はコレに関して返答を求められるのは、本日二回目となります。初回は宰相閣下で、完全に白状するまで、同じく詰め寄られた。それも、皇宮図書館で……衆人環視の元……白状《ゲロ》させられました。こちらも、恐らくは全部白状するまで、この問答が続くことが考えなくてもわかる。

寵愛当番が再始動してから、嬉しくない執着がマシマシになりましたね。なんでだろう？

俺は、占領国の捕虜で人質って、皇帝陛下は、お忘れなのでしょうか？

更には、皇帝陛下からの宰相閣下と将軍閣下への牽制《けんせい》が、なんだか度を越してきているような気がしないでもない今日この頃です。

「皇帝陛下――」

「どうして俺だけ『皇帝陛下』のままなんだ」

「それは、当たり前デス」

「アル、でいい。なんなら――」

「いいわけないでしょうっ！　俺、捕虜ですよ！　人質ですよ！　覚えてますよね⁉」

無理無理無理無理！　っとベッドボードに後退したのが悪かった……。そのまま、両腕の中に囲い込まれてしまいました。

いわゆる壁ドン！　両腕バージョンです。なんでしょうか、胸がドキドキいたします。恐ろしくて……。

「ミリ。でもいいぞ」

「――ノーコメントでお願いします」

来たよ。

宰相閣下と将軍閣下からは、「アレ」に関する真実を話すのを表向きは「待つ」とのお言葉を頂いておりますが、こちらの皇帝陛下は一向に引いてくれるご様子が見受けられませぬ。

流石《さすが》の俺様皇帝陛下様です。引くということが全くありません！

「今話しても後で話しても、俺の気持ちは変わらん」

「――ノーコメントで」

皇帝陛下のお気持ちは、根が、深すぎる。普通の「一目惚れ《ひとめぼ》」で済ますには、前世今世含めての恋愛経験0%の俺が言うのも何ではあるが、本当に純粋で底が見えない程に、深い。ような気がする。

相手が俺でなければ、きっと誰もが絆《ほだ》されるに違いない。

何故《なぜ》ならその本気の『お気持ち』と、この美しすぎる『顔面』。コロッと惚《ほ》れない人を探す方が難しかろう。本当に、貴方《あなた》様が選択した相手が悪すぎだと思いますよ？　皇帝陛下……。

よりにもよって、俺は、ないと思います。どうして、まさかの俺？　なのだろう。

俺を、グレイ・ブラッドフォードを選択した時点で、あなたの負けは決定しております。

早期に、ドラフト一位指名を、考え直した方がいい。

ドラフトで競合している貴方様の側近お二人にも、そうお伝えいただけると幸いなのだが。

「冷めた目をしているな」

「皇帝陛下が、なかなかに無理難題をおっしゃるからです」

「無理難題？　何がだ」

首のマーキング問題から話が逸《そ》れてきてよかったと言えばそうなのだが、なんだかもっと大きな問題を投げつけられた感じがする。

撤退したいが、今日の当番は皇帝陛下。ここから脱兎《だっと》の如《ごと》く逃げ出すわけにもいかない。

「俺は――人を、好きに……なってはいけないんです」

自分は今、いったい何を言った？

口を突いて出た、自分の頭の中にはないはずの言葉が、どうして零《こぼ》れ落ちてしまったのか、グレイにもわからない。そんな事を、自分が考えていたなど、自分自身思いもよらなかった。だが、的外れとも、思えない。

もしかして、自分自身知らぬ内に、ずっと、そんな事を、考えていたとでも、言うのだろうか？

自分に足枷《あしかせ》をして、決して、誰も好きにならず、愛さず、特別な人も作らず――ひとりで。

「お前が、短命だからか？」

皇帝陛下の言葉は、俺の深層心理の一番痛いところを、突いてきた。

心の内を見られるわけには、いかない。

瑠璃色《るりいろ》の深い蒼《あお》の瞳《ひとみ》が、グレイを真《ま》っ直《す》ぐに射て来るが、全ての感情を抑え、表情筋をフル稼働させて、皇帝陛下を睨《にら》み返す。

「平静を装っても無駄だ。肯定が、見えた」

この皇帝陛下は、洞察力が強すぎだ。

こうなってしまっては、何をどう繕おうが、無駄だとわかる。陛下の表情は、全く変わらない。

憐《あわ》れむでもなく、悲しむでもなく。ただ真っ直ぐに自分の瞳を真剣な眼差《まなざ》しで見つめて来るだけだ。

「――どこから、ソレを？」

「ブラッドフォード家の系図を、ダグと調べていた時に、キースが気付いた。お前の家門に生まれた双子のほとんどが、片方だけ、若くして没していた」

キースか……。意外な伏兵、いや、ジョーカーが出てきてしまった。

あいつは確かに目の付け所が鋭いところがある。宰相閣下とタッグを組まれたら、お手上げである。

俺が寵愛当番の将軍閣下に騎士塔に連れ去られたのち、皇宮図書館を人払いし完全閉鎖したらしいことは琥珀に聞いてはいたが、何やってるのかと思ったら……うちの系図文献を解読されていたとは、ヤラれてしまった。

「だから、『待て』だったのか？　全てを明かさず、消える気だったとしたら、許せんな」

これは、逃げられない。

そんなことを感じた瞬間、何をどうされたのか、ベッドの上に押し倒されていた。

彼から、目が、離せない。

両手を拘束されただけでなく、体の自由が、利かない。

どうしてこんなに、囚《とら》われているのか、意味がわからない。

「たとえ、本当にそれがお前のいう【呪い】だとしても、俺から離れることは、許さない」

「何故、俺なんですか？」

グレイはそう尋ねるだけで、精一杯だった。心臓が跳ねている。

目の前にいるのは、昔、別れの時に泣き出した、あの小さな子供ではない。

この男は――自分の、何だというのか。

「俺達の気持ちは、同じくお前に向いているが、アプローチの仕方が、それぞれに違う。ダグは、お前の家門の系図と【竜現の書】から、お前の真実を理解してその上でお前を手にしようとしていて、ヒューは、本能のままお前を欲しているな」

アルベルトが、真っ直ぐに自分を見ている。

「俺は、お前の全部が欲しい。カーさんも、捕虜人質のお前も、呪われているお前も、今、目の前にいるお前も。全部だ。命の長さなぞ、関係ない」

「強欲——ですね」

「俺を誰だと思っている。東の大国を成した、銀狼王《ぎんろうおう》だぞ。欲しいものは全て、手に入れる。黄泉《よみ》の世界になど、お前を奪われるわけにはいかん。絶対にな」

すうっと、瑠璃《るり》の瞳が近付いてくる。

次に何が起こるかなんて、予想はついた。だが、抗《あらが》う事なんて出来ない。

何故だか、それと、その言葉が、嬉《うれ》しいと、近付きたいと、思ってしまったからだ。

ゆっくりと、互いの唇が重なった。

「……あったかい」

「このまま触れて、いいか？」

鼻先が触れ合ったまま、アルベルトがそう言った。その意味がわからない程、自分も馬鹿ではない。

だが、それをすんなり受け入れることが出来る程、自分は全ての準備が出来ているわけではない。

「——クレアに一目惚れした方のお言葉とは、思えませんね」

最終戦で出会ったのが、クレアではなく自分である事は今のところ俺だけが知っている。だが、それを告げたら、それこそ、コレは止まらなくなるだろう。

人生初の一目惚れが、カーさん。イコール俺。

二人目の一目惚れが、最終戦のクレア。これまたイコール俺。

その後に、捕虜の俺を好きになったって、本当に、凄《すご》いとしか言えません。

本当に、どうしてそんなに、俺なの？

「最終戦の女将軍は、もしかして、お前、だったんじゃないか？」

「……まさか」

バレてる、とか言わないよな？

「目が、お前だった」

もう一度、唇が重なる。

「俺が、お前を見誤ることは、恐らくない」

ソウデスネ。どうしてか、貴方には、俺がわかるらしい。

初めて出会ったあの時も、完全に目眩《めくらま》しをかけていたというのに、俺の姿を一瞬ではあっても見たのは、本当なのだろう。琥珀《こはく》の言うところの「念」は確かに自分に課した「呪い」に近いのかもしれない。

だけれども。うん。このままでは本当に、ヤバい。完全に貞操の危機である。

何でかそこで、グレイの意識が完全に通常レベルに戻った。

「ストップです。コレ以上は止《や》めておきましょう、皇帝陛下」

両手で皇帝陛下の顔を押さえ込み力の限り押しのけると、これ以上不本意なことはない。という、これまで見たことのない壮絶な不機嫌なお顔が、グレイを睨みつけてきた。

「ここで!?　止まるか!!」

「え、嫌です。皇帝陛下、童貞であられますよね？　俺は、男同士の行為の知識はあっても以下同文。

初心者同士でそんなコト、大惨事が見えてます。ご遠慮つかまつります」

「この状況でソレ言うかあー!?」

「言いますとも！　そもそも男同士では受け入れ側が大変らしく初心者ともなれば——」

「まず聞けえ——!!」

あ、久しぶりにそれ聞いた。

「助けて～琥珀～～～！　俺の危機だぞ～！」

天井に向かって呼んでみると、間抜けな呼びかけに皇帝陛下の目は点となり、瞬時に琥珀が傍らに降り立った。

「主命により参上つかまつりました。殺してよいですか？」

「さすがにダメだって」

「最近の三人は殺した方がいいと思います。主」

「主従揃《そろ》って話を聞け!!」

実のところ、誰にもぐらついたことのない俺の心が、結構動いたことは、しばらく内緒にいたします。

アルベルトの言葉は、俺に響いた。

こんなこと、初めてだ。

だが——。

俺の【呪い】の答えを見つけたことは、称賛に値するが、まだ、絵本の中の【お伽噺《とぎばなし》】みたいな方は、知られていない。

それを知っても、同じ言葉を、俺に、くれるのだろうか？

もし、それが、現実になったとしたら、俺は、どうなるのだろうか。

もしかして、人を好きになる。ことが、出来るのだろうか。

こちらに向かって吠《ほ》えまくっている銀狼王様にグレイは不敵に笑って見せた。

「そもそも俺は自分より強くない奴に身を任す気はございません。剣一本勝負で、俺に勝てたら検討します」

「言ったな？」

「あとですね、どうして俺がいいのか。一回プレゼンして頂けると嬉しいです。そこがまず、理解不能なんですよ」

「……プレゼン。ってなんだ？」

訝《いぶか》しげな顔で、しぶ～～～い顔をなさる皇帝陛下に、この世界にプレゼンはないな。と気付き、説明に口を開く。

「正式名称はプレゼンテーションと言いまして、売り込みたい企画やテーマを効果的に説明することです。今回の場合は、どうして俺が好きなのか、ご説明頂けますと、大変助かります」

「主……相変わらず色恋沙汰《ざた》のみポンコツですね……」

「――ダグとヒューとも、検討する」

今まで聞いた中での一番大きな、そしてロングブレスな皇帝陛下の大溜息《おおためいき》に、グレイの口元が嬉《うれ》しげににやけた。

皇帝陛下との怒濤《どとう》の一夜が明けて数日。

本日ワタクシは、皇城本宮の迎賓の間にお邪魔しております。

物凄《ものすご》く豪華です！

物凄く厳かです！

天井は高く、床は大理石！　調度品なんてめちゃくちゃお高そうで……何一つ、触りたくありません。自他ともに認める粗忽者《そこつもの》なので、傷など付けては大変です、怖い怖い。

通常は、国外の国賓や外務大臣クラスを招き、様々な会談やパーティーに使用される、由緒正しい外交の場らしいのだが、今日は、趣きが違いすぎでしょう。いったい、何を行う気なんですか？　皇帝陛下。

確かに、俺へのアレコレに関してプレゼンをして欲しいと要求はしたが、こんな所での開催は、断じて希望しておりません！　そして、ギャラリーの数が多すぎです！

何でキースもいるの？　え？　オブザーバーに呼ばれた？

琥珀も表に出て自分の隣に控えているし、レイアードは安定の定位置である左後ろで護衛任に付いてくれている。何だろう、気のせいでなければ、顔見知りが多いですね〜。って、勘弁していただきたい。

オカン達！　少し考えたら如何《いかが》でしょうか!?　その誰よりもいい頭は飾り物ですか!?

俺へのアレコレのプレゼンを、このフルメンバーの前で行う気なんでしょうか？

俺は逃げるぞ。絶対に逃げる！

プレゼンを希望したのは自分ですが、時期と場所ってものがあるでしょう？　今はこんなこと開催している時ではないでしょうに。国政の問題だってまだ治まってはいないですよね？

え？　なんですと？

脱税関係者は大体片付いた。と……。仕事早いですね、将軍閣下。

後処理はほぼ終了。はい……実務レベルもそんなに進捗《しんちょく》していたとは、流石《さすが》です、宰相閣下。

残るは貴族院裁判の裁定のみ——？　手際いいですね、皇帝陛下。

え？　コレの為に一気に片付けたと？　要《い》らぬことを——！

でもですね。「お客さん」問題はどうでしょう？

今週だけで西からのお客さんは皆勤賞で、北からのお客さんだって二回。週末なんてダブルでいらっしゃ〜い！　だ。琥珀はその対応に(？)フル稼働だし、レイアードさんの部隊もほぼ皆勤……。

申し訳がないったらない。

それもこれも、元凶は、赤いあんちくしょうのせいである。

実は、俺が東の国に来てからクレアには、大量の本を集めて自邸に引き籠《こ》もって貰《もら》い、俺の逆ダミーで「クレアを人質に取られて意気消沈の兄」のフリをさせていた。西の国には「俺」という存在を国外に出したくない、保守派が少数ではあるが存在する為、こちらの方々への目眩しを狙っての対応だったのだが、赤いバカタレのせいでおじゃんである。

挙句にそれを聞きつけた北の国の首領まで出てきやがって……。面倒にも程がある。

国の都合で俺を投げ捨てておいて、保守派と北の国で手を組んで俺の奪還に精を出すなんて、俺は断じてあいつらの「物」でも「駒」でもないぞ。俺の自由意思で好きなようにさせて貰う。

俺は、静かに本を読ませて欲しい！　おっと、本音が出てしまった。いけないいけない。

このツケは全て確実に、あの赤い大馬鹿野郎に払ってもらう。絶対にタダではおかん。

本当にどうしてやろうか。と、黒く笑った瞬間。何かの視線に気付きグレイは顔を上げた。

――何処《どこ》だ？

確かに自分を見てきた視線があったが、気配は全く感じない。

東の国に捕虜兼人質として連行されてから、極稀《ごくまれ》に、『誰か』から自分が『見られている』ことには、気付いてはいた。何だろうか？　今日はその眼力みたいなモノが、いつもより強い気がする。

グレイは周囲をぐるりと見やった。すると、自分を測るように凝視してきた視線が、和らいだ。

――笑った？

「誰――だ？」

口先で小さく呟《つぶや》いたグレイの隣に控えていた琥珀が、それに気付いて辺りを警戒した。

と、そんな二人の緊張をほぐすような温かな香り高い紅茶の湯気が、目の前で揺れた。

「どうぞ。まだ――準備が掛かりそうですので、ご一服ください」

優しい響きの女性の声にグレイが顔を向けると、ミルクティーベージュの髪を美しく結い上げたキレイな女官が、微笑《ほほえ》みと共に紅茶のカップと茶菓子をテーブルに並べてくれた。

「「あ、代表」」

琥珀とレイアードが同時に声を上げた。

「代表?」

誰を指しての名称だ? と、グレイが首を捻《ひね》ったその瞬間、床の方からガン! ガン!! と、何か強い音が聞こえてきた。

「ん?」

「「っ痛い……」」

グレイが更に首を傾《かし》げる前で、二人が顔を歪《ゆが》めている。それには全く構わずに、女官は微笑みを絶やすことなく、且つ同時に、グリグリとガッツリと琥珀とレイアードの足を順番に踏んでいた。

「ご挨拶《あいさつ》が遅れ、大変失礼いたしました。皇帝陛下の女官を務めております、キャスリーン・グリーンと申します。お会いするのは初めてですが、グレイ様のことは主人から」

「主人?」

「「イザックの奥さんです。特技は【影踏み】デス」」

さっきから息ぴったりな琥珀とレイアードは、キャスリーンにまた足を踏まれそうになり二人して一歩後退した。動きまで一緒だ。本当に仲がいいというか馬が合ったというか……。

「こちらこそ、イザックさんにはいつもお世話になってます。って、あれ?」

キャスリーンの後ろで、ティーセットのカートを押している侍女の姿に見覚えがあって、グレイは立ち上がった。

「ミア。どうしてここに？」

「キャスリーン様の助《すけ》っ人《と》で呼ばれました」

湯殿担当侍女のミアが、えへへと笑いぺこりと頭を下げた。

「ええ。やっぱり文章記述の上手い書記が必要ですので、招集いたしました」

ね〜っ！　と、微笑み合うキャスリーンとミアにグレイは眉《まゆ》を寄せた。「代表」と「書記」ってなんだ？　答えを教えて欲しくて、琥珀とレイアードに振り返ったが、二人はあらぬ方向を向き、知らんぷりを通すようだ。

よくわからんが、ひとまず、後で聞こう。今の最大の問題は、そちらではない。

自分が蒔《ま》いた種とはいえ、目下の最大の問題である、オカン三人は、何やら資料を机に広げ、プレゼン発表の順番決めジャンケンをおっぱじめた。

逃げるなら、今かな？

そおっと、扉に向け一歩足を進め、身を反転させたグレイの後ろ首の襟元を、引っ張るものがいる。

「相変わらずボタンの掛け違いが盛大で見事だが、何処へ行く気だ？　お前の希望で、このプレゼン大会を開催するというのに。選考者が消えてどうする。なあ、学者？」

振り返って顔を見なくてもわかる。物凄く黒い笑顔でいらっしゃいますでしょ？

「いえ。あまりの規模感に感無量というか、もうお腹《なか》がいっぱいというか。図書館に帰っていいですか？」

「許すわけがなかろう。フルコースでいったら、まだ食前酒も出ていないところだ。お前に酒など、絶対に、出さないがな」

絶対に。に力が籠《こも》り過ぎです。はい。すみません。反省しております。

「お前のどこを好きになり、どれだけ好きなのかを、プレゼンしろと言った張本人が、そんな逃げ腰でどうする？」

「いやあ。フルメンバーの前で発表をお願いした記憶はございませんが」

「こちらも色々考えたのだ」

え〜と。聞きたくないデス。だが、俺の願いが聞き届けられることは、ない。

「何事も交渉事は、どちらか一方の希望のみだと決裂する。俺達はお前の希望でお前へのプレゼンをする。お前の対価は、俺達からの一問一答で支払え」

「ご遠慮いたします。交渉は決裂で宜しいでしょうか？」

「『宜しいわけがない』」でしょう」

ですよね。ああ、詰んだ。逃げ道がないよお。

真っ白に燃え尽きたグレイに向かい、お三方はサクサクと対価の説明を始めてくれた。

宰相閣下のご質問は、「カーさんとグレイの見かけと年齢層が同じなのは何故《なぜ》か？」で。

将軍閣下のご質問は、「本当にカーさんと同一人物か口頭で返答しろ」で。

皇帝陛下のご質問は、「決闘勝負で勝ったら好きにしていいんだな？」でした。

全部、答えたくない。特に、皇帝陛下の質問は。「待つ」て、言った人、手を上げてください！

これは、吊《つ》るし上げって、言いませんかね？

「ではまず一番手の私、ダグラス・アトリー・ハミルトンからプレゼンを始めさせていただきます。私が最初にグレイに惹《ひ》かれたのは、博学なところだったと思います。それから、図書館で二人で毛布を被《かぶ》って夜明かししながら朝まで話して——思えば、あの時からもう恋に落ちていたのかもしれません。とても幸せで楽しかったですねえ」

幸せそうに語りだす宰相閣下。

えっと、いきなりプレゼンスタートなのでしょうか？　もう、始まっちゃうんですか？

「グレイは綺麗《きれい》で優しくて博識で、ボタンがきちんと留められないような隙すらも可愛らしく愛《いと》おしいので」

おいこら琥珀《こはく》。そこで力の限り頷《うなず》かないように。

これは、プレゼンとは言わないぞ。なんだか、とても、嫌な予感がしてきたぞ。

「どこがどう愛すべきポイントなのか、資料を作成してまいりました」

宰相閣下が部下に向け顎《あご》をしゃくって見せると、数人の文官がさっと大机に大きな紙を広げた、四人掛かりです。凄《すご》い大きさです。

席次を解説すると、俺に用意された席は、お誕生日席です。

目の前に広げられた色とりどりの折れ線グラフが書かれた大きな紙に、ここに集う皆様がわっと群がった。

「赤が美しさ。青が賢さ。そして、緑が愛すべきグレイの可愛らしい『隙』です」

赤い線と青い線と、そして緑の線が、何本も絡み合い左サイドから右サイドへと上昇している。

ん？　表示がそれぞれ違うぞ。騎士団、官吏、図書司書、侍従、女官……皇城の人員にデータでも取ったとか言うのでしょうか？　凄いですね宰相閣下。

だがしかし。

納得がいかん。

その折れ線グラフのトップの位置に君臨しているのが、どうして緑色の『隙』なのでしょうか？

琥珀拍手しない！　「さすが主《あるじ》」とか言わない！

「皆さんボタンの掛け違いに目が行きがちですが、実は、他にも着目ポイントがあるのです。右後頭部の寝癖です！　ぴょこんと立ってるひと房のあの寝癖を見ると、何とも言えない愛おしい気持ちが沸き上がります」

何でだろうか？　琥珀に同調して拍手しまくっているミアが頷きまくり、周囲の文官達までもがぶんぶん頭を前後している。

俺、寝癖そんなについてるの？

はあ。週三レベル。ミア……回数まで確認してくれてたんだね。ははは。いつも髪洗ってもらってるもんね。ありがとう。感謝しております。

「はい！　はい!!　宰相閣下に一票です!!」

「一緒に眠ってあの寝癖を撫《な》でていると、あったかくて幸せな気持ちになります」

「ぶ～ぶ～!!　宰相閣下マイナスポイントです！」

先程まで同調していた文官と、静かにしていた武官までが、親指を下に向けブーイングを始める。

一言言いたい。

これは、プレゼンではない。断じて違います。では何かと問われれば、返答に困ります。

「俺は、地図の一件だなあ。絶対に友達になるし、絶対に大好きになるって、言われたし。大好きだぞ！　大好き!!　好きにならんわけがないだろう。すと～ん！　と落ちたぞ俺」

「あなたの順番は次ですよ。ヒュー。引いてください」

「総長はヘタレでいまので限界です……泣けてきますね……」

レイアードの合の手に、騎士達が色めき立つ。

「「じゃあ！　俺が立候補で!!」」

「「軍部は引いてください!!　我らの方が共に過ごす時間も教えを乞《こ》う時間も多いので!!」」

宰相閣下と将軍閣下が鍔迫《つばぜ》り合《あ》いを始めると、それに同調するように文官と武官までもが「お前の母さんでべそ」レベルで口喧嘩《くちげんか》を始めております。

混沌《カオス》って言葉を絵にしたら、こんな感じに仕上がるな。っと、グレイは一人考えていた。

これはもうプレゼンではなく告白大会か？　いや、違うなあ——。該当するモノが思い浮かばない。

今って確か、国政の膿《うみ》を出してそれらの処理を進める、最終段階の更に最終処理の時期で、東の国のトップ3《スリー》と中枢にある優秀な人員が、こんな低レベルの口喧嘩を行う場でも時でもないはずだ。

そして、その中心のお誕生日席に座る俺って、隣国からの捕虜で人質ですよ？

この突っ込み……一体何度目だろう。

何かが、オカシイと思うのは、俺だけでしょうか？

「グレイ様。我が国の三英傑だけでなく武官にも文官にも愛されてますね」

カップを持ったまま固まっているグレイのそれをそっと外して、新たな紅茶を注いでくれたキャスリーンが、女神かと思うくらいに神々しい慈愛の微笑でそんなことをおっしゃられた。隣では脇目もふらず何か書き物をしているミアが、興奮気味に鼻を膨らませ周囲にギラ付いた視線を走らせている。すごい、手元も見ずに何か書いてるよ。かなりの特技だね。

って、愛されてるって——誰が？　俺がか？

「一番は俺だぞ。確かに気付くのは遅れたが、気付いてからは、お前一本で口説きまくっている。いい加減理解しろ」

背後からぎゅうっと抱きしめて来る皇帝陛下に、耳元で、そんなことを言われてしまうと、全ての思考が止まってしまう。

「——どうして、俺なんですか？」

「それがわかったら苦労しない」

宰相閣下の熱いご説明よりも、将軍閣下のストレートな言いっぷりよりも、皇帝陛下のこの一言が、自分の胸に「とすっ」と刺さってきた。

「恋は、するものではなく。落ちるものらしいぞ。理由なんてわからん」

ええと。どうした、俺。

何で、心拍が、上がってきているのかな？

恐らく顔が赤くなってきていると思う。熱が、上がっていくみたいな……。

頭の芯《しん》が、ぼやけていく様な、不思議な感じだ。

「まあ」

「はああ……」

キャスリーンとミアが拝んでくる。なんでだ？

「グレイ様はお綺麗なだけでなくどうしてそんなに可愛らしいのでしょう」

ほう。っと頬を紅潮させうっとりとそんなことを言ってくれるキャスリーンの隣で、ミアが首がもげそうなくらいに頷きを繰り返している。

君達、大丈夫なのか？　酒でも呷《あお》ってきたとか、ないかな？

もう、完全に頭が回らない。

前世も今世も含めて、こんなに頭が回らなくなったことはない。ただ、体の熱がどんどん上がっていくのが、どうしても止められない。

心臓の音も早くなっていて、耳に血流の流れが速くなる音が聞こえるようだ。

考えても無駄なことは考えたくないのに、どうしても考えてしまう、皇帝陛下の、言葉の意味。

喉《のど》が渇いてカラカラで、手元の紅茶を一気に呷ると、あれ？　視界がぼやけていく。

くたり。と体の力が抜けていくのを止められず、グレイは抱き締めてくれるアルベルトの胸に身体《からだ》を預けるしかなかった。

「学者？」

「主。どうしましたか⁉」

「まさか紅茶に何か混入されたか？」

「皇帝陛下！　そんなことはございません！　確実に茶器もお湯も確認いたしました！　茶葉の銘柄も――あっ」

遠のく意識の中で、ざわつく周囲のさざめきの中、キャスリーンの声が聞こえてきた。

「茶葉が……ロゼロワイヤル――でした。スパークリングワインとイチゴのフレーバーティーなのですが、まさかのこれも、ダメ、でしたか……？」

「……酒がダメにしても、まさかのここまでとは」

「主の下戸は……想像を絶しますので」

紅茶のフレーバーでコレって、俺もどうかと思いますが、お陰様でこの場を上手く（？）乗り切れたので、結果オーライです。オカン三人から対価として請求されている一問一答に対しても、この場からは逃げられるので、助かったなんてもんじゃありません。

目が覚めたら、キャスリーンさんにはキチンとお礼をしよう。

遠のく意識の中で、グレイはそんな事を思っていた。

16：【グレイの逆鱗《げきりん》】

流石《さすが》の俺でも、紅茶のフレーバーだけで酔っぱらって昏倒《こんとう》したわけではなかったらしい。

では、何故、倒れたか？

……知恵熱みたいです。本当に、お子ちゃまか、俺は——。

前世と今世を合わせると五十八歳。あと数ヶ月で精神年齢は五十九歳になるんですけどねえ。

オカン三人衆からの怒濤《どとう》の大告白。特には、皇帝陛下のあの、武骨とも、甘いとも取れる殺し文句。

アレが、俺の頭の中の思考能力をオーバーヒートさせて、熱排出が上手くいかなくなって、グロッキーした、らしい……。

恋は落ちるモノって——。

あああああああ。

考えるな俺！

考えたら負けだ！

皇帝陛下は、ミリで。ミリは、俺の中ではまだ小さな男の子で。助けてあげたくて、守ってあげたくて、こうしてここに留まって、彼を守ろうと奔走している。

ミリ（アルベルト）は、キレイで可愛くてちょびっと泣き虫だけれども、凛《りん》とした、将来性が高そうな賢そうな子供で、口数は少なかったが、きゅっとこちらの服の裾《すそ》を摘んで離さない、甘ったれなトコロもあった。お兄さん役らしいビー（ヒューバート）とアリー（ダグラス）より寝付きも悪くて、彼らが俺の傍らで眠った後にもまだ眠れない彼に「特別な呪文」と嘯《うそぶ》いて、額にそれっぽい印をつける真似《まね》をしてあげたら、嬉《うれ》しそうに胸元に潜り込んでくるような、かわいらしい愛すべき、男の子だった。

——今は綺麗で美しい野生の獣みたいな男らしさまで漂わす、超男前だが。

ああああああ！

考えが戻ってしまったあ！

こうなると、俺の無駄にいい頭がどんどんソレに関しての解析を始めてしまう。

どこをどうしてどう成長したら、あんな、超男前が出来上がるのだ？

あんなに可愛かったのに、面影ないだろう？

いや、面影は、ある。あるが、全てどうして？　ってくらい上手い事カッコよく大人の男にグレードアップされて、ああなった。と。

馬鹿な解析だな、これ。

ひとまず、落ち着こう。

放物運動の物理公式にコレを当て込んで考えてみたらどうだ？

射点を原点に取り、初速v0でx軸とのなす角がθの方向に質量mの小球を投げ上げて、小球がx=x1で再び地面に戻るとする。ってのに、当て込むと、質量mの小球を「俺」として、俺を投げた地点を「出会いx」として、俺が落ちてきた場所が「再会x1」として——俺が宙に飛んで放物線を描いている間に、ミリ（アルベルト）が成長したってことにして、宙から彼の成長を見られるとしたら——。

うん。公式に当て込んでもなんの意味もない。

わからん。無理だ。また頭が沸騰してくる。

そもそも俺に色恋沙汰《ざた》は、無理なのだ。琥珀《こはく》の言う通りでそっち方面はとんとポンコツで恋愛脳は死んでいるんだからな。

そんな俺に、こんな無理難題――!?　男前三人に大告白を受けるなんて、想定外も甚だしい!!

よし。逃げよう。

俺は残った余生を静かに穏やかに過ごしたい。

それが、俺の今世における本懐である。

グレイはすっくと立ち上がった。

先達ての俺の尖塔《せんとう》立《た》て籠《こも》り事件から常に一人は張り付いていたオカン三人衆のお姿は、今日はない。

理由は、昨晩から国境線数ヶ所で偶発的に起きている他国との小競り合いへの火消しで、オカン三人共に実務指揮に忙殺されているからである。

本日ばかりは皇城内の守りも手薄になるからと、皇宮図書館に在住することは禁止され、騎士塔の将軍閣下の私室にて軟禁と相成ったが、言わせてもらうと、騎士塔ですら守りは手薄だ。

騎士団総員は例外なく駆り出され、事態の沈静化に奔走している。それはグレイの正規護衛にいつの間にか任じられたイザックもレイアードも例外ではなく、司令本部と前線本部で絶賛業務中で今日の俺の守護(監視)は大変薄いと言える。

いつも俺なんかに付いていてくれたけれど、イザックは騎士団副長だし、レイアードも第二師団長だし、ヒューに至っては将軍閣下兼務の騎士団総長だ。俺の守りって、皇帝陛下並みだったんですね。捕虜で人質に対するガードではないとほとほと呆《あき》れ返《かえ》るしかない。

今が、俺が逃げるには絶好の好機ではあるが、この状況は、ある事の予感も感じさせる。

国境線を強襲したのは、西の国と北の国。今まで何の動きもなかった南まで動いたらしい。

これは俺の持ち得る世界情勢の情報から考えても、正直、あり得ない事態だ。

誰かが、駒を動かした？　自分がこの世界に生を受けてから、こんなことは、一度もなかった。

何故《なぜ》今なのか？

その理由は？

考えられることは、ひとつである。

そこまで考えて、グレイは気付いた。周囲に人の気配がない。

騎士塔でそれはないだろうし、いくら国の一大事でグレイの守りを薄くしたとしても、ゼロにすることなどあの過保護なオカン達が許すわけもない。

国境線の動きと真なる敵の狙いが何かを読み解きたくて琥珀を動かし、琥珀からは配下の影も動かすと報告も受けている。

俺は、今日は本当にひとりきりだ。どうやら、そこを完全に狙われたらしい。

俺としたことが、ヤラれたなあ。というか、舐《な》められたなあ。

扉と床の隙間から薄く立ち上る白い蒸気のようなものを見つめて、グレイは自戒するように小さく溜息《ためいき》を吐《つ》いた。

「どちら様かな？」

扉の向こうに声を掛けてみると、それは音もなく静かにゆっくりと開き、その先に数人の人影が浮かび上がった。全員マスク装着です。準備が完璧《かんぺき》ですなあ。完全防護の彼らの中心から一歩室内に歩み寄る男の髪は、白煙の中で目立ちまくり、赤い炎の様に揺れていた。

「おや御寵姫殿。お一人とは珍しい」

「お陰様でね」

赤い髪の侯爵閣下カーティス・セラト・グレイブルが下卑た笑みをこちらに向けて勝ち誇ったように笑っている。ご丁寧にマスクを取ってくれたものだから、見たくもないのに見えてしまいました。

法務省と財務省の皆様から聞いた情報によると、幼い頃より「神童」と持《も》て囃《はや》され、早くから政務に頭角を現されたお方（でも性格に難あり）であられるらしいが、その情報は果たして正しいのか？

「そろそろ三英傑様に飽きられ、捨てられる頃合いではないですか？　西の国の娼夫殿？」

本当に頭悪そうだなコイツ。

図書館で一回会った時もそうだが、俺を煽《あお》って何がしたいのだろうかね？　別にそんな「娼夫」という言葉で煽られることもないですが、ひとつ、あなたに教えてあげたい事があるよ、侯爵。

自分が喧嘩《けんか》を売る相手は、キチンとその力量を測ることが重要だ。

それも出来ないなんて、本末転倒だ。返り討ちにされても文句はないだろう。

まあ、もとよりただで終わらせる気などない。

この俺に喧嘩を売ったのだ。

俺の守るべきものに手を出した。それは、俺の逆鱗《げきりん》に触れたと——俺の逆鱗に触れるとどうなるか、これから真綿で首を締めるようにじっくりと理解させ、後悔させてやろう。

グレイが、笑った。

「——っ!?」

カーティスはそのグレイの笑みを全身に浴びて、硬直した。それは彼だけではなく、彼の後ろに控える彼の配下も同様だ。

全身を針で突かれる様に凍り付く空気。心臓を握りつぶされる様な、恐ろしい程の、覇気。

周囲の空気を奪われたかのように、息を吸う事すら出来ない。

麗しい美貌《びぼう》の中の黒曜石の瞳《ひとみ》が、鈍く光る。

「おもしろい」

「ぐっ……はぁっ——!?」

長く沈んだ暗く澱《よど》んだ水中からやっとの思いで水面に出られたように、ハアハアと声を上げて大きく息を吐くカーティスらの前で、グレイは本当に面白そうにくっくっくと笑った。

大切な彼らの前では、決して見せたことのない、グレイの顔。

グレイを愚弄《ぐろう》し中傷し嘲たはずのカーティスは、顔色をなくして目の前の西の国の捕虜の変貌《へんぼう》に目を剝《む》いたが、負け犬の遠吠《とおぼ》えヨロシク、震える声を隠すように大きな罵声《ばせい》を上げた。

「たかが捕虜である貴様が、我らを愚弄するなど許さん！　我が君の本懐の為！　あの小僧を潰《つぶ》す為の贄《にえ》としてくれる!!」

おお。潰れそうなプライドを頑張って膨らませて声出しで来たな。偉い偉い。簡単に自爆して潰れてしまわれたら、面白くないからな。配下は、魔導士が一の二の三人と、騎士、ではないな、傭兵《ようへい》か？　四の五の六人。その人数とその力量で俺を抑えにかかって来るとは、凄《すご》いね～褒めてあげよう。だがしかし。だ。コイツを首謀者とするには、弱いなあ。完全に役者が足りていない。

遂に、『大トカゲ』が動き出したか。

ということは、此度《こたび》の件は、大トカゲが書いたシナリオか。

国境線の小競り合いは、北と西。更に南も追加。どう算段しても、これらを一気に片付けるのは、火中の栗を拾いに行く事が一番の早道だ。

グレイは答えを出した。

面倒だが、こいつらの喜劇に付き合ってあげよう。

先達ての笑顔とは真逆の、いつもの笑顔でにっこりと笑うグレイに、魔導士と傭兵たちが引いていることになんて、グレイは一切構わなかった。

◆◆◆

グレイが姿を消した。

騎士塔に屍《しかばね》の様に倒れ伏す少なくない人数の騎士達の姿を見たヒューバートは、憤怒《ふんぬ》の阿修羅《あしゅら》の如《ごと》き形相で騎士団内全ての配置の立て直しを瞬時に行い、獅子《しし》が吠《ほ》えるが如く軍部の前線指揮をとり続けている。グレイの守りを第一条件と考えての騎士塔守備が、何の効力を発揮することなく、あろうことか守護対象を奪われた。必ず守ると誓った騎士団の面目は丸潰《まるつぶ》れで、それどころか崩れ落ち塵《ちり》と化したのだ、これくらい動いてもらわねば贖《あがな》いは『死』だ。

ダグラスは、アルベルトの執務室で腕を組み、冷酷非情な宰相の面をして、伝令としてやってきた第一師団長ノイエを睨《にら》み据えた。

「状況報告は?」

「騎士塔で倒れていた人員に死亡者はありません。恐らくは、睡眠特化の薬物摂取と魔術師による睡眠誘導で、全員が、眠らされたとみて間違いないかと……」

「——騎士塔へ魔術師を常駐させる案を、潰したのは、カーティスでしたね」

以前、提案として挙がっていた案件を進めていれば、この事態を止めることが出来たかもしれない。今もなお収拾が付いていない国境線での他国との小競り合いに、カーティスが関わっているか否かは現時点では不明ではあるが、グレイの拉致《らち》に関しては、恐らくは彼の主導によるものとの裏は、すでに取れている。

辺境伯の軍事クーデター未遂の調査と脱税疑惑による一斉検挙で収監された貴族への取り調べにより、カーティスを筆頭とするアルベルト廃帝派による国家転覆が白日の下に晒《さら》され、あと少しで、カーティスを収監する準備が整うところだった。本当に、もう少しだったのだ……。だが、それら全ては、国を守るべき臣である、我々の功績ではない。アルベルトの治世を守るべき宰相の立場にありながら、自分は、それを主導できてはいないのだ。

自分達が行ったことと言えば、餌に釣られて集まったネズミの袋の紐《ひも》を、閉じたに過ぎない。

ネズミを見つけ、餌を与え、袋に入るように全ての手筈《てはず》を整えたのは――。

与えられ、導かれた。

進めるべき道を示したのは、あろうことか隣国から人質としてやってきた、捕虜だ。

グレイは、自分達を守り、成すべきことを示し、導いてくれた。

だというのに、我々は、彼を守ることが出来なかった。過去を嘆いてもこの状況が変わるわけでもない事を理解しながらも、ダグラスは握りしめた拳《こぶし》から力を抜くことが出来ないでいた。

「そんな報告はどうでもいい」

ぽつりと、それでいて全てを切り付ける様な鋭い刃《やいば》の響きを持ったアルベルトの声音に、ノイエは顔から血の気を落とし、直立不動で背筋を正した。

「学者は――グレイの捜索は、どうなっている？」

振り返った銀狼王《ぎんろうおう》の目は、獲物の喉笛《のどぶえ》を食い千切《ちぎ》るほどの剣呑《けんのん》な雰囲気を帯びていた。

返答を一つ間違えば、ノイエの命はこの場で終わるだろう。

ノイエの息を飲み込むゴクリという音が執務室に響く。だが、ダグラスはそれに助け舟を出すどころか、モノクルを装着した冷たい紫の目で相手を射殺す程の意を込めて、アルベルトと同じくノイエを睨み据えた。

今、重要なことは、騎士塔の事でも騎士達の事でもない。

聞きたいことは、あの人の、グレイの命の事だけだ。

「報告する」

死すら覚悟したノイエの前に、琥珀が前触れもなく姿を現した。

やっとの思いで息を吸えたノイエの全身全霊の感謝を意にも介さず、琥珀は大きく溜息を吐いてから口を開いた。

「ヒューバートの私室を確認してきた。あれは——確実に、主は、自分から相手を潰しに行ったな」

諦《あきら》めた様にがりがりと頭を掻《か》く琥珀を前に、アルベルトが怒りの形相で眉《まゆ》を寄せたが、ヒューバートは頭の上にクエッションマークを上げるしかなかった。

「「は？」」

「室内に荒れた形跡はないし、たかが薬物と、たかがそこらの魔術師と、たかがあの赤髪が雇った私兵だろう？　俺の主が、強制的に拉致られるなんて考えられん。主が本気で相手をすれば、恐らくあの場で全員コレだ」

琥珀が親指を立てて首に一線を引く。

「主——かなり怒ってたからなあ。喧嘩売られたからには盛大に返礼するとか言っていたし」

俺も連れてってくれればよかったのに。と、呑気《のんき》に呟《つぶや》く琥珀に、アルベルトの頭にもクエッションマークが浮かぶのをヒューバートは見逃さなかった。

「どういうことですか、琥珀《こはく》？」

「あの赤髪はもう終わりってことだ。恐らく骨も残らない。法で裁きたいなら、早く止めに行った方がいいぞ。俺は被害を最小限に留める為に、うちの人員連れて行ってくる」

被害を最小限に留めるって、琥珀は何を言っているのか？

ダグラスは、何の話をされているのか、本当に理解が出来ないでいた。

あのグレイの事を、話しているのですよね？

あの本ばっかり読んでいる、本の虫で、チーズオムレツサンドが大好物な、確実にインドアの、まあ馬を駆るのは見事でしたし、酔っぱらって振り回した剣は多少見事でしたが……あの、グレイの事ですよね？

「あいつ、大魔術でも使えるのか？　魔力なんてこれっぽっちも感じなかったが」

同意見だろうアルベルトの訝《いぶか》しげな言葉に、今度は琥珀が眉間《みけん》にしわを寄せた。

「あんたら、主を何だと思っている。戦場で、一個連隊潰されたことだってあるだろうに？」

「「はあ？」」

本当に理解が追い付かない。

琥珀の説明は、自分達の知るグレイと全然一致しないのだ。

「――あいつは、学者だとしか。まあ、やたら軍師的な策略に強いとは」

「学者をやってるのは確かだが」

心底説明が面倒だと言わんばかりに頭を掻いて、琥珀が説明を始めた。

「主は、表には決して出ないし出る気もないから、本当の姿を知っているものは西でも極少数《ごく》だ。剣聖の称号持ちのクレアを立てて、主は剣を持たない将軍家の落ちこぼれに擬態しているからな。だが本当は、主は、クレアよりも全てにおいて、上だ。俺が、俺達が主に付いている時点で、わからないか？」

俺達、とは最強ともいわれる北の暗殺集団フレズベルグを指すのだと、ダグラスは瞬時に理解した。

確かに、言われてみればそうである。

ただの学者に、あのフレズベルグが北を捨て主従の誓いを立てている事を重く捉《とら》え、我々はもっと深く考察を進めるべきだった。

あの笑顔にあの優しい姿に、そんな姿を見つける事など出来ず、そのことへの考えが至らなかった。

あのグレイへの強襲も、カーティスが後ろで動いていたとしても、グレイを餌に西と北が動いたのはまごうかたなき事実である。

自分達は、グレイという存在を軽んじ過ぎていたのか？

否。

そんな姿を全く見せずに、ただ自分達を無償の優しさで守ってくれた、あの人の温かさが心地よくて、微睡《まどろ》んでいたのかもしれない。幼い頃に共に過ごしたあの数日の時の様に――。

貴方《グレイ》には本当にヤラれたな。とダグラスは苦笑を溢《こぼ》すしかなかった。

「――だが、あの腕は、剣を極めた者とまでは」

「あんた達が見たのは、右で剣を握る主だろう？」

アルベルトの疑問に、琥珀がにやりと笑った。

「主の利き手は、左だ」

左――。

その事実をアルベルトとダグラスが受け止めた瞬間だった。扉が吹き飛ばんばかりの音と共に全開し、第二師団長兼影隊長のレイアードが飛び込んできた。

「緊急伝令です！　西北との国境線に近い廃城から解析不能の断続的な爆発があり総長が現場に急行しました。情報部と魔術師が術式を含めて現在解析中ですが――って、琥珀？」

「百％主だ。俺はもう行く」

「ちょっと待て！」

姿を消そうとする琥珀の腕を、アルベルトが手を伸ばし力の限り摑《つか》んで止めた。

「学者が、戦場に出ていたというのは、本当か!?」

アルベルトの目は、琥珀だけを睨み据えていた。

この緊迫した一刻を争う状況の中で、今、それをどうして聞かねばならないのか？

ダグラスが声を掛けようにも、アルベルトの切羽詰まったその気迫には、琥珀ですら押されているようだった。

「――本当だ」

「――姿を晒して、か？」

「――……」

琥珀の無言は、肯定と取れた。

「まさか――」

「……通常は、クレアの親衛隊の黒騎士に紛れていた」

アルベルトが、声をなくしている。

戦場の前線に出たことがない自分にはわからない「何か」を全て理解して、アルベルトがその驚愕《きょうがく》に声をなくしている。と、ダグラスには見てとれた。

アルベルトの動きが全て止まる。

瞬きすらせずに、一点のみを見据えて動きを止めるアルベルトなど、ダグラスも初めて見る。

「――アル？」

「俺はもう行く。あとは……主に直接聞け」

すうっと、姿を見せた時と同じように室内の影に溶け込み消えた琥珀の姿を、その場に居合わせた四人が声もなく見送った。

常に冷静沈着にしてほぼ喜怒哀楽の「怒」しか表面に現れないと言われる銀狼王の、見たこともない目の前の姿に、誰もが動けないでいたのだ。

銀狼王アルベルトは、今、喜びの只中《ただなか》にあるようにしか、見えなかった。

「――……教えろ」

アルベルトの低い声がレイアードに向いた。

「陛下？」

「爆発確認中の廃城の位置を、教えろ」

「アル！　貴方《あなた》は行かせませんよ!?」

「止めるな」

自分に振り向いたアルベルトの顔は、生まれた時からの付き合いであり、側近として常に隣に立っていたダグラスですら見たことがない程に、止める事など出来ない意志の強さを表していた。

「――転移術が使える魔術師を召集しろ。俺が行く」

アルベルトは今は見えないその場所を見つめていた。

そこには、彼の求めるただ一人の人が居る。

◆◆◆

思いの外、全てが自分の思うままに進んでいる。

自分の足取りが軽くなる感覚に、カーティスは有頂天の真《ま》っ只中《ただなか》にいた。

目障りな小僧《アルベルト》の寵愛《ちょうあい》を一身に受けた、小僧よりももっと目障りな憎むべき最大の邪魔者が、今、自分の手の中に落ちた。

コレを生かすも殺すも自分次第。

今この時、隣国から来た蔑《さげす》むべき捕虜の命を握っているのは、他ならぬ自分だ。

愉快で愉快でたまらない。

簡単に殺してなどやるものか。そんなこと、傷付けられた自分のプライドが許さない。長きに亘《わた》り計画し、ひとつひとつ積み上げてきたのだ。身代が揺らぐ程に金を注《つ》ぎ込《こ》み準備を整えたクーデターは、突然に現れて適当に首を突っ込んできたこの男の小僧へのおねだりにより、水泡《すいほう》に帰した。

タダではおかない。

凌辱《りょうじょく》の限りを尽くし、その高い鼻っ柱をへし折り、ボロ雑巾《ぞうきん》の様に汚泥の中に打ち捨ててくれる。

我が主君は、何を間違えて自分に対してあんなことを申されたのか？

『お前は、彼の足元にも及ばぬ』

――あり得ない。この薄汚れた西の国の狼藉者《ろうぜきもの》の格が、この私よりも上だと？

『お前は、目覚めさせてはいけない、竜の逆鱗《げきりん》に触れたのだ』

――この娼夫が竜？　逆鱗に触れた？　今まさに石床にゴミのように転がるコイツの怒りなど恐れるべくもない。

『竜』とは、人外の頭脳や能力を持つ天才への称号である。

――このゴミがそんな称号を持つはずがない。

『お前は昔から、自分より頭のいい者に対して、決して勝てない事は知っている』ですと？

あり得ないことをおっしゃられる。こんな男が『竜』である筈《はず》もない。

自分の上にいるだなどと、どこをどう評価して、我が君は私を糾弾したのだろうか。

まあ、いい。

自分を諫《いさ》めた主君も、結局はこの男を亡き者にする為、力を貸してくださった。

この西の国の狼藉者を、この廃城に打ち捨てる。その情報を、秘密裏に、西と北と南に知らせれば、
三つの国は必ず動くと、我が君はおっしゃっていた。

アルベルトの寵姫を手にし、現皇帝を貶《おとし》める。贄《にえ》とするため？

こんなボロボロの狼藉者にそんな利用価値などあるものか。

そう、考えてはいた。だが、それはカーティスの理解を超えた反応が今まさに起きている。西の国も北の国も、今まで動きもなかった南の国ですらも、我が君の読み通り、西国境へ兵を動かしたのだ。彼らを動かしたのは、足元に転がる、この男だ。

自分には何がどうしてそうなるのかは全く理解出来ないが、その国境線での小競り合いのお陰で、この憎い狼藉者を簡単に手にすることが出来たのだ。敵国の動きなど、きっと我が君が掌握済みだろうから、自分は、目の前の贄を祭壇で料理するだけだ。

「まだ、意識が戻らないのか？　薬が効きやすいようだな。丁度いい。今のうちに飲ませてしまえ」

カーティスが手にした小瓶を掲げると、それを受け取った下卑た笑みを隠そうともしない配下の傭《よう》兵《へい》たちが、ワラワラと皇帝の寵姫の周囲に膝《ひざ》を突いた。

「下手な姫君より美人だな」

「我らに下賜されること、二言はありませんね、侯爵？」

「ああ。好きにしろ。色狂いの小僧と側近のお手付きだ。ソ、チ、ラ、の仕込みは完璧《かんぺき》だろう」

卑しく笑うカーティスの前で、小瓶を受け取った男がそれを覗《のぞ》き込《こ》みいやらしく笑った。

「コレ。廃人になるくらい効くって、エゲつない媚薬《ヤツ》ですね？」

「ああそうだ」

「「サイコーじゃねえか！」」

目の前の美しい獲物にギラギラした野獣の目を向け、男達が声を上げる。

「この美人がヨガり死ぬまでヤれるなんて、最高どころの話じゃないな」

この騒ぎでもまだ目を覚まさない美しい獲物の頭を支えて、鼻を摘み、口を開かせて、小瓶の中の怪しい紫色の液体を流し込む。口の端から首筋にスルリと一筋流れた薬液《ソレ》が、鎖骨を滑り、胸元に流れ、何故《なぜ》かボタンがかけ違っているシャツをうっすらと染めた。

男達が生唾《なまつば》を飲み込み、我先にと手を差し出した、その時だ。

「――不味《まず》……い。なんだ、これ……？」

パチリと開いた黒曜石の瞳《ひとみ》が、辺りをぐるっと見渡した。

その場に集う全ての男達の顔をつまらなさそうに順々に一瞥《いちべつ》し、雪の女王の如《ごと》く冷たくキレイな顔をした彼らの獲物が、にやりと笑った。

そのあまりに綺麗《きれい》で華麗で壮絶な笑みは、彼らの身体《からだ》の自由を奪い、背筋を凍らし、そして、命の終わりを予感させた。

自分達の『死』を具現化した姿が、目の前にいる。

瞬時にソレを理解した者たちは、腰に帯びた武器を手に一気に後退した。

「――そっ、総員、引けっ！」

「た、隊長？　副長も、いったい、どうしたって」

「命が惜しければ、引け!!」

じりじりと、相手から距離を取り緊張のあまり脂汗すら流し出す数名に、彼らの『死』がぽつりと呟《つぶや》く。

「ほお？　使えるヤツもいるもんだなあ」

息をするのも辛《つら》いのか？　浅く息を整えだす隊長格に目を剝《む》いて、下っ端が声を上げる。

「こんな虫も殺せないような優男に何言ってんですか？」

「早くヤっちまいましょうよー。俺一番でイイっすかー」

黒き獲物に伸ばしたその手が、手首からスッパリと切れて、ゴトリと床に落ちた。

鮮血が石床に噴き出し、周辺を赤く染める。

「ぎやあああ――っ！」

断末魔の叫びの中で、彼らの獲物だった者が、艶《つや》めき悠然と笑んだ。

「俺は高くつくぞ」

誰も動けないその場で、グレイはゆっくりと立ち上がった。

左手の中の黒い小刀から滴《したた》った赤い血が、石床にぽつりぽつりと赤い点をつけて行く。

「――武器の所持は、なかった、はずだが⁉」

隊長格の男が叫ぶ。両手には既に剣を握り、グレイとの間合いを少しずつ広げていた。

「惜しいな」

自分の背後から襲い掛かってきた手首を落とした男に向け、グレイは振り返りもしないで、小刀を肩越しに投げた。

「――――っ！」

グレイの投げた小刀は、寸分の狂いもなく、相手の眉間《みけん》に突き刺さっていた。

カーティスは足元から襲ってくる凍り付くような冷気に、体を震わせていた。

この男は、何者なのか？

武器など所持していなかった。もし所持していたとしても、戦闘能力など皆無に等しいと、気にも留めてはいなかった。だが、これは、何だ？

「――何処《どこ》から、武器を……？」

「何処かって？」

カーティスの震え声にゆるりと振り返り、グレイは自らの胸元に左手をあてた。

「俺の体は鞘《さや》みたいなものだ。自分の剣は――ここにある」

グレイがゆっくりと左手の指を順々に握りしめていくと、そこには剣の柄《つか》が見えた。

柄を手にしてゆっくりと腕を上げていくその先には、黒く輝く剣身の長剣が姿を現した。

すうっと流麗な水の流れの様に、黒い長剣をグレイが振り下ろした。

「――――った!!」

声もなく、自分が今斬られたことすら気付かずに、数人の男たちがその身から血を噴き出させ、床に倒れていく。

凄惨《せいさん》な情景だというのに、剣舞の如く優美に剣を振るうグレイの姿は、目を離せない程に、華麗だった。

「な……」

「どういう原理かは、悪いが説明できない。俺も、よくわからないんだ。ところで、そこの赤いの」

赤いの？

自分を見て言ってきているということは、自分を呼んでの事なのか？

この惨状の中でもプライドだけは手放さないカーティスが、馬鹿にするなと声を上げかけたその時、グレイは、にっこりと神々しいまでに笑って言った。

「この落とし前をどうつける気か、反省文を四百文字以内で口頭で述べろ。もしくは、辞世の句を読め。俺は、そうそう優しくはないが名文か名句だったら、ちょびっとだけ生かしてやる。五分くらいな」

「きっ貴様！　この私に向かってっ——!?」

「現実を見られない赤頭には鉄槌《てっつい》の雷撃をあげよう。足りない頭をがっつり冷やしてよく考えろ。俺は、そうそう甘くはないよ」

グレイは手にした長剣をくるりと反転させると、そのまま、血だまりが広がる石床にがつん！　と突き立てた。

辺りに、鼓膜が破裂する程の轟音《ごうおん》が轟《とどろ》き、廃城のシンメトリーの両翼を、雷撃が粉砕した。

雷撃とは、通常は天から地に落ちるモノであるものだが、この雷撃は——地から天を切り裂いていた。

◆◆◆

崩れ落ちる廃城両翼の瓦礫《がれき》の砂塵《さじん》が城内を襲い、人の姿も声すらも砂嵐のように覆いつくし隠してゆく。息すら出来ず、目を開いていることすら難しいその場には、断末魔の叫びが響き渡っていた。

まああの腕の私兵を雇ったものだ。この状況で俺に剣を向けてくるとは、その度胸だけは認めてやろう。グレイは怖いもの知らずの相手をそう称《たた》えた。決死の形相で向かってくる相手の白刃を、自らの体内から顕現させた黒剣でグレイがいなす。受ける剣を返し、背後の相手を振り返りもせず斬り捨て、斬り捨てた下段の構えから床を滑るように飛び上がり、宙で身を返しまた、剣を振るう。

グレイの流麗という言葉そのままに流れるような剣捌《けんさば》きと身体の動きは、剣舞を舞っているようにしか見えない。剣撃が火花を散らし、次の瞬間には、相手の白刃が砕け散る。

何が起きたかわからない顔をしているな？

いかに刀鍛冶《かたなかじ》が鍛えた名剣だろうが、我が黒剣には敵《かな》わない。

この黒剣は、自分の命そのものなのだから。

命を賭《と》して魂を懸けて向かってこなければ、自分の黒剣には敵うわけもない。

あらかたの無頼漢たちを片付けて、グレイは少々息を吐き、黒剣を肩に担いだ。

うん。変な薬を盛られた影響が、ここにきて出てきたようだ。

酒でも飲んだかの様に、頭がふわふわする。

心なしか心拍も上がり、身体が熱を帯びてきているのがわかる。

これは、もしかしなくても、ヤバいものを摂取させられたのかも知れない。

肩に担いだ黒剣を、腹立たし気に二、三回振りおろし、雷撃をそこら中に落としまくってやる。身体の不調解消の為に、当たり散らすように廃城を破壊しまくっていると、カーティス配下の数少ない生き残り私兵たちが泣き喚《わめ》きながら尻尾《しっぽ》を巻いて逃げていくのが視界に端に見えた。追う気も起こらん。弱い者虐《いじ》めは性に合わない。

いい腕を持ったがために可哀そうにも生き残り、逃げ隠れもしない潔い隊長格の男が、剣を杖《つえ》にフラフラになりながらグレイを呆然《ぼうぜん》と見てきた。

片付けるのは面倒と、殺意を込めてグレイが睨《にら》みつけると、彼はもう限界とばかりに気を失ってその場に倒れ伏した。

くそう。スッキリせん！　薬にはある程度耐性があるから大丈夫と軽く考えたのが、仇《あだ》となった。

自分もまだまだ甘いなあ。と独《ひと》り言《ご》ちて、グレイは標的に向かって目を向けるとここぞとばかりにキレイに笑ってみせた。

目の前で腰を抜かし、震えるしかないカーティスには、グレイの笑顔は大魔王スマイルにしか見えないのか？　ブルブルがガタガタになり、ガチガチと歯を鳴らし今や口を閉じることすら出来ないようだ。

「ば……化け物……」

なんと。化け物とは失礼な。グレイは呆《あき》れ果てたように呟いた。

「最初に喧嘩《けんか》を売ってきたのは貴様だろう。赤鬼太郎？」

「あ、あか、あかおに？」

グレイは左手に握った真っ黒な長剣の切っ先を、カーティスの喉元《のどもと》に向けた。

「お前を侮蔑《ぶべつ》する呼び名を検討中なんだ。赤鬼って顔じゃないからイマイチしっくりこないが、ひとまず暫定で赤鬼太郎。お前の呼ぶ、その化け物に喧嘩を売って、ただで済むと思ったか？」

騎士塔のヒューバートの私室でカーティスと対峙《たいじ》し、適当に捕まってやるかと、あの得体のしれないガスみたいなのを吸い込んで倒れたフリをした。我ながら見事な演技だったと自画自賛したものだが、それを確認し悦に入ったらしいカーティスは、大層満足気に「これぞ中級悪役」といった感じでアマガエルみたいに笑ってくれやがった。

あれには本当に参った。噴き出すのを我慢するこっちの身にもなってもらいたかった。

その後、カーティス配下の魔術師による転移術で、この打ち捨てられた廃城に拉致《らち》られてきたのである。

前世の隣国時代ドラマみたいに、頭から足まででっかい袋に突っ込まれて土嚢《どのう》みたいに肩に担がれること少々——までは覚えているのだが、俺としたことが、その揺れの中で眠り込んでいたらしい。

最近……寝不足だったからな。

寝る間もないほど忙しくさせたはずのオカン共が、あの大告白大会以来、俺の姿を発見すると怒濤《どとう》の強襲で隙あらば口説いてくるからだ。あの勢いに押され、安全安定の安眠など、最近なかったからなあ。はあ。

だってね、先に寝落ちなんかしたら何されるかわからないでしょ？

あの人たち、目が本気なんですよ。

寝不足なんてなったことなかったのになあ。

そもそも不眠症は皇帝陛下の専売特許ではなかったのか⁉

「赤べこ！」

ブルブル頭が揺れる間抜け顔が赤べこに酷似している！　よし。やっとしっくりくる呼び名が決定した。

「あ、あ、あかべこ――？」

「解毒剤を出したら、命の延長を一分追加してやる」

ちくっと黒剣の刃先を喉《のど》に刺してやると、赤べこは鼻水を垂らして泣き出した。

みっともない男だな。

「おおお、お前などにお前などに⁉」

「わめくな煩《うるさ》い。殺すぞ？」

ごん！　と黒剣の腹で赤べこの頭をぶっ叩《たた》いて、グレイはもう一度カーティスに問うた。

「解毒剤はどこだ？」

「馬鹿があ⁉　ワッハッハッハ――ッ‼」

どごん‼　と、頭蓋骨《ずがいこつ》が陥没させるくらいに力の限り黒剣でぶっ叩き、グレイは無表情ではあるが薄く紅潮しだした顔で冷たく聞いた。

「ワハハはわかった。命の延長三秒つけてやる。どこだ？」

死ぬほどに痛かったのだろう。頭を抱えて全身を震わせるカーティスが、またもアマガエルみたいに笑い散らかし、グレイを見上げ勝者の如く勝ち誇り絶叫した。

「そんなモノはない!!　娼夫は娼夫らしく、媚薬《びやく》に溺《おぼ》れて廃人になりヨガり死ね!!」

「そうか。わかった」

勝ち誇るカーティスを見下ろして、グレイの黒曜石の瞳が冷たくそれでいて妖《あや》しく、鈍く光った。

黒く艶《つや》やかな、それでいて媚薬に酔った妖しい色香を纏《まと》いだしたグレイに囚《とら》われて、カーティスは瞬きも忘れ全身を朱く染めた。

「もう、ソレは、いい――」

にやり。と、紅さを増した唇を上げて、グレイが艶然と笑った。

「じゃあ、本題に入ろうか、カーティス・セラト・グレイブル。俺の逆鱗《げきりん》に触れた――お前は、俺に…どう、贖《あがな》う?」

竜の逆鱗。

我が君の言葉が、カーティスの頭の中に響き渡る。

「ただ、死ぬだけでは、贖《あがな》えない。お前は――」

竜が、目の前にいる。

この美しい黒い麗人の姿に騙《だま》されてはいけない。自分など一飲みで胃《い》の腑《ふ》の中で溶解されてしまう。

「地獄の業火で焼き続けても、足りない」

触れてはいけない、最初から手出しなど、してはいけなかったのだ。

カーティスは刺された黒い剣先が首に刺さり込む痛みの中で、今、初めて理解した。

「俺の大切なアイツらに手出しした罪を、お前は、正しく理解しなければいけない」

ぐっと、手にした黒剣にグレイが力を込めた瞬間。

背後から、温かくて優しい腕が、全身を抱き締めてきて、その手が止まる。

「……どっちが悪役かわからんぞ」

ぎゅうっと抱き締めてくる、その人の銀色の髪がグレイの頬を優しく掠《かす》めた。

「間に合ったな」

「――へい、か？」

突然に現れたアルベルトに止められた黒剣が、すうっとグレイの中に消えた。

目の前に居たはずのカーティスは石床に全身押さえつけられ、拘束の術式でがんじがらめにされている。拘束しているのは、ヒューバートと琥珀《こはく》だ。イザックとレイアードの姿も、見える。

どうして、ここに皆が居るのだろう？

国境線はどうなっている？

目が覚めた様に瞬くグレイは、アルベルトに抱き込まれた身体《からだ》が、抱えきれない程の熱を孕《はら》んでいる事に気付く。膝《ひざ》が崩れ落ちる。

「――……んっ……う」

身体が完全に、おかしい。

抱き締められたアルベルトの腕に、全身が震える。触れられたそこから、痺《しび》れていく。

「グレイ?」

耳元で名を呼ばれるだけで、身体の芯《しん》が、甘さを増していくようだ。

これは、離れないと、いけない。このままでは、おかしくなってしまう。

「はな……せ……」

「――お前、どうした?」

「っ主!?」

「グレイ!?」

グレイの異変にいち早く気付いた琥珀とそれに続いたヒューバートが、拘束したカーティスを踏みつけて脱兎《だっと》の如《ごと》く飛んできた。

自分のおかしな状況に瞬間気付いたヒューバートは、その場に膝を突き、アルベルトの腕の中の俺を見つめてきた。ありがたい。今はもう、誰にも触られたくはない。

琥珀が自分に手を伸ばしてくる、心配げな手を払いのけるしかないグレイに対し、琥珀は全く構わずにその手の脈を取り、目を覗《のぞ》き込《こ》み、眉《まゆ》を寄せると大声である名を呼びつけた。

「柘榴《ざくろ》は居るかっ!?」

「御前に」

柘榴のような紅みを帯びた深い赤色の瞳《ひとみ》を持つ灰色髪の男が、琥珀の足元に跪《ひざまず》いた。

「主に盛られた薬物の特定を」

「承知いたしました。主様、失礼いたします」

「……ざ、くろ……ひさしいな」

「お話は後で」

柘榴は一礼と共に、グレイの額に流れる汗を直接舐《な》めた。

「何を――!?」

「心配ない。柘榴はうちの一族の薬師だ」

グレイはすでに立つことすら出来ず床に崩れて、アルベルトの腕に抱かれるしかなかった。

触れられるとツラいのに、身体がぞくぞくする。これは、もしかしなくても――。

「――最近南から入ってきた、質《たち》の悪い媚薬です。投与から一時間以内に他者の体液を体内に摂取しないと、身体の熱が脳を冒し廃人になります……。仮令《たとえ》摂取できたとしても――解毒剤がなければ、同じことの繰り返しです」

「――……R‐18エロラノベの……テンプレかよ……」

やられたなあ。くそう。欲が溢《あふ》れて、頭がそれしか考えられなくなる。

「あーるじゅうはちってなんだ?」

えろらのべ? てんぷれ? と全てオウム返しに切り替えしてくるアルベルトとヒューバートに、答える気力はグレイにはもう、ない。

「――解毒、剤……ないって、赤べこ」

やっとの思いで伝えると、琥珀は頷《うなず》き柘榴が消えた。

「皇帝、ヒューバート。適材適所だ。俺と柘榴は解毒剤を作る——その間、何とか凌《しの》いでくれ。主を、頼む。主に何事かあったら——確実に殺す」

殺意を宿した琥珀の目は、本気以外の何物でもない。本気で、東の大国の皇帝陛下と将軍閣下を殺す気か？　育て方を、俺は間違えたのだろうか……。

「はは……。じぶんで、しのぐ……から、どっか水の中にでも、つっこんでくれる、か？」

身体の熱さえ凌げばなんとかなる。なんて、簡単な考えの自分に対して、アルベルトとヒューバートが真剣に睨み合っていることになんて、この時の俺は、気付けるはずもなかった。

互いに譲れない、無言の攻防戦をケリがつくまで続けることは、今は出来ない。

何故《なぜ》なら、タイムリミットがあるからだ。

無駄な時間は一秒足りとも使うわけにはいかない。


「ヒューは、容疑者と生存者の拘束と搬送。事態の収拾に当たれ」

浅く甘い吐息を漏らすグレイの体を抱き上げて、アルベルトは皇帝の顔をして臣下の将軍に命令を与えた。すると、予想通りと言おうか、案の定と言おうか、怒りの形相で引く気など全くないと、旧知の恋敵《こいがたき》が火を噴いた。

「――お前なあ！　っないぞ!?　それはっ！　ない!!」

わかる。

お前の言っている意味は、物凄《ものすご》くわかる。

もし、逆の立場で俺がソレを言われたら、即、相手を叩き斬るに違いない。

だが、何があっても絶対に、今回、俺は譲らないぞ。

仮令お前が皇帝で、俺が一兵卒であっても、この役を譲る気だけは、一片たりともない。

アルベルトは表情も変えずに、きっぱりと言い切る。

「琥珀が言っただろう。適材適所だ。俺に容疑者搬送と事態収拾を行えと。そう言うのか、将軍？」

胸倉を摑《つか》む勢いで、ギリギリと歯噛《はが》みしながらヒューバートが詰め寄ってくるが、アルベルトはここでも一歩も引かない。

「俺が対応する」

「っ前！　汚ったね〜ぞ!?」

「時間がない」

それは紛れもない事実で、今は、この腕の中の大切な人間《グレイ》を、救う事が一番の重要事項となる。

問題は救いの、手段だ。

それに後ろ髪を引かれながらも、「時間」という言葉と、グレイの命には代えられないという「想い」。それらを無理矢理に抑え込み飲み込んで、ヒューバートが憎々しげに、吠《ほ》えた。

「くそっ！　――童貞野郎が！　しくじりやがったら、末代まで呪ってやるからな!!」

……将軍《ヒュー》よ。いくら何でもこの国の皇帝である自分に対して、その言いっぷりはないだろう。

まあ、気持ちは、わからんでもないが。

本当に、ダグラスを城に置いてきて正解だった。アイツであれば、ココで引き下がる事など絶対にない。だが、誰であろうと絶対に、絶対に譲らない。

コレだけは――皇帝の地位を失うとしても、絶対に誰にも、譲れない。

アルベルトは、グレイを抱く手に力を込めた。

常日頃から体温が高いグレイの体ではあるが、今はもう、発熱しているのではないかというほどに、熱い。そして……自分も――。

『俺の大切なアイツらに手出しした罪を、お前は、正しく理解しなければいけない』

瓦礫《がれき》が崩れる轟音《ごうおん》の中で、その声は、その言葉は、真《ま》っ直《す》ぐにアルベルトの耳に届いていた。

大切なアイツら——？

それは、もしかしなくとも、俺達のことを指すのだろうか。

瓦礫も砂塵《さじん》も何もかもが、自分を止めることは出来なかった。走り寄り抱き締めたその体は今、自らの腕の中にある。

「どこ、行く——俺は、外に放ってくれれば、水でも被《かぶ》る……から……」

「誰がそんなコト、するか。この造りの城ならば、上の階に……部屋がある」

かなりの荒れようが予想できるが、今はそんなことはどうでもいい。

「——皇城へ、お戻り、くださいませ皇帝陛下」

ここで敬語に戻るところが、学者らしくて笑えて来る。

「あっちにはヒューより厚い壁の強敵がいるしな。残り時間の問題もある——」

アルベルトは、汗のにじむグレイの額に唇を寄せ、抱き締めた。

「俺が、お前を抱く」

そう呟《つぶや》くと、何かが体の内に火を灯《とも》し、アルベルトの心臓がどくどくと早鐘を打ち出した。

グレイは熱に浮かされたような潤んだ瞳を瞬《しばたた》かせて、媚薬《びやく》に火照《ほて》り紅潮した頬を緩めて苦笑した。

「陛下の……はじめて、は……とっといた、方が、よいでしょう？　これから、出会うだろう——大切な」

「お前以上に大切な人間などいない」

きっぱりと言い切って、アルベルトは二階への階段を昇り始めた。中央ホールから伸びる大階段は、グレイの攻撃から奇跡的に生き残っていた。

「あの時の、最終戦の戦場のど真ん中に居た女将軍は、お前だろう？」

「——」

グレイの無言は、肯定も同じだ。

「どう思い返しても、目が、お前だった。俺が、カーさんを、お前を、見誤ることはない」

城の主の部屋だったろう大扉を足で蹴破《けやぶ》り、続き部屋の主寝室のドアを潜る。寝台や調度品・ソファー等には埃除《ほこりよ》けのカバーが掛けられていて、それを風魔法で一気に捲《まく》り上《あ》げると、古さは否めないが何とか許容範囲内のベッドが現れた。

「初恋も一目《ひとめ》惚《ぼ》れも、本気で惚《ほ》れたのも、全部お前だったなんて。俺は、存外執念深く、執着が強いらしい」

媚薬の熱に浮かされて、小刻みに震えるグレイの体をそっと横たえて、アルベルトはその上に乗り上げると、静かに体を重ね、その肩口に顔を埋《うず》めた。

互いの身体《からだ》が隙間なく重なることが、不思議で、嬉《うれ》しい。

アルベルトは人と人との身体が、こんなにもぴたりと合わさることを初めて知った。

「初めて、お前に触れるのが、こんな廃城の薄汚れた埃塗《ほこりまみ》れの寝台とはな、俺は、末代まで反省せねばならないな」

ふっと、グレイが、笑った気配がした。

「——はじめての一夜は、洞穴だ。たいして……変わらない……」

アルベルトは目を見開いた。

弾《はじ》かれたように上体を上げ、両手でグレイを閉じ込めて、黒曜石の瞳を見据える。

グレイが、それをアルベルトに対し完全に認めるのは、初めてだった。

「……ミリ」

アルベルトは今にも泣きそうな自分を、何とか、抑え込んだ。

グレイが、照れくさげに恥ずかしそうに笑って、震える手をアルベルトの頬へと伸ばしきた。

「俺は、さ。色恋沙汰《いろこいざた》が……本当に、ポンコツ——で」

震える声で、震える唇で、グレイが続ける。

それは媚薬によるものなのか、それとも——。

「……お前は、おれの中では、まだ……小さなミリ、だから——俺は、どうしていいか……わからない」

我慢の限界が来た。

アルベルトはグレイに噛《か》みつく勢いで口付けた。

無理矢理に舌で唇を開かせて、逃げようとするグレイの舌を捕らえ、絡みつけ吸い付き、歯列をなぞって口腔《こうこう》を嬲《なぶ》る。グレイの全てを、その吐息さえも奪う如《ごと》く、全てを食らいつくすような容赦ないソレは「口付け」とするには、生易《なまやさ》し過ぎた。

「ん……はぁ……」

全てを貪《むさぼ》られ、やっとの思いで息を吸えたグレイは、浅い呼吸を繰り返し、それを諌《いさ》めるように、つんっと、アルベルトの銀糸の前髪のひと房を指で摘んでひっぱった。

「……俺は、お前と以下同文、で。だけど、優しくしないでいい……スキに、しろ」

「そんなことを軽く言って、この前みたいにストップを掛けても、今日は、止まらんぞ？」

何故なら、お前の命が掛かっている。

「いいよ。今まで黙っていた、ツケを……一括返済する――」

前髪をひっぱられるままに、顔の距離が近付いて、鼻先が触れ合う。

グレイがちゅっとアルベルトの鼻先にキスをした。

「――この気持ちが……何なのかは、まだ、わからない。だけど……俺はお前たちが、お前が大切なのは、本当だ」

そこから先は、もう、アルベルトは何も考えられなかった。

相変わらずボタンが掛け違ったシャツを破る勢いで剝《は》ぎ取って、露《あらわ》になった火照り汗ばむ白い胸に、噛《かじ》り付きたくなる首筋に、誘われるままに舌を這《は》わす。

背をしならせ頭を振るグレイの黒曜石の瞳《ひとみ》が、享楽の色に染まるのがわかる。

肌の感触を手のひらで楽しみながら、脇腹から下肢に手を滑らせ、腹に付くほどに立ち上がったグレイ自身を手のひらで包み込み慰めると、グレイは全身を震わせ、鈴口から透明な雫《しずく》を滴《したた》らせそれはアルベルトの手のひらに伝っていった。

昔、叔父上《おじうえ》が言っていた。

この行為は、人が本能として知っていること。

誰に習うべくもなく、恐れることなく、相手を想い慈しみ、心の全てで愛すればいいと。

今、アルベルトはそれを、理解した。

ただ、愛《いと》おしい。

触れ合って、肌を合わせているだけで、こんなにも多幸感に包まれるなど、思っても見なかった。

滑らかなその肌に手を滑らせ、舌で鎖骨をなぞり、首筋に所有の刻印をつけた後、甘い唇を飽きることなく貪る。

グレイの背を撫《な》でたアルベルトの指先が、傷跡を知る。

ああ、やはり、ここにある。

左肩口から左脇腹近くまで続く、熱で浮かび上がった古傷を、指でなぞり舌で舐《な》めて上書きすると、グレイが小さく声を上げてその背をしならせた。

その愉悦の声を飲み込みたい。

柔く甘いグレイの舌を食《は》み、溢《あふ》れる互いの唾液《だえき》が混じり合う水音が、欲情を高めていく。

鼻に抜けるグレイの甘い吐息が声が、自分をどんどんと昂《たかぶ》らせる。

グレイ自身を慰める手を早めると、それに呼応するように、グレイの息が上がっていった。

「——っん……あぅ、あ！」

仰《の》け反《ぞ》る顔を逃さずに、甘い声ごとまた唇を、奪う。

放たれた白濁をその手に受け止めて、アルベルトは、ソレが纏《まと》わりついたしなやかな指を、グレイの後孔に当てた。

「——まっ」

「待たない」

全身を弛緩《しかん》させ、くたりと力が抜けたグレイを休ませる余裕は、こちらにはない。

時間がない。

それに、ツケは一括返済すると、さっき確かに言ったのは、お前だ！

アルベルトの指が、グレイの奥を探る。

「……っつぅ」

痛がってもどれだけ止めても、止《や》めない。

これは、お前を助ける為と、俺の欲望と、愛しさと、想いと、全てが一緒くたになっていて、自分でももう、止めようがない。どうしようもない程に、お前が、欲しいのだ。俺だって、もう限界に近い。

グレイに対し息もつかせない程に、自分の欲望をぶつけているのはわかっている。

わかっていても、止まらないのは、悪いが、諦《あきら》めてくれ。

「……ん、ぁ――も、いいっか……ら」

目尻《めじり》から涙が一筋流れている。

誰よりも何よりも大切な黒曜石の瞳が、ただ、アルベルトだけを見つめ、紅く染まった唇を開いた。

「……きて、く……れ」

「――煽《あお》るなっ……！」

アルベルトは思いの丈を込めて、グレイを貫いた。

そこは狭く自分を拒絶しているようなのに、それでいて自分を受け入れてくれて、同時に食い千切《ちぎ》らんほどにアルベルトを締め付けてきた。

「「――っ痛ぅ……」」

同時に同じく声を上げて、それが酷《ひど》く可笑《おか》しくて、二人同時に苦笑いした。

「想像以上に、痛い……」

「それは……こっち、の……んぅ……セリフ――だっ！　いいから、もう、ヤれ……!!」

「――お前っ、男前過ぎだろうっ……！」


どっちが抱いているのか、わかったもんじゃない！

アルベルトはグレイに誘われるままに口付けて、グレイの舌を追った。甘すぎる程に甘いそれに自分の舌を絡めて、欲望のままにグレイを揺さぶった。自分を抑えようがない。止める事など出来ない。この腕の中の愛しい存在を、どうすれば自分だけのものに出来るのか？　どうすれば、自分のものになってくれるのか？

——誰にも渡す気なんてない。

グレイの吐息がどんどんと甘さを含んでいく。それが自分の行為へのものなのか、媚薬によるものなのかなんてわからない。その声だけでは、足りない。お前を今、この腕に抱いているのは、俺だ。お前は、俺だけを見ていればいい。もう絶対に、逃がしはしない。

——お前は、俺のモノだ！

「——っく！」

思いの丈の全てをグレイを貫くことに込めて、汗がにじみ出すアルベルトの背に、グレイの両手が絡みついた。絡みつき、その腕に力が籠《こも》り、グレイがアルベルトに縋《すが》り付き、抱き締めてきた。

「……ん、あっ！　——ア、アル……っ」

その腕は、グレイのものだ。

初恋のカーさんの腕は優しく温かなものだったが、それは親愛の情であり、腕の中の微睡《まどろ》みは、自分の知らない「母親」という存在に近かったのかもしれない。

だが、この腕は違う。

抱き締めるその手が震えながら、アルベルトの髪に触れそれに指を絡めて、アルベルトの顔を自分に向くように引っ張った。

アルベルトが、グレイを見た。

グレイのその黒曜石の瞳には愉悦の色だけでない、何かが宿っていることを、アルベルトは見逃さなかった。その喜びはアルベルト自身の硬度を増し、その変化を身体の奥で知ったグレイもまた、ソレを締め付けてきた。


「──このっ！」

「──っん、……う、ああ……──‼」


どちらともなく笑いながら、互いを抱き締め合い、高みに上り詰めて、アルベルトはグレイの中に全てを放った。

◆◆◆

正直に言います。

アルとヒューの此度《こたび》の蛮行には、全身の血が沸騰する程に、激昂《げっこう》しています。

グレイが攫《さら》われた（真実は自分から悪の根城を潰《つぶ》しに行った）。

彼を守り取り返すために飛んでいきたいのは、なにも貴方《あなた》達二人だけでは、ないのですよ？

それを、城で待て？

司令塔が必要だから任せた？

自分の立場はわかっていますし、それが宰相という職務だということも深く理解はしています。だがですねえ……その看板は、今回の事態においては吹っ飛んでいるのですよ!!　そっちだって、皇帝と将軍で現場に先陣切って行くなんてあり得ないでしょうに!!

二人して全部丸投げにして行きやがって……!!

この恨みつらみは、グレイが無事で戻ったあかつきに、必ず全てのツケを百倍返して、返して貰《もら》いますからね!!　絶対に、生涯この恨みを魂に刻み込みます!!

国境線に展開した防衛線は先刻全ての兵力を引き揚げる指示を出した。

理由は、西も北も南も、グレイが居るであろう廃城から天を切り裂く雷撃が上がるなり、水が引くように一気に軍勢を引いたからだ。

何が起きたかはわからないが、国境線は今はもうどうでもいい。

問題は――。

「宰相閣下!!　転移ゲートから監獄にじゃんじゃん容疑関係者が投げ込まれています!!」

「容疑関係者の負傷率が異常に高いのですが、対応どうしましょう？　裂傷というより、打撲痕が異常に多いのですが……」

更に追加で全部丸投げだと!?　ありえん!!

あの二人には再教育が必要ですねえ……。私を本気で怒らせるとどうなるか、分からせる時が、遂に来ましたね。

黒い笑顔で闇を背負い振り返る宰相の顔に、その場の処理に当たっていた官吏達はもとより、警護の近衛騎士までもが全員背筋を正し、血の気を失った。

この状態の宰相閣下に逆らってはいけない。

それを我が身を以《もっ》て知る彼らは、我らが尊ぶ宰相閣下の次の言葉を待つしかなかった。

「全員殺してやりたいところですが、事態の全貌《ぜんぼう》解明に必要な情報源です。ゲストとして丁重な扱いを行ってください」

――丁重な扱い＝生きている事を後悔する程に搾り上げろ。

という裏の声が聞こえて来て、彼らは脱兎《だっと》の如《ごと》く監獄に向かった。一刻も早くそれらを完遂しなければ、この皇城の地獄の裁定者が火を噴くことを、長く城に勤める彼らは知っているのである。

指示した通り、こちらの意図に従い動いてくれる部下達には感謝の念に堪《た》えない。大変有り難いのだが、ダグラスのイライラは治まらない。

グレイは、無事なのだろうか？

ケガなどしていないだろうか？

頭の中は隙間がない程に、グレイでいっぱいだ。

その時だ。

ふいに影が動く気配がして、ダグラスは振り返った。

「ダグラス。城の薬室にケハスの葉はあるか？」

影から現れた琥珀《こはく》の姿に驚くこともなく、ダグラスは部下に対し視線を向ける。その目に頷《うなず》き薬室に向かって姿を消した部下を確認し、琥珀に向き直る。

「ケハスは鎮静作用がある薬草。グレイに、何かあったのですか？」

緊張と懸念と危惧《きぐ》が入り混じるぐちゃぐちゃの感情のまま尋ねたダグラスに、琥珀が表情を曇らせる。

「――薬を飲まされた。南から最近流れてきている『キュア』と特定した」

「解毒剤がまだ開発されていない、アレですか!?」

キュアが国内に出回りだしたのは、現皇帝反対勢力である脱税貴族の一斉摘発を始めた頃だ。恐らくは新たな資金源として国内で捌《さば》きだしたのだろうが、相手の尻尾《しっぽ》を捕まえるためにわざと泳がしていたことが仇《あだ》となった。

「カーティス……」

最早ただ殺すだけでは、物足りない。

ギリっと歯噛《はが》みするダグラスの肩を、琥珀が叩《たた》いた。

「主を死なすことなど、俺が許さない。うちの薬師がキュアの成分分析をして、解毒に必要な薬効成分は解析済みだが、解毒剤精製に必要なケハスの葉が足りない。ここならあると踏んで――」

「宰相閣下！」

ダグラスの出来る部下が、濃いえんじ色の葉がみっちり入った瓶を片手に飛び込み、それをダグラスに渡してきた。

「琥珀！」

「助かる。今少しで主を連れて戻る。安静に療養出来る環境を準備してくれ」

現れた時と同じく唐突に影の中に姿を消す琥珀を見送り、ダグラスは顔を上げた。

今は、何よりもグレイ一択だ。

アルベルトとヒューバートからのツケをどう払ってもらうか考えるよりも、主犯格のカーティスをどうギタギタに料理することを考えるよりも、まず大切なのは、グレイだ。

ダグラスは、キュアの用途を知っている。それを摂取した人間がどう反応して、どんなことに使用されて、対処を間違えば脳が冒され、命に関わる事も、知っている。

グレイがソレを摂取した状態の中で、琥珀がここに薬草を取りに来たということは——。

今、グレイには二人が……。

今回の——は、治療だ!! あくまで治療だ!! 絶対にカウントには、含めない。

命を守るための、医療行為。

納得のいかない頭の中に「医療行為医療行為医療行為」と上書きを施してみても、冷静にならなければいけない感情は収まるわけもない。

だんっ!! とダグラスは近くの大机を殴りつけた。

「——くそぉっ!!」

自分で守る事も助ける事も、側《そば》で抱きしめる事も出来ない自分に腹が立つ。そして、それと同時に湧き立つのは、今まで生きてきた中で持ったこともない、嫉妬《しっと》だ。胸が焼け付くように燃えている。

この場に、アルベルトとヒューバートが居たら、殴り殺してしまうかもしれない……。

何処《どこ》にこの怒りの激情を激昂を向ければよいのかわからずに、宙に向けて吠《ほ》える宰相の前で、部下たちが腰を抜かして床に崩れ落ちて行った。

いつもノーブルで冷静で、声も態度も荒らげるところなど見たこともない宰相閣下。

今、目の前にいるのは、その宰相ではなく、ただのひとりの男であるダグラス・アトリー・ハミルトンだ。

◆◆◆

腹が立つ腹が立つ腹が立つ腹が立つ腹が立つ腹が立つ腹が立つ腹が立つ――!!

何だあの童貞野郎!?

『俺のモノ』

みたいな顔をして、グレイを連れて行きやがって!

状況が逼迫《ひっぱく》しているのもわかるが、どうして俺が事態の収拾に当たり、お前がソ、ッ、チなんだ!?

もしも！　しくじりやがったら、皇帝だろうが何だろうが、ぶち殺してくれる!

ガツガツと床の瓦礫《がれき》を蹴《け》りつけ、そこらに倒れているカーティス配下の私兵にぶち当て、踏み付けても、ヒューバートの怒りは収まらない。

「コイツ生きてる！　捕縛!!」

死んだフリしている輩《やから》を、このまま殺してもいいだろうか？　ああ〜っ腹が立つ！　このまま死ね！

「不穏な考えが全部顔に出てますよ。総長……」

レイアードが呆《あき》れ声《ごえ》で諫《いさ》めてくるが、ヒューバートの怒りはそんなものでは収まらない。

「赤べこの拘束は完了したが、早々に皇城の監獄に転送で宜しいか？」

「――少し待て。赤べこは、一発殴らんと俺の気が済まん」

反乱分子制圧に派遣中の騎士達の間で、赤侯爵ことカーティス・セラト・グレイブルの呼称はすでに「赤べこ」で定着固定していた。何を指す名称かは分からんが、大変呼びやすい。

大魔王二世が闇のオーラを纏《まと》いながら近付いてくるその恐怖に、赤べこ侯爵は気を失いそうに青くなった。

「殴る」

「せ、正当な、れれれ、令状を要求するっ!!　私は、侯爵で、外務卿でっ！　不当な暴力は――！」

ドゴッ!!　と、とても人が殴られた音には聞こえない打撃音が辺りに響き渡った。

かなりの距離を吹っ飛び、瓦礫の中のゴミと化したカーティスに、ヒューバートはつまらなさそうに顎《あご》をしゃくった。

「コレは暴力ではなく、ストレス発散だ。そもそも、不当な暴力を見たヤツ。ここにいるか？」

「――ゴミが転がりましたね。転移ゲートまで蹴飛《けと》ばして行っていいですか〜総長？」

部下の幾人かが手を挙げるのでヒューバートは了承した。本音を言うと、自分も混ざりたい。

「さすが【月下美人を（見）守る会】のメンバーだ。会の『花』を拉致《らち》られてタダで済ますわけもない」

この廃城の惨状は……その花が、コイツらを潰しに自分から乗り込んで来ての結果なのだが……。

まあ、いい。あえて突っ込むまい。

――ところで。お前の目も笑ってないぞ、守る会の特別参事《レイアード》？

「こんなトコでグダグダ管巻いてないで、上に宣戦布告しに行って取り返して来たらどうです？　全く、総長らしくもない。ヘタれですか？」

「お前が言うか？　お前だって大分、珍獣にイカれてるくせに」

「イカれてるから言ってる。俺が総長だったら、取りに行くぞ」

そんなこと、言われなくともわかっている。今だって、グレイを奪い取ってきたくて堪《たま》らない。我慢がならなくて、大人気ないが反乱分子に当たり散らしているのだ。だが、適材適所と言われれば、あいつを救う為ならば――甘んじて、って、そうだ！　どうして俺が引かなければならないのか？

あの童貞野郎に、どうして、任せるなんてこと、してしまったのか？

アルベルトの、あの目に、負けた。

真剣な目だった。俺が引かなければ、俺ですらも斬り捨てると――あの目がありありと語っていた。

自分は、あの目に、負けたのだ……。

「お前は、何故《なぜ》行かない？」

「貴方方三人を敵に回すなんて命知らずじゃないからですよ、俺は。守れるだけで幸せです」

残念ながら適材適所です。と、苦笑しながらレイアードが嘯《うそぶ》く。

俺も、守るだけの、グレイの側に居るだけの存在で、幸せか？

答えは、否。だ。

誰がそんなこと、納得するものか。仕切り直しだ。今回はグレイの命が掛かり譲っただけだ。

仮令《たとえ》相手《てき》が童貞野郎な皇帝陛下であろうとも、この国随一の頭脳を持つ腹黒宰相であっても、俺は絶対にグレイを諦《あきら》める気はないし、渡す気も、分け合う気もない。

不屈の精神を軍部で培ってきたヒューバートは、「こっからが本当の勝負！」と息巻くと二階を睨《にら》み据えた。

「メンドウだからあまり乗せるな。レイアード……」

「いやあ。あまりヘタレでいられても、騎士団の士気にかかわるからさ」

消えた時と同じく、唐突に姿を現した琥珀に動じず、レイアードがははは、と笑う。

「琥珀!!　解毒剤は!?」

叫ぶヒューバートに琥珀が頷き、その隣に柘榴《ざくろ》が現れる。手には、青く清浄な水を思わせる薄青い液体の入った小瓶が握られていた。

「完成した。今すぐ主様に飲ませる。主様は何処か？」


——今？

予想以上にお前達の戻りが早かった。優秀だなあ。

解毒剤作りに行って、二刻も経《た》ってない、よな？

今は……まだ、流石《さすが》にまずいんじゃないかなあ？　アルに怒り狂って激昂《げっこう》している俺でも、そう思うぞ。もしも、なあ、邪魔されたりなんかしたら、そりゃあ——。

………。

はっはっは。ざまあみろだ、アルベルト。

邪魔してやる！

にやあ、っと悪い顔をして、ヒューバートが二階を指差した。

18：【グレイ初めての朝を迎える】

おはようございます。皆様いかがお過ごしでしょうか？


可能であれば全部忘れてればいいな。

との、俺の楽観的願いは神様には叶《かな》えて貰《もら》えなかったようです。

あんな薬盛られたんだから、記憶もキッチリ飛んでればよかったのに……。

ええ。確実に全部がっつりぎっちり全部覚えています。

自分の無駄に記憶力のいい頭が恨めしい……。


目覚めた場所は、皇帝陛下の腕の中でした。


うん。皇帝陛下の腕の中で目が覚めるのは、こちらに来てからこっち安眠枕役の自分としては、よくあることなのですが、今日はですね、ほら、状況が違いますからね？

着衣は、お互い身に着けています。ほ。よかった。

だがしかし。なんで、イロイロ、あったというのに……体がさっぱりしているのでしょう？

それについては、考えたくありません。考えることを断固として拒否します。

そして、皇帝陛下の胸板以外で少々見える辺りの様子を見る限り、ここは、陛下の寝室であられますなあ。いつ、戻ってきたんだ？　そこに関しては、全く記憶がないんですけど？

もしかして、俺――意識飛ばしたんか？

わあああああ!!　考えるな!!　考えては負けだ!!

だが、考えない様にしても、体のあらぬ箇所が、痛い。鈍痛というより、疼痛《とうつう》？

そして、今まで使ったことのない関節部分が、悲鳴を上げている。

こんなの、聞いてない。

どうしてこうして、こうなったのか？

ええ。一応は了解しましたし。スキにしろ。なんて睦言《むつごと》も、言っちゃったような気がしないでも、ない。つるっと滑り出たって言うか、俺が言ったのは確かなんだけど、アレは俺であって俺でないというべきか……。

うん。もう一回心の中心で叫んでおこう。

ぎゃあああああああああ!!　あん時の俺!?　何言ってくれやがったんだ～～～!!（泣）

今の俺に出来るのは……シーツを引っ被《かぶ》ってミノムシになる事だけです。

ああ……それだけの動きでも体の中心からズキズキが走ります……。

「……はじめての朝が、コレか」

うるさい!!　っと声に出して怒鳴ってやりたいが、そんなことも出来ません。大声は体に響きそうなので……シーツに丸まり背を向けて、小さく呟《つぶや》くのが、限界だ。

「あんな、姿は……正直見せたくなかった……し、見せる気も、なかった――」

「あんな。とは？」

う〜ん。どこから見せたくなかったと聞かれれば、俺の怒り大魔王のところからなのだが、説明すると長くなりそうで、正直体に響く。

「――まるっとひっくるめて、みっともない、ところ？」

俺は本気で怒ると、口は悪くなるし、態度は荒れるし、容赦はなくなるし、そこら中に破壊の限りを尽くすし……。俺の本性は、ミリには、知られたくなかった。と、そこまで考えて、自分の考えに疑問が湧く。

なぜ、知られたくなくて、見せたく、ないんだろう？

「言ったろう？　全部貰うと。全部お前だ、お前の全ては俺が貰う」

「――……身に、余り過ぎる、お言葉で……ござい、ます」

敬語を忘れていたことにここで気付き、取って付けた様に語尾を変えてみた。

今更、ではあるけれども、一応ね。俺は、現在も隣国からの捕虜で人質である事には、変わらないので。

「は。今更敬語に戻るか？　まあ、いつものお前に戻ったようで何よりだ。で、ひとつ聞きたいことがある」

「……答えられることでしたら」

シーツの中からもごもごと口籠る俺に向かって、皇帝陛下様が茶化すような明るい声で宣《のたま》ってくれる。声に、笑いが滲《にじ》んでいる。

「閨《ねや》での男同士の知識はあると言ったな？　そうは見えなかったが、一体、どこから拾ってきた」

……あのですね？　このような朝にこのような状況で、とんでもない事聞いてくれやがりますね？

そうは見えなかっただ？

そんなモン、お互い様ですな!!

助けてもらったのは確かだけれど、がっついてきたのは、ソッチだろうがっ!!

ああ！　いかんいかん……。思い出してはいかん……。

ところで……。

これって、からかってるのか？　それとも、もしかしての、テレか？

いや。からかっているに違いない。

であれば、真っ向から正当に真実を語らせて頂く他あるまい。

「――軍人なんて多かれ少なかれ、同性同士の経験アリでしょう？　俺が戦場に出てたことはバレましたよね。これでも前線に出ていたので、そういった話くらいは聞くし、そこかしこで見受けられたし。宿場ならいざ知らず、最前線なんて、娼婦《しょうふ》もいないから、みんな手近で処理してましたしね」

「……お前も？」

「俺は、黒騎士をしてたので――ああ、クレアの護衛で真っ黒の鎧《よろい》にフルフェイスの兜《かぶと》を被ってましたので、そのようなお誘いは皆無でした」

「ああ。確かにいたな、最終戦の時も――」

じ～っと見つめてくる熱視線を、シーツに丸まるミノムシの背中に焼け付く程に感じます。

「――何か？」

声だけで顔も出さず尋ねると、満足げな皇帝陛下の声が聞こえてきた。

「――で、最終戦は、お前が入れ替わっていたんだな？」

「ええと、あ～……。影武者もやってたんで、まあ、そうデスね」

「調印式は、妹の方だろ？」

「……当たり、デス」

完全に判別が付いている。何故にだ？

「お前はな、目が口ほどにモノを言うんだ。丸わかりだ」

そんなことをおっしゃられるのは、今も昔も、皇帝陛下だけですが……。ところで、顔も姿も出してないミノムシの俺の心の問いを、何で正確に回答するんですかあなたは？

「お前のことは、もう、分かる。これからは、俺に、隠し事が出来ると思うな」

被ったシーツごと、背中から、抱き締められる。

ぎゅうっと強く、胸の中に抱き込まれてしまうと、本当にもう、逃げ場が、ない。

「グレイ」

ぐいっと体を反転させられ、真昼に近い日差しがシーツの白く薄い布を透かしてくれて、布越しにもわかる綺麗《きれい》な顔立ちが、透けて見える。そこには、今まで見たこともない、皇帝陛下の柔らかい笑顔が見えた。

目が逸《そ》らせない。

瑠璃色《るりいろ》の瞳《ひとみ》が穏やかに笑い、ゆっくりと近付いてくる。

シーツの薄い布越しに、アルベルトが優しいキスをくれた。

逃げる事は出来なかった。

逃げるなんて考えがも浮かばなかったと言った方が、正しいかもしれない。

「……グレイ」

包《くる》まったシーツを宝物の包装を解くように開かれて、真《ま》っ直《す》ぐに目を見つめられると、心臓が痛くなる。

動くことが、出来ない。

もう一度、唇が重なったら、どうなってしまうのか？

アルベルトの目に射すくめられ、動けないでいるグレイの耳に、爆発？　と聞きたくなる爆音が「ドカン!!」と響いた。お陰様で瑠璃《るり》の呪縛から目が覚める。


「「そこまでっ!!!!」」

ちっ！　と舌打ちする皇帝陛下は置いておいて、グレイは爆音が轟《とどろ》いた扉方面に目を向けた。だが、既にそこには人影はなく、闇の処刑人みたいな二人の男が怒りの炎を背中にしょって、ベッドサイドから皇帝陛下の首根っこを捻《ひね》り上げておられました。

「お前なあ！　いいかげんにしろ!!」

「たかが一回の医療行為でっ、グレイを手にしたと思ったら大間違いですよ!!」

い、医療行為ってまさかのアレのことですか？

何があったかバレてるのか？　っと我知らず今更なことに気付いて石の様に固まるグレイを置き去りに、オカン三人衆は喧々囂々《けんけんごうごう》の大喧嘩《おおげんか》をお始めあそばされました。

カーン！　とリングゴングの音がグレイの頭に響いた。

「いっ医療行為っだとおお!?」

「そうです！　ソッチとしてはノーカウントですっ!!」

「ダグに一票だっ!!」

……これはいつも思うことだが。わたくしは、図書館に帰ってもよろしいでしょうか？

もう、ヤダよこの子たち……。

こんなに大きく立派に育ったというのに、あの頃から、中身が変わっていないのではないだろうか？

そうっと、痛む体を立て直し、そろりそろりとベッドからお暇《いとま》しようとしたのですが、まんまと捕まりました。六個の目と六本の腕から逃げるなんて、やはり無理があったようです。

「逃がすか！　当事者！」

「逃げるな！　珍獣！」

「グレイ！　無事で本当によかったです!!」

皇帝と将軍の腕からグレイを奪い取り、魔人化している宰相閣下がギラリ!!　と光る紫の目で二人を牽制《けんせい》した。

「優先権を宣言します!! 私がしばらくグレイを堪能するのを止める権利は二人にはないですよ!! この先最低でも三ヶ月は寵愛《ちょうあい》当番の権利は私にあります!!」

叫ぶダグラスのあり得ない程の迫力に、流石《さすが》の皇帝陛下と将軍閣下も、引いていた。

ひとつ聞きますが……。寵愛当番って、まだ、有効だったんですね?

グレイが、三人を静かな目で見つめて、声を上げた。

「今後の寵愛当番のターンについて、話し合いがなされるのは理解しましたが、その前に大前提がある事を、確認させて頂いて宜しいですか?」

「「「なんだ?」」」ですか?」

うん。これは、完全にこれから話すことを、これっぽっちも予想出来ていないな。

頭のいい彼らの事だ、遠回しに話すより直球勝負で行った方がいいか? それとも、わざと遠回しに話して、牽制をしてみた方がいいか? う〜ん。面倒だ。直球で行こう。

「俺は、そろそろ西に戻った方がいいかと思います。今回も含め、あちらさんがじりじり動いてきているのは、ご存じの事と思います。西《うち》の面倒を、東《こっち》に持ち込む気はありません。今回の騒ぎで皇帝陛下の治世の平定は出来たと思いますし……もう、大丈夫でしょう?」

俺がいなくても――。

寂しくないと言えば、嘘《うそ》になる。だが、西の国の面倒毎に彼らを巻き込むことは出来ない。

俺にとって大切な、あの時、もう人の世界から消える事すら考えて山で一人過ごしていた自分を、引き留め救ってくれた、ミリ、ビー、アリーには、どうか、幸せになって欲しいから。

「天地開闢《てんちかいびゃく》の歴史書の【はじまりの章】に、東と西のはじまりは一つの国で始祖は、竜と交わり子をなした、という伝承の一文があるだろう?」

「お前が西に戻る話と、その話が、どう繋《つな》がる?」

西に戻る。という言葉だけで「ありえない」という言葉を張り付け渋面になった三人だが、俺が突然に切り出した天地開闢の歴史書の話に、今度は疑問の色を濃くした。

気持ちは分かるのだが、自分の事を話すと決めたからには、ここから話さないと、話が進まないので許してほしい。

「――全部終わったら、話す。と約束していたからな。俺の事を話すには、こっからになるんデス」

約束。という言葉に、その意味を理解して三人が居住まいを正してきた。

「竜の血は始祖の子孫へと引き継がれ、竜の生まれ変わりともいわれる竜血を持つ子は、人ならざる成長と人ならざる力を持ち、国を成して世を制した。と」

はあ。言いたくないな。

自分でも認めたくなくて、でも、それは自分が体現していて、逃げ道なんてまったくない。

「俺の【呪い】は、その竜血だ」

アルベルトの瑠璃色の瞳が深みを増したように見えた。ヒューバートもダグラスも、同時に目を瞬《しばた》かせた。だよね。お伽噺《とぎばなし》みたいな話を信じろという方が無理だと思う。だけれど、お前達はそれを目にしているだろう?

「人ならざる成長――。出生から成体になるまでが早い竜の特性を引いてるせいか、竜血を持つ者の成長速度は、普通の人間とは違う。生まれてから成体になるまで三倍から五倍の速度で成長して、成体になってからは、今度は逆に成長速度がひどく遅くなる。俺は四歳くらいで成体になって――あの時……初めて出会った時の、俺の実年齢は、八歳だったけれど、見た目は、大人だったろう？　中身も前世の記憶持ちだから、違和感はなかっただろうし」

三人の顔を見ることが出来ず、俺は手元のシーツを握り込む。

「最強に頑強な体を持つ竜ならそれが普通でも、竜の血を持つだけのただの人間の体で、そんな成長をしたとしたら、人の体は、それに耐える事は、できない。さらに魔力なんて使ったら、体はますます保たない」

グレイは自嘲《じちょう》気味に笑った。

「……それが、短命の、理由か？」

「そうだ」

この世界に生まれてから数年間は、なんとかなると思っていた。その後の数年で自暴自棄になって、お前たちと出会って、もう一度生きようとして……。

「世界のどこかに、その呪いから助かる術《すべ》はないだろうかと、片っ端から古文書を読みまくって、【竜現の書】に、その糸口がある事を知った」

「ソレが見つかり、貴方《あなた》はあんなに――」

ダグラスの言葉にグレイが頷《うなず》く。

これで、お前達は俺を知る。

「西の馬鹿王は、このことを知らないから俺を簡単に捨てたが、西の第一王子が、クレアと同じで、黒を持つ者なんだ。あいつは、昔から、俺を兵器として利用することしか考えていない」

「それが、今回の国境線侵攻ですか？」

「北と南は、どうか知らんが。西は、確実にそうだろうな。で、俺の雷を見て今はマズいと兵を引いたんだろうと思う」

俺が西の王子に兵器的な扱いを受けている事と、俺の【呪い】の深さ、生命の刻限を知れば、お前たちは俺の手を、離すだろう。こんな危険でもうすぐ死んでしまうだろう生き物を、誰も必要とはしない。

ズキン。と、胸が痛んだ。その時だった。

「東《うち》の【竜種】と同じだな」

はい？　アルベルトの言葉に、グレイの頭がかくんっと落ちる。

「同じだな。ガキの頃見たカーさんの外見と、今の珍獣の外見はほぼ一緒だから、そんな気はしてたよな？」

「元を正せば東西共に始祖は同じですからね。互いに機密事項として隠してたってことでしょう」

ええぇ。っと、なんで三人ともすんなり納得して頷き合ってるんだ？

俺としては、決死の告白だったのですが……。

真っ白に石化しているグレイに、ダグラスが丁寧に説明してくれた。

「西の国では【呪い】と呼ばれてるんですね？　東《うち》の国では【竜種】と呼び大変尊ばれます。主《おも》に顕現するのは皇家の血筋で、その血を持つ者には代々【竜種】の説明がなされます。なので、我々三人は【竜種】については理解しています」

そういえば、ダグラスはアルベルトの従兄《いとこ》で、ヒューバートも何代か前の皇帝の血筋って言ってたね？

ははは。西より完全に認知されてるんですねえ。もう、笑うしかないデス。

西なんて、【呪い】が発覚次第、外見年齢と精神年齢が揃《そろ》うまで隔離隠蔽《いんぺい》される。俺は、精神年齢が生まれつき大人だったので手に余ったのか、割と自由にというか、人として扱われず完全放置されたというか……。

東西国は、互いに竜の生まれ変わりを完全に機密事項としていた事が、この度露見いたしました。凄《すご》いね〜！　俺の長年の深い悩みが、ものの見事にひっくり返されていきます！

竜の血を持つ者の他、西の竜の先祖帰りは黒髪黒目で魔力はあまり遺伝せず武と頭脳に特化する進化となり、東は魔力を守るために単一色で生まれ魔力により分岐し色が変わる人種に進化した、って感じだろうか？

進化って……色々デスね。

まあ、言ってしまえば始祖から始まった東西国である、人類皆兄弟、遺伝子を辿《たど》れば、その一番最初には始祖がいる。東西国の血を持つ人には、どこか深いところで、竜の血は残っているのかもしれない。

ダグラスの話を聞く限り、研究は東の国の方が進んでいるようで、【竜現の書】も、だから東で所蔵されていたのだ、と。すごく腑《ふ》に落ちました！

「ちなみに、【竜種】の研究と機密の最高責任者はアルの叔父上《おじうえ》であられるラファエル・グロスター大公殿下です。前皇帝陛下は毒殺で崩御されたと言われてますが、真実は【竜種】であられ、国を守るためにお力を使い、早世されました。前皇帝陛下のお命を守れなかった慟哭《どうこく》から大公殿下は【竜種】の研究に没頭され、次代の【竜種】の早世を回避する術を見つける事に生涯をかけておられます」

——何から何までビックリ過ぎて、もう言葉も出ません。

「ってことで、生きるためにお前はここに居るべきだ。お前の探した〝どこか〟はここだ」

真顔の将軍閣下が、キッパリと仰《おっしゃ》られました。

「皇宮図書館の地下施設には古文書が満載ですよ？　よいのですか？　長生きしたくなりませんか？」

策士の顔をした宰相閣下が、大変魅力的な情報を教えてくれました。

「お前、調印文章読んでないな？　そもそも俺がお前に飽きるか、西を完全に平定するまで捕虜人質の義務は発生するんだ。今後、俺がお前に飽きる予定は生涯ないし、西と平定協議を行う気も全くない」

闇の帝王みたいな顔をした皇帝陛下が、何言ってんだ？　とツッコミを入れたくなる宣言をなさいます。

「「「お前を逃がす気はない」」です」

俺を西の国に返還する気も、自分達から離す気もない。ときっぱりと言い切る三人に、グレイはばったりとベッドの上に倒れ込むしかなかった。

俺が悩みに悩んで、出来たら話さず消えたいと、話すにしてもタイミングを見計らって、と、色々考えていたあの日々は——一体、何だったのだろう。


三人とも、本気の本気で、俺なんかの事を、好き、なのか？

本気の本気で、俺がなんだろうと、どうだろうと、どうしたって、好き、なのか？

マズい……。これは、なんというか、なんだろうか、胸がこしょばいというか……。

嬉《うれ》しいかもしれない。

両手で顔を隠した恋愛ポンコツのグレイの顔は今、生まれて初めて他者から自分に向けられる「好き」を本当の意味で理解して、これ以上ないくらいに真っ赤に染まっていた。

【エピローグ】

三人の顔をまともに見られなくなったあの日から、数日。

事態の収拾やら法務処理やらなんやらかんやらで、オカン三人衆は職務に忙しく、日中はほぼ姿を見る事が出来ません。

正直、よかったデス。

もうね、どんな顔して会えばよいか、全くわからないのですよ。

寵愛当番制度はもう不要と思うのですが、お三方が必要と譲らない為、現在進行形で続いており、俺は寝たフリしてます。

何故《なぜ》ならば、俺はただいま療養中ですし、制度は何故かの二人ワンセットで三人で川の字で寝るという流れとなりました。

何故に？　ただ、両サイド同志が睨《にら》みを利かせているので、無体な目に遭う心配がございません。

新たな制度……案外いいかもしれない。

なんの療養かって？

しばらくぶりに怒り狂ったせいで、無理がたたり体の疲労が取れないし、得体の知れない薬を盛られたせいで内臓系の調子も悪く、ここぞとばかりに過保護度の上がったオカン達にベッドに縛り付けられたのです。

誰の部屋のベッドに縛り付けられたかですか？

俺の〝自室〟です。こちらに来て直《す》ぐに与えられましたのに、一度も使用したことのなかった、捕虜で人質の俺を軟禁するんだったか、安眠枕の控え室にするんだったかの皇帝陛下の居室から近い客間です。

お三方様がそれぞれ自室を開放すると手を上げられておりましたが、本気の殺し合いが始まりそうだったため、宰相閣下の英断で、こちらが選ばれたのです。

自室は大変快適です!!

何故ならば、キースプレゼンツの蔵書ラインナップが皇宮図書館から運ばれまして、新たな本の城がここに築かれたからです！

最高です。キース偉い!!

しかして、そろそろ、アレに手を付ける頃合いかもしれない。

重苦しい気持ちを追い出すことも出来ないまま、グレイは、【竜現の書】の上巻を手に取った。

これに【呪い】の解呪の記述がなければ、俺の命もあと数年というところか。

この東の大国では【竜種】と呼ばれ、西とは扱いが違うことはオカンらに教えてもらったが、その【竜種】であったらしいアルベルトの父も、やはり早世の呪縛から、逃れる事は出来なかったらしい。

ラファエル・グロスター大公殿下に、会わなければ、いけない。

【竜種】の研究と機密の最高責任者であると同時に、アルベルトの叔父であり、前皇帝の皇弟である、彼に、会うべき理由が、グレイにはあった。

「――そこに、おられますね？」

グレイは、居室の窓に向かって左右の壁に飾られた大鏡の右側に向かい、静かに呼び掛けた。

真正面の位置に対する金細工に飾られた額縁付きの大鏡は、お互いを映し幾重もの部屋が永遠に鏡の中に続いていた。

それは、鏡だ。

だというのに、グレイが呼び掛けた右の大鏡の中にのみ、遠くからゆっくりと歩いてくる人影があった。

銀糸の髪に白磁の肌をした、男盛りの壮年期くらいの年齢に見えるその姿は、先達て確認した貴族名鑑の絵姿そのままで、ちょっとびっくりした。

貴族名鑑の絵姿って、大体「誰？」なんだがなあ。

「こうして対するのは、初めてですね。ラファエル・グロスター・バルナバーシュ大公閣下」

瑠璃色《るりいろ》よりも幾分暗い蒼眼《そうがん》が、面白そうに笑った。

その皮肉な笑みは、本当にアルベルトにソックリだ。

言ってしまえば、二十年後の彼の姿が、ここにある。

『――何時《いつ》から、気付いていた？』

「見られてる。と、感じたのは、最初の謁見の間からですね」

『随分早いな』

くっくっくっと楽し気に笑う彼を、グレイは睨みつけた。

『お前のことは、ずっと視《み》ていたからな。ところで、私への監査請求の礼をしたというのに、会いに来てはくれないかったのは、どうしてだ？』

礼が【竜現の書】の上巻だなんて、随分太っ腹な大公閣下でいらっしゃいますね？

「あなたの子飼いの中トカゲに拉致《らち》られまして。お伺いすることが叶《かな》いませんでした」

『ほう。それは難儀だったな』

「ええ。変な薬まで盛られて、エラい目に遭いました。それも、視て、いらっしゃったんでしょう？」

グレイはベッドから降りて、大鏡の前に進むと冷たい鏡面に手を伸ばした。

魔術で鏡を媒介し空間を繋《つな》げた鏡面に、魔術図式が一気にその姿を現す。

――捕らえた。逃がしはしない。

仮令《たとえ》アルベルトと姿がそっくりの叔父さんであったとしても、あの子達を守る為であれば、容赦はしない。

制裁の雷撃をいつでも放てるように、グレイの黒曜石の瞳が冷たくラファエルを睨み据えたが、彼は鷹揚《おうよう》にゆったりと笑んできた。

『私は、君の国で言う先祖返りで特殊魔力の【天眼】持ちだ。視ようと思えば、どこからでも視たいモノを見ることが出来る。アルベルトも、まだ開花前だが、同じ【天眼】を持っているぞ。金髪紫瞳は皇族の印と表立っては公表しているが、銀髪蒼眼は先祖伝来の血を引く主筋の血統となる。銀髪蒼眼は生まれつき魔力が強く、【天眼】を持つことが多い』

だから、アルベルトには、目くらましも効かなかったということか。

う〜ん。アイツに関しては、ソレだけではないような、気が、するようなしないような……。

ああっと。今はそれは考えるな。

この大物を前にして、隙を見せるわけにはいかないのだ。

「その【天眼】とやらを使って、どうして、彼らを潰《つぶ》すようなことを、したのですか？」

彼がいわゆるラスボスだ。

過去から——もしかしたら〃カーさん〃として彼らと出会うことになった、あの誘拐事件も、この目の前の男によるものなのかもしれない。どうして、アルベルトの前に、様々な困難を並べて——。


あれ？　なんだその顔？

何でそんな嬉しそうな、誇らしそうな、お父さんみたいな顔してるんですか？


「赤べこ如《ごと》きを使ったのは、もしかして、そういうこと、でしたか……」

『赤べこ……。なかなかに最高の愛称をつけたな』

アレは傑作だった。と、ラスボスだと、大トカゲだと思い込んでいた、ただの『オトン』が、笑いを堪《こら》えて震えています。

なんだこの茶番。俺だけ本気で、恥ずかしくなってきたぞ。

『君は本当に頭がいいな。カーティス、いや〝赤べこ〟か。アレが勝てる相手ではなかったというのに、本当にアイツの頭はお粗末だ。自分の能力に溺《おぼ》れ勉強が足りん』

「――皇帝陛下を鍛えるために、何十年かけて計画したんですか」

もう呆《あき》れ果てて何も言えない。ベッドに戻って寝るとするか。

目を見てわかった。大公閣下は悪ではない。

ひとり気合を入れて対決しようとした自分が、大変こっぱずかしくなってきた。

「アルベルトが――皇帝陛下が大事なら、もうちょっと手を掛けて育てるとか」

『敬愛する兄上の子で、見かけは私そっくりだからな。大物になってもらわねば困るので鍛えたまで。アレは〝武〟はもう鍛えるところはないが、〝文〟と〝政務〟が甘いのでね。君はアレのよい軍師になりそうだ』

「……俺に、先はありません。荷が、勝ちますよ」

ツラいがそれが現実だ。【竜現の書】の解読と、大公閣下の研究結果を待つためにここに留まったとしても、俺の時間はそう長くない。ツラいなあ……。

ツラい……。って、え？　そんなこと、今まで思ったこともなかった。

どうして、ツラいんだ？

会えなくなるのが、無性に――。

鏡の中の大公の姿を見て、息が、止まるかと思った。

『そういえば、あの子の事ばかりで、【竜現の書】のことを聞かなくてよいのか？」

大公の声に、意識が戻る。俺としたことが白昼夢でも見てしまったようだ。

「――上巻解読したら下巻貸してください」

『はっ。君は本当に、姿は全然違うが、中身が――兄上によく似ている』

「はい？」

貴族名鑑に載ってたのでお姿は拝見しましたが、アル父って、ものすご〜〜く人外に綺麗《きれい》なお方でしたよね？

姿は似てないのは当たり前ですが、中身が似てるって、まさかでしょう。

『何者かよくわからないのに温かくて優しく、人誑《ひとたら》しなところが、そっくりだ。アイツらにバレでもしたら大変だ。宮廷と社交界には絶対に出るな』

「アイツらって誰ですか？　まあ、それはどうでもいいです。お言葉ですがそんなモノに出る気も予定も皆無でございます。そんな時間があるならば、本を読みマス」

『ははは。そういうところまで、どうしてそんなに似ているんだ』

大口を開けてひとしきり笑ってから、大公閣下は穏やかな眼差《まなざ》しをこちらに向けて、取引を持ち掛けてきた。

『解読は私が進めよう。その代わり、君には仕事を頼みたい。等価交換だ』

「請負期間は短いと思いますよ」

『それを長くするのが私の仕事だ。君にはアルベルトとダグラスの教育を頼みたい』

――なんで？

『なんで？　って顔だな？　アルベルトは確実に必要だし、ダグラスもまだ君のレベルには達していない。国務と軍務は化かし合いの経験値が必要で、そこは君がプロだ』

本当に見かけも中身も皇帝陛下にそっくりですね。大公閣下……。

そして、化かし合いのプロって……そんな称号要《い》りません。

【竜現の書】解読の等価には、見合わないと思いますが」

『それを決めるのは、こちらだ。ああ、タイムリミットだな』

鏡の中から大公閣下が指差す方向は、扉だった。

ノックもなくどかん！　と開くその様で、どちら様のご来訪かなんてすぐにわかる。

「大丈夫なんですか？」

『とっておきの情報を用意しているので、問題ない』

にやりと笑う大公閣下の悪い笑顔は、まあ～本当に皇帝陛下に瓜二《うりふた》つでございました。


「グレイ――っ」

「伯父上《おじうえ》!?」

「大公閣下――!?」

オカン三人衆VSオトン。のゴングが鳴るかと思ったら、耳が痛い程の静寂が室内を満たした。

ところで……。

今気付いたのですが、アレ以来、面と向かってお会いするのは、初めてかもしれない。

何故《なぜ》ならば、自分が逃げまくり、寝たフリをしまくり、まともに顔を会わせない様に、ものすご～～～く防衛していたからだ。

「……まさか」

コレを狙って、現れたとか、言いませんよね？　大公閣下!?

先刻の悪い笑顔と言い、まさか、と問うた俺に向ける勝者の顔は――企《たくら》みやがりましたね？

『甲斐性《かいしょう》のないお前達にひとつ、重要な情報をあげようと思ってやってきたら。彼しかいなくてね、少々はじめましての挨拶《あいさつ》をしていたところだ』

「「「重要な情報、ですか？」」」

固唾《かたず》をのむ三人とは真逆に、グレイは大公という人の人となりを知り、この先どうしようかと目を閉じた。

この人はどうやら、我々をからかう為にこちらにいらっしゃったようだ。

そして、それは、これからも――続いていく予感しかない。

『彼の誕生日は、今日だぞ』

なんですと？

ああああ！　本当だ!!


この年になると、誕生日なんてもうどうでもよくなって、指折り数える事なんてないけれど。西の国にいる時は、クレアと二人、お互いの誕生を祝う大切な日であった。

雪はまだ残るが、春が近い弥生《やよい》の月のこの日は、俺とクレアがこの世に生まれた日だ。


ところで、何で知ってるんですか大公閣下？

当の本人も忘れていたというのに。

まさか、今、俺が話した事にでもする気では、ないですよね……？

そんな、火にガソリンを投げ入れるようなこと、何でしてくれやがるんです。

ほら、オカン三人が着火した。

三人がぶち切れて、誕生日会をするぞ!!　と大騒ぎを始めてしまいました……。

ああ、でも。例の気恥ずかしさはどっかに飛んだので、助かったかもしれない。

三人からもらった「好き」はもう俺の中に染み込んでしまって、なかったことにするために取り出すことなんか、もう出来ない。


これが、これから、俺のからっぽだった「好き」の感情をどう変えていくのかはわからない、わからないけれど、なんだか嬉《うれ》しくて、そわそわして、どうしようもない。

我知らず、笑っていたらしい。
そうしたら、三人が、先日の俺みたいに、真っ赤になっていて、可愛かった。

番外編　皇帝陛下のお気に入りは隣国の人質の俺ですもんね？

「誕生日会の準備をしろ！」
皇帝陛下の号令のもと、皇宮の総員が一斉に動き出した。

誕生日会の会場は、なんと、先日のプレゼン大会で使用された皇城本宮の迎賓の間です！　俺はどこかの国の国賓かな？　いや、ただの捕虜である……。この待遇は本当にあり得ないと思います。

凄《すご》いね。あれよあれよと言う間に準備が整えられて、俺なんて湯殿に突っ込まれてピカピカですよ。ミアさんがやりきった清々《すがすが》しい顔で仁王立ちして額の汗を拭《ぬぐ》い、キャスリーンさんに俺をパス。今度は女官の皆様に囲まれて、自国では着たこともないような素晴らしい礼服に着替えさせられた……。キャスリーンさん達は、何故《なぜ》かの万歳三唱をしてました。

礼服は青を基調とした物凄《ものすご》くお高そうな高級品で、汚すのが怖くて全然動けません。飲み食いなんて、出来るはずもない。なんといっても、汚しでもしたら、弁償する金がない。

誕生席に座らされて隣を見たら、俺の礼服と完全に対ですね？　っていう礼服を着た皇帝陛下が満足気に全身を眺めてきて、大層居心地が悪うございます。ああ、俺と対ではなくて、俺の方が、皇帝陛下の礼服と対なんですね？　よく見たらこの色、皇帝陛下の瞳《ひとみ》の色だものね。はっはっはあ……。
将軍閣下と宰相閣下の面白くなさそうな顔を見てわかりました。
最初こそお上品に始まったお誕生日会ではあったが、てか「お誕生日会」ってのがすでにおかしい。

俺、忘れてたけど、今日で二十九歳だぞ？
「お誕生日会」って名称がすでにあり得ないでしょう。せめて、「バースデーパーティー」とか……まあ、意味は一緒だが。内心の憤りを鎮火して周囲を眺めてみると、宴もたけなわになるとこんなものだよな、という主役なんて置いてきぼりの酔っ払い天国が展開されていた。何処《どこ》の世界でも共通の宴会あるあるである。

席次なんてもうぐちゃぐちゃで、スタート時の体裁など、もうない。

騎士チームがついに野球拳を始めて大騒ぎだ。伝授した身としては、品位を下げてしまい大変申し訳なく思っております。

でも、いいなあ。皆、酒飲んで楽しそうだなあ。

俺はと言えば、琥珀《こはく》ともう一人増えた柘榴《ざくろ》がガッツリガードしてくれて、酒類は、ご縁がないようです。自分が酒を飲んではいけないことは重々承知しています。ダメな理由も、聞いてるので大体はわかるけど……ちょびっと雰囲気だけでも味わいたいものだ。せっかく二十九歳になったんですから。

そんな騒ぎの中にあっても、我知らず気付けば、すいっと視線を走らせて、その姿を探してしまう。それは自分でも無意識で、目的の人を見つけると、どうしてか向こうもこっちを見ていて、なんだか思映《おもは》ゆくなって、咄嗟《とっさ》に視線を外す。

それだけで、心臓が痛い。

ああ、なんだろう、降りしきる雪が世界を真っ白にするみたいに、いつの間にか、俺の世界は少しずつ降り積もったソレに、色を変えられてしまったみたいだ。

三人からもらった「好き」が、俺のからっぽだった「好き」の感情をどう変えていくのか、それがいつかわかるかな？　なんて考えていたけれど、そんなことは、自分でも十分わかっていたのだろう。

ただ、気付かないフリをしていただけだ。

これって、思いの外大変なんだと、感情を持て余す。最初は胸がそわそわして、ふわふわした感じだったのに、自覚したとたん、それは痛みに変わっていった。

こんなに心臓が痛い事を、何回も繰り返す人がいるなんて、理解ができない。恋多き女とか、よく言うけれど、よく心臓が持つな？　逆に心臓に毛が生えているのではないだろうか？　こんなの一回で、俺はもう十分だ。絶対にもう一回なんて、無理である。

まいったなあ、と立ち上がると周囲の数人も慌てて立ち上がる。ああもう、放って置いて欲しい。

「小用です。琥珀と柘榴を連れて行くので、皆さんはどうぞそのままで」

俺は一体何処のお姫様じゃ!?

そんなに守られなくったって、恐らく君達より強いから大丈夫です！

ヤレヤレと宴会場から廊下に出ると、グレイはぴたりと後ろに付く琥珀と柘榴に振り返った。

「――あとは、頼んだ」

「主。今日は中央尖塔《せんとう》はだめですよ。もう夜ですからね」

「騎士の立哨《りっしょう》のトコまでならいいだろ？」

頭の中のごちゃごちゃを整理したくて、ひとりになりたかった。琥珀は流石《さすが》に俺の機微に敏感だ。

「栢榴、悪い。代役を頼まれてくれるか？」

「主様の命に否というわけがありません」

「すまないな」

グレイは栢榴の額に手をかざし、まるで歌うように口先で魔術式を呟《つぶや》いた。姿映しの術が、するりと栢榴の姿をグレイに変えた。

「ちょっと、頭を冷やしてくる」

「そう長くは、保ちませんよ。あの方々は聡《さと》いので」

「わかってる。すまんが宜しくな」

ぽんぽんと鏡に映したみたいにそっくりの姿に変化した栢榴の肩を叩《たた》いて、あ、と声を零《こぼ》し、グレイは栢榴を抱き締めた。

「礼を言うのが遅れた。解毒剤、ありがとうな栢榴」

「身に余るお言葉です」

栢榴がグレイの顔で頬を染める。「主が二人なんて眼福」という琥珀の言葉にグレイは苦笑するしかない。二人が迎賓の間に戻っていくのを見送って、尖塔へ続く中央回廊に向かった。


なんでこんなに頭の中が一人の事でいっぱいなのか？

こんなの、本当に厄介だぞ。

「まいったなあ」

「お前らしくないことを言って、どうした？」

振り返った回廊の柱の後ろから、グレイの心臓を痛くする、たった一人の人が現れた。

あなたのことで頭がいっぱいで、それを整理したくて尖塔に上ろうと思ったのに、ここで現れるのは、反則だ。

回廊の柱から現れたアルベルトに、グレイは心底困り果てた顔を向けるしかなかった。

「……皇帝陛下」

薄い月明かりの中、静かに近付いてくるアルベルトに、グレイは一歩後退したが、逃げるのは無理と息を吐く。この銀狼《ぎんろう》から逃げ切ることは無理だと悟る。少しずつ姿が大きくなって、あと一歩で手が届くというところで、グレイはギブアップを告げる意味で声を掛けた。

「どう、されました？」

「俺を、見ていた理由を、聞きたくてな」

視線が合った瞬間バレてるのは理解したが、行動が本当に早い。フットワークが軽いにも程がある。

「――大公閣下とそっくりだなあ、と」

きっと面白くないであろう回答をしてみると、予想通りアルベルトの綺麗《きれい》な顔が歪《ゆが》む。

「叔父上《おじうえ》と俺を比べているのか？」

い切る。

「いいえ？」

怒気を孕《はら》んだアルベルトの言葉に、真《ま》っ直《す》ぐにその瑠璃色《るりいろ》の瞳を見上げてグレイが、はっきりと言
「俺が見てたのは、皇帝陛下の未来」

アルベルトの目が見開かれる。

「大公閣下に、皇帝陛下の、いや、アルベルトの……二十年後の姿を、見てた」

俺は、それを見ることは出来ないと思うから。そして、それが、死ぬほどツラいと気付いてしまったから。あの時、鏡の中の大公閣下を見て、息が、止まるかと思って自分の思考回路が完全にストップして動けなくなった理由も、同じだ。

二十年後のアルベルトに、俺は恐らくは会うことができない。

もしも願いが叶《かな》うのならば、俺は、二十年後のアルベルトの隣にいたいと、そう思ってしまった。

ツラい、と。心臓が凍り付くほどに、自分に残された時間を、嘆いたのだ。

あのプレゼンとは言えない告白大会で、「どうして俺なのか」と問うた俺に、「それがわかったら苦労しない」と答えたアルベルト。その言葉の意味が、今、本当によくわかる。

あの時、胸に「とすっ」と刺さった、何か。

胸がなんともくすぐったい感覚。そして、それは、あるはずのなかった、自分でも知らなかった、人を「恋うる」という感情に、小さな火を灯《とも》した。

戦場の最前線でその瑠璃色の瞳に射抜かれて、喉元《のどもと》を食い千切《ちぎ》られそうな恐怖を感じた。逃げなけ

ればいけないと、捕まってはいけないと、自分の本能がアルベルトを恐れた。

この俺が、たった一人の男を恐れたんだ。その真なる意味に、俺は、もっと早くに気付く必要があった。

もう、逃げることも出来ない。

気付くのが遅すぎて、自分の心はもう、全て、持っていかれている。

誰にも何にも揺るがず、定められた時のみを生き、一人果てる未来しかなかった俺の心を、この銀狼は、ほんの一瞬の邂逅《かいこう》で、その獰猛《どうもう》な牙《きば》で、自分のモノとしてしまったのだ。

なんだ、あの時からだったのか……。

あの時、俺はアルベルトがミリだなんて思いもよらなかったし、東の国の皇帝であることも知らなかった。俺にとっては戦場で対峙《たいじ》した、ただの敵国の兵士であったアルベルトに、どうやらとっくのとうに、心を奪われていたらしい。

気付いてしまえば簡単なことだ。

本当にそうだな。

何故？　と聞かれても、俺にもわからない。アルベルトと、同じだ。

色恋沙汰《ざた》に鈍くポンコツ過ぎて、そんなコトなど思いもよらなかった。人を好きになるのに、理由なんかないんだな。

寝顔を見て過去の大切な記憶を思い出し、あの幼い頃に約束を交わした子供達を守る。そう決めた俺のその気持ちには嘘《うそ》はなくて、全てが本当だ。

だけれども、隣にいたくて、側《そば》を、離れがたくて、何よりも別れがツラいのは、この、目の前の男だ。俺は、ただ単に——この男を、守りたかった。一緒に、いたかった。寵愛《ちようあい》当番なんぞで、寝台に引っ張り込まれるのを拒むことなど簡単だったのに、それを甘んじて受けていたことこそ、答えだったのかもしれない。

穏やかに眠るアルベルトの寝顔に、見惚《みと》れていたことは、数度のことでは、ないのだから。

「聞きたいというか、確かめたいことが、ある」

顔を伏せ小さく呟くと、アルベルトが身をかがめ顔を近付けてきた。

その襟元を両手で摑《つか》んで引っ張った。

「……グレ」

グレイは、アルベルトの唇にゆっくりと、そおっと、自分の唇を重ねた。

アルベルトの瑠璃色の瞳が、これ以上ないくらいに見開かれた。

「……また、シードルでも飲んだか、酔っ払い？」

「飲んでないし、媚薬《びやく》の影響も完全に抜けてる」

「……確かめたいことが、コレか。結果は？」

「……よくわからないから——もういっかい」

そう言って、角度を変えてもう一度、口付ける。ちゅっと軽く、離れた唇が寂しくて、断りも入れずにもう一回、もう一回——。アルベルトは微《かす》かに瞼《まぶた》を伏せて、それを受け入れてくれた。

「——自称頭のいいお前でも、こんな簡単なことが、まだ、わからんか?」

「頭には自信がある。大公閣下にも認められた」

「叔父上の話に戻るな——妬《や》ける」

アルベルトがぐいっとグレイの腰と頭を引き寄せて、それでは足りないと、深くグレイを求めてくる。舌が歯列を割って来て、柔らかいそれが、グレイの舌を探る。

「お前の初恋はカーさんで、一目惚《ひとめぼ》れはクレアに化けた俺で」

「本気で惚《ほ》れたのは、今のお前だ」

はっきりと言い切って、アルベルトがグレイにまたキスを落としてくる。ソレを静かに受け入れながら、グレイは目を閉じた。

【呪い】の迷路で出口を見つけられないでいた俺を救ったのは幼いミリで、俺の心を持っていったのは戦場の銀狼で——。

「……死にたくないなあ」


この男が、好きだ。

ヒューバートから貰《もら》った好きも、ダグラスから貰った好きも。嬉《うれ》しくなかったと言ったら嘘になる。好きという感情がよくわからなかった自分に、それはとても温かく優しく浸透してきたから。

だが、それは俺が貰ったもので、今、この胸の中にある俺の「好き」の感情は、どうやら確実に、アルベルトに向いているらしい。

「——死なせはしない」

「気持ちはありがたいけど、それは、人智を越えている」

「いいから聞け！」

それ、久しぶりに聞いたな。なんて嬉しく思っていたら、ぎゅうっと強く抱き締められて、グレイの背中がしなる
「——俺が、絶対に死なせない」

「……ありがとう。アル」

今はその言葉と気持ちを甘受してよいだろうか。背を宥《なだ》めお礼の意味も込めて彼を抱き締める両腕に力を込める。

俺の気持ちを、伝えることはしない。

自分の気持ちがアルベルトに向いていることを自覚したからこそ、伝えることは、出来ない。

俺の死に、お前を巻き込むコトは出来ないから。

お前を一緒に連れて行くことは出来ないから。

俺がこの世にいなくなっても、お前には、幸せに笑っていて欲しいから。

「……で、結論は出たのか？」

「ノーコメントで」

コレでソレはない、とこの世のものとも思えぬ不満顔で睨《にら》みつけてくる大切な皇帝陛下に、彼が弱いであろう俺の殺人スマイルを向けて、はっきりきっぱり言ってみる。

「皇帝陛下のお気に入りは隣国の人質の俺ですもんね？　今日のところはお許し下さい」

その言葉に、真っ赤っ赤になった俺の可愛い皇帝陛下は、くそ！　と負けを認めながら、俺を肩に担ぎ上げた。

「また！　どうしてそう軽々と簡単に担ぎ上げるんだって、どこ連れてく気だっ!?」

「覚悟しろ。思い知らせてくれる！」

「――はい？」

「お前が何を考えているかなんてわかる。その体にわからせてやる」

ちょっと待て。その言葉は、不穏過ぎますよ……。

足をじたばたさせてもびくともしない、見た目よりも頑強な体の皇帝陛下は、悠々とグレイを拉致《らち》し、近くの空き部屋に突入した。

迎賓の間も近い事もあり、中央回廊の周辺は賓客用の客間が連なっている。

そこの一室とは思いますが、どしどし進み、ぼすん！　とベッドに投げ込まれてしまうと、何が始まるかなんて、流石の俺でも予想がつきます。

頭をフル回転に回してみても、何で？　ってくらい回避策が浮かばない。

だってですね、好きな男が、目の前に迫ってきている。

こんな経験全くないので、初めて過ぎてどうしていいかわからない。

赤くなるくらいしか、出来ないもんなんですね？


って、そっちだって聞く限りそんなに、というか、俺以外の経験などないはずなのに、何故《なぜ》にそんなに手馴《てな》れているのだ？


アルベルトが、グレイに覆い被《かぶ》さってきた。

ええっと。これは……もう逃げられないぞ。どうしたものかな……。

月明かりに輝く銀糸の髪と端整な美貌《びぼう》を見上げて、グレイは苦笑いするしかない。

頭の両脇に、逃がさんとばかりに囲われた彼の手は、彫像のように動かない。


「――話し合いで、済ます気は」

「ない。この前のは、ダグの言うところによると〝医療行為〟だったんだろう？　仕切り直して上書きするぞ」

また上書きですか？　それ、もういいですって……。

「――前回は、我ながら勢いが過ぎた」

「確かに、これ以上ないくらいにがっついておりましたね……」

俺だってあなた様と同じく以下同文だったってのに、初心者同士は、やはり、勢いが過ぎるのかなあ——ゴホゴホッ。

なんだろう？　ニヤッ、と眉目秀麗《びもくしゅうれい》な綺麗な顔が輝き、色気駄々洩《だだも》れで微笑《ほほえ》んできた。

「気付いてるか？　俺に対しての敬語がなくなっている。いい気分だ」

「あ」

そういえば、そうだ。不敬を詫《わ》びようと口を開いたら、ちゅっとキスされた。

「俺だとて、閨《ねや》教育くらいは受けている。お前が変に煽《あお》らなければ、もっと、ちゃんとだな」

「もしかして、素人童貞とか、言ったりなんか……？」

「馬鹿者。実地などするか。——興が乗らなかったのもあるが、相手が、お前でなければ、必要性もない。今だって、煽ったのは、お前の方だ」

「……それは、執着が過ぎるのでは」

「言ってろ」

全くもって、どうしてこうなったんだ？

ああっと、前回煽ったのも、今回煽ったのも……振り返れば、スミマセン。確かに俺ですね。

藪《やぶ》を突《つつ》いたら、ヘビでなくて、銀の狼《おおかみ》が出てくるコトを知りながらも、今回、手を伸ばさずにはいられなかったのは、他ならぬ俺でした。

アルベルトの手が、俺の礼服の前ボタンを開き始める。それは、荒々しくてボタンを引き千切らん勢いです。止《や》めてくれ！　弁償なんて出来ないし、このまま、なし崩し的に、そうなるのは大変不本意だ。

「――待て！」

「待たん」

「違う！　自分で脱ぐっ!!」

俺の言葉に、最早止まりそうもなかったアルベルトがぴたりと手を止めた。

「……………」

「なんだ、その顔。止めるか？」

口元を右手で押さえているが、にやにやが隠し切れないのが、すっかり見えておりますよ、皇帝陛下？

「いや……あの時も思ったが、お前は本当に男前というか――」

「煩《うるさ》い。なし崩しでどうこうなるのが嫌なだけだ」

好き、は伝えない。でも、これは――自分でも望むところなのかもしれない。

全身の血が顔に集まってくるほどに、顔が熱い。体も熱い。もうどうしようもない……。

あれ？　ボタンってどうやって外すんだっけ……。そんなことを考えてしまうほど、実は、緊張しているのだと、自覚する。もたもたと礼服の前ボタンと格闘しているグレイのすぐ隣で、服を脱ぎ散らかしているだろう軽い音が聞こえてくる。振り返ることが出来ないグレイの肩越しから、筋肉質で筋張った長い腕が胸元に伸びてきた。

「この礼服は侍従や女官に着せてもらうのが普通だから、慣れないと少々ボタンが外しにくい。もともとまともにボタンを留められないお前には、無理に近いだろう」

ひどい言われようだな。まあ、ボタン外しが全然進んでいない自分には、ぐうの音も出ませんがね。

ひとつひとつゆっくりとボタンを外されて、結局は上衣を全部脱がされてしまった。

自分で脱ぐと言った手前、合わす顔がなくて、まだ振り返れないグレイの背中を、アルベルトの手のひらがするりと撫《な》でた。

「――背中の刀傷が現れてる」

「一種の【呪い】だと、琥珀《こはく》が上手い事を言っていた」

苦笑しながら伝えると、「どういうことだ?」とアルベルトが、尋ねてきた。

「お前たちの念が【呪い】になって、俺を見つける目印にしたんじゃないかとさ」

あながち、外れていないかもしれない。

表に現れない様に、魔術で見えない様にしていたというのに、今、アルベルトに見えているということは、そういうことなのだろう。

「コレは、お前の命を守った俺の大切な印《しるし》だから。もともと、消す気はなかった」

「――ありがとう」

耳に聞こえるか聞こえないかくらいの小さな声がしたかと思ったら、アルベルトの手のひらが、背中の傷を撫でて、そうして、唇で、舌で、傷跡を辿《たど》っていく。

「……ん……ぅ」

背中が総毛立つ。えも言われぬ、身体《からだ》の芯《しん》を痺《しび》れさすような感覚に、きつく目を閉じる。

一度脇腹まで降りたアルベルトの唇が、再び背中を昇り首筋までまんべんなくキスを落としていく。両手が素肌の胸元に伸びてきたけれど、止める術《すべ》なんてない。手のひらで胸の突起を撫でながら耳元を舐《な》められて、全身の力が抜けていく。手のひらは胸から腹筋へと優しく降りてきて、下衣のボタンを外された。

「……今回は、ずいぶん、と、紳士でいら……しゃる。ん」

「そっちも随分と、余裕がありそうだ」

余裕なんてあるわけないだろう。

「やさしく……しないで、くれ……」

「どうしてだ？」

お前に、溺《おぼ》れたくない。

そんなこと、言うわけにはいかない。アルベルトの手を払い、彼に向き直ると、グレイは噛《か》みつくようにキスをした。

キスでもして口を閉じていないと、とんでもないことを言ってしまいそうなのだ。

甘い。どうしてこんなに甘いのだろう。

互いの舌を絡めて吸い合って、頭の芯が甘く鈍く痺れていく。

「……グレイ。お前の目は口ほどにモノを言うって、俺は言ったはずだ？」

「……ふ……ぁっ！」

グレイ自身に手を伸ばされて、アルベルトの長い指がグレイのものを執拗《しつよう》に攻めだした。顔中にキスを落とされて、次に首元、鎖骨から胸元へと下っていく唇が、足の付け根にまで降りて行って、右足を肩に担ぎ上げられ、バランスを崩されたグレイはベッドに背中から倒れ込んだ。

これは、何をする気か、予想がつきすぎだ！

「あ、そんなこと、しなくていいっ――！」

「するし、止めない。覚悟しろと、言った」

アルベルトの舌が、グレイのものを先端からゆっくりと舐めていく。今まで感じたことのない感覚が全身に広がっていき、抗《あらが》えないその感覚の中に頭《かぶり》を振ることしか出来ないグレイを、またも未知の感覚が襲う。後孔を指の腹で撫でられ、それは何故だかするりと滑って、身体を痺れさす。

「……な」

何が始まるかわからず身体を起こしたくても、自由が利かない。つぷりと差し込まれるそれが、アルベルトの指だと思っても、どうしてそんなにすんなり入り込んでくるのか、考えも及ばないグレイの視界に、小瓶が転がっていた。

「……なにして、くれてる!?」

「香油だ。閨教育で習った。今回媚薬《びやく》が利いていないから、ここを解《ほぐ》さないと、お前を傷つける」

「無駄に……知識を、だすなあ――！」

「……無駄ではない」

もう、何が何だかわからない。

体中、力が入るんだか入らないいんだか……。身体の中心は痺れて、息が上がってきて、おかしな声しか、出なくなる。こんなのは、自分ではない。決して、自分ではない！

「――っん、あぁっ……！」

後孔に入り込んだアルベルトの指が触れた箇所が、スイッチを入れたみたいに、身体を跳ねさせる。

涙が滲《にじ》んで視界が歪《ゆが》む。

その先で顔を上げたアルベルトが、満足げに近付いてきて、目尻《めじり》の涙を舐めとってくれた。

「ア、アル――もう、いいか……らっ」

「もうすこし」

目尻から鼻先に、唇に、そして首筋を舐めながら、アルベルトが悪魔の言葉を吐いてくる。

「もうちょっと、この顔が見たい」

「――鬼かっ!?」

後孔の指が、増やされた気がする。圧迫感が凄《すご》い。

「……いっ――ぁ！」

少しでも痛がる様子が見えると、先刻の体が跳ねる箇所を指で攻められる。もう、本当に、勘弁してくれ!!

体を駆け上がってくる、えも言われぬ感覚の波が押し寄せてくると、今度は指が引かれる……。何度も何度もやってくるその波に自分でも恥ずかしいくらいの声が上がってしまう。

「やっ――もういい!!」

いっそ殺せ！　と言いそうになるグレイに、美しい鬼は、更に酷《むご》い悪鬼の一言をおっしゃった。

「……一回イクと、ツラいとかなんとか」

「たのむっから――！　マニュアルは、んん……！　わすれ、てくれえ――ぁっ」

自分だって、もう、我慢の限界みたいな顔しているくせして、どうしてそんなに、焦《じ》らすんだ？　息も絶え絶えにアルベルトを見やると、額から汗を滲《にじ》ませながら勝者の顔でにやりと笑っていた。

「――どうして欲しいか？　言ってみろ」

絶対に言ってやらん!!　と怒鳴ってやりたいが、惚《ほ》れた弱みと体の限界で……もう、グレイの思考能力は消えていた。

「――アル！　もう……無理っ……来いって――！」

「了解した」

こんちきしょうと思う程に俺が絶対に敵《かな》わない綺麗《きれい》な男が、これ以上の幸せはないような顔をして、俺を貫いてきた。そこから先は、アルベルトにしがみ付くだけで精一杯で、もう、何も考えることができない。

「――グレイ、俺をっ、見ろ！」

「――見れるかっ、ん！　ぅ……この、馬鹿っ!?」

俺を貫き、腰を打ち付けて来るアルベルトの熱に浮かされ、目なんて開けていられない。きつく瞼《まぶた》を閉じて唇を噛み締めて耐えるが、涙は滲んで流れるし、噛み締める唇からはとめどなく声が漏れてしまう。

「あ、ぅあ……ん――!!」

もう、どうしようもない。

縋《すが》り付けるのは、俺を抱くアルベルトの体だけだ。

アルベルトの俺を貫くリズムがどんどん早くなる。息もつけずに、口から溢《こぼ》れるのは言葉にならない喘《あえ》ぎ声《ごえ》のみ。アルベルトの息遣いと呼吸音が、更に俺を高めていく。

「――っく、ん、……あ、あっ！」

「――っグレイ！」

俺の名を呼ぶ声にやっとの思いで目を開くと、目前の瑠璃色《るりいろ》の瞳《ひとみ》が、泣きそうな目をして、ただ、俺だけを見ていた。その瞳の中には、隠し切れない、俺への想いがはっきりと見えた。

その瞳が伝えて来るのは『愛《いと》おしい』という言葉だけだ。

今まで、そんなもの貰《もら》ったことはなかった。

もう、たまらなかった。ぎゅうっとアルベルトの首に両腕を回し、彼の唇に口付ける。それしか出来なかったから……。

決して伝える事の出来ない、『アイシテル』の想いを込めた俺の口付けを受け取ったアルベルトは、俺を喰らい尽くすように荒々しく唇を貪《むさぼ》り、次の瞬間、俺の中に全てを放ってきた。

「――っあ!!」

「っくぅ―――！」

俺の体を穿《うが》ち全てを吐き出したアルベルトが、力尽きたように倒れ込んできた。

正直大変重い、の一言ではあるが、この重みが、どうしてか幸せで、どうしようもなくて、その背を抱き締める事で精一杯だった。

俺の耳を噛んで、首を噛んで、顎《あご》を噛んで――こちらを覗《のぞ》き込《こ》んでくる瑠璃色の瞳が、幸せそうに微笑《ほほえ》んで、「もういっかい」っと甘えながら啄《つい》ばむようにキスしてきた。

俺はもうギブアップしたいのですが、その顔……絶対に止まりそうもないですね……。

今日ばかりは、諦《あきら》めるしかなさそうだ。

グレイは目を閉じ、祈った事もない今世の神に心の中で手を合わせた。

・・・

「先に死ぬとか、簡単にお前は言うが、俺だっていつ死ぬかわからん。そんな今考えてもどうにもならん事、考える必要なんてない。それが、お前の持論じゃなかったのか？」

事後だというのに甘さも何もなく、話がハードだな。

皇帝陛下らしいというべきか、ここはいっちょう教育でもするべきか？

ああ、無理はしたくないから、ひとまず頷《うなず》いておこう。

ちなみに俺は、動けません……。好き勝手に、ヤラれてしまいました。今、意識があるだけ立派なものだと、自分を褒めてあげたいです。

まあ、本当に好き勝手に、盛大に、結局はがっついてこられました。


え？　煽《あお》ったお前が悪いと――。酷《ひど》いこと言いますね？　次はもうないぞ。

え？　それはないって？　笑わさないでください。下半身に響きます……。


余韻のへったくれもないお説教に笑顔を添えて来る、隣で肘《ひじ》を突きこちらを覗き込んでくるアルベルトの綺麗な顔を見上げて、つい、言わなくていいことが口から滑った。

「本当に綺麗で男前だなあ」

「早く惚れてくれ」

絶対に言わないけど、もうかなり惚れてるよ。

うん？　俺を見て来るその勝ち誇った顔は……やだなあ。嫌です。言わないよ。今際《いまわ》の際《きわ》に、間違ったら言ってしまうかもしれないけれどね。ここは一発、大逆転を狙うしかあるまい。グレイがとっておきの殺人スマイルでアルベルトを見上げる。

「ノーコメントで」

「その顔……本当に止《や》めてくれ」

またも真っ赤っ赤になったアルベルトが、自分の顔を隠すようにぎゅうっとグレイを抱き込んできた。でもね、隠しても無駄だぞ。耳まで真っ赤ですよ、俺の、皇帝陛下?

そんな俺達は、外の出来事を知らぬまま、ベッドでぬくぬくと眠りについてしまったのだが、外は――どうやら大騒ぎだったらしい。

まずは、俺に化けていた柘榴《ざくろ》の正体を見破った将軍閣下と宰相閣下が騒ぎ出し、皇帝陛下もいない俺もいない、ってことに気付くやいなやブチ切れて、騎士チームも官吏チームも皆を巻き込み、皇宮耐久「アルベルトとグレイを探せ!!」が開催されたとのこと。

よくここ、見つからなかったな?

今後、何かあったらここに逃げ込むことにしよう。

その時は、大量の本を持って。

もしかしたら、皇帝陛下も連れて――。

あとがき

この度は拙作をお手に取って頂きまして誠にありがとうございます。ＭＩＮＯＲＩと申します。

昨年夏に完全初心者からＷｅｂ小説投稿を始め、秋に読み手様から年齢制限によってサイトが違う事を教えてもらいＲ－18は遥《はる》か彼方《かなた》というのにサイトをお引っ越し、冬（作者の居住地では）にこの本の担当様からお声掛けを頂き、春に書籍化……と、ありえない怒濤《どとう》の半年少々を過ごさせて頂きました。

エイプリルフールが発売日ということもあり、この期に及んでも、書籍化が信じられません。

昨年の今頃は、ただの読み手の一人だった私が、作者として、あとがきを書いているだなんて……世の中って、本当に何があるかわかりませんね？（笑）

今回の書籍化は、Ｗｅｂサイトから拙作をお読み頂いている読み手の皆様と、サイトに感想を頂いた皆様、拙作を見つけて頂いた担当様のお力によるものと、本当に本当に感謝しております。

この度の書籍化にご尽力頂いた担当様・ＫＡＤＯＫＡＷＡ様・校正・デザイン等関わって頂いたすべての皆様、作品に素晴らしいイラストで彩りを与えてくださった夕城様（原案キャララフのアルがアル過ぎてひっくり返るかと思いました）、この場をお借りし、深く深くお礼申し上げます。

グレイ達のお話はまだ続いております。この先どのような形となるかはわかりませんが、またお会いすることできたら、とても嬉《うれ》しいです。

二〇二五年二月　ＭＩＮＯＲＩ　拝

Ruby collection

皇帝陛下《こうていへいか》のお気《き》に入《い》りは隣国《りんごく》の人質《ひとじち》だそうです。ってまさかの俺《おれ》のことですか?

2025年4月1日　初版発行

著者　MINORI
©MINORI 2025

発行者　山下直久

発行　株式会社KADOKAWA
〒102-8177
東京都千代田区富士見2-13-3
電話:0570-002-301(ナビダイヤル)
https://www.kadokawa.co.jp/

印刷所　株式会社暁印刷

製本所　本間製本株式会社

デザインフォーマット　内川たくや(UCHIKAWADESIGN Inc.)

イラスト　夕城

初出:本作品は「ムーンライトノベルズ」(https://mnlt.syosetu.com/)掲載の作品を加筆修正したものです。

ISBN 978-4-04-116072-5　C0093　Printed in Japan